ro
ro
ro

Kitty Ray, geboren 1947, lebt mit ihrem Mann und ihren zwei Söhnen in Suffolk. Für ihren ersten Roman «Die Gabe einer Liebe» erhielt sie den Nachwuchspreis der Romantic Novelists Association.
Im Wunderlich Verlag erschien «Nells geheimer Garten».

Kitty Ray

Die Gabe einer Liebe

Roman

Deutsch von
Tamara Willmann

Rowohlt Taschenbuch Verlag

Die Originalausgabe erschien 1996 unter dem Titel
«Stoats and Weasels» bei Warner Books, London

Deutsche Erstausgabe
Veröffentlicht im Rowohlt Taschenbuch Verlag GmbH,
Reinbek bei Hamburg, August 2001

Umschlaggestaltung any.way Cathrin Günther
(Foto: EL.HA)
Foto Umschlaginnenseite:
© Rowohlt Verlag/Bernd Ott
Satz aus der Sabon PostScript (PageOne)
Gesamtherstellung Clausen & Bosse, Leck
Printed in Germany
ISBN 3 499 22851 3

Die Schreibweise entspricht den Regeln
der neuen Rechtschreibung.

Für Giles, in Liebe

Danksagung

Mein besonderer Dank gilt Hilary Johnson von der Romantic Novelists Association für ihre Unterstützung und ihren Rat, meiner Agentin Sarah Molloy, die auch, wenn ich mutlos war, noch an mich glaubte, und allen Leuten bei Little, Brown, vor allem Imogen Taylor, weil sie mir mein Baby nicht zerstückelt hat.

I

«Vielleicht mache ich mich heute an den Dachboden.» Emma klapperte im großen steinernen Spülbecken mit den Frühstückstellern. «Nächsten Sonntag kommt George, und ich habe ihm versprochen, oben zu entrümpeln.»

Er sah von seiner Skizze auf. «Warum die Eile, George drängt doch nicht? Eigentlich könnte er das auch selbst erledigen. Ich weiß gar nicht, wieso du dich überhaupt darauf eingelassen hast.»

«Weißt du wohl.» Sie ließ Spülmittel über das Geschirr laufen, drehte die Hähne auf und verteilte das Wasser mit der Hand. «Hättest du es mit dem Einzug nicht so furchtbar eilig gehabt, wäre ihm genug Zeit geblieben, den Dachboden selbst aufzuräumen. Außerdem hat George seine Eltern sehr gern gehabt. Er fand es schon schlimm genug, dass er das Haus entrümpeln musste, ohne sich auch noch mit dem Dachboden abgeben zu müssen. Und mir macht es nichts aus. Ich stöbere ganz gern in anderer Leute Plunder.»

Er legte den Bleistift hin, schob den Stuhl zurück, sodass er über den Fliesenboden schrammte, kam durchs Zimmer und stellte sich hinter sie. «Nur wenn sie gestorben sind: Bei Lebenden würdest du nicht herumstöbern.» Er fuhr ihr mit den Fingerrücken über den Nacken unter ihren dicken Zopf, was sie wie immer angenehm erschauern ließ. «Tote können sich nicht mehr beschweren, können dich nicht mehr wegen der Verletzung ihrer Privatsphäre belangen.»

Sie lachte und lehnte sich in seine Wärme. «Und wer wird

unseren Plunder durchstöbern, wenn es uns nicht mehr gibt? Sollen wir ihn den Hunden hinterlassen?»

Sie schauten zum wirren Haufen aus Fell und Pfoten, der ausgestreckt vor dem warmen Ofen lag, dann nahm Emma die Teller aus dem dampfenden Wasser, stellte sie zum Abtropfen hin und wechselte das Thema. «Vielleicht sollten wir den Dachboden ausbauen. Er ist so riesig, reine Platzverschwendung, das könnte sich beim Verkauf günstig auswirken, wenn wir mal wegziehen ...» Sie drehte sich um und sah ihn erwartungsvoll an, während er über ihre Schulter hinweg in die Morgensonne starrte, die schräg auf den Rasen zwischen den Renekloden fiel. Sie musste über seinen Gesichtsausdruck lächeln. «Als ich dich heute Nacht schnarchen hörte, dachte ich allerdings, wir könnten diesmal vielleicht bleiben.» Sie warf ihm einen verstohlenen Blick zu, um zu sehen, wie er reagierte. «Du weißt schon, endlich Wurzeln schlagen, denn wir sind ja schließlich nicht mehr die Jüngsten. Ich könnte dem Frauenverein beitreten, du könntest Mitglied im Rotary Club werden ...» Sie beobachtete amüsiert, wie ein Ausdruck äußersten Entsetzens über sein Gesicht flog. «Im Schaufenster des Dorfladens hängt eine Postkarte. Es werden Helfer für die Spielgruppe gesucht, drei Vormittage die Woche. Ich dachte, ich könnte mich vielleicht melden ...»

«Muttergefühle?», fragte er stirnrunzelnd. Das hatte sie nun davon. Sie klapperte mit den letzten Teelöffeln im Spülbecken, zog den Stöpsel heraus und trocknete sich die Hände ab.

«Nein.» Sie drehte sich um, sah ihn an und legte beruhigend die Arme um seine Taille. «Bloß ein biologischer Schluckauf.»

«Aber wir haben doch noch Zeit. Sieh dir Silly Jilly an.»

«Wenn, dann müsste es bald sein. Ich werde demnächst

fünfundvierzig.» Sie drückte ihn fester und sagte leichthin: «Denk nur an all deine Samen, die im Laufe der Jahre auf steinigen Boden gefallen sind.»

«Nein», er erwiderte den Druck und verschränkte die Hände hinter ihrem Rücken, «denk nur an all das, was du in deinen Körper aufgenommen hast. Wie viel von mir ich dir geschenkt habe.» Er lächelte und beugte sich zu ihr herunter, um sie zu küssen. «Und außerdem schnarche ich gar nicht.» Er ließ sie los und ging hinüber zum Ofen, um sich noch eine Tasse Kaffee einzugießen. Zwei fedrige Schwänze wedelten halbherzig, eine tapsige Pfote hob sich, und ein rosiger Bauch wurde zur Belohnung sanft mit dem Fuß gerubbelt. «Noch Kaffee?», fragte er und schwenkte die Kanne.

«Hmm.» Emma lehnte sich gegen den Spülstein, sah ihm beim Eingießen zu und ließ sich von dem vertrauten Gefühl zärtlicher Zuneigung überschwemmen. «Also, bleiben wir nun oder nicht?»

Er zuckte mit den Schultern. «Wie du willst. Ob in Norfolk oder anderswo spielt wohl keine große Rolle.»

Wie durchschaubar du bist, dachte sie. Wenn das vielleicht auch nur daran liegt, dass wir schon so lange zusammen sind.

«Danke.» Sie ergriff die hingehaltene Tasse, nahm sie in die andere Hand und nippte. «Also, falls du es schon so wohnlich findest, dass wir uns ein paar Tage Renovierungspause leisten können, dann fange ich mit dem Dachboden an. Gehst du mit den Hunden raus?»

Sie sah ihm zu, wie er entspannt in der Küche umherging und seinen Kaffee schlürfte, leicht gebeugt, in einem verblichenen Viyellahemd, die langen Beine in Kordhosen. Dein Haar ist zwar weiß, dachte sie, aber immer noch voll. Eine Glatze wirst du nicht bekommen. Außerdem wirkt dein Gesicht freundlicher als früher. Ob das an mir liegt?

«Woher das plötzliche Bedürfnis nach Sesshaftigkeit», fragte er, «wenn kein Kinderwunsch dahinter steckt? Das kenne ich gar nicht an dir.»

«Vielleicht, weil Josie nicht mehr da ist. Sie war mein Prellbock gegen das Ende, meine letzte Hoffnung auf Unsterblichkeit.» Dann, nicht ganz logisch: «Ich habe Angst, einmal ganz allein zu sein.»

«Wenn Eltern ein Prellbock sind, bin ich schon vor Jahren entgleist. Aber ich will mir auf jeden Fall Mühe geben, hundert zu werden.» Er klopfte auffordernd auf seinen Schenkel: «Na, wollen wir?», und wartete, bis die beiden graubraunen Jagdhunde munter wurden, sich räkelten und schüttelten, an ihm hochsprangen und bellend herumtanzten.

Emma sah ihm nach, wie er davonging, hörte ihn «Newton, Flotman, bei Fuß» rufen, als er durchs Gartentor in die Wildnis dahinter trat, und lächelte über die komische Folge von Namen – angefangen bei «Tooting» –, die ihre Hunde im Laufe der Jahre hatten ertragen müssen. Dann wandte sie sich vom Fenster ab und suchte in einem Schrank nach Plastiksäcken.

Das Telefon klingelte, als sie auf der Treppe war. Sie blieb lauschend stehen, den Kopf zur Seite geneigt, lief dann weiter nach oben, wandte sich auf dem Treppenabsatz nach rechts und ging zum Flurfenster. Sie lachte, als sie den Hörer abnahm.

«Darf ich mitlachen, meine Süße?»

«Oh, Bill!» Kichernd hockte sie sich auf die breite Fensterbank. «Wie nett. Du bist Schuld, dass ich ein Telefon entdeckt habe, von dem ich gar nicht wusste, dass es überhaupt existiert.»

Sie hörte sein vertrautes kehliges Lachen. «Das ist der Stoff, aus dem die Späße sind. Habt ihr euch schon einigermaßen eingerichtet, mein Kleines? Können wir euch besuchen?»

«Aber ja, das wäre *herrlich*. Wann?»

«Kommendes Wochenende, von Freitagabend bis Sonntagnachmittag. Am Donnerstag ist die Abschiedsparty, und das gute, alte Mädchen ist zutiefst deprimiert. Du weißt schon, kein Lebensinhalt mehr, niemand mehr, um den man sich kümmern könnte, überflüssig, wie üblich völlig überkandidelt. Ich sage immer ...»

«Sag dem dummen Gänschen, dass wir dringend auf euren Besuch warten. Uns würde etwas fehlen, wenn ihr nicht kommt.»

«Solltest du nicht erst einmal mit dem Einsiedler sprechen? Er ist womöglich gar nicht so erfreut.»

«Der Einsiedler», korrigierte Emma ihn streng, «wird entzückt sein. Ihr seid die Einzigen, die er nicht als Eindringlinge betrachtet.»

«Dich ausgenommen», sagte Billy trocken. «Vergiss nicht, dich zu diesem erlesenen Club dazuzurechnen.»

Sie lachte. «Mich ausgenommen. Übrigens kommt auch George mit seiner Brut am Sonntag zum Lunch, ihr überschneidet euch also. Ihr könntet dem Einsiedler ein wenig die Stacheln stutzen.»

«Gut», sagte Bill. «Ganz wie in alten Zeiten.»

Es gab eine winzige Pause.

«Nicht ganz», sagten sie unisono und versanken stumm in Erinnerungen.

«Also, in Ordnung», sagte Emma abrupt. «Freitagabend zum Essen. Der Einsiedler wird kochen.»

«Gott sei Dank!» Wieder ein gutturales Lachen. «Wir freuen uns darauf. Alles Gute, mein Mädchen.»

Bill und ich, dachte sie, während sie die steile Treppe zum Dachboden hinaufstieg, haben beide gleichzeitig angefangen, ein lockeres Leben zu führen, was uns beiden nicht gut bekommen ist. Und dann sind wir doch noch so glücklich geworden. Auf der anderen Seite, wenn Alison damals nicht mit ihrem Herumflirten Schluss gemacht hätte, hätte dann nicht alles auch ganz anders kommen können ...? Sie schüttelte sich, während sie die Tür zum Dachboden aufstieß, die trostlos in ihren Angeln quietschte. Sollte man nicht vergessen, dachte sie. Es hätte alles auch ganz anders kommen können. Wie oft mir das im Laufe der Jahre wohl durch den Kopf gegangen ist?

Wir waren so jung, so lächerlich jung. «Ich war ja noch ein Kind», teilte sie den staubigen Schatten mit und seufzte bei der Erinnerung.

2

Mit dem Zug kam sie zurecht, aber vor der U-Bahn hatte sie Angst. Sie war zwar schon mit Josie und Tante Mabel bei Ausflügen zum Victoria and Albert Museum oder zum British Museum damit gefahren, aber allein fand sie es beängstigend. Außerdem war ihre Mappe unangenehm sperrig, mit der ungewohnten Last unterm Arm konnte sie keine Abstände schätzen und stieß aus Versehen ständig Leute an.

Sie schrak zusammen, als die U-Bahn aus dem Tunnel donnerte, wurde mit einer großen Menschenmasse in den Zug geschwemmt, fand dann keinen Sitzplatz und musste sich die ganze Strecke ab Liverpool Street an einer Schlaufe festhalten. Zwischen Bank und St. Paul's versuchte ein Mann, ihren Hintern zu betatschen, und als sie sich von ihm wegdrehte, rammte sie einem anderen Mann die Mappe in die Hoden. Er gab ein lautes «Autsch» von sich und fasste sich zwischen die Beine, und alle starrten sie an. Schweißgebadet, rot im Gesicht und den Tränen nahe, trat sie schließlich an der Tottenham Court Road ans Tageslicht.

Das Büro befand sich im dritten Stock, und sie musste zweimal nachfragen. Es wimmelte von selbstbewussten, auffällig gekleideten Studenten mit lauten Stimmen, die alle irgendwohin wollten. Die Sekretärin, bei der sie ihre Arbeiten abgab, wirkte nicht besonders interessiert.

«Sie wissen doch, wo das hin muss?»

«Ja, Schätzchen, keine Angst, ich kümmere mich schon darum.»

«Ich könnte schwören, dass wir noch nie so junge Bewerber hatten wie dieses Jahr», sagte die Sekretärin zu ihrer Kollegin und schaute hinter Emma her, als sie das Büro verließ. «Die sieht ja aus wie zwölf.»

«Das liegt an den Sommersprossen. Und den Augen. Erinnert mich an die jungen Hunde in den Anzeigen: ‹Am Nordring ausgesetzt, liebevolles Zuhause gesucht›.» Sie lachten.

Sie hatte die Mappe allein zusammenstellen müssen. Die Kunstlehrerin, neu an der Schule und um Autorität bemüht, wollte keine ihrer Arbeiten herausgeben. «Auf keinen Fall. Sie sollten die Schule beenden, bevor Sie sich amüsieren gehen.» Sie selbst war auf der Akademie nicht angenommen worden und hatte sich mit dem Lehramt begnügen müssen.

Also erledigte Emma das allein und bekam in weniger als sechs Wochen ihre Mappe zusammen: Zeichnungen von Pflanzen, Landschaften, immer wieder Blätter mit Modezeichnungen – dünne, überlange Frauen mit spitzen Ellbogen und langen Beinen in schmalen Röcken und engen, knapp sitzenden Oberteilen. Zurzeit waren hautenge Rippenpullover modern und die Säume wanderten nach oben, aber kein Gedanke daran, dass sie selbst ihre Beine zeigen durfte. Josie würde tot umfallen.

«Du lieber Himmel, Ma», sagte sie. «Wir haben 1964!» Aber ihre Mutter schnaubte nur und presste die Lippen zusammen. Sie war müde, wie immer.

Zum Vorstellungsgespräch wollte Josie dann unbedingt mitkommen, aber Emma bestand darauf, dass sie auf der Straße wartete, wandte den Blick ab, als sie winkte, und tat so, als würde sie sie nicht kennen. Sie wurde als Letzte aufgerufen.

Es waren drei: der Rektor, der Leiter des Vordiplomkurses und noch jemand, dessen Name Emma nicht verstand. Sie saß auf einem Stuhl in der Mitte des Raumes, während die drei ihre Arbeiten durchsahen und sie mit Fragen bombardierten. Sie hatten Probleme mit ihrem jungen Alter und kamen immer wieder darauf zurück.

«Wo wollen Sie denn wohnen?», fragte überraschend der Rektor.

«Zu Hause.» Wo sonst?

Weitere Diskussionen. Dann der Leiter des Vordiplomkurses, groß, onkelhaft, kahlköpfig. «Was sagen denn Ihre Eltern dazu, dass Sie so früh von der Schule abgehen?»

«Ich habe keinen Vater mehr, nur noch Ma, und die weiß Bescheid. Es bringt doch nichts, weiter zur Schule zu gehen, wenn ich keine Lust mehr habe, oder?» Die Aufsässigkeit war unwillkürlich, unbewusst.

Sie diskutierten stundenlang, bevor sie sie aufnahmen.

«Juhu!», schrie Emma, sprang von ihrem Stuhl auf, rannte durchs Zimmer und beugte sich über den Tisch, um ihnen die Hände zu schütteln. «Danke, danke, oh, vielen Dank!», sagte sie begeistert und errötete verlegen. Sie lachten. Der dritte Mann, der, dessen Namen sie nicht verstanden hatte, erhob sich, um sie hinauszubegleiten.

«Denken Sie daran», sagte er, «das bleibt streng unter uns. Es gibt eine Menge hoffnungsvoller Kinder da draußen, die erst in etwa einer Woche Bescheid bekommen.»

Emma ging so würdevoll wie möglich zur Tür. «Vielen Dank», wiederholte sie unnötigerweise, ihr Zopf flog ihr schwer gegen den Rücken, als sie sich zum Gehen umwandte, und sie hörte sie wieder lachen, als sie die Tür schloss.

Neben dem Aufzug stand ein Mädchen, ein umwerfend schönes Mädchen, das sich lebhaft mit einer Gruppe Jungen unterhielt. Ihr blondes Haar, ein ungewöhnliches, dunkles Honigblond, nicht gefärbt, war vorne zu einem Pony geschnitten und fiel ihr hinten glatt über die Schultern. Es wogte bei jeder Bewegung. Ihre Haut war braun, fast exotisch, ihre Augen, mit denen sie beim Sprechen und Lachen flirtete, waren beinahe schwarz, sodass das Weiß um die Iris ungewöhnlich leuchtete. Als Emma vorbeikam, lächelte sie sie strahlend an.

«Hallo, wie hat's geklappt?»

«Prima.» Emma lächelte hingerissen zurück.

«Dann sehen wir uns ja im nächsten Semester. Ich bin Alison.»

Der große, dunkelhaarige Mann, der an der Wand neben der Treppe lehnte, fiel Emma nicht auf, aber sie ihm.

Der Brief mit der Bestätigung ihrer Zulassung und weiteren Informationen zum Einschreibeverfahren traf eine Woche später ein. Außerdem hatte der Rektor handschriftlich die Bitte hinzugefügt, Josie möge ihm bestätigen, dass Emma, die erst im August sechzehn wurde, ihrem Alter entsprechend untergebracht sei. Ihre Mutter war immer noch skeptisch.

«Stell dir vor, was du tagsüber alles anstellen kannst», orakelte sie.

Auf dem Weg zur Einschreibung sah sich Emma genauer an, wie manche Mädchen angezogen und geschminkt waren. Sie wirkten alle beängstigend unabhängig. Niemand sagte: «Da muss ich meine Mutter fragen», oder: «Nein, ich kann nicht, ich muss um zehn Uhr zu Hause sein.»

Sie war schon auf dem Weg nach draußen zum Zug in Richtung Heimat, als das exotisch aussehende Mädchen, das sie beim Vorstellungsgespräch getroffen hatte, sie ansprach.

«Du hast es also auch geschafft. Prima! Wir wollen alle zusammen Kaffee trinken gehen. Kommst du mit?» Mit einem Haufen Jungen im Schlepptau fegte sie an Emma vorbei die Treppe hinunter und nahm dabei zwei Stufen auf einmal. «Los!» Ihre Stimme hallte durch den Aufzugschacht neben dem Treppenhaus, und alle, einschließlich Emma, beschleunigten den Schritt, um nicht zurückzubleiben oder, schlimmer noch, ausgeschlossen zu sein.

Sie liefen über die Charing Cross Road nach Soho, folgten ihr gehorsam wie die Kinder dem Rattenfänger. Sie kamen an Nachtlokalen vorbei, vor denen Türsteher im Abendanzug die Passanten ansprachen: «Liveshows, tolle Mädchen …» Sie kamen an Prostituierten vorbei – geschminkten Huren, wie Emma sie noch nie gesehen hatte, mit hochtoupierten Frisuren, kurzen Röcken, breiten Lackgürteln und gelangweilten Mienen – und studierten die Speisekarten der fremdländischen Restaurants: chinesisch, griechisch, indisch, italienisch. Alison führte sie lässig an, rückwärts hüpfend und ununterbrochen redend und gestikulierend, während ihr das goldene Haar ums Gesicht wogte. Sie hatte lange Beine und ihr waghalsig kurzer Rock endete etwa zehn Zentimeter überm Knie.

Als sie in einem Café verschwand, marschierten sie alle folgsam hinter ihr her, hinab ins Untergeschoss, wo sie sich einen Espresso bestellten, heiß, süß und schaumig. Alison klatschte in die Hände.

«Also», sagte sie, «wir sollten uns jetzt gegenseitig kennen lernen. Du fängst an.» Sie zeigte auf den Jungen rechts neben ihr.

«George, George Campbell, neunzehn, äh ... Ich bin der kleine Mops aus Norfolk ... Ursprünglich aus Schottland. Dad ist Anwalt ... äh, ich habe zwei jüngere Schwestern ...» George zögerte, überlegte, was er sonst noch über sich erzählen könnte, und Alison, die sich bereits langweilte, wandte ihre Aufmerksamkeit einem anderen zu.

«Und du?»

«Jay Hammond.»

Alison wartete. «Das ist alles? Name, Rang und Seriennummer? Wie alt bist du?»

«Sechsundzwanzig.» Er klappte den Mund zu wie eine Falle, sodass sie sich gezwungen sah, entweder den Nächsten anzusprechen oder stumm dazusitzen.

«Emma Versey. Meine Mutter ist Sekretärin, und mein Vater war Vertreter und ist zwei Monate vor meiner Geburt gestorben. Wie meine Mutter erzählt, wurde er vor unserm Haus von einem Auto überfahren, als er eine Wiege für mich kaufen wollte.» Und mit welcher Leidensmiene sie das immer gesagt hatte, dachte sie, ganz Märtyrerin, die schwer kämpfen musste, um mich allein groß zu ziehen. «Ich bin sechzehn.»

«Na, dann bist du ja noch ein richtiges Kind», sagte Alison freundlich, beugte sich über den Tisch und lächelte sie strahlend an. Sie hatte kleine Zähne, sehr weiß und gleichmäßig, und lächelte so, dass man alles für sie getan hätte, nur damit sie wieder so lächelte.

Begierig auf den Klang ihrer eigenen Stimme, erklärte sie, sie sei jetzt an der Reihe. «Alison Brown. Furchtbar langweiliger Name. Aber schrecklich passend. Meine Mutter war Malaiin und soll sehr schön gewesen sein, und von ihr habe ich mein Aussehen.» Falsche Bescheidenheit lag ihr fern: Sie wusste genau, wie sie wirkte.

«Gewesen?»

«Gewesen. Sie ist bei der Geburt meines jüngsten Bruders Ricky gestorben. Mein teurer Vater, der alte Mistkerl, hat uns alleine groß gezogen und war darin ziemlich beschissen.» Sie lachte wieder. «Okay, jetzt bist du dran.»

William, hellhaarig, rundgesichtig und stupsnasig, ein Junge vom Land, der zum ersten Mal in der Hauptstadt war, fand das alles berauschend. «Appleyard, Bill. Hab eigentlich nichts zu erzählen. Dad ist Doktor und Mutter ist Hausfrau, richtig langweilig.» Er lächelte Emma zaghaft an, und Alisons schwarze Augen flogen von einem zum anderen.

«Na, ihr beiden passt zusammen», sagte sie, «eurer Kleidung nach zu urteilen seid ihr beide brave Kinder vernünftiger Eltern.» Emma war tief getroffen. «Und eure Kinder kriegen bestimmt mal rote Haare und Sommersprossen.» Nun waren sie beide getroffen und liefen gleichzeitig rot an.

«Lass sie in Ruhe! Merkst du nicht, wie gemein du bist?», sagte Jay kühl.

Alison war sofort zerknirscht. «Tut mir Leid, ihr Guten. Ich bin ein bisschen aufgedreht. Sind wohl die Nerven.»

«Danach siehst du gar nicht aus.» George, lockig, braunäugig, auf gesunde Weise hübsch und von sich selbst überzeugt, war schon in sie verknallt und nahm die anderen nur zur Kenntnis, wenn Alison einmal schwieg. Jay sprach fast überhaupt nicht. Mit langen, schlaksigen Gliedern, Hakennase, dunklem, glattem Haar, das schwer über eine hohe Stirn fiel, und blauen Augen mit langen Wimpern saß er zurückgelehnt da und beobachtete nur. Emma fühlte sich unbehaglich, wenn er sie ansah.

Alison hatte sich wohl in ihn verguckt, denn sie wandte sich oft mit Fragen an ihn, die er meist nicht beantwortete, neckte ihn, stützte das Kinn in die Hand und sah ihm tief in die Augen. Bei George wirkte das, er schmolz sichtbar dahin, aber Jay war offenbar immun. Er war es, der die Party beendete.

«Bis nächste Woche dann», sagte er und stand unvermittelt auf.

Alison war niedergeschlagen. «Musst du schon gehen?»

«Muss meinen Zug erwischen.» Er war kurz angebunden, blieb ungerührt von ihren Bitten, doch noch zu bleiben, und sie brachen auf, verabschiedeten sich laut auf der Old Compton Street und gingen auseinander, um ihre Busse und Bahnen zu erwischen. Alison lief mit Emma zur Tottenham Court Road.

«Hast du es weit?»

«Cheshunt.»

«Aha, Vorstadt. Komm ich auch her, Richmond. Könnte schlimmer sein, nehme ich an, und der alte Mistkerl meint, ich dürfte mir nächstes Jahr, wenn ich ins Hauptstudium komme, eine Wohnung nehmen.»

«Ist er denn so schlimm?»

Alison lachte hell. «Ja, ganz schlimm. Er ist so ...», sie stockte und suchte nach dem richtigen Wort, «fordernd.»

«Was meinst du damit, fordernd?»

Alison sah sie mit ihren schwarzen Augen kurz von der Seite an. «Für dich ist das wohl in Ordnung», sagte sie. «Ich wette, dein Vater war kein Genie.»

«Weiß ich nicht. Ich hab ihn ja nicht kennen gelernt.»

«Ach je, typisch, da habe ich mich schon wieder ins Fettnäpfchen gesetzt. Tut mir Leid, das wollte ich wirklich nicht. Hast du Geschwister?» Emma schüttelte den Kopf. «Ich hab zwei Brüder. Pete ist dreiundzwanzig und ebenfalls ein Genie, deshalb hatte Vater nie Probleme mit ihm. Und dann komm ich. Ich bin auch ziemlich clever. Nur weil ich sonst abgehauen wäre, bin ich überhaupt hier.» Sie lachte wieder. «Ricky, der ist das Problem. Aber das interessiert dich bestimmt nicht.» Sie gingen zusammen zum U-Bahnhof hinunter, und an ihrem Bahnsteig verabschiedete Alison sich. «Das wird bestimmt eine tolle Zeit», sagte sie. «Bis nächste Woche.»

Emma sah zu, wie sich die Leute nach Alison umdrehten, und fragte sich, warum um alles in der Welt ein solches Mädchen sich ausgerechnet sie für die Rolle der Bewunderin ausgeguckt hatte, dann machte sie sich auf den Weg zu ihrem Zug, zur Liverpool Street Station und zur Heimreise in die Vorstadt.

3

Als Emma an ihrem ersten Collegetag das Haus verlassen wollte, bemerkte ihre Mutter den nachts heimlich umgenähten Rocksaum und sprach ein Machtwort.

«Du siehst ja aus wie ein Flittchen. *So* läufst du mir an deinem ersten Tag nicht herum, Schluss, aus! Entweder du ziehst dich um, oder du bleibst hier!»

Emma stürmte nach oben und warf sich in Jeans und Schlabberpulli. «Dumme Kuh», murmelte sie vor sich hin, während sie die Haustür hinter sich zuwarf. *Dumme Kuh!*, wiederholte sie stumm auf der ganzen Zugfahrt nach London.

Eine Liste am schwarzen Brett teilte ihr mit, in welchen Raum sie musste. Die Jungen waren in einer anderen Gruppe, wie auch Alison – ihre Namen begannen mit den Buchstaben aus der ersten Hälfte des Alphabets –, und Emma geriet in Panik und kreiste um das schwarze Brett, bis sie zu spät dran war. Als sie den Raum schließlich fand, hatte man bereits angefangen, und bei der Unterbrechung wandten sich ein Dutzend Augenpaare in ihre Richtung. Oh, wenn man doch unsichtbar wäre!

Der dicke, ältere Mann, der in der Mitte des Raumes saß, trug nichts als ein schwarzes Suspensorium und eine gelangweilte Miene. Emma hatte noch nie so viel Fleisch gesehen. Seine Brüste wallten ihm über den Bauch, Haut traf auf Haut in weißen teigigen Hügeln, und seine hängenden Hinterbacken flossen seitlich von seinem Sitz. Emma überlegte, wie wohl der Penis unter dem Suspensorium aussah. Sie war noch nie so nah daran gewesen, einen zu Gesicht zu bekommen. Wurden Penisse eigentlich auch einfach so dick, nicht nur, wenn sie erigiert waren? Oder hieß das Penii? Warum hatte sie bei den unanständigen Wörtern in der Schule nicht besser aufgepasst?

Der Dozent holte ihr eine Staffelei – eine hölzerne Bank mit einer Latte vorne, auf der sie ihr Zeichenbrett aufstützen konnte –, und die Klasse arbeitete in beinahe absoluter Stille weiter bis zum späten Vormittag.

«Holen Sie sich einen Kaffee», sagte er dann. «Sehen Sie sich ein wenig um und orientieren Sie sich.»

Sie zogen verschüchtert ab, zur Mensa zwei Stockwerke tiefer, und bei dem Lärm und Getümmel verlor sie auch den letzten Rest ihres Selbstvertrauens. Sie stand mit gesenktem Kopf in der Schlange und tat so, als suchte sie etwas in ihrer Handtasche, weil sie nicht wusste, wo sie hinschauen sollte, und als sie dann ihren Kaffee und einen Schokoriegel hatte, wusste sie nicht, wo sie hingehen sollte. Sie kam sich unförmig, auffällig vor, mit einem Gesicht wie ein Feuermelder, riesigen Händen und Füßen, ein richtiges Monster. Sie hätte auf der Schule bleiben sollen, wo man an ihre monströsen Proportionen gewöhnt war, an ihr Quasimodo-Gesicht.

Als Alison im Eingang auftauchte, drehten sich ein paar Dutzend Köpfe nach ihr um. Sie warf mit Blicken um sich, produzierte sich vor ihrem Publikum, bis sie Emma entdeckte, den blonden Kopf zurückwarf und ihre Zähne zu diesem umwerfenden Lächeln entblößte. Emma hörte massenhaftes männliches Luftschnappen, und zwanzig Augenpaare folgten Alison beim Durchqueren des Raumes.

«Hallo. Bist du so lieb und hältst mir einen Platz frei? Bin gleich wieder da.» Alison wollte sich ans Ende der Schlange stellen, als sie George entdeckte und ihm mit vielen Gesten bedeutete, er möge ihr einen Kaffee mitbringen. Er sah so erfreut aus, dass es fast lächerlich war, und sonnte sich in der allgemeinen Aufmerksamkeit. «Komm», sagte sie, «suchen wir uns einen Platz», und wunderbarerweise wurde ein Tisch frei gemacht und ihr in tiefer Ergebenheit überlassen.

George kam mit Bill und Jay. Irgendwie, Emma begriff nicht ganz, wie, gelang es Alison, Jay neben sich zu platzieren, was George verärgerte. Die Jungen nannten sie bereits Ali und wetteiferten um ihre Aufmerksamkeit, bis auf Jay, der sich zu Emma hinüberbeugte und sie mit aufmerksamen blauen Augen fixierte. Wieder fand Emma ihn beängstigend.

«Also, wo wollen wir nachher essen gehen?», fragte Alison. «Ganz in der Nähe ist ein Italiener, sollen wir es da versuchen? Jay?»

Jay stimmte achselzuckend zu. «Wenn die anderen nichts dagegen haben. Emma?»

«Gut, ich komme mit.» Emma hätte allem zugestimmt,

um nicht allein in der Mensa bleiben zu müssen. Ihr Schokoriegel lag unberührt in ihrer Tasche, denn sie war zu gehemmt zum Essen.

«Ich bin dabei.» George war verärgert. Ali hatte *ihn* nicht gefragt, ob *er* mit wollte. Seiner Meinung nach war das Günstlingswirtschaft. War er nicht genauso gut wie Jay? Und außerdem sah er besser aus.

Bill ließ den Blick von Gesicht zu Gesicht wandern, mit vor Aufregung geweiteten Augen. Er würde alles mitmachen, er war unkompliziert.

«Gut. Dann um halb eins.»

Die Kaffeepause hatte die Zungen gelöst und die von der Anspannung des ersten Tages bloßliegenden Nerven beruhigt. Wieder im Unterrichtsraum, begannen die anderen Studenten sich gegenseitig Zigaretten anzubieten, Witze zu erzählen und Anspielungen zu machen, Jungen und Mädchen sich wechselseitig zu mustern und bereits Paare zu bilden. Ich weiß nicht, wie das geht, dachte Emma, ich kann das nicht und ich will das auch nicht. Und so zeigte sie ihr Näherkommen-verboten-Schild, das verschlossene, abweisende Gesicht, das ihr schon in der Schule als Schutz gedient hatte, wenn jemand ihr zu nahe kam. Es funktionierte auch hier, mit durchschlagendem Erfolg, man hielt sie für kalt und hochnäsig und ließ sie in Ruhe.

Sie gingen zum Italiener, aßen so viel Risotto, wie für fünf Shilling auf ihre Teller ging, und tranken Unmengen Kaffee. Emma schlang alles wie ausgehungert hinunter und hätte noch mehr geschafft. Alison nahm eine halbe Portion für zwei Shilling Sixpence und bewältigte selbst die nur mit Mühe.

«Morgen», verkündete sie, «gehen wir in einen Pub. Hier in der Gegend gibt es bestimmt viele.»

Als sie im Zug nach Hause saß, war Emma erleichtert. Es gelang ihr, einen Sitzplatz zu ergattern, und sie sah müßig zu, wie die Pendler ihre Kreuzworträtsel lösten, die Morgenzeitung weiterlasen, verstohlen in der Nase bohrten und jeden Blickkontakt vermieden. Ich bin in weniger als vierundzwanzig Stunden um zwanzig Jahre gealtert, dachte sie, auch wenn ich immer noch genauso wenig über das männliche Geschlechtsorgan weiß wie heute Morgen, als ich das Haus verließ. Wieso sind weibliche Modelle eigentlich immer vollkommen nackt und männliche nicht?

Womit sich nur ihre Befürchtung bestätigte: Im Vergleich zu all den beängstigend abgebrühten Erwachsenen, mit denen sie den Tag verbracht hatte, war sie nur ein Kind, ein richtiges Wickelkind.

Das lag nur an dir, Ma, dachte sie, fast achtundzwanzig Jahre später, während sie im Eingang zum Dachboden stand und in die Finsternis starrte. So überbehütend, so erdrückend um meine Tugend besorgt, hast du mir die Möglichkeit genommen, mich zu diesen selbstbewussten jungen Leuten zugehörig zu fühlen, die miteinander sprachen und lachten, als hätten sie sich schon ein Leben lang gekannt. Du hast mich regelrecht zu Hause eingesperrt, aus Angst, ich könnte entfliehen und dich allein lassen. Aber rückblickend hast du wohl mehr mitbekommen, als ich dir zugetraut hätte.

Sie lächelte, als ihr die Unterhaltung an jenem ersten Abend wieder einfiel, ihre Mutter so begierig, so aufdringlich in ihrem Wunsch nach Information, in ihrem verzweifelten Verlangen, ihren Einfluss aufrechtzuerhalten.

Emma krümmte sich innerlich zusammen, als sich Josie mit einem großen trockenen Sherry neben Tante Mabel niederließ und über die leeren Teller beugte, damit ihr ja kein Wort entging.

«Also, wie war es? Wie sind die anderen? Was hast du heute gemacht? Erzähl!»

«Da gibt es nicht viel zu erzählen.»

«Sei nicht albern, mein Schatz. *Irgendwas* musst du doch gemacht haben. Tante Mabel und ich sind schon den ganzen Tag wahnsinnig gespannt.»

Blöde alte Schrulle! Steckt ihre Nase überall rein. «Ich habe ein bisschen gezeichnet.» Das wird sie gerade mal für zehn Sekunden zufrieden stellen, du Schaf ... Ich habe einen nackten Mann gezeichnet, und der hatte einen großen, dicken, riesig langen Pimmel. Das wird ihr die Sprache verschlagen. «Ist noch Pudding da?»

«Ja, Schatz. Vanillesauce?»

«Hmm, bitte.» Mit vollem Mund spricht man nicht.

«Also, was hast du denn nun gezeichnet, mein Schatz?»

«Einen nack... einen Mann.» Mit einem riesigen ... Nein. Das käme nicht gut an. «'tschuldigung, Ma, ich bin kaputt. Morgen erzähl ich dir alles.»

Oben auf dem Dachboden suchte Emma nach dem runden, altmodischen Lichtschalter, knipste ihn an und starrte dann mit einem Seufzer auf das Meer aus Gerümpel, das Georges Eltern zurückgelassen hatten. Eventuell hätte sie der guten Tante Mabel von dem Tag erzählt, der Schwester ihrer Mutter, die früher, als sie noch klein war, manchmal auf sie aufgepasst hatte. Mabel betrieb am Earl's Court eine Pension, die ihr vor vielen Jahren ein unbekannter Wohltäter vermacht hatte. Ihre Tante hatte schon allerlei erlebt, war voller Verständnis für die Jugend, und Josies Vorbehalte gegen sie erhöhten noch ihren Reiz. Sie hatte ein Skelett im Schrank und war daher interessanter als Ma.

Ach, Mabel, dachte Emma, als sie sich zwischen den zerbrochenen Stühlen, den Teekisten, den chaotischen Überbleibseln aus vierzig, fünfzig Lebensjahren von Georges Eltern hindurchschlängelte. Du hast dir meinetwegen so viel Mühe gegeben, Jugendclubs, Cafés und Abendkurse vorgeschlagen, dich für meine Freiheit eingesetzt, aber Ma hat nur das Kinn vorgeschoben und trotzdem getan, was ihrer Meinung nach das Beste für ihre Kleine war.

Sie sah in der Dunkelheit auf die einschüchternde Unordnung, überlegte, wo sie anfangen sollte, und musste lächeln, als ihr das Ende der Unterhaltung zwischen den beiden Frauen einfiel, das sie an jenem Abend mit angehört hatte.

«Meine liebe Tochter», sagte Josie nachdrücklich, «sie lebe glücklich bis ins hohe Alter.»

«Ein Widerspruch in sich», konterte Mabel trocken. «Glück und Alter.»

4

Jay war nicht der Einzige, der Emma verunsicherte, nur der Einschüchterndste. In den ersten Semesterwochen geriet sie allgemein in den Ruf, überheblich und hochmütig zu sein, und wurde als Eisblock bezeichnet. Jemand anders verpasste ihr dann den Spitznamen eiserne Jungfrau.

Ihr war bewusst, dass sie sich von den anderen absonderte. Sie lernte sich selbst besser kennen, und ob die anderen sie seltsam fanden, war ihr egal, solange man sie in Ruhe ließ. Nur hin und wieder verspürte sie das Bedürfnis, so zu sein wie Alison, die nach der Hälfte des Semesters mit fünf Jungen angebändelt und wieder Schluss gemacht hatte und mit dem Dozenten Passmore auf eine mittägliche Sauftour gegangen war. Völlig betrunken wurde sie im Aufenthaltsraum abgeladen, und Emma, die nicht wusste, was sie mit ihr anstellen sollte, war empört. «Es ist ja bekannt, dass Harry Passmore einem hübschen Gesicht nicht widerstehen kann», erklärte sie ihrer Freundin entrüstet. «Aber er ist verheiratet und hat drei Kinder, verdammt nochmal. Natürlich bist du selber Schuld, wenn du mit ihm ausgehst, trotzdem ist es ein starkes Stück, dich so abzufüllen, nur damit er dich betatschen kann.» Alison stöhnte und rannte zur Toilette.

Passmore fand es ausgesprochen komisch, als das hoch aufgeschossene Kind mit den Sommersprossen ihn auf dem Gang anhielt, um ihm die Meinung zu sagen, aber als sie mit ihm fertig war und sich ein Dutzend kichernder Zuschauer versammelt hatte, war ihm das Lachen vergangen.

«Du warst toll», meinte George später. «Ich wünschte, ich hätte den Mumm gehabt.»

«Hast du aber nicht.» Jay lächelte Emma an. «Genauso wenig wie ich, nur Emma hatte ihn.»

Emma war über sich selbst erschrocken. Als hätte sie in der Schule einen Aufstand bei der Rektorin gemacht.

«Weißt du was?» Jay, der Emma wie immer genau beobachtet hatte, nutzte die Gelegenheit. «Wir lassen die letzte Stunde sausen und gehen zusammen Kaffee trinken.»

Emma erklärte sich kurz entschlossen damit einverstanden. Sie kam sich mittlerweile dermaßen idiotisch vor, dass sie nur noch weg wollte, und sei es mit Jay. Als sie gingen, wurde Alison gerade von der Sekretärin ins Büro geführt, wo man schwarzen Kaffee in sie hineinschüttete.

«Ein paar von unseren geschätzten Dozenten sollten Warnschilder um den Hals tragen», bemerkte sie zu ihrer Kollegin. «Nun sieh dir mal an, in welchem Zustand das Mädchen hier ist!»

Als Alison wieder nüchtern war, schickte man sie nach Hause, aber sie sah die beiden: Emma und Jay im Café. Er beugte sich über den Tisch, lächelte sie an und hatte sie gerade mit irgendeiner Bemerkung zum Lachen gebracht. Miststück, dachte Alison im Vorbeigehen, du hinterhältiges, elendes Miststück!

Und damit, dachte Emma, während sie einen Stofffetzen aufhob und über einen dreibeinigen Couchtisch kletterte, um zum Fenster am hinteren Ende des Dachbodens zu gelangen, hatte ihre Freundschaft mit Alison eigentlich erst richtig begonnen – mit zögernden Geständnissen aufgrund von Schuldgefühlen. Wie Ali sie ausgelacht hatte! Wie albern sie sich wohl angehört hatte!

Sie rieb über das schmutzige Glas, hauchte die Scheiben an und rieb wieder. Die Sonne schien schräg aufs Gras, und wo noch Tau lag, verwandelte sie Grün in Grau. Auf dem feuchten Boden konnte sie die gewundenen Fußspuren des Einsiedlers erkennen. Wie schön es hier ist, dachte sie, und wie gut, dass wir schließlich hier gelandet sind, an einem Ort, den du schon so lange im Auge hattest. Wie seltsam, dass du und er das Gleiche dafür empfandet, und für mich.

Es dauerte drei Tage, bis Alison wieder mit ihr sprach, und selbst dann musste sie sie auf dem Weg zur U-Bahn noch dazu überreden, ja zwingen.

«Bitte», bettelte sie, «würdest du wieder mit mir sprechen? Ich hab nicht den Hauch einer Ahnung, warum du so sauer bist.»

Alison starrte sie wütend an, dann gab sie schulterzuckend nach. «Na gut», sagte sie resigniert. «Ich spendier dir einen Kaffee. Du hast offenbar wirklich keinen Schimmer.»

Sie setzten sich in ein Café in der Nähe der Oxford Street. «Es geht um Jay», sagte Alison.

Emma war verblüfft. «Was ist mit Jay?»

Ali kramte in ihrer Handtasche nach einer Zigarette. «Ich weiß immer noch nicht, warum ich rauche.» Sie lachte über sich selbst. «Ich habe nur damit angefangen, um interessant zu wirken. Er gefällt mir unheimlich, und neulich hab ich dich gesehen, wie du mit ihm im Café gesessen und ihn über deinen Espresso hinweg angeguckt hast.»

Emma lachte sie aus. «Du bist albern», sagte sie. «Ich bin doch überhaupt nicht in ihn verliebt.»

Das stimmte. Er hatte an jenem Nachmittag keine Annäherungsversuche gemacht, sich nur mit ihr übers College und über Illustrationen unterhalten, und als sie nach Hause ging, hatte sie ein wenig die Scheu vor ihm verloren, ja, sie stellte sogar fest, dass sie ihn eigentlich ganz gut leiden konnte.

«Es hatte überhaupt nichts zu bedeuten, ehrlich.»

Alison war skeptisch. «Na gut, wenn du nicht in Jay verknallt bist, in wen bist du kann verknallt? In irgendjemanden *musst* du doch verknallt sein.»

Sie begannen, mit den Studenten aus dem Diplomstudiengang auszugehen. Sie waren die Elite und bereits im «richtigen» Studium. Sie wussten, wo die Partys stattfanden, Partys, die anders waren als alles, was die Neulinge bisher kennen gelernt hatten. Emma konnte zu den ersten nicht mit, auch Alison nicht, aber die Jungen erzählten ihnen davon. Die brauchten ja auch nicht um Erlaubnis zu fragen, als Jungen konnten sie immer irgendwo auf dem Fußboden übernachten. Ihre Eltern machten sich keine Sorgen, dass sie verführt werden könnten, und sich zu betrinken gehörte einfach zum Erwachsenwerden dazu.

Alison war frustriert. Sie hatte doch das Leben kennen lernen wollen und konnte nun aus Mangel an Gelegenheit keine Erfahrungen sammeln. Da sie mittlerweile den Appetit ihrer Freundin kannte, ging sie mit Emma zum Italiener, spendierte ihr ein Pilzrisotto und zwei Portionen neapolitanisches Eis und versicherte sich ihrer Unterstützung.

«Wenn ich sage, ich würde bei dir übernachten, kann ich dem alten Mistkerl entwischen. Für dich tue ich dann das Gleiche.»

«In Ordnung», sagte Emma. «Aber bei mir ist das nicht nötig, kein Interesse.» Alison nahm das mit einem Schulterzucken zur Kenntnis und stürzte sich ins Vergnügen.

Auf einer Party in Notting Hill Gate verlor sie ihre Unschuld an einen Unbekannten, den sie nicht einmal nach seinem Namen fragte. «Wir haben es im Badezimmer auf dem Boden gemacht», erzählte sie Emma hinterher kichernd. «Dort lag auch ein Betrunkener, der völlig weggetreten war, und ich hatte fürchterliche Probleme mit meinem Schlüpfer. Er ging nicht runter bei all dem Gefummel und so.»

«War es gut?»

«Eigentlich nicht. Vorher fand ich es ganz schön, das Küssen und Streicheln. Er hatte ein großes Ding. Dann kam ich mir allerdings ein bisschen betrogen vor, denn es ging alles so schnell. Aber ich habe wohl einfach den falschen Typ erwischt.»

«Und jetzt ist Jay an der Reihe?»

Ali schüttelte den Kopf. «Nein, den heb ich mir für später auf. Ich möchte es erst richtig können, sonst läuft er mir noch weg. Ich habe den Eindruck, dass er schon ein bisschen herumgekommen ist, und ich möchte ihm gewachsen sein. Bin ich nicht schrecklich?» Sie lachte und zündete sich die nächste Zigarette an.

Eine Woche später wollte Jay mit Emma ausgehen. «Und warum nicht?», fragte er, als sie ablehnte.

Weil ich, hätte sie erklären können, Angst vor dir habe,

vor deiner weltmännischen Ausstrahlung, deiner Erfahrung. Aber das sagte sie nicht, sie murmelte nur: «Ich möchte lieber, dass wir Freunde bleiben», womit sie ihn verletzte.

«Ich hatte keineswegs die Absicht, dich zu vergewaltigen», sagte er wütend, und sie kam sich vor wie ein kompletter Idiot.

Ali war hinter Barry her, einem Graphikstudenten im zweiten Jahr. Groß, schlank und gut aussehend, wie er war, mit breiten Schultern und schmalen Hüften, stellte sie es sich als angenehm vor, mit ihm Erfahrungen zu sammeln.

Zur Semestermitte fand im Aufenthaltsraum ein Tanzabend statt: Bier, Chips, laute Musik, Tamla Motown, die Beatles, die Stones und hin und wieder ein paar langsame Stücke für die Schüchternen, Sandy Shaw und Dusty Springfield. Emma ging hin, nur um sich ihre Unabhängigkeit zu beweisen, und tanzte anfangs ausschließlich mit Bill und George, denn das waren die einzigen Jungen, bei denen sie sich wohl fühlte. Jay war nicht gekommen.

George war über Alison hinweg und jetzt in eine Graphikstudentin aus dem ersten Semester namens Jilly Fox verliebt. «Aber ich komme nicht an sie ran wegen all dieser anderen Typen», erklärte er Emma, indem er den Krach überbrüllte. «Was soll ich machen, Em, was meinst du?»

«Woher soll ich das wissen?», brüllte sie zurück, mit ihren eigenen Problemen beschäftigt, und er ließ sie stehen, um seinen Kummer in Alkohol zu ertränken.

Als sie später ein paar Gläser intus hatte, wurde sie mutiger und tanzte mit einem Jungen namens Ian, einem Studenten der Malerei. Seinen Familiennamen bekam sie nicht mit, weil gerade «House of the Rising Sun» von den Animals lief und die Musik zu laut war, aber er wirkte nett, normal und harmlos.

«Gehst du morgen mit mir ins Kino?», fragte er beim Hämmern der Musik beiläufig.

«Okay», artikulierte Emma stumm, vom Alkohol ermutigt, und er verabschiedete sich. Es war überraschend einfach.

Alison stürzte sich auf sie. «Na? Worüber habt ihr euch unterhalten? Küsst er gut? Ist das nun der Richtige?»

Emma lachte sie aus. «Nein, er ist nicht *der* Richtige. Er ist nur nett. Ich weiß nicht, ob er gut küsst – er hat mich nicht geküsst.»

Alison war enttäuscht, nahm es aber als gutes Zeichen, als Emma ihr vom Kino erzählte. Dann bestehe ja noch Hoffnung, meinte sie.

Am Mittwochabend ging er mit ihr in den College-Filmclub, wo Sternbergs *Der blaue Engel* gezeigt wurde: Marlene Dietrich, der herzlose Dekadenz aus jeder Pore troff. Als zum Schluss ihr Liebhaber so grausam gedemütigt und vernichtet wird, hatte Emma einen Kloß im Hals. In Wirklichkeit war bestimmt niemand so grausam, meinte sie.

Ian lachte sie aus. «Aber sicher. Denk mal an deine Freundin!» Emma war verblüfft. «Deine Freundin Alison. Die spielt doch mit jedem, auch mit dir. Barry hat sie bereits an der Leine. In der blinden Hoffnung, dass er bei ihr ankommen würde, hat er seiner Freundin den Laufpass gegeben, und dabei sieht doch jeder, dass sie ihn nur an der Nase herumführt. Du etwa nicht?»

Emma trat unbehaglich von einem Bein aufs andere. «Sie kann nichts dafür», verteidigte sie Alison. «Sie hat doch diesen schrecklichen Vater.»

«Quatsch», sagte Ian verächtlich. «Sie ist ganz einfach ein Biest.» Er hatte eben keine Ahnung.

Sie nahmen die U-Bahn zur Liverpool Street, und er wartete mit ihr auf dem Bahnsteig, bis Emmas Zug einfuhr.

Dann küsste er sie auf die Wange, drückte ihr die Hand und verabschiedete sich.

«Danke», sagte sie. «Es war ein schöner Abend.»

«Ich fühle mich geehrt.» Er grinste sie an. «Du hast nämlich einen Ruf.»

«Was meinst du damit, einen Ruf?»

«Man hält dich für unnahbar. Zwei Jungen aus meinem Semester wollten dich auch fragen, aber keiner hat sich getraut.»

Emma fühlte sich gedemütigt und beschämt.

«Na komm.» Ian lächelte sie an. «Das ist schon in Ordnung. Ich bewundere dich, denn du lässt dich von niemandem drängen. Wie alt bist du eigentlich?»

«Sechzehn.»

«Dachte ich mir.» Er nickte viel sagend. «Du hast noch viel Zeit.»

Am nächsten Nachmittag stürzte sich Alison auf sie. «Ach, du meine Güte, was ist denn mit dem Trottel los?», rief sie aus, als sie erfuhr, dass er nicht einmal versucht hatte, Emma richtig zu küssen. «Ist er schwul?»

«Schwul?

«Du weißt schon, vom anderen Ufer, ein warmer Bruder, ho-mo-se-xu-ell. Muss ich dir das auch erklären?»

«Nein. Nein, natürlich nicht.» Emma war sich sicher, dass er nicht so einer war. «Er weiß eben, dass ich nicht will.»

Bis zum Ende des Semesters ging Ian noch ein halbes Dutzend Mal mit Emma aus, ins Café oder zum Essen. Sie redeten und lachten harmlos miteinander wie Bruder und Schwester, und abends nahm sie den letzten Zug nach Hause nach Cheshunt zu ihrer Mutter. Josie erzählte sie, sie wäre mit Alison weg gewesen.

Josie fand es immer schwieriger, ihre Autorität zu wahren – Emma zog sich immer mehr zurück, und Josie fürchtete, sie ganz zu verlieren, wenn sie sich beklagte.

Jay redete gar nicht mehr mit Emma.

«Das pfeifen doch die Spatzen von den Dächern: Der ist schrecklich in dich verliebt. Weißt du das denn nicht?», sagte Ian.

«Nein ... ja, vermutlich.» Emma wollte Jays offensichtliches Interesse nicht zur Kenntnis nehmen, denn sie hatte Schuldgefühle gegenüber Alison. «Aber ich habe ihm bereits erklärt, dass ich nicht mit ihm ausgehen will. Allerdings sehe ich nicht ein, warum wir nicht trotzdem Freunde sein können.»

«Du hast ihn verletzt. Du hast ihn abgewiesen und bist mit mir ausgegangen.»

«Aber das ist doch was anderes, du würdest nie ...»

«Was würde ich nie, mit dir ins Bett gehen wollen? Das weiß er doch nicht.» Ian wirkte für einen Moment verärgert und wechselte das Thema.

5

Das Wintersemester 1965 war ein Fortschritt. Die Leute aus dem Vorstudiengang lernten sich allmählich kennen. Einige von den Älteren hatten sich in der Stadt eine Bude gesucht, möblierte Zimmer am Earl's Court oder in den Nebenstraßen der King's Road, und Emma konnte mittlerweile in die Mensa gehen, ohne sich wie der Glöckner von Notre-Dame zu fühlen.

In der Akademie in Chelsea gab es ein Rock-Konzert mit Long John Baldry und Julie Driscoll, und sie gingen alle zusammen hin, nur Jay nicht. Emma blieb zum ersten Mal von zu Hause weg, nachdem sie bei ihrer Mutter gebettelt und gefleht hatte, sie doch gehen zu lassen.

Josie wollte unbedingt Alis Vater anrufen, um sicherzugehen, dass ihm das auch recht war, und er hätte fast Alisons Alibi platzen lassen, als er pompös meinte: «Nachdem meine Tochter so oft bei Ihnen war, ist das doch das Mindeste.» Glücklicherweise war Josie an dem Abend müde, und Emma gelang es, die Bemerkung achselzuckend als Irrtum abzutun. Doch es war knapp und versetzte den Mädchen einen Schock.

Sie fuhren oben im letzten Doppeldeckerbus nach Richmond, vom Lärm und Watneys' Red Barrel berauscht, und trommelten auf den Lehnen herum, verschwitzt von der Hitze, der körperlichen Anspannung und zu viel Alkohol.

Der Mistkerl war noch auf, als sie heimkamen. Er war riesig, fast einen Meter neunzig groß, rotgesichtig und blond. Emma fand ihn auf Anhieb unsympathisch. Er hatte einen grausamen Zug um den Mund und das Gespräch mit ihm glich einem Verhör. Warum Emma so früh von der Schule gegangen sei? «Welche Noten hatten Sie denn? Wissen Sie, was Alison für Noten hatte?»

«Ach, sei still, Daddy. Em will meine blöden Noten gar nicht wissen.»

«Alison hat ein ausgezeichnetes Zeugnis.»

Ali sah ihn böse an. «Komm, Em, wir gehen ins Bett.»

«Woran lag es denn bei Ihnen, mein Fräulein?», wollte er wissen. «Nicht intelligent genug?»

Da Emma von seiner aggressiven Art und Weise eingeschüchtert war, murmelte sie nur: «Ich hatte einfach keine Lust mehr auf Schule», und eilte hinter ihrer Freundin her.

Das Haus war riesig, alt und elegant von außen, luxuriös und aufdringlich von innen. «Viel Geld und wenig Geschmack», meinte Alison, deren Zimmer sich stark vom Rest der Wohnung unterschied, ganz in Stahl und Glas, mit weißen Decken überm Bett, mit weißem Sofa, weißem Teppich und großen, leuchtend farbigen Drucken an den weiß gestrichenen Wänden. «Wenn ich mal so reich bin wie Daddy, hänge ich mir Originale auf», sagte sie.

Sie war überdreht, redete wie besessen über das Konzert, über Männer, über Sex. Es dauerte eine Stunde, bis sie wieder auf den alten Mistkerl kam. «Ist er nicht einfach grauenhaft?»

«Warum hat er's so mit den Noten?»

Alison drehte sich auf ihrem weißen Bett auf den Bauch, kreuzte die nackten Beine in der Luft und stützte das Kinn in die Hände. «Er ist ein intellektueller Snob, ein Genie mit einem Intelligenzquotienten von ich weiß nicht was, der sich aus dem Nichts zu all dem hier hochgearbeitet hat.» Sie wies mit einer verächtlichen Handbewegung auf ihre Umgebung. «Seine Eltern waren Arbeiter, glaube ich, aber ich habe sie nie kennen gelernt, er erwähnt sie nicht einmal. Sein Geld hat er nach dem Krieg mit Geschäften verdient, weißt du, indem er Restbestände billig aufgekauft und mit riesigem Gewinn wieder verkauft hat, aber jetzt ist er an der Börse und macht da seinen Reibach. Er liebt alles, was mit Macht zu tun hat, und er meint, Schulabschlüsse und akademische Grade würden einem zu Macht verhelfen, wie Geld und Adelstitel. Er hätte gern einen Adelstitel, aber er kennt nicht die richtigen Leute.» Sie lachte und genoss ihre Verachtung. «Er hat Geld in Massen und keine Klasse.» Sie reckte sich nach dem Nachttisch und tastete nach ihren Zigaretten. «Er ist ein Eins a Mistkerl. Pete, das ist mein großer Bruder, der studiert Mathe in Oxford und arbeitet an seiner Doktorarbeit. Der ist auch ein Genie. Mit dem hatte Daddy noch nie Probleme. Der wollte das so und Daddy brauchte ihm nur die richtige Richtung zu zeigen. Ich bin auch ziemlich intelligent …»

«Wie intelligent?»

«Wirklich ziemlich intelligent. Ich sollte zur Uni gehen: Ich hatte einen Platz in Somerville für Geschichte und Wirtschaftswissenschaften.»

«Und warum bist du nicht gegangen?»

«Aus zwei Gründen.» Alison rollte sich auf den Rücken, zündete ihre Zigarette an und sah nachdenklich durch den Rauch zur Zimmerdecke. «Einmal aus Trotz – ich hatte die Nase voll davon, mir immer alles von ihm sagen zu lassen. Und zweitens gefiel es mir nicht. Er hatte ein reines Mädchencollege ausgesucht, weil er meinte, da wäre man weniger abgelenkt.» Sie rollte sich wieder auf den Bauch und zeigte grinsend ihre vollkommenen weißen Zähne. «Du kannst dir vorstellen, wie mir das geschmeckt hat. Ich hab ihm erklärt, wenn ich dahin müsste, würde ich weglaufen und er würde mich nie wieder sehen. Aber dieses Jahr muss ich noch zu Hause wohnen, damit er ein Auge auf mich haben kann. Und ich darf gar nicht daran denken, wie er Ricky behandelt hat.»

«Wie hat er Ricky denn behandelt?»

Alison setzte sich auf und kreuzte die Beine. «Also … Ricky ist mein kleiner Bruder. Er ist weg.»

«Ist der auch so intelligent?»

«Ja und nein. Man hat ihn mit acht getestet, dann wieder, als er dreizehn war, und einen IQ von 125 oder 130 festgestellt. Das ist nicht ganz so gut wie bei mir und nicht einmal andeutungsweise so toll wie bei Pete, aber immer noch ganz gut. Das Problem war, er versagte. Als er sechs war, bestellte der Lehrer Daddy zu sich und erklärte ihm, Ricky wäre schwachsinnig.» Sie hielt inne, um blauen Rauch in die Luft zu blasen. «Daddy war immer streng zu ihm. Vielleicht, weil er der Jüngste war und mit mir und Pete mithalten musste. Wie auch immer, es stellte sich heraus, dass er eine Art ...», sie zuckte mit den Schultern und spielte mit der Asche im Aschenbecher herum, «tja, Wahrnehmungsstörung hatte. Also, er erfasst die Wörter nicht richtig. Wenn er ein Buch oder eine Zeitung anschaut, sieht er das nicht wie du oder ich – es ist einfach ein Durcheinander.» Sie sprang vom Bett auf und wühlte in einer Schublade. «Das hat er geschrieben, als er ungefähr zehn war.» Sie reichte Emma ein Blatt mit Eselsohren. Zwischen einigen Buchstaben gab es Lücken, und Emma meinte, hin und wieder ein Wort erkennen zu können. «Nud» konnte «und» bedeuten und etwas hätte «der» heißen können, nur dass das «d» verkehrt herum geschrieben war. Der Rest war einfach nicht zu entziffern. Sie gab es zurück.

«Verstehst du, was ich meine? Du kannst dir nicht vorstellen, wie schlimm Daddy das fand. Ein Mann, der alles aus eigener Kraft erreicht hatte, und nun gab es da, nach zwei schlauen Kindern, diesen totalen Schwachkopf. Er wollte es jahrelang nicht wahrhaben und gab den Schulen die Schuld, denn es konnte einfach nicht sein Problem sein. Im letzten Grundschuljahr nahm Rickys Rektorin dann Daddy beiseite und sagte ihm ihre Meinung, sagte, Ricky sei ein heller kleiner Junge mit einem Lernproblem. Sie unterzog ihn allen möglichen komischen Tests, um zu beweisen, wie klug er war, aber das fand Daddy nur noch schlimmer. Er dachte, wenn Ricky helle war, dann versagte er nur, weil er sich keine Mühe gab, deshalb begann er ihm zu Hause Nachhilfe zu geben, und als Ricky es nicht packte, schrie er herum und schimpfte. Ricky hatte eine Todesangst vor ihm. Es endete in Tränen, und Daddy warf die Bücher durchs Zimmer und schlug wutentbrannt die Tür hinter sich zu.» Alison rauchte aromatische schwarze Sobranie mit farbigen

Filtern, paffte heftig, zündete eine an der Glut der anderen an und drückte dann die Stummel aus, bis ein bunter Haufen Zylinder im Aschenbecher lag.

«Und was ist dann passiert?»

«Ich bin weggegangen. Ich war dreizehn und Daddy hat mich in einem Internat untergebracht, aber Ricky wurde nirgendwo angenommen, deshalb beschloss er, ihn zu Hause zu unterrichten. Er war mittlerweile zwölf und Daddy hätte das durchaus gekonnt, ich meine, er hatte das nötige Wissen, aber was er nicht hatte, war Geduld. Er hatte nicht die geringste Ahnung, wie Ricky sich vor ihm fürchtete. Als ich im ersten Jahr damals nach Hause kam, hatte Ricky angefangen zu stottern, und als er dann vierzehn war, konnte er nicht nur nicht lesen und schreiben, er konnte auch nicht mehr sprechen.» Zornestränen liefen ihr über die Wangen. «Ich hasse ihn!», rief sie aus. «Ich hasse den alten Mistkerl bis aufs Blut!» Emma holte ihr ein Papiertaschentuch, ein fast sauberes, und sie wischte sich die Tränen ab. «Tut mir Leid.» Sie schnäuzte sich lautstark. «Das ist der Alkohol, der macht mich trübsinnig.»

«Und wo ist er jetzt?»

«Wer, Ricky? Ich habe dir doch gesagt, er ist weg, auf einer Sonderschule. Aber er ist Ende des Schuljahrs fertig, und dann muss er wieder nach Hause, damit ihn sein lieber Daddy wieder quälen kann.»

Sie zogen sich schweigend aus, und Alison stolperte sofort ins Bett und schlief ein. Emma lag wach, dachte über das nach, was sie erfahren hatte, und sah ihre farblose, überarbeitete Mutter in neuem Licht. Sie schliefen lange, und Alison wachte mit einem Kater auf.

Für den Rest des Semesters sahen sie sich nur selten. Zu viele wunde Stellen lagen bloß, und sie scheuten sich beide vor weiteren Intimitäten. Ali wollte kein Mitleid. Sie wollte gemocht, geliebt, bewundert werden, aber nicht bemitleidet.

Die Ferien waren eine Erlösung.

6

Während des Sommersemesters stellten sie alle fest, dass sie sich ein wenig anstrengen mussten, falls sie ins Hauptstudium wollten.

Ali wollte Graphikdesign studieren. Sie liebäugele mit Werbung, sagte sie. «Massenhaft Geld, Ruhm und Männer.»

«Die armen Tölpel ahnen ja nicht, was auf sie zukommt», sagte Jay beißend, um sie zu reizen.

Er und Alison wechselten kaum noch ein Wort miteinander. Sie hatte auf einer Party in St. John's Wood Annäherungsversuche gemacht und war abgewiesen worden. Mit Emma redete er auch nicht, weil sie sich immer noch mit Ian traf. Wenn er sich auch auf den ersten Blick in sie verliebt hatte – ich brauche sie nicht, sagte er sich, wenn der Drang, die beiden zu erwürgen, allzu stark wurde, ich liebe sie nicht. Sie würde mein Leben nur verkomplizieren. Seit dem Zusammenstoß mit Alison suchte er seine flüchtigen Vergnügungen weit entfernt vom College, verborgen vor den neugierigen Augen seiner Mitstudenten.

Die letzten Wochen waren hektisch, alle bemühten sich, ihre Mappen zusammenzubekommen, und stellten fest, dass sie nicht fleißig genug gewesen waren. Bis auf Jay, den stillen, hämischen Jay, der wusste, das er genug getan hatte. Er war sehr gut, sehr, sehr gut und selbstsicher bis zur Arroganz. Er hatte sich für ein Graphikstudium entschieden und war sich ganz sicher, dass er angenommen würde.

George wollte ebenfalls Graphik studieren – er wusste, er würde hinterher einen gut bezahlten Job bekommen –, doch Bill wollte zur allgemeinen Überraschung Modedesigner werden.

«Keine Ahnung», sagte er, als man ihn nach dem Grund fragte. «Scheint mir eben das Richtige.»

Emma wollte ebenfalls in die Modebranche, während Alison, ganz typisch, dreimal ihre Meinung änderte, bevor sie sich schließlich dazu entschloss, sich Bill und Emma anzuschließen, vor allem, weil ihr der Dozent für Textildesign gefiel.

«Wenn es mir nicht zusagt, kann ich ja immer noch wechseln», meinte sie leichthin.

Alle wurden angenommen und verzogen sich am letzten Tag des Semesters in den Pub, um das zu feiern und sich endgültig in die langen Ferien zu verabschieden.

Ian entdeckte in einer Ecke Emma, die sich in einer aufgeregten Unterhaltung mit Bill befand. «Natürlich kannst du», sagte sie. «Warum fragst du sie nicht? Wie George und Ali.»

«Was wie George und Ali?»

Emma wandte sich um und lächelte Ian an. «Mich lächelst du nie so an», beschwerte sich Bill, aus reiner Gewohnheit flirtend, und sie lachte ihn aus.

«Also, worum geht's?»

«Um meine Tante Mabel.» Emma rückte zur Seite. «Ali und ich wollen unsere Eltern überreden, uns nächstes Jahr ausziehen zu lassen. Ich habe bei Ma bereits darauf hingearbeitet. Wenn sie selbst schon kein Auge auf mich haben kann, dann wäre Mabel die zweitbeste dafür. Sie wohnt nämlich am Earl's Court. Etliche ihrer Studenten ziehen diesen Sommer aus, und wir sind ja alle so respektabel, dass sie entzückt sein dürfte, wenn ich meine lieben Freunde dazu überreden könnte, bei ihr ein Zimmer zu mieten. Sie weiß natürlich nicht, was für ein schlimmer, unanständiger Haufen ihr seid.»

Bill tat beleidigt. «Wie kannst du es wagen! Hier bin ich, die reinste Unschuld vom Lande, und die liebe Alison, der Inbegriff einer eisernen Jungfrau ...»

Alle lachten bei dem Gedanken an Alison als eiserner Jungfrau, der Titel gebührte immer noch Emma. Ein Witzbold hatte Alison «Fahrrad» getauft – jeder könnte sich auf ihr abstrampeln –, aber das hinderte keinen Jungen daran, hinter ihr her zu sein.

«Wenn du Interesse hast», sagte Emma, «dann musst du dich beeilen. Sie ist fast belegt.»

«Wie Alison», bemerkte Bill trocken.

Oben auf dem Dachboden räumte Emma ein paar kaputte Lampenschirme zur Seite. Sie hatte den anderen nie erzählt, wie schwierig es war, Josie herumzukriegen. «Wie kannst du mich so im Stich lassen?», fragte Josie. «All die Jahre habe ich geknausert und gespart, mich für dich aufgeopfert, und wozu? Nur damit du dich so schnell wie möglich davonmachst?»

Emma war geduldig, praktisch. «Ich bräuchte dann weniger Fahrgeld. Tante Mabel wird wohl kaum Miete von mir verlangen, deshalb gibt es keine Mehrausgaben außer Strom und Gas. Für dich ist es weniger anstrengend, wenn du nicht nach Hause hetzen musst, um für zwei zu kochen, keine Wäsche, kein Bettenbeziehen mehr für uns beide. Und ich» – offene emotionale Erpressung – «müsste dann nicht mehr spätabends durch ganz London fahren oder Vorlesungen ausfallen lassen, damit ich den frühen Abendzug noch erwische.» Ihre Mutter gab nach.

Und nun ist es zu spät, dachte Emma, während sie vom Dachbodenfenster aus in den sonnenbeschienenen Garten tief unter ihr starrte, meine kalte Nichtachtung von Mas Bedürfnissen zu bedauern. Mir kam es nicht einmal in den Sinn, dass sie überhaupt Bedürfnisse hatte, Träume und Sehnsüchte, genau wie ich. Sie kam mir damals so alt vor und ich war jung. Jetzt ist es zu spät, sich zu entschuldigen.

7

Emma nahm das große Zimmer im Erdgeschoss, dessen Flügelfenster nach hinten auf den Stadtpark hinausgingen, mit steinernem Waschbecken, hölzernem Abtropfregal und einer Kochplatte. Ali hatte ein Auge auf das Schlafzimmer über Emma geworfen, direkt neben dem Gemeinschaftsbad. Die anderen Zimmer im Erdgeschoss und im ersten Stock waren bereits vermietet, an einen Jurastudenten und ein Mädchen, das Englisch an der London University studierte. Tante Mabel bewohnte den zweiten Stock, und das Untergeschoss war für die Jungen vorgesehen, allerdings noch für ein paar Wochen von zwei Studenten und einem Dozenten der Wirtschaftswissenschaft belegt.

Emma organisierte in der ersten Ferienwoche ein Treffen, informierte alle, wo genau das Haus war, was sie anziehen und wie sie sich Tante Mabel gegenüber verhalten sollten. Nur Jay hatte kein Interesse. Er hatte kein Bedürfnis nach Gesellschaft, bis auf die von Emma.

Es war ein langer heißer Sommer. Bevor sie auseinander gingen, gab Ian Emma seine Telefonnummer, aber sie brachte es nicht über sich, ihm ihre zu geben. Sie bekam einen Job in einem Großhandelsmarkt, packte von acht bis halb zwei Hundefutter in Regale, eilte von da aus zum Mittagessen nach Hause und nahm dann den Bus zum Supermarkt, wo sie von halb vier bis halb elf an der Kasse saß. Jeden Abend ging sie mit geschwollenen Füßen und Rückenschmerzen ins Bett, träumte von Kassen und Kassenzettelrollen und verdiente acht Pfund und zehn Shilling die Woche.

Als sie Ende September kündigte, hatte sie fast hundert Pfund angesammelt, doch sie gab nichts davon aus: Das Geld war für die neue Wohnung gedacht. Sie hatte sich geweigert, Mabel und Josie auf ihre spätsommerliche Urlaubsreise nach Southwold zu begleiten, und fuhr stattdessen zehn Tage vor Semesterbeginn nach London. Ian hatte sie seit dem Treffen bei Mabel nicht mehr gesehen, und sie fragte sich flüchtig, ob sie ihn hätte anrufen sollen, machte sich jedoch weiter keine Gedanken darüber – es war nicht so wichtig. Oder war Ian selbst nicht so wichtig?

Ohne Mabel konnte sie dort tun und lassen, was sie wollte, und diese Freiheit war berauschend, wie der erste Schwips. Sie dachte kurz daran, Ali anzurufen, ließ es aber bleiben, sie war viel zu zufrieden und entdeckte zum ersten Mal in ihrem Leben das Vergnügen, ganz allein zu sein.

Die anderen tauchten am Samstag in einem Sammelsurium von Familienkutschen auf, die mit Schachteln, Teekisten, Koffern und geduldig leidenden Eltern voll geladen waren. Bills waren still und bescheiden wie Bill selbst; Georges auf Anhieb sympathisch, ruhig, gelassen und ein bisschen schottisch. Ians Eltern hinterließen bei Emma nicht den geringsten Eindruck. Und der Mistkerl war genau so ungehobelt wie beim letzten Mal. Mabel, die Jahre der Unsichtbarkeit in einem besseren Fall als dem des ungeschliffenen Mr. Brown erduldet hatte, nahm sofort Anstoß.

«Er ist ja vielleicht im Grunde ganz nett», gestand sie Josie, die gerade angekommen war, «aber ehrlich gesagt, dafür kann ich keinerlei Anzeichen entdecken. Der Mann ist rettungslos gewöhnlich.»

Während die anderen sich in ihre Zimmer verteilten, drückte sich Ian noch herum.

«Du hast mich nicht angerufen ...»

«Tut mir Leid, ich habe einfach so viel gearbeitet ...»

«Und du hast mir deine Telefonnummer nicht gegeben, damit ich dich anrufen konnte.» Er starrte sie streitlustig an. «Ich war sehr geduldig, Em, aber manchmal glaube ich, dass du mich nur benutzt, um auf bequeme Weise hartnäckigere Verehrer abzuschrecken. Das ist nicht fair.»

Er hörte sich vorwurfsvoll und gekränkt an, und Emma begab sich sofort in die Defensive. Sie hatten eine Abmachung, und er hatte die Regeln akzeptiert. Sie fühlte sich von seiner Hartnäckigkeit bedrängt, missbraucht.

«Ich zahle immer selber», meinte sie schmollend, wie zur Entschuldigung.

«Darum geht es doch gar nicht, und das weißt du auch.» Das fand Ian ja gerade so bedauerlich, denn er konnte ja kaum Druck auf Emma ausüben, wenn er noch nicht einmal behaupten durfte, Geld für sie ausgegeben zu haben. Nicht ein einziges Mal war es ihm gelungen, alles für sie zu bezahlen, wenn sie abends ausgegangen waren, und ausdrücklich darauf hinzuweisen war einfach nicht fair von ihr. Er wollte sie küssen, aber sie drehte den Kopf weg und hielt ihm die Wange hin.

«Vielleicht sollte ich mich anderweitig umtun, statt neben dem Telefon zu hocken», sagte er zornig und polterte nach unten.

Sie schloss die Tür hinter ihm und setzte sich ins offene

Fenster. Es war immer noch sommerlich, und der Abendwind roch gut, nach Benzin, warmem Teer und Gras. Sie versuchte sich ein Leben ohne Ian vorzustellen, was ihr ohne weiteres gelang. Wenn er ihr den Laufpass gab, würde sie eben wieder allein sein, nur dass sie jetzt wirklich auf sich gestellt war. Sie konnte hören, wie die anderen sich unten einrichteten: gedämpftes Poltern, Stimmen, Gelächter, dann das dumpfe Bum, Bum, Bum von Rockmusik. Das störte sie nicht, nicht mehr als das Rauschen des Verkehrs oder der Australier nebenan, der im Bad einen unanständigen, antipodischen Gassenhauer sang. Sie war für sich allein.

Josie war am Sonntag heimgefahren, tränenreich und niedergeschlagen. «Das Haus wird mir so leer vorkommen», schniefte sie kummervoll ins Taschentuch, mit laufender Nase und roten, wässrigen Augen. «Du isst bestimmt nicht ordentlich, wenn ich nicht auf dich aufpasse.»

«Vielen Dank für dein Vertrauen.» Mabel war nüchtern, sarkastisch und konnte das Gejammer ihrer Schwester nicht ertragen. «Nun ist aber Schluss, Josie. Ich achte schon darauf, dass Emma auf dem Pfad der Tugend bleibt, das verspreche ich dir.» Josie schniefte.

Sie begleiteten sie zum U-Bahnhof, winkten ihr oben von der Rolltreppe aus nach und grinsten sich dann verschwörerisch an.

«Und du benimmst dich lieber, mein Fräulein», drohte Mabel ohne große Überzeugung, «sonst schicke ich dich wieder heim zu Muttern.»

8

Sie fuhren zusammen mit der U-Bahn zum College, alle bis auf Ian, der früher losging, um Emma nicht zu begegnen. Sie waren ziemlich laut, mit Absicht, um die anderen Pendler zu ärgern.

«Nun guck dir nur diese Langweiler an.» Bill schnippte seinen Pferdeschwanz verächtlich von seinem Kragen. «Das personifizierte Mausgrau.»

Er trug eine schwarze Jacke mit Samtkragen, tiefen Taschen und Schulterpolstern, ein Hemd in leuchtendem Türkis mit einem Ripsband als Krawatte und schwarze Röhrenjeans. Emma hatte ihre Augen zum ersten Mal nicht verstohlen in der Bahn, sondern zu Hause geschminkt und trug das Haar offen. Unter einem Armeemantel aus dem Secondhandshop hatte sie einen knöchellangen indischen Rock mit einem selbst gefärbten Oberteil an. Ali war ganz in Rot: rote Bluse mit langem, spitzem Kragen, roter, ausgestellter Rock mit breitem, schwarzem Gürtel und kurze, mit leuchtend schwarz-roten Blumen bestickte Jacke. Ihre Beine waren sehr braun und ihre hochhackigen Schuhe sehr spitz. Sie sah umwerfend aus und erntete unterwegs dutzendweise bewundernde Blicke. George trug eine sehr teure, pflaumenfarbene Lederjacke, die er von seinem Verdienst als Rettungsschwimmer erstanden hatte, sah aber trotzdem gammelig aus. Er war zu spät aufgestanden und hatte vergessen, sich zu rasieren, sein Haar war fettig und seine Jeans nicht allzu sauber.

Sie stolzierten die breiten Steinstufen hoch, grüßten vertraute Gesichter und blieben stehen, um ein Wort zu wechseln. «Wie waren die Ferien?» – «Hast du gearbeitet?» – «Wo ist denn der Dingsbums?»

Sie hatten jetzt einen neuen Stundenplan, an den sie sich

noch gewöhnen mussten. Es war nicht ganz einfach zu behalten, wo was stattfand, und sie verbrachten die erste Woche damit, sich neue Namen, neue Dozenten und neue Räume zu merken. Sie fanden sich unheimlich toll, waren aufgekratzt und übermütig.

Da sie in nun in verschiedenen Fachbereichen waren, trafen sie George seltener und Jay fast gar nicht mehr. Er wollte mittags nicht mit zum Italiener kommen, aber trotz seiner Abwesenheit war er ein Thema zwischen ihnen.

«Er ist der meilenweit Beste von uns», sagte George, «und weiß genau, was er will. Er besitzt ein sicheres Gespür für Wirkung, ‹kommerziellen Instinkt›, wie unser Dozent sagt.» Jay bekam schon Aufträge als freier Illustrator, nur aufgrund von Mundpropaganda. «Verdient Unsummen», sagte George sehnsüchtig. Er war erst seit einer Woche zurück, und sein Ferienverdienst schwand bereits dahin. Jilly war den Chinesen leid, deshalb hatten sie es mit Dinty Moore's versucht, dem Italiener an der Ecke, wo sich ein Großteil der Earl's Court-Studenten traf, aber auch da gefiel es ihr nicht. Sie liebte es feiner. «Sie wickelt mich immer um den kleinen Finger», gestand George Emma kläglich.

Alison brauchte weniger als eine Woche, um festzustellen, dass sie sich das falsche Zimmer ausgesucht hatte. Sie versuchte, Emma dazu zu überreden, mit ihr zu tauschen, aber die wollte nicht, deshalb becircte sie den ruhigen, zurückhaltenden Jurastudenten, der seit kurzem im Erdgeschoss zur Straße hin wohnte. Das Badezimmer wäre viel leiser als der Verkehr, versicherte sie ihm, und von ihrem Zimmer könnte man ins Grüne sehen. «Viel stiller», sagte sie und schlug groß die Augen zu ihm auf.

«Was hast du eigentlich vor?», fragte Emma misstrauisch.

Ali zwinkerte ihr zu. Sie lag faul auf Emmas Sofa, ließ die langen Beine über der Armlehne baumeln und auf ihrem Bauch balancierte bedenklich eine Tasse Kaffee. «Es ist nämlich so», erklärte sie, «im ersten Stock bin ich direkt unter Tante Mabels Schlafzimmer.»

«Na und?»

«Na ja, ich kann mir nicht gut vorstellen, dass Tante Mabel oben in ihrem jungfräulichen Bettchen liegt und sagt: ‹Wie schön, dass die kleine Alison heute Abend einen Freund zum Knutschen da hat.› Du vielleicht? Sie wäre in Windeseile unten und würde mich und den erwähnten jungen Mann vor die Tür setzen, wenn sie den Eindruck hätte, ich würde es in ihren heiligen Hallen mit jemandem treiben. Wenn ich allerdings das Zimmer im Parterre zur Straße raus hätte ...» Sie warf den goldenen Kopf zurück und lachte schallend.

Der Jurastudent fügte sich ihren Wünschen für nichts als ein hinreißendes Lächeln und ein flüchtiges Küsschen auf die Wange, und Alison beschloss, zur Feier des Umzugs eine Party zu geben.

Auch Tante Mabel wurde eingeladen, allerdings erst nachdem Alison sich vergewissert hatte, dass Mabel an dem Wochenende Josie besuchen wollte, und so bereitete es ihr nicht das geringste Problem, als Mabel die Einladung bedauernd ablehnte. «Aber bei der nächsten müssen Sie unbedingt dabei sein. Es ist ja auch gar keine richtige Party, Mabel» (sie nannten sich bereits beim Vornamen), «nur ein paar Freunde, und die meisten kennen Sie ja schon.»

Als Emma am Freitag in die Mensa kam, wartete Ian auf sie. Sie wusste, was er von ihr wollte, denn er hatte seit Tagen versucht, sie allein zu sprechen, doch sie war ihm aus dem Weg gegangen.

Er kam gleich zur Sache. «Ich muss wissen, was los ist. Gehen wir zusammen auf die Fete?»

«Nein», sagte sie zu ihrer eigenen Überraschung. «Nein, ich will nicht mehr mit dir zusammen sein.»

Er blieb einen Augenblick sitzen und starrte sie wütend an, dann schob er seinen Stuhl zurück und stand auf. «Gut», sagte er, «dann verabrede ich mich wohl besser mit jemand anders.»

«Tut mir Leid ...», setzte sie an, doch zu spät, er war bereits wutentbrannt auf dem Weg nach draußen.

Merkwürdigerweise fühlte sie sich erleichtert.

Die Mädchen verbrachten den Samstag vor dem mannshohen Spiegel in Alisons Zimmer, um sich für die Party chic zu machen. Bis zum Mittagessen türmten sich die ausgemusterten Kleidungsstücke auf dem Boden, und Alison war zu dem Schluss gekommen, dass sie etwas Neues brauchte, deshalb nahmen sie die U-Bahn nach Kensington und gingen zu Biba in der Abingdon Road, wo Alison ein Kleid mitgehen ließ. Es war kurz, schwarz und exquisit geschnitten. Es brachte ihre Beine und schön gebräunten Arme zur Geltung. Sie probierte es an, es gefiel ihr, sie stopfte es in ihren Jackenärmel und marschierte damit hinaus.

«Nun guck nicht so schockiert!» Sie lachte über Emmas Gesichtsausdruck. «Das machen doch alle, und außerdem hätte ich gar nicht die drei Pfund zehn dafür.»

Sie kamen kurz nach fünf zurück und stellten fest, dass die anderen fortgegangen waren. Sie hatten einen Zettel hinterlassen, *8 Uhr, Dinty Moore*, also verspeiste Emma eine Dose Ravioli mit geriebenem Käse, und dann probierten sie zum letzten Mal ihre Kleider an. Sie trug ein Jerseykleid, das sie in der Woche zuvor in der King's Road gekauft hatte: knöchellang, eng geschnitten, mit rundem Ausschnitt und breiten blau-gelben Streifen. Der Stoff, der sich über ihren vorstehenden Hüftknochen spannte, betonte den Mangel an Fleisch darunter: Sie sah aus wie eine hagere Wespe.

Alison musterte sie kritisch. «Du bist zu dünn», sagte sie. Sie selbst sah sensationell aus, strahlend schön, und sie wusste es.

Bill und George kamen aus dem Untergeschoss hoch, aber Ian ließ sich nicht blicken. «Er hat gesagt, er würde später zu uns stoßen», sagte Bill.

«Wo ist er denn hin?»

«Keine Ahnung, ich habe ihn nicht gefragt.»

«Der ist den ganzen Tag schon ziemlich schlecht gelaunt.» George war nicht gerade für seinen Takt berühmt. «Habt ihr Krach, Em?»

Emma antwortete nicht. Das ging niemanden etwas an.

Sie gingen zu Dinty Moore's, besetzten einen der großen Tische hinten im Restaurant, und im Laufe der nächsten Stunde trafen die anderen einzeln oder paarweise ein. Die Party sollte erst um zehn anfangen, aber bis neun waren sie schon zu vierzehnt und hatten elf Flaschen billigen Rotweins vertilgt. Barry kam um halb zehn und schmuggelte sich auf den Stuhl neben Alison. Das gestohlene Bibakleid sah umwerfend aus, und je mehr sie trank, desto mehr drehte Alison auf, bis sie alle anderen im Restaurant überstrahlte.

«Jetzt!», verkündete sie, gab das Startsignal, und alle sprangen auf, schoben die Stühle zurück, erhoben sich einmütig, tranken ihre Gläser leer und folgten ihrer Spur.

Emma war sauer. Sie war sauer über das geklaute Kleid, die Art, wie ihre Freundin alle manipulierte, die Tatsache, dass Alison diese Party gab, sie aber dazu gezwungen hatte, auch ihr Zimmer zur Verfügung zu stellen.

«Was ist denn mit dir und Ian los?» Bill hakte sich bei ihr ein, als sie auf die Straße kamen.

«Nichts. Wir haben nur Schluss gemacht.»

Damit hatte er nicht gerechnet. «Der arme alte Ian. Kein Wunder, dass er so schlechte Laune hatte.» Er umarmte sie fester. «Hat denn dann ein netter Junge vom Land eine Chance? Stubenrein, allgemein beliebt?»

Emma zwang sich zu einem Lachen. «Hm, laut Hörensagen allerdings bei ziemlich vielen Frauen.»

«In letzter Zeit nicht mehr, mein Mädchen, seit mindestens einer Woche nicht.»

Es war kalt geworden, und sie gingen schnell, alle, bis auf Emma. Sie trödelte, suchte Vorwände und wünschte sich verzweifelt, sie hätte sich geweigert, ihr Zimmer zur Verfügung zu stellen.

Es war zu spät, auf der Schwelle warteten bereits ein Dutzend Leute, und als sie in ihrer Tasche nach dem Schlüssel kramte, wurden Rufe laut: «Wie lange dauert das denn noch?», und man pfiff und stampfte mit den Füßen. Emma wurde immer saurer.

George ahnte, was in ihr vorging. «Na, komm», sagte er im Vorbeigehen, als er für Jilly etwas zu trinken holte, «es ist doch nur eine Party.»

Sie knirschte mit den Zähnen. «Merkt man mir das an?»

Ian war mit einer winzigen, wunderhübschen Japanerin erschienen und knutschte auf einem Sessel mit ihr herum.

«Mann!» Bill sah mit empörter Faszination zu. «Warum verschluckt er sie nicht einfach und fertig?»

Emma zog einen wackeligen Stuhl unter der Dachschräge hervor, wühlte dahinter und entdeckte einen Stapel alter, hölzerner Tennisschläger, einer immer noch im Spanner. Die Saiten waren ein Gewirr von Därmen, die Rahmen verbogen und vom Alter verdreht, nicht mehr zu reparieren. Als ihr jenes erste Mal wieder einfiel, hielt Emma inne und lächelte. Wie schön er war, erinnerte sie sich und wurde rot bei dem Gedanken daran, und ich war sofort in ihn verliebt.

Sie bahnte sich den Weg zu dem Berg von Gerümpel, der im Laufe ihrer Tätigkeit immer höher wurde («Nimm keine Rücksicht», hatte George ihr befohlen. «Ich bin nicht sentimental»), dann zog es sie wieder zum Fenster, wo sie ihn suchte, bis sie ihn endlich, die hechelnden Hunde wie Buchstützen neben sich auf der Bank, am Ufer des Flusses entdeckte, der sich am Rand der Wiese entlangschlängelte. Während sie ihn beobachtete, lehnte er sich zurück, die Hände hinterm Kopf verschränkt, die langen Beine gebeugt, und drehte sein Gesicht zur Sonne. Oh, ich liebe dich so, dachte sie. Aber als ich mich damals entscheiden musste, mein Gott, da brach es mir fast das Herz.

«Ricky!», überschrie Alison das Getöse und kletterte über Barrys Beine, um zu den Neuankömmlingen zu gelangen, die in der Tür standen und ihre Motorradhelme umklammerten. Einen von ihnen kannte Emma flüchtig, einen Kunststudenten, der wie Alison in Richmond wohnte. Der andere war zweifellos Alis Bruder, Rick.

Er war groß, etwa eins achtzig, mit dem Teint seiner Schwester, dunkle Haut, dunkle Augen, volles goldblondes Haar, war aber dünner als Alison, schmerzhaft dünn. Außerdem ging er gebeugt, mit eingezogenem Kopf, als erwarte er jeden Moment eine Ohrfeige oder einen Schlag. Doch trotz all dem, trotz des verbissenen Zugs um den Mund und der tiefen Falte zwischen den Augenbrauen, hielt Emma ihn für den schönsten Jungen, den sie je gesehen hatte. Es war Liebe, Liebe auf den ersten Blick, und sie wusste ohne jeden Zweifel vom ersten Moment an, dass sie ihn immer und ewig lieben würde.

Die Gabe seiner Schwester, einen Raum zu erhellen, hatte er jedoch nicht. Nachdem sie beiläufig auf die Getränke gewiesen hatte, begab sich Alison wieder zum Sofa, woraufhin sich der andere Junge ein Bier holte und ebenfalls abzog. Es war Bill, der gerade allein war und nichts Besseres zu tun hatte, der Rick zur Begrüßung anlächelte und ihm ein Glas Wein eingoss.

Er ging zum Fenster und starrte, mit dem Rücken zur stampfenden Musik, in den dunklen Garten hinaus, ohne Anstalten zu machen, sich in den Trubel zu stürzen. Niemand nahm ihn zur Kenntnis. Alison flirtete mit dem Jungen, der mit ihm gekommen war, und Barry wurde ärgerlich. Ian lag lang in einem der Sessel, auf seinem japanischen Mädchen, die Hände unter ihrem Rock, die Zunge in ihrem Mund. George und Jilly tanzten Wange an Wange zu «Ask Me Why» von den Beatles. Aber Rick Brown sah Emma nicht, die mit ihrem Weinglas immer noch allein auf ihrem Kissen hockte und sich nicht rührte. Sie starrte nur, von Gefühlen überschwemmt.

Bis zwei Uhr waren nur etwa zehn Leute übrig, aber Alison wollte noch weitermachen, denn sie amüsierte sich über den eifersüchtigen Barry. Als jemand rief: «Ali, Kaffee!», sah sie sich unwillig nach ihrem Bruder um.

«Ricky? Sei doch so lieb und mach Kaffee ...»

Zögernd bewegte er sich vom Fenster fort, in die Richtung, die Alisons Finger ihm wies, und Emma sah ihm nach. Wenn er nicht lesen konnte, würde er sich nicht zurechtfinden. Sie nahm ihr Glas und folgte ihm hinter den lackierten Wandschirm.

Er stand mit unsicher erhobener Hand vor einem der offenen Regale über dem Spülstein. Seine Finger waren sehr braun, die Knochen standen weiß unter der braunen Haut hervor, und Emma hätte ihn am liebsten gestreichelt.

Da standen drei Gläser, alle ganz gleich und mit «Tee», «Kaffee», «Zucker» beschriftet. Rick Brown hörte sie nicht kommen, und als sie an ihm vorbeigriff, sah sie ihn zusammenzucken und hörte, wie er scharf Luft holte, während sie den Kaffee herunternahm, den Zucker daneben stellte und ihn anlächelte.

«Das ist Kaffee und das ist ...»

Er starrte sie an, musterte sie nicht von oben bis unten, wie die meisten Jungen, die sie kannte, sondern starrte sie an, als hätte er noch nie so jemanden wie sie gesehen. Sie hob die Hand und berührte sein Gesicht. Sie hatte fürchterlich viel getrunken.

«Ich finde dich wunderschön», sagte sie.

Er lächelte zurück, eine plötzliche, blendende Erinnerung daran, wessen Bruder er war, und als ihre Finger sich von seiner Wange lösten, ergriff er ihr Handgelenk und hielt es fest.

«D-d-d-d ...» Er starrte ihr in verzückter Konzentration ins sommersprossige Gesicht und verfluchte seine Behinderung. Oh, dachte er, oh, ich dich auch, und er presste die Finger vor den Mund, um seine widerspenstige Zunge zu beruhigen. Emma fragte sich, wie sie nur vergessen konnte, dass er stotterte. Als er sie losließ, lächelte sie wieder, dann nahm sie ihr Glas und ließ ihn stehen, ging wieder zu ihrem Kissen in der Ecke, um dort die Augen zu schließen und den Kopf an die Wand zu lehnen, damit sie ihren Puls hören konnte, der ununterbrochen in ihren Ohren pochte. Etwas Ungeheuerliches, etwas Erstaunliches schien mit ihr zu geschehen.

Sie hörte, wie er mit Tassen klapperte, den Kessel füllte, dann eingoss und umrührte. Jemand hatte eine neue Platte aufgelegt, «Please Please Me» von den Beatles, und sie hörte, wie Tassen verteilt wurden und Alison mehr Zucker wollte. Als sich jemand neben sie setzte, wusste sie, dass er es war.

Er rückte ganz dicht neben sie, sodass er sie an der ganzen Seite berührte, aber sie reagierte erst, als das innere Beben nicht mehr auszuhalten war. Dann öffnete sie die Augen, hielt sie auf ihr Glas gerichtet und beobachtete, wie der Wein im Rhythmus mit dem Zittern ihrer Hand über den Rand schwappte. Sie betrachtete die Hand ernsthaft, als gehörte sie nicht zu ihr, dann wandte sie den Kopf, um zu sehen, ob er es bemerkt hatte.

Er starrte sie immer noch an, todernst und intensiv, und dachte dabei, wie schön sie sei. Als ihre Blicke sich trafen, streckte er die Hand aus, nahm ihr das Glas ab und stellte es sorgsam auf den Teppich neben sie, dann ergriff er ihre Hand. Sie sah fasziniert zu, wie seine braunen Finger sich um ihre schlossen.

«Ricky!»

Er fuhr auf und Emma mit ihm. So versunken waren sie in das, was mit ihnen geschah, dass sie die Welt um sich herum völlig vergessen hatten. Alison hatte nun genug, und es wurde Zeit, dass sie alle gingen.

Ian hatte sich bereits mit seinem japanischen Mädchen nach unten ins Bett verzogen, die anderen verschwanden nach und nach, und Rick ließ Emmas Hände los, kniete vor ihr nieder und fuhr ihr mit den Knöcheln langsam übers Gesicht.

«Kommst du wieder?» Sie wollte ihn berühren, tat es aber nicht, falls Alison zusehen sollte. Er nickte.

«N-n-n …»

«Nächste Woche?»

Wieder ließ er Alisons Lächeln aufleuchten, bei dem sie

innerlich zerfloss, dann stand er auf und ging zu seiner Schwester, die an der Tür wartete. Emma sah ihm nach. Oh Gott, er war so schön. Oh Gott, sie lehnte sich in ihr Kissen zurück und schloss die Augen, um das Gefühl besser auskosten zu können: Sie war verliebt.

In dieser Woche arbeitete Emma hart, noch härter als sonst, und sie ging Alison aus dem Weg, problemlos, denn Alison war mit ihrem neuen Freund beschäftigt. Als Mabel sich nach der Party erkundigte, sagte sie lässig, das heftige innere Zittern überspielend: «Danke, es war ganz gut, Tante Mabel», was bei ihrer Tante den Eindruck erweckte, es wäre nicht besonders toll gewesen. Aber sie ist ja noch jung, dachte Mabel zufrieden, sie hat noch viel Zeit für so etwas.

Bis Ende der Woche kam Emma das Ganze allmählich wie ein verschwommener Traum vor, wie einer dieser Schwarz-Weiß-Filme mittwochs abends im Filmclub.

Eine Woche später tauchte Alison abends mit einem halben Dutzend Freunde vor Emmas Tür auf, jeder mit einer Flasche Wein in der Hand. «Nur, um uns für die Party zu bedanken», und sie lächelte strahlend, zeigte Emma all ihre weißen Zähne und bettelte stumm um Einlass. Widerstrebend lächelte Emma zurück, machte schließlich die Tür weit auf, ging Gläser und einen Korkenzieher suchen, während sie sich im Zimmer verteilten, und begab sich dann an den Platz, an dem sie vorher gesessen hatte, ein großes Kissen an der Wand. Auf ihrem Beobachtungsposten kam sie sich wie eine Fremde vor, die durch ein erleuchtetes Fenster auf eine Szene schaut, die nichts mit ihr zu tun hat.

Da jemand «I Just Want to Make Love to You» von den Rolling Stones aufgelegt hatte, hörte sie die Klingel nicht. Erst der Klang seines Namens ließ sie den Kopf heben.

«Emma, könntest du Ricky was zu trinken holen?»

Sie stand auf und schlüpfte hinter den lackierten Wandschirm, ohne sich im Zimmer umzusehen. Ihre Hände zitterten, sie hatte Probleme mit der Flasche und starrte verständnislos auf die Weinpfütze, die sich in der Abtropfschale ausbreitete. Sie wusste, er würde kommen und sie finden, aber als er dann auftauchte, war sie trotzdem überrascht.

Aus den Augenwinkeln beobachtete sie fasziniert, wie seine braunen Finger die Innenseite ihrer Handgelenke zu streicheln begannen.

«Hallo», sagte sie lahm.

Als sie sich zu ihm umwandte, stieg eine Woge von Zärtlichkeit in ihr auf. Er streckte die Hand aus, die, mit der er sie gerade berührt hatte, die Handfläche nach unten, die Finger gespreizt, und sie lachte, weil sie ganz schön zitterten. Dann ergriff sie sie und drückte ihm die Weinflasche in die Hand.

Als sie sich zusammen ein Glas eingossen, kicherten sie über ihre Unfähigkeit, richtig zu zielen, doch dann griff Rick danach und nahm einen tiefen Schluck. Emma schenkte ihm sorgsam nach, und wortlos verließen sie die Intimität des Paravents und begaben sich zu den Kissen.

Sie setzten sich hin wie beim letzten Mal, berührten sich von der Hüfte bis zum Knöchel, von der Schulter bis zum Ellbogen, die Köpfe gegen die Wand gelehnt. Es lief gerade «Needles and Pins» von den Searchers, und die anderen lachten über eine komische Bemerkung Alisons. Als Emma Rick den Kopf zuwandte, starrte er sie bereits an. Sie hätte gern sein Gesicht gestreichelt, allerdings nicht vor so vielen Leuten. Aber das macht nichts, dachte sie, ich kann warten, du kannst warten, und sie blieb ganz still, erwiderte seinen Blick, der sie ohne Berührung streichelte.

Stundenlang saßen sie so, ohne ein Wort, bis Alison auf die Uhr sah und ihrem Bruder zurief: «Himmel, Ricky, weißt du, wie spät es ist? Mach dich lieber auf die Socken, sonst geht dir der Mistkerl an den Kragen.» Sie merkte gar nicht, wie dicht er neben ihrer Mitbewohnerin saß. Sie schaute, ohne etwas zu sehen.

Rick streckte die langen Beine, erhob sich dann, begab sich zur Tür, nahm seinen Helm vom Boden und ging. Komm mit, Emma, flehte er stumm, bitte.

«Mach's gut!», rief Alison. «Pass auf dich auf!» Sie wandte sich wieder ihrem Gesprächspartner zu und merkte nicht, dass Emma von ihrem Platz an der Wand aufgestanden war.

Rick wusste, sie würde hinter ihm herkommen, denn er wartete im Flur auf sie, den Helm neben sich auf dem Boden. Sie wollte ihn auf die Wange küssen, aber er drehte den Kopf, bis er so nah war, dass sie seine ausgeatmete Luft einatmete und sie den Wein fast schmecken konnte, dann legte er die braunen Finger an ihre Wange und küsste sie ungeschickt auf den Mund.

Als er sie losließ, verlor sie das Gleichgewicht, verwirrt von ihren Gefühlen. Er hielt sie fest, und sie barg ihr Gesicht an seiner Schulter, während er ihr übers Haar strich. Seine Jacke roch nach Leder und Motoröl, und sie spürte sein Herz schlagen, oder auch ihr eigenes, sie war sich nicht sicher. Wie auch immer, es war ein wunderbares Gefühl.

Sie standen ganz still, bis die Tür hinter ihnen aufging, woraufhin Rick sie unvermittelt losließ, seinen Helm wieder aufnahm und nach unten auf die Straße verschwand.

Alison nahm an, sie wäre im Bad gewesen. «Nacht, Em», sagte sie und klopfte ihr wohlwollend auf die Schulter. «Kommst du morgen Mittag mit in den Pub?»

Emma schlief gut, einfach wunderbar, und am Sonntag war sie mitteilsam und ausgelassen.

«Was ist denn in dich gefahren?», fragte Bill und sah ihr interessiert ins Gesicht.

«Nichts», log sie. Ihre Wangen waren vor erwartungsvoller Aufregung ganz rot.

Die ganze Woche über war sie himmelhoch jauchzend, flirtete sogar mit Jay, als sie ihm im College über den Weg lief, und warf ihm vor, er würde sie alle vernachlässigen. «Na, du hast wohl keine Zeit mehr für deine alten Freunde, jetzt, wo du ein großer Star bist.»

Er war mittlerweile recht erfolgreich, so erfolgreich, dass sein Dozent ihm Schwierigkeiten machte, weil er die Arbeit fürs College vernachlässigte, und er hatte sich von seinem Verdienst schon einen Gebrauchtwagen gekauft, einen schnittigen, rostroten Jensen. Er lachte über die Stichelei und sagte dann, plötzlich ernst: «Könntest du mir einen Gefallen tun?»

«Worum geht's denn?»

«Ich brauche einen Rat, und du bist die Einzige, die nicht gleich alles im ganzen College herumerzählt.»

Sie gingen zum Chinesen in einer kleinen Nebenstraße, die von der Gerrard Street abging. Jay war in Gedanken und sagte kaum etwas, bis sie mit dem Essen fertig waren, und Emma erkundigte sich auch nicht nach seinen Sorgen. Sie mochte ihn lieber ohne seine übliche überwältigende Arroganz.

«Ich verdiene eine Menge Geld», sagte er schließlich.

«Und was ist das Problem dabei? Ich wünschte, das könnte ich auch von mir sagen.» Sie lächelte ihn an, aber er lächelte nicht zurück.

«Ich weiß nicht, was ich machen soll.»

Er legte die Stäbchen hin, nahm sie wieder auf und begann ein Muster auf die Tischdecke zu zeichnen. Du hast hübsche Hände, dachte Emma zusammenhanglos, wie Ricky, hübsche lange Finger.

«Weißt du, die Sache ist die, man hat mir einen Auftrag angeboten. Es geht für mich um viel Geld, um viele hundert Pfund, und ich könnte mir einen Namen machen, aber ich muss mich in drei Tagen entschieden haben. Es würde sechs Wochen harte Arbeit bedeuten, Schwarz-Weiß-Illustrationen.»

«Und wo liegt das Problem? Nimm an! Es klingt doch zu schön, um wahr zu sein.»

«Ist es auch. Aber wenn ich annehme, kann ich nicht weiter aufs College gehen. Ich werde nie mein Diplom kriegen.»

«Ach so.»

«Ich weiß einfach nicht, was ich machen soll. Ich will das Diplom, ich habe das ganze Jahr dafür gearbeitet, aber ich weiß nicht, ob ich mir so eine Wahnsinnsgelegenheit entgehen lassen darf. Denn wenn ich die sausen lasse, kriege ich wahrscheinlich nie wieder eine solche Chance.»

«Schaffst du es denn?», fragte Emma. «Ich meine, wenn du annimmst, bist du gut genug?»

«Aber klar.» Er wurde wütend. «Ich bin gut, Emma. Ich bin verdammt gut, besser als alle anderen im unserem Jahrgang. Wenn ich bleibe, bestehe ich mit Auszeichnung.» Sein Gesicht wurde finster. «Ich würde einen Platz am Royal College kriegen. Ich bin wirklich brillant.» Er sagte das, als stellte er eine schlichte Tatsache fest. «Ich weiß nur nicht, ob ich noch drei Jahre warten will, bis ich das beweisen kann.»

Er begleitete sie zur U-Bahn und küsste sie auf die Wange.

«Danke, Emma», sagte er. «Hat gut getan, mal darüber zu sprechen.» Erst als sie sich zum Gehen wandte, ergriff er ihren Arm. «Emma, willst du nicht …?»

Sie schüttelte den Kopf, denn sie wusste, was er fragen wollte, und er zuckte mit den Achseln. «Gib mir Bescheid, wenn du deine Meinung ändern solltest.» Er sah ihr nach. Zum Teufel, dachte er, wenn du wüsstest, was ich für dich empfinde, würdest du mir das nicht antun.

Als sie in der U-Bahn saß und die vielfarbige Menschenflut hinein- und hinausschwappen sah, fragte sich Emma, warum er sich ausgerechnet ihr anvertraut hatte.

Im Verlauf der Woche fiel es ihr schwer, ihre Aufregung zu zügeln. Sie vertrödelte den Samstagnachmittag, putzte ihr Zimmer, nahm wahllos Dinge in die Hand und legte sie wieder hin, räumte die Möbel um, kramte herum. Sie ging nach oben, weichte sich in einem heißen Bad ein, wusch sich die Haare, setzte sich, noch ganz rosig und feucht, vor ihren Spiegel am Bett und musterte prüfend ihr Spiegelbild. Ihr Haar klebte ihr in roten Schlangen am Hals und ringelte sich auf ihrer Haut. Sie war zu dünn, man konnte die Wirbel hinten am Hals und die Rippen unter ihren Brüsten sehen, ihre Hüftknochen standen hervor. Sie fragte sich, was sie tun würde, wenn Rick sie nicht wollte, und verfolgte mit sachlichem Interesse, wie Hals und Gesicht rot anliefen bei der Vorstellung, dass sie mit ihm ins Bett gehen würde.

Bis acht war sie angezogen, in Jeans und T-Shirt, ohne Make-up, betont zurückhaltend, das Haar war zum üblichen Zopf geflochten. Als er um neun klopfte, war sie für ihn bereit und lag in seinen Armen, bevor die Tür zufiel. Sie überraschte ihn so, dass er seinen Helm fallen ließ, der mit einem lauten Knall auf dem Boden landete.

Keiner von ihnen sprach. Emma hatte nicht das Bedürfnis und Rick konnte nicht. Das Schweigen machte sie gleich.

Stattdessen zog sie mit dem Finger die Konturen seines Gesichtes nach, fuhr über seine Wangen und sein Kinn. Sie berührte seine Augen und seinen Mund, vergrub die Finger hinten in seinem Haar, wo es sich an seine Nackenhaut schmiegte, dann schloss sie die Augen und stand ganz still, während er sie seinerseits erkundete. So sollte es sein, sagte sie sich – etwas Besonderes.

Sie setzten sich auf die großen Kissen, hielten Händchen, und Rick starrte auf die gegenüberliegende Wand, während er mit seiner Zunge kämpfte.

«Ich habe immer an d-d-dich ged-d ...» Er schloss die Augen, ließ sich gegen die Wand sinken und verfluchte seine widerspenstige Zunge. «Ged-*dacht.*» Er stieß das Wort hervor, als könnte es ihn auf dem Weg hinaus beißen.

«Ich habe auch immer an dich gedacht.»

Mehr gab es offenbar nicht zu sagen, und als sie wieder anfingen, sich zu küssen, ergab sich alles Weitere ganz natürlich.

Sie waren unbeholfen, linkisch und ungeschickt. Es tat Emma weh, Rick kam fast sofort, und der Sex war ganz und gar nicht so, wie sie sich das vorgestellt hatten. Emma empfand keine körperliche Lust, doch das war unwichtig. Alison hatte gesagt, das erste Mal wäre immer ein Reinfall, und außerdem waren die Zärtlichkeit, die Liebe, ein Ausgleich für den Mangel an Erregung.

Das Gefühl der Nähe, einer überwältigend starken Bindung, wurde durch das Fehlschlagen des Liebesaktes keineswegs beeinträchtigt und brachte Emma zum Weinen. Er wischte ihr mit langen braunen Fingern die Tränen von den Wangen und hielt sie fest, bis sie einschlief. Als sie aufwachte, stand er auf der anderen Seite des Zimmers und zog sich die Jeans an.

«Ricky?» Zum ersten Mal sprach sie seinen Namen laut aus. Sie mochte den Klang, sagte ihn noch einmal. Er machte gerade seinen Gürtel zu und sah auf, lächelte strahlend, kam zu ihr und kniete sich neben sie. «Ich muss g-g-g ...»

Erneut füllten sich ihre Augen mit Tränen. Sie fand seine Schwierigkeiten fast unerträglich.

«Das ist schon in Ordnung», sagte sie. «Du kannst gehen. Ich werde immer an dich denken.»

Er nickte heftig. «Ich w-werde immer an dich d-d-d ...» Schulterzuckend gab er auf, klopfte sich an die Stirn, beugte sich über sie und küsste sie noch einmal auf den Mund. Ich werde immer an dich denken, erklärte er ihr stumm.

«Ich liebe dich», sagte Emma, wollte, dass er es wusste. Er entgegnete nichts, ging einfach zu seinen Sachen, zog sein T-Shirt an, seine Jacke, und schnürte seine Stiefel. Doch an der Tür zögerte er, kam noch einmal zurück und kniete sich vor sie hin. Sie hatte sich auf einen Ellbogen gestützt und ihr Zopf hing ihr schwer über den nackten Arm. Rick beugte sich vor und legte den Zopf zurecht, dann küsste er sie ein letztes Mal, nahm seinen Sturzhelm und ging.

Sie hörte sein Motorrad auf der Straße starten, lauschte auf das allmählich ersterbende Geräusch, dann raffte sie sich auf, ging langsam zu Bett und schlief ein.

Am Sonntag erhob das Gewissen sein müdes Haupt, und sie hatte Schwierigkeiten, Tante Mabel in die Augen zu sehen.

Als Josie anrief, beruhigte Mabel sie. «Sie treibt es nicht so bunt wie andere Mädchen», erklärte sie ihr. «Du brauchst dir keine Sorgen zu machen, Josie, du kannst dich auf sie verlassen.»

«Sie ist doch noch so jung», sagte Josie. «Sie ist doch bestimmt viel leichter zu beeindrucken als die meisten.» Sie seufzte. «Ich wünschte, ich könnte sie dazu überreden, am Wochenende nach Hause zu kommen. Ich habe sie das ganze Semester über nicht gesehen und sie hat es mir doch *versprochen.*» Ihre Stimme war schwer von unvergossenen Tränen, und Mabel sah stirnrunzelnd auf das Telefon. Albernes Weib, dachte sie ärgerlich, du hast nicht den geringsten Schimmer, was es heißt, jung zu sein.

Emma war sich sicher, dass alle es merken würden. Sie dachte, jeder könnte es ihr ansehen, aber der Einzige, der es erriet, als sie ihm am nächsten Mittwoch über den Weg rannte, war Jay.

«Du siehst so anders aus.» Er musterte sie misstrauisch. «Was hast du getrieben?»

«Nichts», protestierte sie allzu vehement.

«Prima. Wenn ich dich schon nicht kriegen kann, hätte ich was dagegen, wenn jemand anders dich vögelt.» Er lachte über ihren verletzten Gesichtsausdruck. Er hatte gerade seine Papiere im Sekretariat abgegeben. «Ich höre auf», informierte er sie. «Aber du wirst mich nicht so leicht los: Ich ruf dich an.» Mehr sagte er nicht, aber sie ahnte, dass er Bescheid wusste.

Am Donnerstag bekam sie mit, wie Alison mit Rick telefonierte. «Wo warst du letzten Samstag, zum Teufel? Ich bin extra früher von einer Party zurückgekommen. Ich hatte mit den Jungs vereinbart, dass du abends bei ihnen bleiben kannst, und du machst dir nicht mal die Mühe, mir Bescheid zu sagen ...»

Eine lange Pause, dann wieder Alison. «Du liebe Güte, sprich doch bitte ein bisschen zusammenhängender. Ich verstehe kein verdammtes ... Was? Welcher Pub? Was heißt das, du warst stattdessen im Pub? Menschenskind, Ricky, behältst du denn *gar nichts*?» Wieder langes Schweigen, dann Alison, zornig: «Ach, verdammt nochmal, lass es. Also, ich bin Samstagabend hier. Um elf. Sei bitte pünktlich.

Und vergiss es nicht. Falls ich noch nicht zu Hause sein sollte, klopf einfach an Emmas Tür.» Dann knallte sie den Hörer hin.

Er kam um sechs. Emma hatte die Tür nur angelehnt, saß im Morgenmantel vor dem Gasofen auf dem Boden und trocknete ihre Haare. Er ließ seine Sachen neben der Tür fallen und kniete sich neben sie.

«Ich hab dich vermisst», sagte sie.

Er nickte. Er war ganz aufgeregt, aber er brauchte zwanzig Minuten, um es ihr stockend zu erzählen, und die Frustration machte ihn wütend. Er berührte sie ununterbrochen: Gesicht, Hals, Schultern und ihre Hände, hielt sie an seinen Mund, um seine widerspenstige Zunge zu beruhigen, presste sie gegen seine Wange, wenn er sie nicht brauchte. Er wurde immer verzweifelter, umklammerte sie, dass es wehtat, während er versuchte, ihr seine Neuigkeiten mitzuteilen, und sie musste sich auf die Lippen beißen, weil der Schmerz ihr Tränen in die Augen trieb. Er hatte einen Job. Nichts Tolles, Arbeit auf einer Baustelle.

«B-b-ar auf die Hand», brachte er schließlich heraus, nach einem langen Kampf mit dem B. «Mein Vater b-b-braucht nicht zu wissen ...», er nahm einen langen Anlauf, «wie viel.» Aber sein Triumph war nicht von Dauer. Als er wieder anfing, klebte das Wort, das er gebrauchen wollte, an seinem Gaumen fest. In seiner Panik stand er auf, zog Emma mit sich hoch und vergaß dann, was er sagen wollte, nahm stattdessen ihr Gesicht in seine Hände und sagte kühn und ganz deutlich: «Ich liebe dich.»

Emma lachte ihn aus: «Weiß ich doch.»

Er blickte sich suchend im Zimmer um, zerrte sie dann zum Bett, wo sie sich hinsetzen musste, griff nach dem Block und dem Bleistift, die auf dem Tisch daneben lagen, und begann, den Stift ungeschickt in der Linken, ein kompliziertes, filigranes Muster zu zeichnen, wunderschön. Als er damit fertig war, zeichnete er ein neues, mit etwas, das wie eine Nadel aussah, und Emma stellte fest, dass es eine Brosche war. Dann zeichnete er einen Mann, der gebückt an einer Werkbank arbeitete und konzentriert auf etwas Kleines blickte.

Gespannt schaute er sie an, wollte, dass sie verstand. «G-g-geld», sagte er. «Ich w-w-will eine L-l-l ...» Er fing nochmal an. «Ich will eine L-l-l ...»

Plötzlich verstand Emma. «Du willst eine Lehre machen. Du willst», sie zeigte auf die Zeichnung, «Goldschmied werden?»

Er schubste sie grinsend aufs Bett und küsste sie heftig. Dann vergaß er den Skizzenblock, der auf den Boden fiel, und wandte sich ihr zu.

Sie hatte vom ersten Mal noch blaue Flecken, an den Hüften und zwischen den Schenkeln. War er das gewesen? Jetzt war er behutsam, bemühte sich, ihr nicht wehzutun, und langsamer. Diesmal war es besser, lieb, sanft, ja, für einen Augenblick sogar erregend, und hinterher blieben sie eine Ewigkeit vereint liegen, eng umschlungen.

«Ich will *S-s-silberschmied* werden.» Er zwang das Wort heraus, bevor es die Chance hatte, an seiner Zunge kleben zu bleiben. «Aber ich m-muss eine L-l-lehre m-machen. Ich hab jemanden g-g-gefunden, der mich nimmt, aber ich m-m-muss ihn b-b-bezahlen.»

«Ich könnte dir helfen. Ich könnte abends arbeiten gehen. Das brächte ein bisschen Geld.»

Er hielt ihr den Mund zu. «D-d-das m-m-muss ich s-s-selber m-machen.» Das S war anstrengend, und er verstummte. Sie versuchte nicht, ihn abzulenken.

Sie standen auf und zogen sich an, dann machte Emma

Kaffee, und sie setzten sich aufs Sofa, dicht nebeneinander. Sie redeten ein bisschen, übers College, unbestimmte Zukunftspläne, aber die meiste Zeit schwiegen sie, und Rick zeichnete. Sein künstlerisches Talent stand in umgekehrt proportionalem Verhältnis zu seiner Fähigkeit, das geschriebene Wort zu verstehen. Immer wieder zeichnete er Emma, mit Herzen und Pfeilen dazwischen, wie Liebespaare sie in Bäume schnitzen. Seine Zeichnungen waren besser als alles, was sie je gemacht hatte, besser als die von allen anderen, die sie kannte, mit Ausnahme von Jay vielleicht, aber Rick würde nie auf eine Kunstschule kommen, wenn er nicht lesen lernte.

Sie ergriff seinen Arm, beflügelt von der wilden Idee, dass sie ihn unterrichten könnte, dass die Liebe Erfolg haben könnte, wo alles andere versagt hatte, aber er wusste schon, was sie sagen wollte, und schüttelte den Kopf.

«S-s-sie h-h-haben a-a-alles versucht.» Sein Stottern wurde schon wieder schlimmer. Als er aufgestanden war, um zu gehen, und er sie küsste, zog sie seinen Kopf zu sich herunter, um ihn zu trösten.

«Es spielt keine Rolle», erklärte sie ihm. «Es spielt überhaupt keine Rolle.»

Am nächsten Wochenende kam er nicht. Emma, voll hoch gespannter Erwartung, hielt die Enttäuschung über sein Fernbleiben fast nicht aus. Es war ein dumpfer körperlicher Schmerz, der sich nicht vertreiben ließ und ständig schlimmer wurde. Im College konnte sie sich nicht konzentrieren und zu Hause war sie bissig und aggressiv.

«Was, zum Teufel, ist denn mit dir los?», beschwerte sich Alison, nachdem ihr Emma zum dritten Mal fast an den Hals gesprungen war. «Hast du Liebeskummer, oder was?»

«Blödsinn!» Emma starrte sie mit unverhohlener Abneigung an.

«Schon gut, schon gut, bin ja schon weg.» Alison ging rückwärts zur Tür. «Ich hab den Hinweis verstanden.»

Erst Mitte der folgenden Woche nahm Emma ihren Mut zusammen und fragte beiläufig: «Was machst du eigentlich am Wochenende?»

«Keine Ahnung. Warum?»

«Nur so.» Emma fummelte nervös an ihrem Zopf. «Bleibst du zu Hause, weil dein Bruder kommt?»

«Ricky? Nein, Daddy ist mit ihm für einen Monat weg. Sie machen irgendwo so ein Seminar, weißt du, so eine Eltern-Kind-Beratung.» Sie lachte. «Das wird dem Mistkerl gefallen. Der hat nämlich ein paar Ratschläge nötig. Ricky sehe ich erst Ende des Semesters wieder.» Emmas Gesichtsausdruck entging ihr. «Ich bin, ehrlich gesagt, ganz froh. Es ist ja alles schön und gut, aber der arme Teufel ist manchmal ganz schön lästig. Er sitzt die ganze Zeit nur da und *guckt*. Manche Mädchen finden ihn ja süß, aber die Jungen halten ihn alle für einen Schlappschwanz. Was machst du denn am Wochenende?»

«Ach, nichts Besonderes», sagte Emma und ging zurück in ihr Zimmer. Ihr war übel.

Ihre Magenschmerzen wollten nicht verschwinden. Während das Semester sich seinem Ende entgegenschleppte, ging es ihr eher schlechter als besser. Das ist doch albern, sagte sie sich. Wenn man es eine Woche aushält, hält man es auch einen Monat aus.

Jay rief an und fragte, ob er sich mit ihr treffen könnte. «Nichts Ernstes, ich brauche nur jemandem zum Reden.»

«Okay», sagte sie. Alles war besser, als in ihrem Zimmer zu hocken.

Er holte sie in einem gebrauchten Sunbeam Rapier ab,

mit Klappverdeck und Flossenheck. Er war elegant gekleidet, wirkte fast noch arroganter als sonst, und führte sie in ein Restaurant in irgendeinem Vorort, wo die Gäste nach Geld stanken und sie sich in ihrem Patchwork-Rock mit Musselin-Oberteil ziemlich ärmlich vorkam. Jay passte perfekt in diese Umgebung: teure Lederjacke und gut geschnittene dunkle Hosen. Er sah aus wie ein betuchter, wenn auch leicht chaotischer Werbemanager.

«Mir geht es gut», erzählte er. «In den letzten sechs Wochen habe ich über fünfhundert Pfund verdient und bis Weihnachten werden es weitere siebenhundertfünfzig Pfund sein.»

«Du meinst also, deine Entscheidung war richtig?», fragte Emma.

Er nickte. «Ich bin gut. Ich werde immer Aufträge haben. Und was ist mit dir? Wie geht's im College?»

«Ganz gut, denke ich.»

«Bist du immer noch so zurückhaltend, kleine Em?» Er musterte sie gründlich. «Was ist los mit dir? Als wir uns das letzte Mal getroffen haben, hast du ausgesehen wie eine Katze, die Sahne geleckt hat. Jetzt machst du den Eindruck, als ob die sauer geworden wäre. Hat dein Freund dich sitzen lassen?»

Sie fühlte sich ertappt, und ihr fiel keine Antwort ein.

«Los», beharrte er. «Erzähl schon. Du weißt doch, dass ich nicht quatsche.»

Sie stocherte in dem Essen auf ihrem Teller. «Eigentlich ist nichts, nur dieser ...», sie zögerte, «Typ.»

«Typ, welcher Typ?»

«Nur ein Bekannter, jemand, mit dem ...», wieder ein Zögern, «ich mich getroffen habe.»

«Du meinst, mit dem du geschlafen hast.» Er starrte sie streitlustig an. «Nun guck nicht so, Emma, das kann man dir doch am Gesicht ablesen. Du hast dich also endlich hingegeben und das fiese Schwein hat dich sitzen lassen. Stimmt's?»

«Nein», sagte sie heftig. «Er musste nur weg, das ist alles. Und zwar für eine Ewigkeit. Und ich vermisse ihn.» Zu ihrem großen Ärger traten ihr Tränen in die Augen.

«Und wer ist der Glückspilz, jemand, den ich kenne?»

«Alis Bruder.»

«Ihr großer Bruder?»

«Nein, ihr kleiner Bruder.»

«Aber, ich dachte, der wäre ...», Jay zögerte, zum ersten Mal sprachlos, «behindert, weißt du, ein bisschen daneben.»

«Ist er aber *nicht*.» Emma war plötzlich ärgerlich und wütend, nicht nur auf Jay, auf die ganze Welt, und sie schrie: «Er ist ganz und gar nicht blöd!» Sie merkte, dass die Leute zu ihnen herübersahen, aber das war ihr egal. «Er ist sogar schlauer als ich oder du. Aber niemand gibt sich die Mühe, sich mal mit ihm abzugeben. Niemand sieht über die eigene, dumme, engstirnige Nasenspitze hinaus.» Sie schob ihren Teller heftig über den Tisch und stand auf. «Du kannst mich jetzt nach Hause bringen, wenn du so nett sein würdest.»

Er folgte ihr wortlos zum Auto, rutschte neben sie und ließ den Motor an. Ich glaube, ich halte das nicht aus, dachte er, und stellte ihn wieder aus.

«Hör mal, Emma, ich wusste nicht, dass es so ernst ist. Ich wollte dich nicht verletzen.»

Emma starrte stur geradeaus. «Ist schon gut», sagte sie, «spielt keine Rolle.» Eine Träne rollte ihr über die Wange.

«Emma ...»

«Was ist?»

«Wenn du mich jemals brauchen solltest, du weißt, dass

ich immer für dich da bin, ja?» Wie pathetisch, spottete er, wie kann man nur so einen Blödsinn reden.

«Das weiß ich.» Sie drehte sich zu ihm um. «Kannst du mir einen Gefallen tun?»

«Was du willst.»

«Erzähl das mit Ricky niemandem. Bitte!»

«Hab ich dir doch schon gesagt. Und du tust mir auch einen Gefallen. Solltest du jemals in Schwierigkeiten sein, sag mir Bescheid.» Bitte, ich *liebe* dich.

Nachdem er den Motor wieder angelassen hatte, sagte er überraschend: «Hast du daran gedacht, dass du schwanger werden könntest?» Fassungslos starrte sie ihn an. «Offensichtlich nicht. Sei vernünftig, Emma. Wie dieser Knabe sonst auch sein mag, soweit ich weiß, dürfte er kaum in der Lage sein, für seinen Lebensunterhalt zu sorgen, geschweige denn für dich und ein Baby. Du solltest bald die Pille nehmen, bevor es zu spät ist. Das ist wichtig. Du kannst dir dein Leben ruinieren.» Und meins dazu. Ein Baby würde dich unwiderruflich an ihn binden und mir keine Hoffnung mehr lassen. Lieber Gott, wie mir das alles *zuwider* ist.

Während der Fahrt sprachen sie kein Wort mehr. Als er am Straßenrand vor ihrem Haus anhielt, fragte er, ob er hereinkommen könnte, aber sie sagte nein, und als er sich zu ihr beugte, um sie zu küssen, bot sie ihm die Wange, nicht den Mund.

«Tut mir Leid», sagte sie. Er ließ sich seine Qual nicht anmerken und zuckte nur leichthin mit den Schultern.

«Ich kann warten», sagte er. «Gute Nacht, kleine Em.»

Am nächsten Dienstag ging sie zur Beratungsstelle und ließ eine peinliche Befragung und Untersuchung durch eine unwirsche Ärztin über sich ergehen. Sie bekam ihre Pille samt einer Belehrung über die Gefahren der Promiskuität, und merkwürdigerweise ging es ihr danach besser. Denn wenn sie die Pille nahm, müsste Rick doch wohl wiederkommen.

Das College war vom 17. Dezember an geschlossen, und wie jedes Jahr machte auch Mabels Haus über die Feiertage zu. Sie und Emma fuhren als Letzte ab, mit dem Morris hinaus nach Cheshunt, samt Geschenken und allem Nötigen für die Feiertage.

Emma hatte Alison gebeten, einmal anzurufen, in der Hoffnung, wenn sie Ali über Weihnachten traf, würde sie vielleicht auch Rick sehen. Ihre Bauchschmerzen wollten einfach nicht verschwinden und hielten sie nachts wach, doch seit sie wusste, wo er sich aufhielt, waren sie erträglich.

Zu ihrer Mutter war sie sehr lieb, freundlich und geduldig, erzählte ihr immer wieder, und heuchlerisch, wie gerne sie wieder zu Hause wäre. Sie erklärte ihr, womit sie sich jetzt am College beschäftigte, mit Schnittmusterentwürfen, mit dem Nähen von Nesselmodellen, mit Modezeichnen, und erfreute sie mit Berichten über Exkursionen ins Victoria and Albert Museum zum Studium historischer Kostüme und Besuche in der Webereifachschule. Über ihr Privatleben, mittlerweile Sexualleben, erzählte sie ihr absolut nichts.

Josie war erfreut und geschmeichelt, dass ihr einziges Kind so entgegenkommend war. «Du bist viel zu dünn», warf sie Emma vor und begann, sie mit Pasteten, Terrinen und nahrhaften Eintöpfen zu füttern. Emma verschlang, was immer man ihr auch vorsetzte, stillte einen Hunger, der nichts mit Nahrung zu tun hatte, und ignorierte ihr schlechtes Gewissen, das unter der Oberfläche brodelte wie ein Vulkan und sie daran erinnerte, dass es nicht genügte, fromme Sprüche von sich zu geben, und dass sie für Josies

Bemühungen dankbarer sein müsste. Dabei hätte sie so gern in London von Konserven gelebt, mit einem Jungen, der kaum zwei Worte zusammenbrachte und ihr nicht einmal einen Brief schreiben konnte, wie sie sehnsüchtig dachte.

Weihnachten war wie immer, sie drei allein. Neujahr war langweilig und die erste Januarwoche kalt und trübe, was ganz Emmas Stimmung entsprach. Sie verbrachte viel Zeit in ihrem engen Zimmer und arbeitete nach, was sie am Ende des letzten Semesters alles versäumt hatte.

Gleich nach Neujahr kam ein Anruf.

«Können wir uns morgen bei Mabel treffen?» Alison hörte sich aufgelöst an. «Ich bin nur für einen Tag da. Der Mistkerl will, dass wir in der letzten Ferienwoche alle zu Hause sind.»

«Bringst du R …?» Emma verschluckte das Wort.

«Was soll ich bringen?»

«Äh – deine Rolling Stones-Platten mit?»

«Nein, warum sollte ich?» Alison klang erstaunt. «Ich muss Schluss machen. Bis morgen … Ach ja, und Ricky lässt schön grüßen, oder eher g-g-grüßen.» Sie lachte, schrill und leicht hysterisch, dann war die Leitung tot. Emma stand im eisigen Flur, lauschte auf das Freizeichen, voller Hass auf Alison und voll schmerzlicher Sehnsucht nach Rick.

Sie erzählte Josie, sie müsste sich vor Semesterbeginn Arbeitsmaterial besorgen, und fuhr am nächsten Tag mit dem Zug nach London. Sieben Wochen hatte sie nun Rick nicht gesehen und eigentlich müsste sie mittlerweile darüber hinweg sein. Alison würde sich nicht sieben Minuten lang um einen Jungen grämen, geschweige denn sieben Wochen.

Ali war schon da, als Emma durch die Haustür trat, und zerrte sie sofort in ihr Zimmer. Sie hatte ihm bereits den

Stempel ihrer Persönlichkeit aufgeprägt, es war weiß wie ihr Zimmer in Richmond: weißer Bettüberwurf, weiße Wände, weiße Vorhänge. Die Stühle waren mit ungebleichter Baumwolle bezogen, die sie im College hatte mitgehen lassen, und an den Wänden hingen große, leuchtende Drucke, wie die, die sie zu Hause hatte.

Es war so kalt, dass sie ihren Atem sehen konnten, und sie behielten die Mäntel an. Alison kochte Kaffee und setzte sich dann im Schneidersitz aufs Bett.

«Ich bin schwanger», verkündete sie ohne Umschweife. «Na, sag schon *irgendwas*, und sei es: ‹Das geschieht dir recht!›»

«Ich dachte, du würdest die Pille nehmen.»

«Tu ich auch, hab ich auch.»

«Und wie ...»

«Was meinst du? Weil ich ein schlimmes Mädchen bin. Ich hab vergessen, sie einzunehmen. Viermal letzten Monat.»

«Und wer ist es?» Emma starrte ihre leichtsinnige Freundin verzweifelt an. «Ich meine, der Vater?»

Alison zuckte mit den Schultern. «Keine Ahnung. Es gibt drei Kandidaten – Barry, John oder ...», sie nahm einen großen Schluck aus ihrer Kaffeetasse und wich Emmas Blick aus, «Harry Passmore.»

«Passmore?», rief Emma. «Oh Ali! Oh, wie kann man nur so blöd sein!» Sie stand von ihrem Stuhl auf und setzte sich zu ihr aufs Bett. «Wie kann man nur?»

«Ganz einfach, Beine breit und los ...»

«Lass die Witze. Du lässt mich den weiten Weg hierher kommen, um mir zu erzählen, dass du schwanger bist, womöglich von einem Dozenten mit Frau und drei Kindern, und alles was du kannst, ist, dämliche Witze darüber zu machen.»

Alisons Gesicht verzog sich. «Ich habe Angst, Em», flüsterte sie. «Was soll ich nur tun?»

Sie saßen stumm da, während Alison so tat, als würde sie die Alternativen bedenken.

«Möchtest du es denn behalten?», fragte Emma schließlich, aus Angst vor der Stille.

Ein vehementes Schütteln des goldenen Kopfes. «Du lieber Himmel, nein. Das würde alles versauen.»

Emmas Wissen über diese Dinge hatte sich mittlerweile enorm erweitert. «Du hast zwei Möglichkeiten. Entweder du bekommst es und gibst es dann weg, oder du lässt es abtreiben.»

Ali nahm sich etwa zehn Sekunden, denn sie hatte ihren Entschluss bereits gefasst, sogar schon einen Termin gemacht. Emma sollte nur zuhören. «Ich lasse es abtreiben.»

«Weißt du denn, wie so was abläuft?»

«Sicher. Du kennst doch Lizzie Dawson aus der Graphik? Du erinnerst dich, dass die letztes Semester ein paar Wochen weg war?»

«Hmm. Probleme mit dem Magen, hat sie gesagt.»

«Es war ein One-Night-Stand, irgendein Popstar, den sie auf einer Party kennen gelernt hatte. Ihre Mutter hat die Abtreibung bezahlt. Kostet etwa 150 Mäuse.»

Emma ächzte. «Wie, um alles in der Welt, willst du so viel Geld in die Finger kriegen?»

Alison lachte, erleichtert, dass sie den schlimmsten Teil der Angelegenheit hinter sich hatte. «Hab ich doch schon.»

«Woher denn? Der Mistkerl hat doch bestimmt nicht ...»

«Sei nicht albern.» Ali verzog höhnisch das Gesicht. «Ricky hat es mir geliehen. Er hat es sich in den Ferien verdient, auf dem Bau.»

Oh Gott, dachte Emma, das ganze Geld, das ganze schwer verdiente Geld, und du hast es einfach deiner beschissenen Schwester gegeben, damit sie eine Abtreibung bezahlen kann.

Ali hatte keine Ahnung, was sie angerichtet hatte. «Natürlich zahle ich es ihm zurück», fuhr sie heiter fort.» Aber vielleicht könnte ich auch Harry Passmore davon überzeugen, es wär von ihm. Er ist der Einzige, der Geld hat.» Sie kicherte nervös. «Den könnte ich immer noch erpressen.»

«Würdest du auch, oder?»

«Hmm», sagte Alison, plötzlich kleinlaut. «Schon möglich.» Sie wechselte das Thema. «Habe ich dir schon erzählt, dass Ricky wahrscheinlich irgendwo ein Mädchen hat? Er war in den Ferien ganz blass und elend, und als ich ihm vorhielt, er hätte wohl Liebeskummer, wurde er knallrot und ging raus. Er war richtig verlegen.» Sie redete so eifrig, dass ihr Emmas Gesichtsausdruck nicht auffiel. «Du musst mitkommen. Nach Stanmore, zur Klinik. *Bitte,* Em, ich möchte da nicht allein hin.»

«Na gut», sagte Emma widerstrebend. «Und wann?»

«Donnerstag.»

«So bald schon?» Es war also schon alles geregelt, bevor sie auftauchte. Sie war nur zur moralischen Unterstützung da, als Krücke, damit Alison etwas zum Anlehnen hatte.

«Ich bin schon in der neunten Woche. Wenn es noch länger dauert, ist es zu spät.»

«Na gut», sagte Emma noch einmal, «aber um Himmels willen, dass bloß Tante Mabel nicht mitkriegt, was los ist. Wenn sie je Wind davon bekommt, wirft sie dich raus und schickt mich nach Hause.»

«Ich bin doch nicht völlig bescheuert.»

«Darüber ließe sich streiten.» Emma versuchte nicht einmal, ihre Missbilligung zu verbergen.

Sie verabredeten sich für Donnerstag zehn Uhr. Als Alison sagte: «Ricky kommt auch mit», musste Emma sich abwenden, um sich die wilde Freude nicht anmerken zu lassen, die in ihr aufstieg. «Ich muss um zwölf in der Klinik sein, und wenn man zu spät kommt, ist der Termin weg, deshalb bringt er mich mit dem Motorrad her. Dem Mistkerl haben wir erzählt, wir gingen einkaufen.»

Auf dem Heimweg in der U-Bahn fragte sich Emma, wie Alison so dumm sein konnte, bis ihr einfiel, dass es ihr ohne riesiges Glück und Jays rechtzeitigen Rat nicht anders ergangen wäre. Mit einem Gefühl der Dankbarkeit und ängstlicher Verwirrung gestand sie sich ein, dass sie und Rick viel zu naiv gewesen waren, um von allein an das Offensichtliche zu denken, und dass erst ein Außenstehender sie darauf hinweisen musste. Und wie viel würde Rick von seinen schwer verdienten Ersparnissen noch bleiben, überlegte sie grollend, wenn er für den kleinen Unfall seiner Schwester bezahlt hatte?

Sie war um halb zehn in der Wohnung. Sie fütterte den Zähler mit Münzen und zündete das Gas an, dann wartete sie in der Kälte, aber sie konnte nicht still sitzen. Nach ein paar Minuten stand sie auf und begann umherzulaufen, nahm etwas in die Hand, legte es wieder hin, schob den Nippes auf dem Kaminsims hin und her, fast außer sich vor Ungeduld.

Sie hatte Musik aufgelegt, lautes stampfendes Zeug, um das Pochen des Blutes in ihren Ohren zu übertönen, deshalb hörte sie weder das Motorrad noch die Tür. Sie bemerkte ihn erst, als sie sich umdrehte und er vor ihr stand.

Ihr Inneres stürzte in ihrer Magengrube zu einem Haufen zusammen, wie früher beim Achterbahnfahren, und für einen Augenblick bekam sie keine Luft. Sie warf sich in seine ausgebreiteten Arme und umschlang ihn unter seiner Jacke, so fest sie konnte.

Als Alison hereinkam, waren sie in einem Kuss versunken und hatten alles andere um sich herum vergessen. Ali wurde von einer Welle boshafter Eifersucht erfasst, als sie da in der Tür stand und sie beobachtete. Das Gefühl überkam sie unvermutet, stieg brüllend aus den Tiefen ihres Bauches auf und geradewegs in ihren Mund.

«Wie niedlich», sagte sie scharf, gerade als die stampfende Musik zu Ende war, «die Jungfrau und der Halbgescheite.»

Sie fuhren auseinander und wandten ihr überraschte Gesichter zu. Laut hallten die Worte in der plötzlichen Stille, und Rick drehte seiner Schwester brüsk den Rücken zu.

«Jesus, Ricky», sagte Alison einlenkend, «ich hab es doch nicht so gemeint. Tut mir Leid.»

Beruhigend legte Emma die Hand an Ricks Gesicht und küsste ihn wieder. Dieses Miststück.

«Emma? Em, was zum Teufel ist hier los?»

«Siehst du das nicht? Ich dachte, du wärst so verdammt schlau.» Dieses Miststück. Dieses fiese, gemeine, missgünstige Miststück.

«Ricky?» Emma wandte sich ab, als Alison ins Zimmer kam, und hätte ihr am liebsten das Gesicht zerkratzt und die Haare ausgerissen.

«Du und Em, ihr seid …? Ich versteh das nicht.» Die Zerknirschung schwand bereits aus ihrer Stimme. «Wie lange seid ihr … ich meine, wie lange geht das schon so? Wie konntest du dir einbilden, du kämst so damit durch?»

Emma nahm Ricks Hand und stellte sich dicht neben ihn, schob sich schützend zwischen ihn und seine Schwester. «Wir sind damit durchgekommen, weil es niemandem aufgefallen ist, weil niemand hingeguckt hat, du am allerwenigsten. Du warst viel zu sehr mit dir selbst beschäftigt, um zu merken, was direkt vor deiner Nase passierte.»

«Aber warum die Heimlichtuerei?», fragte Alison.

Rick öffnete den Mund, und monatelang aufgestauter Ärger brach unkontrolliert aus ihm heraus: «W-w-weil es so m-m-miese Schweine wie d-dich gibt.»

Alison verspürte einen Anflug von Angst, denn wenn sie ihn allzu sehr aufbrachte, könnte er sein Geld zurückverlangen oder, schlimmer noch, alles dem Mistkerl erzählen.

«Aber ich finde es doch schön, dass ihr beiden zusammen seid», schmeichelte sie. «Wirklich ... richtig *süß*. Ich bin nur gekränkt, dass ihr mir nicht vertraut habt.» Sie überschüttete sie beide mit dem Glanz ihres Lächelns.

Emma schnaubte verärgert, aber wie von Alison beabsichtigt, schwand ihre Entrüstung, genau wie Ricks, unter der Wirkung dieses unwiderstehlichen Lächelns, dem Einfluss ihres mühelosen Charmes. Außerdem gab es jetzt kein Zurück mehr, das Unglück war geschehen.

Sie fuhren zusammen durch London, zuerst mit der District Line bis Embankment, wo sie zur langen Reise in die Vororte in die Bakerloo Line umstiegen. Alison saß Rick und Emma gegenüber und beobachtete sie. Sie schwiegen und lösten den Blick nicht voneinander, wenn Ali sie nicht gerade ansprach, berührten sich jedoch ununterbrochen, und sie hatte ein Gefühl, als hätte sie einen Kloß im Hals, als müsste sie ersticken vor wütendem, sinnlosem Neid.

Diese Fahrt war ein Wendepunkt, erinnerte sich Emma, während sie auf dem Dachboden kauerte und einen Handarbeitsbeutel voll sorgfältig aufbewahrter Schnüre durchwühlte. Die wenigen Male, die sie mit Rick zusammen gewesen war, hatten sie sich in ihrem Zimmer aufgehalten. Sie waren nie irgendwo hingegangen, nicht ins Restaurant, ja, nicht einmal auf einen Drink in den Pub. Draußen unter Menschen kamen sie sich ausgesetzt und verletzlich vor, ihre zerbrechliche Beziehung war von der Außenwelt bedroht, von Leuten wie Alison.

Sie holte einen Stapel alter Tennisschuhe, die schwach nach Fußschweiß rochen, unter einem zerbrochenen Schirm hervor und warf sie auf den Haufen. Und doch habe ich die Fahrt genossen, dachte sie, als Neuanfang geschätzt, trotz des traurigen Anlasses. Wenn ich geahnt hätte, wo unser Ausflug in die große, weite Welt hinführen sollte, hätte ich mich dann anders verhalten?

Alison war von ihrem Schweigen überrascht. Sie selbst musste reden, das Geräusch ihrer eigenen Stimme hören, und die beiden unterhielten sich offensichtlich ohne Worte. In dem jungen Mann, der ihr angespannt gegenübersaß, erkannte sie ihren kleinen Bruder nicht wieder und auch ihre Freundin nicht in der distanzierten jungen Frau neben ihm.

Sie blinzelten, als sie aus dem letzten Tunnel ins Tageslicht kamen und durch Neasden und Wembley fuhren. Nach Wembley Park kam man in die eigentlichen Vororte: Meile um Meile geklinkerte Villen mit gepflegten Gärten und Gardinen. Rick holte einen winzigen Skizzenblock aus der Tasche und begann zu zeichnen, während Emma, den Arm fest bei ihm eingehakt, in den Nieselregen hinausstarrte, der gerade eingesetzt hatte.

«Ricky?», begann Alison, die dringend jemanden reden hören musste, und sei es sich selbst. Er sah auf. «Du bekommst das Geld wieder.» Sie beugte sich in ihrem Sitz vor, brauchte Aufmerksamkeit. «Ehrenwort.» Sie sah ihn mit einem Augenaufschlag an, lächelte, und er nickte, lächelte widerstrebend zurück. Sie war mehr als erleichtert.

Der Zug endete in Stanmore, und als sie aus dem Bahnhof kamen, war es kalt und regnerisch. Beim Einbiegen in die Nebenstraße trennten sich Rick und Emma, nahmen Alison wortlos in die Mitte und hakten sich bei ihr unter, zur seelischen Unterstützung.

An der Straße standen große viktorianische Einfamilienhäuser mit Schiebefenstern und Lünetten über der Eingangstür. Nummer 29 unterschied sich in keiner Weise von den anderen, nur dass der Vorgarten gekiest war, damit die Autos dort parken konnten, und dass ein diskretes Messingschild neben der Tür angebracht war.

Als Emma klingelte, ließ eine muntere Frau mittleren Alters sie ein und führte sie durch einen Flur in ein großes Wartezimmer, in dem bereits fünf Mädchen saßen. Das Mädchen gleich neben der Tür war mit ihrem Freund gekommen und weinte still in ihr Taschentuch, während er ihr die Hand tätschelte und den Eindruck machte, als würde er am liebsten davonlaufen. Die anderen vier waren allein. Sie unterschieden sich, fand Emma, während sie ihnen in die teigigen Gesichter sah, nur im Grad ihres Elends.

Eine nach der anderen verschwand. Der Freund durfte seine Partnerin nicht begleiten, deshalb blieb er sitzen und starrte Nägel kauend mit leerem Blick aus dem Fenster in den toten, winterlichen Garten. Als man Alisons Namen rief, sprang sie eifrig auf.

«Okay», sagte sie strahlend, «dann bringen wir's mal hinter uns.» In dem stillen Raum klang ihre Stimme sehr laut.

Hinterher war sie blass, erschöpft und wackelig auf den Beinen. Der Bauch täte ihr weh, jammerte sie.

Sie brachten sie im Taxi zum Earl's Court zurück, führten sie ins Haus, ließen sie dann mit einer Tasse Tee allein und begaben sich den kurzen Weg durch den Flur in Emmas Zimmer. Sie gingen für den Rest des Nachmittags ins Bett, und als es dunkel wurde und die Straßenbeleuchtung anging, schliefen sie eng umschlungen ein. Sie wurden immer besser im Bett.

Alison lag bei zugezogenen Vorhängen auf ihrem weißen Lager, lauschte auf den Verkehr draußen und die Geräusche, die durch die Wand drangen, und versuchte sich vorzustellen, wie Emma und ihr kleiner Bruder miteinander schliefen. Sie fühlte, wie das Blut warm und klebrig zwischen ihren Beinen herunterrann, an ihren Schenkeln. Sie hielt sich den schmerzenden Bauch, rollte sich fest zusammen und weinte sich in Schlaf.

9

Bis zum Semesteranfang hatte Alison sich offenbar wieder seelisch und körperlich erholt. Sie fand einen Job als Platzanweiserin in einem nahen Kino und begann, Rick jede Woche kleine Beträge zurückzuzahlen, wandte sich jedoch nicht an Harry Passmore.

Emma traf sich jetzt jeden Samstag mit Rick, wobei Alison als Alibi diente. Sie müsse sich ja mal revanchieren, sagte Ali in einem seltenen Anfall schuldbewusster Großzügigkeit. Aber Rick blieb nie bis zum Morgen, und Emma wäre so gern neben ihm eingeschlafen und morgens neben ihm aufgewacht.

Anfang Februar rief Jay an. «Ich stecke bis zum Hals in Arbeit», sagte er. «Kannst du eine Mappe zusammenstellen, um sie jemandem zu zeigen? Du würdest mir eine große Last abnehmen.»

Der Jemand entpuppte sich als die Zeitschrift *Honey*. Emmas Arbeiten gefielen, die Bezahlung war auch gut, aber sie spürte Jays kaum verhohlene Abneigung gegen ihr neu entdecktes Glück und beschloss, ihn nicht wiederzusehen.

Rick verbrachte mittlerweile zwei oder drei Abende die Woche am Earl's Court. Außerdem gingen sie neuerdings aus, ins Pub, ins Kino, zum Essen. Nach einer Weile merkte Emma jedoch, wie ungern Rick das tat, und ihre Ausflüge in die Außenwelt wurden immer spärlicher, bis sie wieder in ihre anfänglichen Gewohnheiten zurückfielen und in Emmas Zimmer blieben. Rick fühlte sich wohler dabei, und sie redete sich ein, es wäre ihr egal.

Sie arbeiteten oder lasen, oder saßen nebeneinander auf den großen Kissen und hörten Musik, oder gingen miteinander ins Bett. In manchen Nächten schliefen sie nicht einmal miteinander. Sie waren inzwischen gut im Bett, sie erlebten den Sex intensiver und befriedigender, doch wichtiger als die körperliche Seite ihrer Beziehung war die innige Zärtlichkeit, die sie füreinander empfanden, die seelische Übereinstimmung. Emma leuchtete in stillem Glück.

Mittlerweile hatten die meisten ihrer Collegefreunde erfahren, dass sie einen Freund hatte, obwohl sie sich weismachte, Jay und Alison wären die Einzigen, die seinen Namen wüssten. Und es konnte natürlich auch nicht ausbleiben, dass Mabel sich allmählich für das Motorrad interessierte, das so häufig vor der Haustür abgestellt war. Doch als sie danach fragte, sagte Emma leichthin: «Ach, das gehört nur Alis Bruder», und so beruhigt, beließ es Mabel dabei.

Emma und Alison begannen mit einem Ergänzungskurs in Siebdruck, und beide erwiesen sich als begabt. Sie teilten sich die Kosten für einen Ballen Baumwollbatist (Alison mit einem kleinen Beitrag und Emma mit einem größeren) und bedruckten ihn mit wilden, abstrakten Mustern in lebhaften

Farben. Sie verkauften ihn mit gewaltigem Profit an ein Geschäft in Pimplico, in dem es Casa-Pupo-Teppiche und teure Rattanmöbel gab, und erstanden einen neuen Ballen. Den verkauften sie an ein Geschäft in einer Nebenstraße der King's Road, wo er zu preiswerten Tellerröcken und langzipfligen Hemden verarbeitet wurde, sodass Alison ihre restlichen Schulden bezahlen konnte und noch etwas für eine Party übrig blieb. «Bitte, Em?»

Emmas Zimmer war schließlich das größte.

Es war nur eine kleine Party (Mabel war an dem Wochenende zu Hause), nur die Jungen von unten, die sie mittlerweile nicht mehr sehr häufig sahen, und ein paar andere. Gemeinsam, das heißt, Emma schnippelte und Alison kochte, bereiteten sie ein Curry und eine Riesenplatte Popadums zu, sodass das Zimmer nach heißem Öl stank, als die Jungen aus dem Untergeschoss mit Flaschen und zusätzlichen Tellern anmarschiert kamen.

Mabel kontrollierte sie gegen neun Uhr, unter dem fadenscheinigen Vorwand, es könnte vielleicht zu kalt sein. Von ihrem Platz auf dem Kissen aus konnte Emma sehen, wie sie den Hals reckte, damit sie an Alison vorbeischauen und erkennen konnte, was sich abspielte.

Mabel kam sich ziemlich albern vor. Normalerweise hätte sie die Jugend sich selbst überlassen, aber schließlich war Emma dabei, und sie fühlte sich verpflichtet, weniger ihrer Nichte als Josie gegenüber. Und da die Currydüfte den Haschgeruch überdeckten, kehrte sie beruhigt zu ihrem Sherry zurück.

«Wenn die wüsste», sagte Alison kichernd, als sie, den wieder zu Ehren gekommenen Barry im Schlepptau, an Emma vorbeikam.

Weil Rick sich geweigert hatte zu kommen, war Emma

allein. «Ich l-l-lass mich d-d-doch nicht b-b-beleidigen», hatte er stur und unnachgiebig auf jeden von Emmas Einwänden geantwortet.

«Darüber musst du dir klar sein», sagte Alison ungehalten, als Emma sie um Rat fragte. «Wenn du mit Ricky zusammenbleibst, wirst du dich damit abfinden müssen, dass er ein Einsiedler ist. Und nur weil du das gern hättest, ändert er sich ganz bestimmt nicht.» So hockte sie also allein da, wie bei der ersten Party, und schaute zu.

Ian hatte sich von seiner letzten Freundin getrennt und war solo erschienen. Gegen Ende des Abends kam er mit seinem Glas und setzte sich neben sie.

«Wie geht's?», fragte er.

«Ganz gut, und dir?»

«Prima. Man hat mir erzählt, du hättest einen Freund, stimmt das?»

«Ja.»

«Und wo ist er?»

«Er konnte nicht kommen.» Emma nippte an ihrem Wein und schaute an ihm vorbei.

«Und wer ist es, jemand, den ich kenne?»

«Nein, du kennst ihn nicht.» Als sie den Kopf wandte, um ihn anzusehen, starrte er hinüber zu Alison.

«Es ist doch ihr bekloppter Bruder, oder?»

«Ja», sagte Emma ruhig. «Es ist ihr bekloppter Bruder. Zum Wohl!»

Sie hob ihr Glas, als wenn sie mit ihm anstoßen wollte, goss ihm den Inhalt über den Kopf, stand dann auf und ging steifbeinig aus dem Zimmer. Unterwegs griff sie sich Schlüssel und Mantel, bevor sie laut die Tür hinter sich zuknallte.

Kurz vor elf kam sie zurück, blieb hinter den Gärten stehen, lehnte sich am letzten Haus ans Geländer und sah zu, wie alle die Treppe hinunterstolperten und um die Ecke verschwanden. Dann lief sie langsam die Straße entlang zur Haustür, die im Dunkeln weit offen stand.

Ein neue Empfindung überwältigte sie, eine Sehnsucht, einfach so zu sein wie die anderen, dazuzugehören, mitzumachen, statt immer nur als Zuschauerin daneben zu stehen. Sie wollte mitgehen, ihren Freund vorzeigen, statt ihn zu verstecken, als würde sie sich seiner schämen.

Ihr Zimmer roch nach Curry und kaltem Zigarettenrauch. Wutentbrannt räumte sie auf und goss sich dann ein Glas Wein ein. Es war billiges Zeug, und sie musste husten, so brannte er in der Kehle, doch sie nahm ihn trotzdem mit ans Bett, mit einem Buch und einem Teller zerkrümelter Popadums. Sie vermisste Rick, sehnte sich nach seiner Nähe. Sie fühlte sich – wieder eine neue Empfindung – einsam.

Sie hatte das Haus nicht abgeschlossen, und er kam kurz nach Mitternacht, öffnete lautlos die Tür. Noch mit dem Buch in der Hand war sie eingeschlafen, und er kniete neben dem Bett und betrachtete ihr Gesicht im Schlaf, bis sie plötzlich seine Anwesenheit spürte, erwachte und ihn mit verschlafenen nussbraunen Augen anstarrte.

«Du hättest hier sein sollen», warf sie ihm beleidigt vor. «Du hast mir gefehlt.»

«D-d-du hast m-m-mir auch g-g-gefehlt.»

«Und warum bist du dann nicht gekommen?»

«W-w-w-weil ...» Er schlug auf die Bettkante und stöhnte in hilfloser Frustration. «D-d-du w-w-w ...»

«Nein, ich weiß *nicht*, warum.» Emma war gereizt und immer noch nicht ganz wach. «Ich bin es leid, mich zu verstecken, so zu tun, als hätte ich nichts mit dir zu tun. Ich will wie die anderen sein. Ich will ...» Sie setzte sich im Bett auf und nahm sein Gesicht in die Hände, wollte ihm erklären, was sie empfand. «Ich will nicht allein auf Partys gehen, sondern mit dir zusammen. Warum ist das so schlimm?»

Er starrte sie zornig an, liebte und hasste sie gleichzeitig. «D-d-du verst-t-tehst das n-nicht.»

«Doch!» Sie war immer noch wütend auf Ian und außerstande, taktvoll zu sein. «Ich will ganz einfach *normal* sein.» Kaum waren ihr die Worte entschlüpft, hätte sie sie am liebsten zurückgeholt. Er war ja eben nicht normal.

Wie könntest du auch verstehen? dachte er. Woher sollst du wissen, wie es ist, wenn man sich wie eingeschlossen fühlt, schreien möchte, brüllen vor Frustration, und nichts erklären kann. Wenn man jemanden so liebt, wie ich dich liebe, und es nicht sagen kann? Er begann sie heftig zu küssen, ganz und gar nicht wie sonst, und als sie miteinander schliefen, war er grob, wollte ihr wehtun. Hinterher stand er fast sofort auf und begann sich anzuziehen.

«Willst du nicht bleiben?», fragte Emma, die sich benutzt und ungeliebt fühlte. Rick schüttelte den Kopf, immer noch zornig. «Bitte ...»

Er zögerte, die Jacke und den Helm in der Hand, dann ließ er sie auf den Boden fallen und blieb unschlüssig in der Tür stehen, bis Emma nackt durchs Zimmer tappte und ihn umarmte.

«Ich liebe dich», flehte sie. Er hielt sie fest, bis sie zu weinen aufhörte, küsste sie auf den Kopf und brachte sie wieder zu Bett. Dann ging er, außerstande, noch einen weiteren Gefühlsausbruch zu ertragen. Sie fragte nicht, wann er wiederkäme.

Die nächste Woche begann schlimm und wurde noch schlimmer. Emma fühlte sich den ganzen Mittwoch über leicht übel und ging um sieben ins Bett, weil sie das Gefühl hatte, der Kopf würde ihr platzen. Am Donnerstag kämpfte sie sich ins College, hielt aber nicht einmal bis mittags durch und fuhr mit der U-Bahn nach Hause, mit weichen Knien, revoltierendem Magen, klopfendem Schädel und farbigen Punkten vor den Augen.

Rick kam um fünf, gerade rechtzeitig, um ihr den Kopf zu halten, während sie ihr Frühstück erbrach, und er blieb, bis sie gegen Freitagmorgen in einen erschöpften Schlaf fiel. Und da wurden sie von Tante Mabel erwischt.

Als sie vom Laden an der Ecke kam, hörte sie, wie Emma sich übergab, aber als sie anklopfte, rief Emma: «Lass nur, mir geht's gut.»

Voller Sorgen um ihre Nichte und weil sie den Teufel Alkohol dahinter vermutete, konnte Mabel nicht einschlafen, deshalb warf sie sich den Morgenmantel über und ging auf Zehenspitzen nach unten. Ich will nur einen Blick hineinwerfen, dachte sie, als sie den Lichtspalt unter der Tür sah, nur um sicherzugehen.

Emma lag im Bett, das Gesicht vom nackten Arm beschattet und die Augen geschlossen. Auf dem Boden neben ihrem Kissen kniete ein Junge in T-Shirt und schmutzigen Jeans. Mabel fiel beinahe über den Sturzhelm neben der Tür.

Als er sie hörte, drehte er sich um. Mabel blickte in ein Paar überraschter schwarzer Augen unter einem dichten Vorhang goldener Haare und dachte: Dich kenne ich doch. Ja, ja, nur Alisons Bruder!

«Und was glauben Sie, was Sie hier treiben, junger Mann?» Der Junge wurde rot (verlegen, dachte Mabel) und wies auf die Kranke.

Rick war hilflos, besorgt um Emma, die seine Anwesenheit in den letzten drei Stunden nur sporadisch wahrgenommen hatte. Er konnte diese große, grauhaarige, mürrische Matrone nicht gebrauchen, die ihre Missbilligung wie einen übergroßen Mantel trug. Sie ist krank, schrie er stumm, sehen Sie das nicht? «S-s-s ...»

«Lassen Sie gefälligst Ihr Ssss. Hören Sie auf, mir in meinem eigenen Haus den Mund zu verbieten!» Mabel war aufgebracht. «Wie können Sie es wagen! Und lassen Sie meine Nichte in Ruhe. Sie haben hier nichts zu suchen.»

Rick stand abrupt auf, ließ dabei die Schüssel fallen, die er in der Hand hielt, sodass Emma gestört wurde, die unter ihren Decken tief aufseufzte.

«Wo ist Ihre Schwester?», wollte Mabel wissen, noch erboster, und als die Antwort ausblieb, fügte sie hinzu: «Was ist mit Ihnen los, warum antworten Sie nicht?» Sie ging ein paar Schritte auf ihn zu. «Sind Sie nicht ganz gescheit, oder was?»

Rick versuchte es noch einmal. «S-s-s ...», machte er. «S-s-s ... Teufel! Ich S-s-s ... Mist!» Er ging auf Mabel zu, fuchtelte mit den Armen und stotterte, während ihm Tränen der Frustration in die Augen traten, dann hob er, verzweifelt über seine Unfähigkeit, sich verständlich zu machen, seine Jacke und seinen Helm auf, ging an ihr vorbei und verließ das Zimmer. Er knallte die Haustür hinter sich zu.

«Na also!» Mabel lauschte auf das Aufröhren des Motorrads, dann fuhr sie ihre Nichte an. «Würdest du vielleicht die Güte haben, mir zu erklären, was hier vorgeht, mein Fräulein. Komme ich gerade noch rechtzeitig, oder ist es schon zu spät?»

«Zu spät? Zu spät für was?» Die Geräusche dröhnten in Emmas Kopf.

«Um zu verhindern, was immer sich da unter meiner einfältigen Nase abgespielt hat!»

«Wovon redest du eigentlich, Tante Mabel?» Emma langte über die Bettkante nach der Schüssel. Ihr war wieder übel.

«Einmal vom Alkohol und dann von wer weiß was noch. Über die Folgen wolltest du dir wohl später Gedanken machen, oder? Aber damit ist es nicht getan. So bekommt man als Mädchen mit Sicherheit Probleme.»

«Tante Mabel.» Emma würgte, erbrach, spuckte, wischte sich den Mund mit einem Streifen von einer Rolle Toilettenpapier ab und fiel erschöpft zurück. «Wovon auch immer die Rede ist, könnten wir uns morgen darüber unterhalten? Ich habe Bauchschmerzen.» Sie sah sich unsicher im Zimmer um. «Wo ist Ricky hin?»

«Den hab ich rausgeschmissen.» Mabels Stimme war streng vor Missbilligung. «Was ich schon vor Stunden hätte tun sollen.» Die Tür fiel hinter ihr zu.

Alison weckte Emma am Freitagmorgen, als sie ohne anzuklopfen hereingestürmt kam.

«Was, zum Teufel, ist denn mit der guten alten Mabel los?» Sie hockte sich auf Emmas Bettkante und sah sie in der Dunkelheit stirnrunzelnd an. «Und was ist mit dir los? Du siehst ja schrecklich aus.»

«Ich fühl mich auch schrecklich. Mir war schlecht. Ricky war hier, glaube ich zumindest. Und Mabel kam rein und brüllte rum. Aber vielleicht hab ich das auch nur geträumt, ich weiß nicht mehr genau.» Sie rieb sich die Augen. «Kannst du im College Bescheid sagen, dass ich krank bin?»

Ali nickte. «Was hast du denn?»

«Keine Ahnung.» Emma stemmte sich mit unangenehm schwimmendem Kopf auf den Kissen hoch. «Irgendeinen Infekt. Du solltest dich von mir fern halten.»

«Stimmt.» Alison stand rasch auf und ging zur Tür. «Sag mir Bescheid, wenn du was brauchst.»

Für den Rest des Tages ließ man sie in Ruhe. Mabel

wusste nicht so ganz, wie sie mit der Situation umgehen sollte. Wenn ich nichts unternehme, beschloss sie schließlich, wird sich das Problem schon von allein lösen. Ich übertreibe wahrscheinlich.

Es war dunkel, als Alison den Kopf durch die Tür steckte. «Ricky hat gerade angerufen, er kommt her.» Sie spähte ins Dunkel, traute sich nicht näher, um sich nicht womöglich anzustecken. «Stell dir vor, er hat zehn Minuten gebraucht, um mir das mitzuteilen.»

«Wann?»

«Wann was?»

«Wann kommt er?»

«Du meine Güte, wenn ich auch noch darauf gewartet hätte, hätte ich die ganze Nacht am Telefon bleiben müssen. Brauchst du noch was?»

Emma schüttelte den Kopf und drehte sich zum Schlafen um.

Sie hörte sein Motorrad nicht, aber Mabel hörte es, und sie kam zu einem Entschluss. Sie wartete an der Haustür, als Rick ankam, mit verschränkten Armen, zusammengepressten Lippen, bereit, die Dinge bereits im Keim zu ersticken, bevor sie gänzlich die Kontrolle darüber verlor. Dieser zurückgebliebene, schmuddelige Motorradfahrer, der keine zwei Worte hintereinander herausbrachte, war einfach indiskutabel.

«Wo wollen Sie eigentlich hin, junger Mann?», fragte sie, als er auf der obersten Treppenstufe erschien. «Ich dachte, ich hätte klipp und klar gesagt, dass Sie hier nicht willkommen sind. Oder sind Sie gekommen, um sich zu entschuldigen?»

Rick erstarrte.

«Also?»

Rick sah sie finster an. Dämliche alte Schrulle.

«Also?» Mabels hob die Stimme in zunehmendem Zorn. Ich bin hier *in loco parentis*, schalt sie sich selbst. Ich habe die arme Josie verraten, und daran ist nur dieser beschränkte Junge Schuld.

«Ich w-w-wol ...»

«Sie wollen!» Die von Schuldgefühlen getriebene Mabel blies sich vor rechtschaffener Entrüstung auf. «Und was haben Sie hier zu wollen, Sie – Sie Schmutzfink!» *Schmutzfink?* Was zum Teufel war in sie gefahren?

Rick versank in verstocktes Schweigen, als Alison aus ihrem Zimmer auftauchte, um zu sehen, was los war, und Mabel machte alles noch schlimmer. «Ich nehme an, Sie wissen davon?»

«Ich? Wovon denn?»

Mabel wies ärgerlich auf Rick, der sich mit blassem, finsterem Gesicht auf der Schwelle herumdrückte, und rechtfertigte sich mit der Erinnerung an das, was sie in der letzten Nacht gesehen hatte. «Hat sie ausgeführt, betrunken gemacht und dann ...»

«Sch-sch-stimmt nicht!»

«Stimmt wohl!»

«Sch-stimmt *nicht*!»

Du lieber Himmel, dachte Mabel, wir hören uns an wie ein paar Fünfjährige. Stimmt nicht! Stimmt wohl! Stimmt nicht! Was ist nur mit mir los?

«Stimmt bestimmt nicht. Was haben Sie eigentlich? Ricky trinkt fast nie.»

«Versuchen Sie nicht, mich weich zu kochen, Miss. Ich weiß, was ich gesehen habe. Sie lag splitternackt im Bett und musste sich vor meinen Augen in eine Schüssel übergeben. Es war abstoßend. Und das lasse ich mir nicht bieten, hören Sie?» Selbst beim Schimpfen dachte sie: Ich übertreibe doch. Ich verhalte mich hier völlig falsch. Ich sollte damit aufhören.

Rick starrte von einer zur anderen. Ist mir egal, was ihr denkt, wütete er stumm, ich muss Emma sehen, schob sich rücksichtslos an ihnen vorbei und lief mit großen Schritten durch den Flur.

Er kniete sich vors Bett und strich ihr übers Haar. Ihre Haut fühlte sich besser an, kühler, aber sie wachte nicht auf, obwohl sie sich im Schlaf hin und her warf und vor sich hin murmelte. Ich liebe dich, brüllte es in seinem Schädel, dann stöhnte er auf, ballte die Fäuste und senkte kurz den Kopf, um ihre heiße Schulter zu berühren, bevor er wieder ging. Dass er auf dem Weg nach draußen sowohl Mabel als auch seine Schwester ignorierte, empörte Mabel umso mehr.

«Was glaubt Ihr Bruder eigentlich, wer er ist? Kommt hier hereingestürmt, als wäre er hier zu Hause, und dann wieder raus, ohne auch nur Entschuldigung zu sagen? Also, Sie können ihm von mir ausrichten, mein Fräulein, wenn ich ihn noch einmal bei Emma erwische, bekommt er ernsthafte Schwierigkeiten. Ich werde Ihrem Vater erzählen, was los ist, und es wird Ihnen beiden Leid tun.» Sie warf Alison einen strengen Blick zu und fuhr dann fort: «Ich glaube allmählich, Sie haben einen schlechten Einfluss auf die kleine Emma.» Sie stapfte nach oben, um sich einen großen trockenen Sherry einzuschenken und sich zu beruhigen.

Und was jetzt? Warum konnte Emma sich keinen passenderen Jungen aussuchen, einen mit ein bisschen Verstand und Benehmen? Doch ihre Herablassung beschämte sie. Nun hör dir das an, geißelte Mabel sich selbst, eine schlichte Pensionswirtin, und das gleiche Getue und Gehabe, das du bei Josie so peinlich findest. Und selbst nach all den Jahren, in denen du die unsichtbare Hauswirtin gespielt hast, hast du dir immer noch nicht abgewöhnt, auf die meisten Mitmenschen herabzusehen. Aber, lieber Henry, seufzte sie und vermisste ihren längst verstorbenen Partner noch mehr als sonst, dieser beschränkte Brown ist vollkommen indiskutabel.

Josie erzählte sie nichts davon. Laut Alison war zwischen den beiden Kindern wohl nichts vorgefallen (die hatte Mabel das ganze Wochenende über bearbeitet, hatte Augenaufschläge und ihr Lächeln eingesetzt, bis Mabel ihrem Charme erlag und aus schierer Erschöpfung nachgab), und dann wäre ja nichts Schlimmes passiert. Und sie würde den Unglücksknaben von nun an rausschmeißen. Er würde es nicht wagen, sich noch einmal blicken zu lassen.

Als sie an diesem Sonntag mit Emma reden wollte, knallte ihre Nichte ihr die Tür vor der Nase zu.

Er kam nach Einbruch der Dunkelheit, stellte sein Motorrad hinter der Ecke ab und brachte einen Blumenstrauß mit. Emma empfand eine fast schmerzhafte Freude darüber, ihn zu sehen, ihn zu berühren, und er saß in ihrem Sessel, die dünnen Beine ausgestreckt, die Wange in die Hand gestützt, während sie ihm von ihrer Woche erzählte.

Er blieb allerdings nicht lange, wollte keinen erneuten Krach mit Mabel riskieren, und sie blieb unbefriedigt zurück, hätte sich mehr gewünscht. Kurz bevor er ging, sprach sie das Thema Semesterende an. Am letzten Samstag sollte im College eine Fete stattfinden, mit Musik und Bar.

«Alle gehen hin.»

Er antwortete nicht, aber sie sah, wie sein Gesicht diesen sturen Ausdruck annahm, wie sein Mund sich zu einer harten Linie zusammenpresste und die Falte zwischen seinen Augen sich vertiefte, und wusste, sie hatte ihm den Abend verdorben.

Bis Samstagnachmittag war sie zu der Auffassung gelangt, dass er nicht kommen würde, zog sich aber für alle Fälle trotzdem sorgfältig um, wählte ein seidiges, cremefarbenes Oberteil und einen knöchellangen Rock, der an den Hüften eng anlag und zum Saum hin ausschwang. Das Haar ließ sie offen, und die Augen zog sie sorgfältig mit schwarzem Lidstrich nach.

«Geht schon mal ohne mich», rief sie, als die anderen an die Tür klopften. «Ich komm dann nach.»

Sie hörte, wie sie albern auf der Straße lachten und drängelten, und setzte sich auf die Treppe, um auf ihn zu warten.

«Du siehst t-t-toll aus», sagte er, als er schließlich ankam. Er trug schwarze Jeans, ein T-Shirt und seine Lederjacke.

«Du brauchst nicht nervös zu sein», beruhigte sie ihn. «Es wird ganz bestimmt gut.»

Als sie angekommen waren, wich sie nicht von seiner Seite. Sie hatte sich überlegt, dass sie den Abend am besten auf der Tanzfläche überstehen würden – es war zu laut, um die eigenen Gedanken zu hören, geschweige denn, eine zusammenhängende Unterhaltung zu führen –, und sie erwischte sogar ein paar Mädchen dabei, wie sie lüsterne Blicke in Ricks Richtung warfen. Doch als der Discjockey beschloss, eine Pause einzulegen, wurde es plötzlich still, die Leute verließen die Tanzfläche und zerstreuten sich in alle Winkel des Gebäudes. Überall waren Pärchen, eng umschlungen, saßen auf dem Boden oder lehnten an Wänden, selbst oben auf dem Dach.

«Komm, wir holen uns was zu trinken», schlug Emma vor, matt vor Hitze und Nervosität.

«Na, aber hal-*lo*, ihr beiden!» Rotgesichtig und verschwitzt versperrte Ian ihnen den Weg. Er war betrunken, umklammerte einen Pappbecher, aus dem Bier auf seinen Arm schwappte, und schwankte unsicher auf den Füßen.

«Wer sagt's denn, wer sagt's denn, wenn das nicht die kleine Emma mit ihrem geheimnisvollen Freund ist», kicherte er und bemühte sich, Ricks Gesicht zu fixieren. «Guter Fick, das Mädchen. Du bist ein Glückspilz, weißt du das? Mich wollte sie nicht unter ihren Rock lassen.» Er wartete auf eine Reaktion, und als keine kam, stichelte er munter weiter: «Was ist los, alter Knabe, hat sie dich etwa auch noch nicht rangelassen? Ich würde aufgeben, wenn ich du wäre. Kennst du Emmas Spitznamen? Die eiserne Jungfrau.»

Er lachte wieder, ein schrilles Wiehern, das unvermittelt abbrach, als Rick ihn vorn am Hemd packte und gegen die Wand knallte.

«Huch!», stöhnte er, und das Bier verteilte sich überall, über sein Hemd, seine Hose und den ganzen Fußboden. Aber nachdem Rick ihn einmal da hatte, wusste er nicht, was er mit ihm anfangen sollte. Für eine Prügelei war Ian zu betrunken, und ihn zu beschimpfen, dazu war Rick nicht in der Lage. So verfluchte er ihn nur stumm, ließ ihn los und ging weg.

«Wie ich sehe, hast du es noch nicht geschafft, deinen kleinen Gorilla zu zähmen», höhnte Ian und spritzte Emma Bier ins Gesicht, sodass sie zurückzuckte. Alle starrten sie an.

Rick ging weiter, bekam die Stichelei aber mit. Emma rannte hinter ihm her, und als sie ihn einholte, war sein Gesicht rot vor Zorn und Scham.

«Komm, wir gehen», sagte sie im verspäteten Bemühen, alles wieder in Ordnung zu bringen, aber er ging weiter, als hätte er nichts gehört, in Richtung Treppe und Ausgang. Er war bereits unterwegs, ob sie nun mitkam oder nicht.

Schweigend fuhren sie zum Earl's Court zurück, dann hockten sie auf Emmas Sofa, und ihre Unterhaltung drehte sich über eine Stunde im Kreis, ohne dass einer wirklich den

Standpunkt des anderen verstanden hätte, allerdings beide sehr um Versöhnung bemüht. Es war Rick, der das Gespräch dann abrupt abbrach, erschöpft und frustriert von der Anstrengung, sich verständlich zu machen.

Als sie schließlich miteinander schliefen, war es zärtlicher als alles, was Emma bisher erlebt hatte. Wir gehören zusammen, sagte sie sich, von den Ereignissen des Abends überreizt, sind für immer und ewig zusammengeschweißt.

Sie überhörten Tante Mabels Türschlüssel. Erst als sie sagte: «Emma? Emma, wo bist du?», und die Deckenbeleuchtung einschaltete, merkten sie, dass sie da war.

«Ich kümmere mich schon um die Früchtchen! Überlassen Sie das nur mir.»

«Oh G-g-gott!», murmelte Ricky und rollte vom Sofa auf den Boden.

Wenn Josie an jenem Abend nicht angerufen hätte, wie üblich voller Sorge um die Moral ihrer Tochter, hätte Mabel alles auf sich beruhen lassen. Aber so rief sie, ohne die Folgen zu bedenken, seinen Vater an, als sie vom Fenster aus sah, wie Emma, unverfroren mit diesem Versager Händchen haltend, nach Hause kam.

Brown war dunkelrot vor Zorn, die Adern an Stirn und Hals standen wie ein knotiges Seil unter der Haut hervor, und er hatte die riesigen Hände zu Fäusten geballt.

«Steh auf, du Flittchen!», brüllte er. «Und zieh dir was über, verdammt nochmal!»

Er schleuderte Emma ihren Morgenmantel an den Kopf, während Rick wie wild nach seinen Jeans tastete. Während er sich verzweifelt bemühte, sie anzuziehen, begann sein Vater mit der flachen Hand auf ihn einzuschlagen und hinterließ erst weiße, dann rote Flecken auf Rücken, Kopf und Schulter, wo immer er hintraf.

«Dämlicher kleiner Scheißkerl!», brüllte er. «Blöder Wichser!»

Rick hüpfte auf einem Bein herum wie ein langer, brauner Storch, während sein Penis sinnlos in der Gegend herumstand, und kreischte bei jedem Schlag auf. Er konnte seine Unterwäsche nicht finden, und als es ihm schließlich gelang, ein Bein in seine Jeans zu bekommen, schlug ihn Brown erneut, und Rick verlor das Gleichgewicht. Er fand seine Unterhose im anderen Hosenbein, und plötzlich überkam Emma das wilde, hysterische Bedürfnis loszulachen, als er die Hose hervorzog wie ein Zauberer seine Kaninchen und in seine Tasche stopfte, während er sich aus seinen verhedderten Jeans zu befreien suchte.

Als Emma endlich in ihren Bademantel geschlüpft war, stürzte sie sich dazwischen, drosch wild auf Browns gewaltigen Körper ein und kreischte: «Lassen Sie ihn in Ruhe!», während sie mit ihren Fäusten auf ihm herumtrommelte. Er verscheuchte sie mühelos mit einer Hand.

So hatte Mabel sich das ganz und gar nicht vorgestellt. «Oh Gott, oh Gott!», rief sie, entsetzt darüber, wie beängstigend erfolgreich ihr Anruf dafür gesorgt hatte, die beiden Kinder auseinander zu bringen. Der Junge mochte ja ein Simpel sein, aber das hatte er nicht verdient. «Oh Gott, oh Gott! Jetzt reicht's! Aufhören! Haben Sie mich verstanden?»

Rick gelang es, sein T-Shirt über Kopf und Erektion zu ziehen, aber er musste einen Arm hoch halten, um die Schläge abzufangen, während er mit dem Reißverschluss kämpfte. Während er so herumfummelte, tobte Brown: «Trottel! Verdammter Idiot! Blödmann! Ist dir nichts Besseres eingefallen, du Ochse, als deine Zeit damit zu verplempern, so 'n halbwüchsiges Flittchen zu bumsen, während du eigentlich lesen lernen solltest?» Er wandte sich Emma zu.

«Und was dich betrifft, dir macht es wohl Spaß, du alberne Gans, mit einem nutzlosen, haltlosen, blöden Analphabeten ins Bett zu gehen, der seinem Vater nicht einmal Widerworte geben kann? Ich wusste ja, dass du ein bisschen dumm bist, aber für dermaßen blöd hätte ich dich nicht gehalten!» Als er fertig war, wurde es so still im Raum, dass Emma ihren eigenen Atem hören konnte und Ricks. Dann schlug Rick zu.

Er legte all seine Kraft in diesen Schlag, und er brach dem Mistkerl den Kiefer. Emma hörte es knacken. Brown fiel rückwärts gegen die Wand, und Rick folgte ihm, die Fäuste zu einem zweiten Schlag geballt. Er beugte den Arm, langsam, zielte genau, aber er konnte es nicht, nicht kaltblütig. Stattdessen hockte er sich vor seinen niedergestreckten Vater und zog ihn am Kragen hoch, wobei er vor Anstrengung fast vornüber fiel, bis er ihm direkt in die Augen sah.

«Das», sagte er, ganz deutlich und ohne jede Spur von Stottern, «war das allerletzte Mal.» Dann hob er seine Jacke und seinen Helm auf und ging, an Mabel vorbei, die schreckensstarr in der Tür stand, an seiner Schwester vorbei, die gerade heimgekommen war und mit offenem Mund im Hausflur stehen blieb, die Treppen hinunter und hinaus auf die Straße.

Mabel war entsetzt. Das ist meine Schuld, gestand sie sich reumütig ein, denn dieser abscheuliche Gewaltakt wurde in meinem Haus verübt, weil ich mich unbedingt einmischen musste. Aber wie hätte ich wissen sollen, dass der Mann sich so benehmen würde?

Emma zog ihren Morgenmantel eng um sich, ging dann zurück zum Sofa und ließ sich darauf fallen. Alison stieg vorsichtig über die ausgestreckten Beine ihres Vaters und setzte sich neben sie.

«Was geht hier vor?», zischte sie.

Emma sah sie kaum an. «Sie haben uns erwischt», sagte sie einfach.

«Was, du meinst … *dabei*? Ach du Schreck. Und warum liegt Daddy da drüben wie ein gefällter Ochse?»

«Ricky hat ihn geschlagen.»

«Ach du Schreck», sagte Alison noch einmal und verstummte.

Sie hörten, wie er hinter ihnen aufstand, und Alison beging den Fehler, sich nach ihm umzudrehen.

Die linke Seite seines Gesichts schwoll rapide an und sein Mund war verzerrt. Beim Anblick seiner Tochter verfärbte sich Brown erneut, und sie eilte zur Tür, wollte weg von ihm. Als sie an ihm vorbeikam, packte er ihr Haar, hielt es fest und drehte es zusammen, bis sie vor Schmerzen aufjaulte. Mabel war verschwunden.

«Pack deine Sachen. Wir gehen.» Durch die Schwellung, die ihm bereits ein Auge verschloss, klangen seine Worte dumpf.

«Nein!» Alison wand sich unter seinem Griff. «Das ist nicht fair. Ich kann nichts dafür.»

«Natürlich kannst du was dafür, zum Teufel. Du solltest doch auf ihn aufpassen, oder? Wo warst du denn, als er das dämliche Miststück hier gebumst hat?»

«Du lieber Himmel, Daddy, wir leben im Jahre 1966, nicht im Mittelalter. Das machen doch alle. Zum Henker, das ist doch *normal*!»

«Nein, für mich nicht. Jetzt pack deine Sachen. Wir fahren nach Hause.»

«Ach, hau doch ab!», kreischte Alison.

Mabel hatte die Polizei gerufen. Als die eintraf, schleuderten Vater und Tochter sich immer noch Schimpfworte an die Köpfe, und sie mussten gewaltsam getrennt werden. Sie weckten die halbe Straße auf, als sie die Treppe hinunterstolperten, und in erleuchteten Fenstern tauchten neugierige Köpfe auf. Bill und George, zurück vom Tanzen, kamen aus dem Untergeschoss nach oben, um sich die zweifelhafte Vorstellung anzusehen, während Alison zwei junge Beamte als Verteidiger rekrutierte.

«Das kann er doch nicht machen, oder? Er kann mich nicht zwingen. Ich bin doch schon fast einundzwanzig.»

Von ihrem Lächeln verführt, schlossen sich die Beamten ihrer Meinung an. Sie zerrten die Protagonisten auseinander, und Brown wurde in seinen Wagen verfrachtet. «Wir können auch auf die Wache, Sir, wenn Ihnen das lieber ist?», schlug einer von ihnen freundlich vor. Brown, der praktisch nicht mehr zu erkennen war, bekam vor Zorn fast einen Schlaganfall.

Emma saß immer noch zusammengesunken auf dem Sofa vor dem Gasofen, als Ali und Mabel zurückkehrten. Sie hatte sich eine Flasche Wein geholt und trank stetig, starrte blind ins Feuer und versuchte die Wörter, die in ihrem Kopf dröhnten, zu vertreiben: *Flittchen, bumsen, Idiot, Miststück*, als wären sie und Rick ein Paar brünstiger Tiere ohne Verstand. Sie war betrunkener, als sie je im Leben gewesen war.

Du lieber Himmel, dachte Emma, und stolperte im unbestimmten Licht des Dachbodens über einen Berg Flaschen, all der Wein – ich hätte eigentlich bewusstlos werden müssen. Vielleicht wäre das besser gewesen. Ich wünschte, ich wäre es am nächsten Tag gewesen. Ich wünschte mir damals, ich wäre wirklich gestorben, soweit ich mich erinnere. Sie warf die leeren Flaschen – Gin, Whisky, Wodka – ebenfalls auf den Abfallberg. Was war ich für ein Dummchen, grübelte sie, so melodramatisch, so voller Selbstmitleid.

Und was war Tante Mabel für eine Offenbarung. Warum, ach, warum nur habe ich sie damals nicht zu schätzen gewusst? Sie blieb ganz ruhig, machte kein Theater, schloss einfach die Tür und überließ uns uns selbst. Liebe Mabel, und doch dauerte es Monate, bis ich ihr verzieh.

«Was ist eigentlich so schlimm daran», wollte Emma wissen, als Alison wiederkam, neben sie plumpste und sich die wunde Hand rieb, «wenn man mit jemandem ins Bett geht, den man liebt?»

«Das darfst du mich doch nicht fragen.» Alison zog ein Gesicht. «Woher, zum Teufel, soll ich das wissen?»

Emma starrte in die Flammen und fragte sich in ihrem Alkoholdusel, wie die Erwachsenen aus der Liebe zwischen zwei Menschen so eine gemeine, schmutzige Angelegenheit machen konnten und warum die geflieste Wand hinter dem Gasofen sich so bedrohlich wellte. «Ich kann ohne ihn nicht leben», stöhnte sie, benebelt von Wein und Kummer, «es bringt mich um.»

«Ich treff mich wieder mit Harry Passmore.»

«Tst, tst. Wer ist denn hier das böse Mädchen?», meinte Emma sarkastisch, drohte ihrer Freundin strafend mit dem Finger, kippte dabei, beschwipst, wie sie war, allerdings um und verschüttete Wein auf den Teppich. Alison richtete sie wieder auf.

«Im Augenblick», schimpfte sie verärgert, «bist du nicht unbedingt in der Position, mir Vorwürfe zu machen, findest du nicht? Komm, mein Sonnenschein, Zeit, ins Bett zu gehen.»

Sie packte Emma zwischen die Laken, holte ihr für den Notfall noch eine Schüssel und ließ sie allein.

Am nächsten Morgen kam sie wieder. Sie habe über den Küchenanschluss zu Hause angerufen, sagte sie, um nicht ihren Vater ans Telefon zu bekommen, und habe mit der Haushälterin gesprochen.

«Sie war in einer fürchterlichen Verfassung. Ricky hatte sie mitten in der Nacht geweckt, als er die Treppe herunterfiel, und als sie nachsehen ging, saß er auf der untersten Stufe, das Gesicht voll blauer Flecken, auf den Knien eine offene, große Tasche, und sammelte Haufen von Kleidungsstücken und Pfundnoten auf, die er dann in die Tasche stopfte. Als sie ihn fragte, was er da täte, sagte er nur: ‹Abhauen.› Stell dir vor!» Ali war skeptisch. «Du weißt ja, wie zusammenhanglos er oft redet. Er kann alles Mögliche gemeint haben.»

Emma war sich ganz sicher, dass Abhauen genau das war, was er getan hatte. Er würde kommen und sie holen, und sie würden zusammen weglaufen. Und sie würde nie wieder trinken.

«Das ist ja alles ganz schön und gut, dieses Wahre-Liebe-Getue», schniefte Ali, «aber es ist euch beiden nicht besonders gut bekommen, oder?»

Was Ali oben in Mabels Wohnzimmer genau gesagt hatte, wusste Emma hinterher kaum noch. Es blieb nur die unauslöschliche Erinnerung an den überwältigenden Charme, an den Liebreiz, der Alisons einmaliges Überzeugungstalent ausmachte. Und Tante Mabel war gegen ihre Schliche nicht gefeiter als alle anderen.

Am Montag fuhren sie wieder ins College, in der Gewissheit, dass der Status quo beibehalten würde. Von Rick kein Wort, kein Zeichen.

Die letzte Woche des Semesters. Jeden Abend saß Emma in ihrem Zimmer und wartete auf Rick, jeden Abend wurde sie enttäuscht. Als der Kater nachließ, begann sie, einen lähmenden Schmerz in der Magengrube zu verspüren, der mit dem Näherrücken der Ferien immer stärker wurde, bis sie dann am letzten Tag einen Anruf bekam. Sie wusste, es war Rick, schon als sie den Hörer abnahm, noch bevor die Vermittlung sagte: «Da ist ein Anruf für Sie.»

Er befand sich in einer Telefonzelle. Anfangs klang er ganz verständlich, doch dann stotterte er immer mehr.

«Ich m-mmuss d-dich sehen.»

«Wo?»

«Bei d-d-ir.»

«Wann?»

«S-s-s-s …»

«Samstag?»

Schweigen.

«Sonntag?»

«Ja.»

«Sonntag … Aber ich soll Samstag mit Tante Mabel nach Hause fahren.»

«G-gut. D-dann s-s-sag ihr, d-du m-müsstest …»

«In Ordnung, ich werde mir was einfallen lassen.»

Was für eine romantische Unterhaltung.

Sie erklärte Mabel, sie müsste noch einen Auftrag fertig machen. Sie zeigte ihr, was sie noch zu tun hatte, denn zufälligerweise stimmte die Ausrede sogar. Sie arbeitete an einem Satz Skizzen für Carnaby Street. Man zahlte zwar nicht viel, aber die Zeichnungen sollten, mannshoch vergrößert, im Schaufenster ausgestellt werden, und Emma hoffte, dass sich daraus weitere Aufträge ergeben würden. Mabel war skeptisch.

«Woher soll ich wissen, ob ich dir trauen kann?», fragte sie, immer noch in der Rolle des strengen Wächters.

Mit einem Augenaufschlag, wie sie ihn so oft bei Alison gesehen hatte, sagte Emma ernsthaft: «Weil ich meine Lektion gelernt habe, Tante Mabel, ehrlich.»

Er wagte nicht, sein Motorrad direkt vor dem Haus abzustellen, aber Emma wartete auf ihn, saß im Sonnenschein auf der obersten Stufe, das Kinn in die Hände gestützt. Sie rührte sich nicht, als sie ihn mit langen Schritten um die Ecke kommen sah, obwohl sie am liebsten über die Straße gerannt und sich in seine Arme geworfen hätte. Sie saß nur da, sah ihm entgegen und dachte, wie schön er ist, wie sehr ich ihn liebe.

Er blieb auf dem Bürgersteig stehen, dann kam er fast widerwillig die Stufen hoch, zögerte oben, bevor er sich neben sie setzte, allerdings gerade so weit weg, dass sie näher rücken musste, wenn sie ihn berühren wollte.

Ihr Blick hing an seinem Gesicht. Er hatte tiefe, schwarze Ringe unter den Augen, weil er nicht geschlafen hatte, und sah noch dünner aus als sonst. Es gab eine Schranke zwischen ihnen, unsichtbar, unfassbar, doch sie spürten sie beide. Emma wünschte sich, dass er mit ihr redete, ihr erzählte, das alles gut würde, aber mittlerweile waren zu viele Wörter gefallen: *bumsen, Miststück, Idiot,* die als Refrain im Hintergrund klangen, nie ganz deutlich hörbar, aber tückisch, so dass sie beide die Melodie unbewusst mitsummten, ohne es selbst zu merken.

«Sag, dass alles wieder gut wird», sagte sie, ohne ihn anzusehen.

«Das k-k-kann ich n-nicht.»

«Bitte, Ricky. Ich *liebe* dich.»

«Ich k-k-kann nicht.» Ich würde, wenn ich könnte. Und ich liebe dich auch, mehr, als ich dir je sagen kann. Er steckte die Hand in die Tasche und fischte ein Päckchen heraus, das in Zellstoff gewickelt und an einer Seite zusammengedreht war. Wortlos überreichte er es ihr.

«Soll ich es aufmachen?» Eifrig riss sie das Papier auf, ihre Stimmung hob sich. Alles würde wieder gut.

Es war die Brosche, die er vor all diesen Monaten für sie gezeichnet hatte. Sie war einfach großartig, zwar ein wenig ungeschickt verarbeitet, aber trotzdem hübsch, und er hatte ein Herz hinzugefügt, durchbohrt von einem winzigen, silbernen Pfeil mit einer Initiale an jedem Ende, R und E. Das R war verkehrt herum.

Sie begann zu weinen, und er rückte endlich näher, hielt sie fest, weinte mit ihr. Hinterher hatte Emma keine Ahnung, wie lange sie so gesessen hatten, aber schließlich schob er sie von sich weg, nahm ihr tränennasses Gesicht in beide Hände und küsste sie.

Es war kein Anfangskuss, kein Vorspiel, keine Einladung, es war ein Abschiedskuss, ein Lebewohl, und sie wussten es beide. Er dauerte eine Ewigkeit, meinte Emma, und war doch in einem Augenblick vorbei.

Als er zu Ende war, stand Rick auf und ging. Sie versuchte nicht, ihn aufzuhalten, sondern sah einfach hinter ihm her, wie er die Straße entlanglief und um die Ecke bog, während ihr die Tränen ungehemmt über die Wangen flossen. Dann saß sie unendlich lange in der Sonne, lehnte sich ans Geländer, stellte sich vor, er käme wieder, obwohl sie hörte, wie sein Motorrad aufröhrte und der Lärm dann im allgemeinen Rauschen des Verkehrs unterging. Als sie aufstand, um hineinzugehen, hörte sie Spencer Davies aus einem offenen Fenster schallen: «Keep on runnin' … Keep on hidin' …»

Ha, dachte sie bitter, ha, verdammt nochmal, ha.

Ian zog kurz nach Beginn des Sommersemesters aus, und zur allgemeinen, auch zur eigenen, Überraschung verkündeten George und Jilly ihre Verlobung. Bei Bill hingegen war es an der Mädchenfront völlig ruhig geworden.

«Ich glaube, er weiß nicht mehr so recht, wie er zu Frauen

steht», spekulierte Alison, «aber vielleicht war das ja schon immer so, und wir haben es nur nicht gemerkt.»

«Bill?», protestierte George. «Der und schwul? Seid doch nicht albern!» Aber als der Verdacht einmal geäußert war, begannen alle, sich das zu fragen – man sah, was Alison anrichten konnte.

Niemand fragte nach Emmas Liebesleben. Jeder hatte früher oder später einmal Liebeskummer, und sie erholte sich doch offenbar ganz prima. Gut, sagte sie, als Bill sich nach ihren Ferien erkundigte, die wären gut gewesen. Sie hätte sich eine Menge Arbeit mit nach Hause genommen und so wäre sie beschäftigt gewesen. Es gab keine Tränen, keinen Hinweis darauf, dass sie noch traurig war. Ali fragte nicht, was zwischen ihr und Rick bei diesem letzten Treffen vorgefallen war – es ging sie ja schließlich nichts an –, aber sie wusste, dass ihr Bruder fort war, vermutlich für immer.

Anfang Juni hatte Emma eine Mappe zusammengestellt und ging damit zu einer Werbeagentur in der Nähe des Colleges. Ihre Arbeiten gefielen, sie bekam zwei Aufträge, die bis Ende des Monats fertig sein sollten, und man versprach ihr weitere, wenn der Kunde mit dem Ergebnis zufrieden sein sollte. Die Bezahlung war großartig, und Emma war hoch gestimmt, weil sie wenigstens auf einem Gebiet Erfolg hatte.

Rick hatte sich nicht mehr blicken lassen und auch nicht angerufen. Tante Mabel erzählte Emma nicht, dass er da gewesen war. Sie hatte ihn fortgeschickt, sich gezwungen, vernünftig zu sein. Ihre Nichte war zu jung, um zu wissen, was sie wollte, und der Junge war einfach nicht das Richtige.

Eines Donnerstags wartete Rick vorm College, aber ein

paar Minuten bevor Emma die Treppe herunterkam, tauchte Ian auf.

«Die ist schon weg», sagte er verächtlich und lächelte in sich hinein, als er sah, wie der lange, dünne Knabe sich umwandte und in den Menschenmassen untertauchte.

Am nächsten Tag verschwanden alle in die Sommerferien.

Josie war lästig. Sie wollte einbezogen werden. Und weil ihr kleines Mädchen ihr entglitt, hielt sie sich ständig in ihrer Nähe auf, schaute Emma neugierig bei der Arbeit über die Schulter und kramte in ihrem Handwerkszeug.

«Was ist das denn, Schatz?»

«Ein Rapidograph.»

«Komischer Name. Und wozu ist der gut?»

«Zum Zeichnen. In der Mitte geht eine Nadel durch, damit die Tusche …»

«Ach, wie kompliziert … Was für welliges Papier.»

«Das ist besonders saugfähig, für Aquarelle …»

«Wie faszinierend, Schatz.»

Sie brachte Tassen mit Kaffee und stellte sie an alle möglichen ungeeigneten Stellen.

«Nicht hierhin, Ma, und da auch nicht. Nein! Ma, ich *arbeite* da.»

Während die Ferien sich endlos dehnten, kam Emma zu dem Schluss, dass sie das nicht aushielte. Nachdem sie in den folgenden Tagen ihre letzten Arbeiten fürs College beendet und ihre Auftragsarbeiten fertig gestellt hatte, suchte sie sich einen Job in einem nahen Pub. Das brachte zwar nicht viel Geld, war aber besser als nichts, und sie kam aus dem Haus.

Josie war damit nicht einverstanden – abgesehen von allem anderen, war es illegal (Emma war bis August immer noch zu jung dafür), doch Emma scherte sich nicht um ihre

Meinung. Wie sehr Emma auf ihren Vater herauskam, diesen unfähigen, charmanten Versager Arthur Versey, dachte Josie. Die gleiche langgliedrige Gestalt, die gleiche blasse, sommersprossige Haut mit dem vollen, roten, lockigen Haar, dasselbe Talent, sie abzuweisen, sie auszuschließen. Sie war in Gefahr, Emma zu verlieren, und sie wusste nicht, was sie dagegen tun sollte.

Emma wollte die Hoffnung nicht aufgeben und rief Alison an.

«Hallo!» Alison klang erfreut, von ihr zu hören. «Alles in Ordnung?»

«Hmm. Hast du was von ihm gehört?»

«Von wem?»

«Von Ricky. Von wem denn sonst?» Emma musste sich Mühe geben, sich ihren Ärger nicht anmerken zu lassen.

«Ach so. Nein. Kein Wort. Aber er war hier und wollte dich sprechen, hat Mabel dir das nicht erzählt?»

«Nein.»

«Sie hat ihn weggeschickt», fuhr Alison fort, «hat ihm erklärt, dass du ihn nicht mehr sehen willst. Komisch, dass sie dir das nicht erzählt hat ...»

Raffinierte alte Hexe, natürlich nicht.

Die Stille danach wurde erst durch das Tuten unterbrochen, als Emma den Hörer auflegte.

10

Das zweite Jahr des Hauptstudiums, einen Schritt weiter, neue Arbeitstechniken, andere Dozenten, mehr Selbstbewusstsein.

Das Gefühl der Einsamkeit, das Emma nach Ricks Verschwinden überwältigt hatte, wollte nicht weichen. Weil sie den Anblick ihres leeren Zimmers nicht ertrug, ging sie eines Abends mit Bill auf eine Party in Swiss Cottage, wo sie zu viel trank und sich von einem Architekturstudenten umschwärmen ließ. Er war ein hübscher Junge, sehr beflissen, und von seiner jugendlichen Begeisterung aufgemuntert, ließ sie sich von ihm nach Hause bringen und überraschenderweise von ihm küssen, bevor sie ihn hinauswarf. Als sie sich zum Zubettgehen auszog, nachdem er gegangen war, fand sie, er hätte ihr gut getan – sie hatte sich amüsiert und sich weniger einsam gefühlt. Ein neuer Anfang, stellte sie beim Zähneputzen fest, das war es, was sie brauchte. Sie hatte ihm ihre Telefonnummer gegeben, eingewilligt, ihn wieder zu treffen. Wenn sie jetzt noch lernen könnte, ein wenig mehr wie Ali zu sein, die nie irgendwelchen Gefühlen gestattete, ihr Liebesleben zu komplizieren, wäre sie eigentlich geheilt. Am nächsten Wochenende traf sie sich wieder mit ihm, und drei Tage später ging sie mit ihm ins Bett, weil sie es leid war, sich gegen ihn zu wehren. Hinterher allerdings ging ihre Entschlossenheit in einer neuen Aufwallung von Einsamkeit unter. Sie begann einen wiederkehrenden Traum zu träumen – sie spazierte über eine Landzunge, plötzlich gab der Boden unter ihr nach und sie fiel metertief in eine erstickende schwarze Höhle, aus der sie einfach nicht wieder herauskam. Schluchzend wachte sie auf, voller Sehnsucht nach Rick. Sie begann eine Abneigung gegen geschlossene Räume zu entwickeln und mied den Lift im College und die U-Bahn, besonders in der Rushhour.

Anfang Dezember rief Jay an. «Ich habe einen Auftrag für dich. Ein Laden in der King's Road möchte ein paar Zeichnungen, wie die damals für Carnaby Street. Können wir uns zum Mittagessen treffen?»

Emma verließ das College früher, und sie gingen zu einem Griechen in der Frith Street, mit karierten Tischtüchern und Folkloregedudel im Hintergrund. Jay wusste offenbar nichts von Ricks Verschwinden. «Wie geht's dir?», fragte er.

«Gut.» Emma gab sich munter und strahlend.

«So siehst du aber gar nicht aus.» Wie üblich fühlte sie sich unbehaglich unter seinem prüfenden Blick. «Was hast du so getrieben?»

«Nichts.» Das war als Antwort wohl nicht ganz ausreichend, überlegte sie. «Überhaupt nichts. Ich bin nur ein bisschen erwachsener geworden.»

«Und was heißt das?»

«Das, was ich gesagt hab.» Er sah sie stirnrunzelnd an, und sie fühlte sich unter Druck gesetzt. «Ich habe nur aufgehört, mich wie eine kostbare kleine Jungfrau zu benehmen, das ist alles.»

Er war schockiert, das spürte sie, und das Gefühl, ihn so aus dem Gleichgewicht bringen zu können, bereitete ihr ein überraschendes Vergnügen.

«Wenn du damit sagen willst, dass du dich entschlossen hast, mit Hinz und Kunz ins Bett zu gehen wie die gute Alison, dann bist du ziemlich bescheuert, Emma Versey.» Jay zeigte ärgerlich mit dem Finger auf sie, und seine Heftigkeit überraschte sie.

«Ich dachte, wir wären hier, um über Geschäfte zu reden», sagte sie frostig. «Ich wusste nicht, dass mein Privatleben dich irgendetwas angeht.»

«Warum redest du dann mit mir darüber?» Es kostete ihn sichtlich Mühe, seinen Zorn zu beherrschen, und Emma war verwirrt, als er sich schließlich in seinem Stuhl zurücklehnte und sie kühl anlächelte. «Du hast Recht», sagte er. «Es geht mich überhaupt nichts an.» Dann wechselte er das Thema.

Sie sprachen kurz über den Auftrag, und dann begann Jay, was bei ihm selten war, über sich selbst zu reden. «Ich erweitere mein Angebot, kaufe Werke junger unbekannter Künstler und verkaufe sie dann wieder. Nichts Modernes. Ich will mich auf traditionelle Kunst spezialisieren. Dafür gibt es einen festen Markt, und ich will mir einen festen Kundenkreis schaffen, keine Kenner, sondern einfach Leute, die etwas an der Wand hängen haben wollen, das sie verstehen.»

«Und was ist mit deiner eigenen Arbeit?»

«Ich habe mehr, als ich bewältigen kann. Ich lehne mittlerweile Aufträge ab.» Er zuckte gleichgültig mit den Schultern. «So verdiene ich mehr. Hast du heute Abend schon was vor?» Emma schüttelte den Kopf. «Gut. Ich muss dir etwas zeigen; ich hole dich um fünf am College ab. Und sei bitte pünktlich, ich möchte nicht herumkurven müssen.»

Er fuhr sie zurück zum College und verließ sie dann mit einem knappen «Tschüs», nicht einmal ein Küsschen auf die Wange. Emma war irgendwie enttäuscht, wollte mehr. Mehr wovon, hätte sie allerdings nicht sagen können.

Als sie um zehn nach fünf am Straßenrand ankam, wartete er mit laufendem Motor, startbereit.

«Du kommst zu spät», begrüßte er sie ungeduldig, und Emma fühlte sich an früher erinnert, als sie ihn so einschüchternd fand. Ihr sank der Mut.

«Schimpf nicht», bat sie, «ich hatte zu tun.»

«Ha!» Er wandte sich kurz zu ihr um und sah sie an, und sie fing einen bestürzenden Blick voll ätzenden Zorns auf, bevor er ihn verbarg. Nur weil ich zehn Minuten zu spät komme, dachte sie defensiv, Blödmann.

Während sie über die Oxford Street fuhren und an Hyde Park Corner vorbei, schloss sie die Augen und lehnte sich müde in die teuren Lederpolster zurück. Was war mit Jay? Warum fand sie es so anstrengend, ihn sich vom Leib zu halten? Warum fand sie es so schrecklich wichtig, sich nicht vom ihm beeinflussen zu lassen?

Sie war tatsächlich eingeschlafen, erinnerte sich Emma, die sich auf dem Dachboden mit schmerzendem Rücken auf einem wackeligen Stuhl ausruhte, aber damals war sie eigentlich fast immer müde. Sie war hochgeschreckt, als sie am Brompton Cemetery stehen blieben, in den Verkehr verkeilt.

Sie ging wieder ans Dachfenster, ihre Augen suchten die Wiese nach den drei vertrauten Gestalten ab, aber sie waren aus ihrem Gesichtsfeld verschwunden. Merkwürdig, wie dann alles ausging.

Sie überquerten den Fluss über die Putney Bridge und bogen danach von der Uferstraße ab in einen Hof, der von großen Wohnhäusern aus rotem Ziegel umgeben war.

«Das ist es», sagte Jay.

«Das ist was?»

«Das ist es, was wir uns ansehen wollten. Komm, ich zeig's dir.»

Die Wohnung lag im dritten Stock. Es waren vier Zimmer mit Küche und Bad, und vom langen schmalen Wohnzimmer aus konnte man durch große Fenster nach Nordosten über die Themse blicken, gerade auf die Stelle, an der die Regatta zwischen Oxford und Cambridge startete. Es war eine wunderbare Aussicht, aber die Wohnung war schmutzig, braun und beige, mit abscheulich gemusterten Teppichen überall, nur nicht in der Küche, die dunkelrot und jadegrün gestrichen war.

«Was hältst du davon?»

Emma war ratlos, ihr fiel keine ermutigende Floskel ein. «Die Aussicht ist toll», sagte sie schließlich, und er brüllte vor Lachen.

«Der Inbegriff von Takt und Diskretion. Ich bin stolz auf dich. Also gut, sie ist scheußlich, aber wenn ich damit fertig bin, wird sie es nicht mehr sein.» Er zögerte und fügte dann mit einer Stimme, die Emma fast nicht wiedererkannte, hinzu: «Und sie gehört mir, ganz allein *mir*!»

Er hob sie plötzlich hoch, ohne jede Vorwarnung, und schwenkte sie durch die Luft, immer rundherum, bis ihr schwindelig war. Dann stellte er sie ab und küsste sie.

Der Kuss unterschied sich ziemlich von Ricks Küssen, auch von allen anderen, die sie bisher geschmeckt hatte. Er rief eine körperliche Reaktion hervor, die sie noch nie zuvor verspürt hatte, und das beängstigte sie. Als er sie losließ, war sie zutiefst verwirrt und beschämt, weil sie ihn so gierig erwidert hatte.

Jay triumphierte und war nicht im Geringsten verlegen. Er grinste sie an.

«Darauf habe ich schon lange gewartet», sagte er, «und da du ja jetzt keine kostbare kleine Jungfrau mehr bist ... Was ist los?»

«Ich ... äh ...», stammelte Emma. «Ich habe nicht damit gerechnet ...» Sie starrte auf ihre Füße, und er beobachtete sie, amüsiert über ihre Verlegenheit.

«Du hast wohl gedacht, ich würde immer der gute alte Onkel Jay bleiben, der sich bereitwillig deinen Kummer anhört und dir mitleidig die Hand streichelt, ohne etwas dafür zu wollen?» Er fuhr ihr mit dem Finger übers Gesicht. «Findest du das nicht ein bisschen naiv?»

«Ja», musste sie widerwillig zugeben, «das war es vermutlich.»

«Ich bin nicht Ian. Ich werde nicht aufgeben und mich

verziehen.» Er kam durchs Zimmer, stellte sich hinter sie und legte ihr die Hände auf die Schultern. «Es wird Zeit, dass du mal darüber nachdenkst.»

«Dräng mich nicht», begehrte Emma auf.

Du lieber Himmel, dachte er, dich *drängen*? «Das steht nochmal auf deinem Grabstein», sagte er. Er drehte sie um, sodass sie ihn ansehen musste. Sie wand sich unbehaglich, verstimmt darüber, wie leicht er sie manipulieren konnte, und überlegte flüchtig, ob sie ihm wohl eine Ohrfeige geben müsste, wollte aber eigentlich lieber noch einmal geküsst werden.

«Du bist dir deiner wohl sehr sicher?»

«Nicht besonders, aber ich kann gut bluffen.» Jay ließ sie los und trat zurück. Du hast dich gern von mir küssen lassen, jubilierte er stumm, du hast es genossen, und das allein zählt.

Er machte keine weiteren Anstalten, sie zu berühren, redete einfach über seine Pläne für die Wohnung, als wäre nichts geschehen, bis Emma sich dabei ertappte, dass sie dasselbe tat, sich widerstrebend gezwungen sah, sich normal zu verhalten.

«Du brauchst Leute zum Streichen», schlug sie vor und redete zu viel, um irgendwie ihr Gleichgewicht wiederzufinden. «Trommle einen Haufen Leute zusammen und versorge sie beim Arbeiten reichlich mit Getränken. Du kennst unsere Bande doch, die erledigen das umsonst, wenn du für genügend flüssige Stärkung sorgst.»

«Gut.»

Emma, die nur um des Redens willen redete, geriet völlig aus dem Konzept, als er so ohne Weiteres einverstanden war.

«Wenn du mir die Maler besorgst, besorge ich die Getränke und das Material. Aber nicht zu viele, die Wohnung muss nicht unbedingt von Fremden wimmeln.»

Sie verabredeten sich für den kommenden Sonntag, dann fuhr Jay sie schweigend nach Hause, was Emma ausgesprochen unangenehm fand, ihn aber offenbar nicht im Geringsten störte. Er küsste sie auch nicht noch einmal, und sie stellte fest, dass sie wünschte, er würde es tun. Und sei es nur, um ihn fortzustoßen und ihm eine Ohrfeige zu geben, damit er von seinem hohen Ross herunterkam.

Sie trommelte sieben Leute zusammen: Ali, Bill, George und seine Jilly, Ians Nachfolger im Untergeschoss, einen Studenten der Wirtschaftswissenschaften namens Adrian mit einem Kommilitonen namens Dave, und Joe, einen Freund von Bill aus dem Kurs für Modedesign, der ein Jahr weiter war als sie.

Lachend und polternd nahmen sie zwei Stufen auf einmal, Jay hörte sie schon im ersten Stock. Bis sie im dritten waren, stand eine Reihe von Bierflaschen auf dem Absatz, geöffnet, zischend, und sie folgten der Spur durch den Flur bis in die Küche, wo Jay an das Spülbecken gelehnt auf sie wartete.

Emma fragte sich, warum niemand sonst den argwöhnischen, ja fast gehetzten Blick bemerkte, den er auf seine Gäste warf, während sie sich im Zimmer verteilten, und fragte sich, warum er, da ihm ihre Anwesenheit eindeutig unangenehm war, dem Vorschlag überhaupt zugestimmt hatte. Sie verspürte eine Aufwallung von Einsamkeit, mitten unter ihren Freunden. Was war nur mit ihr los?

Jay hatte die Arbeitsgeräte und das Material ausgebreitet, Töpfe, Pinsel, Rollen, Schalen, und er wies mit weit ausholender Gebärde um sich. «Sucht euch was aus.»

Er hatte nur weiße Farbe besorgt. «Ah», meinte Alison, «ein Mann nach meinem Herzen.» Sie schlug groß die Augen zu ihm auf, flirtete, aber Jay bemerkte es gar nicht, denn er beobachtete Emma, die sich mit Adrian um eine Farbrolle balgte. Sie war merkwürdig aufgedreht und flirtete ebenfalls, um Jay zu zeigen, dass er keinerlei Ansprüche auf sie habe.

Sie teilten sich zu Paaren auf: George und Jilly im großen Schlafzimmer, Bill und Joe in der Küche, Alison und der hübsche Dave im zweiten Schlafzimmer. Damit blieben zwei Zimmer für Jay, Emma und Adrian. Jay sah Adrian an, dann Emma.

«Ihr könnt das Wohnzimmer nehmen», sagte er, «ich nehm dann den anderen Raum.» Idiotischerweise war Emma enttäuscht, lächerlich, und wieder durchzuckte sie ein Gefühl der Einsamkeit.

Jay hatte eine Anlage aufgebaut: Stones, Tamla Mowtown, Everly Brothers, laute Musik mit viel Schlagzeug, und sie tranken auch bei der Arbeit Bier. Jay hielt seine Tür fest geschlossen und Emma kämpfte mit einer schwarzen Wolke aus Depression, die sie zu verschlingen drohte, und wünschte sich, er würde aus seiner selbst verhängten Isolation auftauchen und sich zu den anderen gesellen.

Bis Mitternacht waren sie fast fertig, und so zogen sie um in den nächsten Pub, alle wie Flüchtlinge aus dem Ersten Weltkrieg in ihren Klamotten vom Trödelmarkt, bis auf Jay, dem es tatsächlich gelungen war, völlig farbklecksfrei zu bleiben, und der wie immer elegant, wenn auch ein bisschen schlaksig wirkte.

Er bezahlte die Sandwiches, holte noch mehr Bier, und Emma stellte fest, dass die Angelegenheit ihn wahrscheinlich ebenso viel gekostet hatte, als wenn er einen professionellen Maler engagiert hätte. Aber das machte ihm offenbar nichts aus, denn seit sie sich auf neutralem Gebiet befanden, wurde er munter und lächelte gönnerhaft wie ein freundlicher Onkel, während sie immer alberner wurden. Er war der einzig Nüchterne unter ihnen.

Er begleitete sie zum Bus, dann wandte er sich um und ging allein fort, zurück zur Wohnung, um seinen Wagen zu holen. Angesäuselt sah Emma seinen Rücken kleiner werden und war grundlos verärgert, dass er sich nicht erboten hatte, sie nach Hause zu bringen, gereizt, dass er bei ihrem Abschied so unübersehbar erleichtert war, und neugierig auf sein Privatleben. Ihr fiel auf, dass sie nicht das Geringste über ihn wusste, nie gewusst hatte. Oh, Ricky, dachte sie, als sie sich in den Bus schwang, wo bist du? Und warum fühle ich mich heute Nacht so verloren?

George und Jilly saßen sich Händchen haltend gegenüber; Dave und Alison flüsterten und kicherten auf den Sitzen hinter ihr. Joe und Bill standen betont unauffällig nebeneinander und hielten sich an Halteschlaufen fest. Als Adrian an ihrem Ohr zu nuckeln begann, ließ sie ihn. Sie dachte kurz daran, dass sie die Trinkerei morgen bereuen würde, aber im Augenblick war ihr das ziemlich egal. Der Schmerz, der den ganzen Tag über an ihr genagt hatte, wurde von seinem warmen Atem an ihrem Hals betäubt, auf ein erträgliches Maß verkleinert, und sie war dankbar.

Sie liefen in Schlangenlinien zum Haus, forderten sich gegenseitig lauthals auf, leise zu sein, und brachen dann grundlos in hysterisches Gelächter aus. Dave und Alison verschwanden in Alis Zimmer, aber Emma stolperte mit den anderen ins Untergeschoss, weil sie nicht allein sein wollte, und Bill kochte Kaffee.

George und Jilly gingen fast sofort ins Bett, und dann erhob sich Joe, tat so, als wollte er nach Hause gehen: betont laute Verabschiedung auf der Treppe, eine zugeschlagene Tür, dann Schleichen und Flüstern.

«Nacht!», rief Bill vom Flur aus und schloss dann energisch seine Schlafzimmertür.

Das Geknutsche wurde jetzt ernsthafter. Emma leistete halbherzig noch etwas demonstrativen Widerstand, aber Adrian war hartnäckig und sie brauchte Trost. Und er war mehr als bereit, den zu geben.

Hinterher, als sie im Dunkeln neben ihm lag, merkte sie, dass sie einen Fehler gemacht hatte. Adrian schlief fast sofort ein, und ihr Gefühl der Einsamkeit war stärker, nicht schwächer als zuvor. Sie stand auf und zog sich an, ging auf Zehenspitzen aus dem Untergeschoss in ihr eigenes Zimmer, warf sich ihren Morgenmantel über und begab sich nach oben, um ein Bad zu nehmen.

Sie suhlte sich fast eine Stunde im heißen Wasser, bis ihre Finger schrumpelig waren, lauschte auf das ascotmäßige Gejohle und Geknalle über ihr, und eine Stimme in ihrem Kopf sagte ununterbrochen: «Ich fühl mich so allein, ich fühl mich so allein, ich fühl mich so allein.» In dieser Nacht konnte sie nicht einmal Ricks Gesicht heraufbeschwören, sie vermisste ihn allerdings mehr denn je.

Doch wider Erwarten tat Adrian Emma gut. Einerseits genoss sie es, mit ihm auszugehen und mit ihm zu schlafen, andererseits wahrte er ihre Grenzen und berührte sie nicht tief in ihrem Innersten.

Schließlich gingen die beiden mit Alison und dem hübschen Dave zum Weihnachtsball. «Ich schlafe nicht mit ihm», erklärte Alison Emma. Sie traf sich immer noch mit Harry Passmore und benutzte Dave als bequemen Deckmantel für ihre weniger statthaften Aktivitäten. «Harrys Frau wird allmählich misstrauisch, deshalb muss er im Augenblick ein bisschen vorsichtig sein. Er könnte seine Stelle am College verlieren, wenn das mit uns herauskommt.» Sie kam sich sehr tugendhaft dabei vor, dass sie ein platonisches Verhältnis mit einem Jungen hatte. «Na ja, fast platonisch.» Sie grinste boshaft.

Beim Hineingehen begegnete ihnen Ian. «Na, jemand Neues aufgegabelt, Emma?», begrüßte er sie.

«Was ist denn das für ein großmäuliger Idiot?», fragte Adrian verächtlich.

«Nur ein Ex-Freund.»

Später am Abend entdeckte Alison, wie Emma im Aufenthaltsraum auf Adrians Schoß saß und aus einem Pappbecher Bier trank, während er an ihrem Ohr knabberte. «Offenbar besteht noch Hoffnung für das gute Kind», erklärte sie dem verständnislosen Dave.

Emma und Adrian gingen früh, fuhren zum Earl's Court und legten sich auf den Teppich vorm Gasofen. Hinterher fand Adrian eine halb volle Brandyflasche, goss großzügige Portionen in angeschlagene Becher, und während sie tranken, bat er Emma um ihre Nummer zu Hause: «Damit wir Neujahr miteinander verbringen können.»

Sie gab sie ihm. «Aber erst nach Weihnachten anrufen.» Das würde ihr Zeit und Raum verschaffen, ohne ihn ein wenig durchzuatmen. Es wäre eine hübsche Abwechslung, das Jahresende nicht bei einem trockenen Sherry zu sitzen und Josie und Tante Mabel anzustarren.

«Ich bin wild entschlossen, so früh wie möglich im neuen Jahr ein williges Weib im Bett zu haben», erklärte Adrian. «Vielleicht auch schon eher, falls die Springbrunnen übervölkert sind.»

Am nächsten Tag fuhr Mabel mit Emma nach Hause. Unterwegs tat Emma so, als schliefe sie, und Mabel hielt wohlweislich den Mund. Halt dich raus, sagte sie sich, du hast schon einmal Blödsinn gemacht, lass dem Mädchen ein bisschen Raum zum Erwachsenwerden.

11

Josie war noch nicht von der Arbeit zurück, als Mabel den Wagen parkte, und sie luden schweigend ihr Gepäck aus. Das Haus war kalt und düster, und Emma kämpfte darum, sich nicht deprimieren zu lassen, während ihre Tante herumwirtschaftete.

«Wir sollten für deine Mutter etwas zum Abendessen vorbereiten. Sie wird müde sein, wenn sie nach Hause kommt.»

Emma wartete, bis Mabel sich in die Küche begeben hatte, dann schlüpfte sie hinaus und lief zum Pub. Als sie zurückkam, hatte sie ein paar Abendschichten hinter der Bar organisiert.

«Wo warst du denn? Du hättest mir ruhig ein bisschen helfen können, mein Fräulein, statt dich einfach so zu verdrücken.» Mabel war nicht besonders erfreut. «Allmählich solltest du auch mal an deine arme Mutter denken.»

«Ich habe an meine arme Mutter gedacht. Ich habe mir gerade eine Stelle besorgt, um in den Ferien meine Ausgaben bezahlen zu können.»

Mabel starrte sie ausdruckslos an. «Komm mir nicht damit, Mädchen. Deine Ausgaben zu bezahlen hat nicht das Geringste damit zu tun.»

«Wie hättest du's denn gern? Ich hab eine Stelle, damit ich nicht mehr Zeit als unbedingt nötig zu Hause verbringen muss? Soll ich das meiner Mutter erzählen?»

«Das wäre wenigstens ehrlich. Jetzt putz mir die Möhren, ehe ich wirklich wütend auf dich werde.»

Sie schnippelten und schälten in so unfreundlichem Schweigen, dass es eine Erlösung war, als sie Josies Schlüssel im Schloss hörten und ihre müde Stimme: «Ich bin wieder da.»

Sie wollte unbedingt etwas übers College hören. «Wie

kommst du voran, Schatz? Gefällt es dir? Hast du» (ein verstohlener Blick und ein aufreizend süßliches Kichern) «auch schon einen Freund?»

«Ja.» Emma genoss den verblüfften Gesichtsausdruck ihrer Tante, die vermutlich den Verdacht hegte, sie träfe sich immer noch mit Rick.

«Ach! Ach, wie *nett*. Ach, *Emma*! Wie heißt er denn? Erzähl mir alles über ihn.»

«Adrian. Er heißt Adrian.»

«Adrian? Du meinst Adrian Ward aus dem Untergeschoss?»

«Ja, Tante Mabel, gibt's da ein Problem?» Emmas Blick warnte sie, etwas dazu zu sagen, und angesichts Josies eifrigem, unschuldigem Gesicht fügte sich Mabel. «Ich habe ihn jetzt schon länger nicht gesehen.» Ihre Stimme war zu laut, aber sie konnte nichts dagegen tun. «Du magst ihn bestimmt, Ma, er ist nett.»

«Bring ihn mit, Schatz, wann immer du willst.» Josie war begeistert, denn das war zur Abwechslung mal echte Kommunikation.

«Ja, mach das», sagte Mabel betont. «Gute Idee.»

Emma warf ihrer Tante einen giftigen Blick zu. «Das würde ich gerne, Ma, aber ich kann nicht, ich hab seine Nummer nicht.» Das stimmte sogar, sie hatte nicht danach gefragt.

Sie spürte, dass Tante Mabel sie beobachtete und sich fragte, was sich da wohl vor ihrer Nase abspielte, und eine Welle der Schadenfreude stieg in ihr hoch. Das würde der alten Schachtel eine Lehre sein! Sich in ihr Leben einzumischen, als wäre sie ein Kind!

Sie ging früh zu Bett, schützte Kopfschmerzen vor, und eine halbe Stunde später kam Tante Mabel ins Zimmer marschiert, um sie zur Rede zu stellen.

«Was geht hier eigentlich vor, mein Fräulein?»

«Nichts. Hör auf, mich wie eine Zehnjährige zu behandeln.»

«Hast du etwa ...»

«Es mit Adrian getrieben? Und wenn?»

Aus Emmas unschuldigem Mund solch rüde Reden zu hören, war ein Schock. Damit war klar, dass aus einem leichten Fall jugendlicher Verknalltheit ziemlich rasch lässige Promiskuität geworden war. Ich habe mich in dir getäuscht, dachte Mabel, dich für jung und albern gehalten, zu unreif, um zu wissen, was du tust. Das war mein Fehler.

«Ich will gar nicht wissen, was du treibst, du bist jetzt ein großes Mädchen und ich kann dich nicht hindern.» Emma blieb der Mund vor Erstaunen offen stehen, denn sie hatte noch eine Predigt erwartet. «Was mir Sorgen macht, ist deine Mutter. Sie verlässt sich darauf, dass ich auf dich Acht gebe, wenn du in London bist, und wenn du nicht aufpasst, kommst du in Schwierigkeiten. Wie sollten wir Josie das erklären? Kommen wir dann einfach mal vorbei und lassen fallen, dass ihre kostbare Tochter es geschafft hat, schwanger zu werden?»

«Ich werde nicht schwanger.»

«Ach? Und warum nicht? Hast du irgendeine Zauberformel, von der ich nichts weiß?»

«Weil ich die Pille nehme, deshalb.»

«Ach!» Das dämpfte Mabel ein wenig, weil sie ihre Nichte für zu naiv gehalten hatte, um so weit zu gehen. Ihre Erleichterung wurde von Schuldgefühlen getrübt, da sie unterschätzt hatte, wie erwachsen Emma geworden war, und weil sie den Verdacht hegte, dass das Kind das alles nur tat, um zu beweisen, dass sie es konnte. Doch jetzt war es zu spät, den Geist in die Flasche zurückzustopfen.

Mabel fuhr am nächsten Morgen nach London zurück,

allerdings nach den ungenierten Enthüllungen ihrer Nichte nicht ganz so munter wie sonst. Kaum hatte sie das Haus verlassen, ging Emma zur Telefonzelle.

Alison lag noch im Bett.

«Mabel ist unterwegs.»

«Verdammt», sagte die schläfrige Stimme am anderen Ende. «Okay, danke, Emma», und Ali legte den Hörer auf.

Als Mabel zu Weihnachten wiederkam, wurde sie von Josie wie ein Erlöser, von Emma wie eine Fremde begrüßt.

«Ich habe sie noch nie so schwierig erlebt», klagte Josie. «Ich weiß überhaupt nicht mehr, was ich mit ihr anstellen soll.» Die Atmosphäre wurde mit jedem Tag eisiger.

Am 23. Dezember erhielt Emma einen ziemlich großen Scheck für eine Auftragsarbeit, den Alison ihr nachgeschickt hatte, und das Geld bestärkte sie in einem Entschluss, der seit November in ihr gereift war. Am 27. meldete sie sich im Pub krank und fuhr nach London.

«Keine Ahnung», sagte sie brüsk, als Josie wissen wollte, wie lange sie fortbleiben würde.

An der Liverpool Street Station erstand sie eine Zeitung. Ihre Tante sollte nicht vor dem 7. Januar wieder am Earl's Court sein, was ihr unter Berücksichtigung von Neujahr etwa fünf Tage ließ.

«Weißt du auch, was du da tust?», fragte Alison beim Durchblättern der Wohnungsanzeigen. «Du kannst dir doch was anderes bestimmt gar nicht leisten?»

«Doch, kann ich. Ich habe bis auf ein oder zwei Pfund alles gespart, was ich im letzten Jahr verdient habe, und falls ich irgendwo etwas entsprechend Preiswertes finde, komme ich bestimmt monatelang damit aus, selbst wenn ich keinen Penny mehr verdienen sollte. Hier bleibe ich jedenfalls keine

Sekunde länger, wo dieses verdammte Weib ständig hinter mir herschnüffelt.»

«Aber Tante Mabel ist doch ein Schätzchen. Sie hat mich noch keine Sekunde lang gestört. Das, was passiert ist, kannst du ihr doch nicht zum Vorwurf machen – das lag an Daddy.»

«Ha!» Emma biss wild in ihr drittes Schokoladenteilchen. «*Sie* hat ihn doch angerufen. Und es war nicht der alte Mistkerl, der Ricky weggeschickt hat.» Sie starrte ihre Freundin mit finsterem Blick streng an. «Außerdem, in deine Angelegenheiten mischt sie sich ja auch nicht, denn du bist nicht ihre Nichte.»

«Das ist wahr.» Alison grinste, machte es sich mit gekreuzten Beinen bequem und widmete sich ganz ihrer Aufgabe.

In den meisten Anzeigen wurden Untermieter gesucht, aber vereinzelt gab es auch möblierte Zimmer – zu Weihnachten wurden viele Buden frei, weil die Studenten sie sich nicht mehr leisten konnten.

Sie verbrachten zwei Tage damit, von Swiss Cottage bis New Cross durch höhlenartige Zimmer zu ziehen, ohne etwas auch nur andeutungsweise Vernünftiges zu finden. «Du musst mehr anlegen», sagte Alison, und sie begannen noch einmal von vorn.

Am 30. Dezember fanden sie ein Zimmer am Baron's Court, zwei Treppen hoch, mit einer Tür auf einen winzigen Balkon hinaus, die als Notausgang diente, und ein Fenster mit einem spektakulären Blick über die Dächer.

«Es gibt eine richtige Kochnische», verkündete der Vermieter, «und ein eigenes Bad. Für das Geld, das ich verlange, kriegen Sie nirgendwo sonst was mit Bad.»

Das Zimmer war eng, nur knapp elf Quadratmeter groß, aber die Sonne schien, und Emma war allmählich verzweifelt. Es gab ein schmales Bett, das tagsüber als Sofa dienen konnte, einen mit scheußlichem grobem Tweed verhüllten Lehnstuhl und das viel gepriesene Bad mit einer verkürzten Wanne, das sogar noch winziger war als die Küche. Aber für die Kleider war ein tiefer Einbauschrank vorhanden, das Licht war gut, und sie war hier für sich. Eigentlich fast perfekt, sagte sich Emma und hinterlegte drei Monatsmieten.

Als sie nach Hause kamen, klingelte das Telefon. «Warum hast du mir nicht erzählt, dass du nach London kommst?», beschwerte sich Adrian. «Ich hätte hochkommen und dich besuchen können. Und was ist mit Mabel los? Ich hab gerade bei dir angerufen, und als ich dich sprechen wollte, hat sie mir fast den Kopf abgerissen. Normalerweise ist sie doch ein richtig nettes altes Mädchen.»

«Sie weiß, dass wir miteinander schlafen.»

«Was? Wie hat sie das denn rausgekriegt?»

«Ich hab es ihr erzählt», sagte Emma knapp. «Ich hatte die Nase voll davon, mich ständig von ihr herumkommandieren zu lassen, deshalb habe ich es ihr erzählt.»

Für einen Moment herrschte Schweigen, dann sagte Adrian: «War das nicht ein bisschen unklug? Ich meine, du weißt doch, wie sie sind, diese Generation. Es ist alles in Ordnung, solange man sie nicht mit der Nase darauf stößt ...»

Emma schnitt ihm das Wort ab. «Was willst du, Adrian? Ich packe gerade.»

«Warum das denn?»

«Ich ziehe aus.»

«Du ziehst aus?» Adrian klang niedergeschmettert. «Aber ich ... Kann ich dir helfen? Ich kann schon vormittags kommen, wenn du willst. Ich wollte dich morgen

Abend abholen, aber ich kann schon vormittags kommen, wenn ...»

«Morgen Abend? Warum das denn?»

«Silvester.» Adrian war verwirrt. «Erinnerst du dich? ‹Auld Lang Syne›, Volkstanz, Springbrunnen, Anstoßen? Und natürlich Sex.» Er lachte unsicher. «Vergiss den Sex nicht.»

Oh Gott, wie hatte sie das vergessen können? «Gut», sagte sie hastig. «Natürlich, komm vormittags. Das wär prima, wir könnten noch ein paar Hände brauchen. Ich hab eine Wohnung in Baron's Court.»

«Aha.» Adrian klang jetzt matt, verletzt. «Na gut, ich bin gegen zehn da. Tschüs.»

«Na?», fragte Alison.

«Na was?» Emma stellte fest, dass sie beim Klang seiner Stimme nichts empfunden hatte, kein Vergnügen, keine Aufregung, keine Spannung, nichts. Oh, Ricky, dachte sie, ganz elend vor Sehnsucht, du fehlst mir so sehr. Wann kommst du und rettest mich?

«Na, was hast du nun mit dieser Wohnung vor?»

«Morgen bringen wir meine Sachen rüber. Adrian will helfen kommen.»

Alison starrte sie an. «Himmel, du musst ja wirklich richtig sauer auf sie sein.»

Alison verbrachte Silvester mit Harry. «Er redet davon, dass er seine Frau verlassen will», erklärte sie Emma.

«Ach komm.» Emma winkte ab. «Er hat drei Kinder. Eventuell würde er darüber nachdenken, sich von seiner Frau zu trennen, aber er würde keinesfalls seine Kinder im Stich lassen.»

Alison sah sie unfreundlich an. Das hatte sie nicht hören wollen. «Du bist ja so naiv.» Sie zündete sich eine Zigarette an und zog tief und gierig daran. «Er liebt mich. Diesmal ist es ernst, das kannst du mir glauben, ganz bestimmt.»

Emma, die an Jay denken musste, überlegte, ob Harry Passmores Anziehungskraft nicht teilweise auf seiner Unerreichbarkeit beruhte. Wenn Alison unbedingt Schwierigkeiten haben wollte, war sie machtlos, denn Ali wollte nicht auf sie hören. Sie wollte auf nichts gestoßen werden, was ihre Zukunftsträume störte, außerdem war sie Niederlagen nicht gewöhnt.

Den größten Teil von Emmas Sachen packten sie in alle verfügbaren Koffer und in Pappkartons, die sie sich im Laden um die Ecke besorgten. Als Adrian am nächsten Morgen eintraf, war fast alles verstaut, bis auf das Bettzeug, die letzten Tassen und Teller und ein paar Konservendosen und Lebensmittelpackungen.

Adrian hatte einen Lieferwagen aufgetrieben und bestand darauf, dass sie Emmas Sachen darin transportierten, statt ein Taxi zu bestellen. Sie kam sich schrecklich vor und hatte höllische Schuldgefühle, weil sie am Telefon so kühl gewesen war.

«Macht nichts», sagte er, als sie sich entschuldigte, und küsste sie auf die Wange. Dann begann er fröhlich pfeifend Kisten zu schleppen. Emma bekam erneut Schuldgefühle. Ihr Panzer war noch nicht völlig undurchdringlich.

Gegen elf tauchte Alison im Morgenmantel auf, immer noch mit schlafverquollenen Augen. «Haben wir dich geweckt?», fragte sie. «Harry ist gegen drei gegangen. Wir haben uns unglaublich gestritten. Ich fragte, ob er nicht bleiben könnte, aber er meinte nein. Schließlich ist er rausgerannt und hat die Tür hinter sich zugeknallt.» Sie kicherte, offenbar ungerührt. «Ich glaube, seine Frau hatte was auszubaden, als er nach Hause kam.»

Während die Mädchen sich unterhielten, schleppte

Adrian stur weiter Kisten zum Lieferwegen und ignorierte beflissen das Gespräch. Angesichts dieses untypischen Schweigens zog Alison die Augenbrauen hoch.

«Was ist los?», flüsterte sie, als er draußen war. «Habt ihr beiden euch auch gestritten?»

Emma schüttelte abweisend den Kopf. «Der ist bloß beschäftigt», sagte sie knapp.

Es herrschte dichter Verkehr. Es war Samstag, und die ganze Welt wollte zu den Silvestervorbereitungen nach Hause. Sie brauchten beinahe eine Stunde, um zum Baron's Court zu kommen, aber bis halb fünf waren sie fast mit dem Ausladen fertig, und Adrian zauberte plötzlich eine Flasche Wein hervor.

«Ganz ordentliches Zeug», sagte Ali nach einem Blick auf das Etikett. «Auf die Unabhängigkeit.»

«Darauf trinke ich.» Emma hob das Glas und nahm einen kräftigen Schluck, dann entschuldigte sich Alison in einer seltenen Anwandlung von Takt und ging. Diesmal hätte Emma ihre übliche Taktlosigkeit vorgezogen. Sie wollte nicht mit Adrian allein sein.

Sie setzte sich so weit weg von ihm wie möglich, ans Ende des Bettes, die Knie schützend ans Kinn gezogen. Adrian saß in dem Tweedsessel, die Beine über der Lehne baumelnd, sein Glas in einer Hand und ausnahmsweise eine Zigarette in der anderen. Sehr bald geriet die Unterhaltung ins Stocken.

Emma wusste nicht, was mit ihr los war. Sie hatte doch jetzt ihren Willen: eine eigene Wohnung und die Freiheit zu leben, wie sie wollte. Adrian, dachte sie, während sie ihn verstohlen über den Rand ihres Glases hinweg ansah, ist ein netter Junge. Aber er ist nicht Ricky. Ich will Ricky.

«Es wäre nett, wenn du mir erklären würdest, was das Ganze hier soll.» Selbst seine Stimme war ihr zuwider.

«Wie Ali schon sagte. Ich will meine Unabhängigkeit.» Emma starrte ihn an und wünschte sich, er ginge.

«Aber ...»

«Aber was?»

Aber was ist mit uns, wollte Adrian sagen, was ist mit mir, wo bleibe ich bei dem Ganzen? Stattdessen erhob er sich aus seinem Sessel, stellte sein Glas sorgsam auf den Tisch und nahm seine Jacke.

«Ich muss den Lieferwagen zurückbringen. Bleibt es bei unserer Verabredung heute Abend?»

«Natürlich», sagte Emma brüsk, «warum denn nicht?» Sie hatte schließlich nichts Besseres vor, und es war ja auch kein Besserer da.

«Gut, dann hol ich dich um neun ab.» Adrian zögerte. «Tschüs dann.»

«Tschüs. Und danke für die Hilfe.» Sie sah ihm mit steinernem Gesicht nach, während er zur Tür ging. Als er fort war, goss sie sich noch ein Glas Wein ein.

Emma hielt in ihrer staubigen Arbeit inne und starrte auf den Pappkarton, den sie aus der dunkelsten Ecke des Dachbodens geborgen hatte. Darin befanden sich, jahrelang sorgsam aufbewahrt, ein Dutzend oder mehr Champagnerkorken, jeder mit einer halben Krone oder, aus späteren Jahren, einer Zehnpennymünze. So einen hatte Adrian ihr damals auch geschenkt, erinnerte sie sich: Er hatte mit seinem Messer einen Schlitz hineingeschnitten, während Big Ben das neue Jahr einläutete, dann die Münze hineingeschoben und ihn ihr in die widerstrebende Hand gedrückt. «Für dich», sagte er, «er soll dir Glück bringen.» Ich habe ihn weggeworfen, erinnerte sich Emma, kaum dass er gegangen war. Gott, was war ich für ein Miststück!

Sie schüttelte sich, stellte den Karton sorgfältig auf den

«Behalten»-Stapel, lächelte dann über ihre Albernheit und stellte ihn weg. Sie sollte skrupelloser sein, schalt sie sich selbst. George will doch den ganzen Kram nicht mehr.

Zu Silvester war sie skrupellos gewesen. Sie hatte den armen Adrian völlig durcheinander gebracht, ihn verunsichert, schließlich verletzt und immer noch Verständnis erwartet, obwohl sie selbst nicht wusste, warum sie sich so unmöglich benahm. Ich habe ihn benutzt, dachte sie, ihm gestattet, mich mit teurem Essen abzufüllen, mich in Champagner zu ertränken, und als ich dann beschwipst genug war, habe ich ihn mit in mein neues Bett am Baron's Court genommen. Und als ich dann meinen Spaß gehabt hatte, soweit mir das möglich war, habe ich ihn weggeschickt.

Und nach all diesen Jahren erinnere ich mich kaum noch daran, wie der arme Adrian Ward ausgesehen hat, geschweige denn an alle Einzelheiten dieses betrunkenen Abends.

In den folgenden Tagen kämpfte Emma heftig darum, sich wider alle Logik und gegen jeden gesunden Menschenverstand ein winziges Häppchen Optimismus zu erhalten, und klammerte sich an einen schwachen Hoffnungsschimmer: dass es nicht vorbei war, dass es nie zu Ende sein würde.

Eines Abends rief Adrian an. «Geht's dir gut?»

«Ja. Nein.» Lass mich in Ruhe. Ich möchte allein sein. Wenn ich mich an Ricky klammere, wird er zu mir zurückkommen. Wenn ich jetzt nicht an ihm festhalte, werde ich ihn für immer verlieren.

«Möchtest du mit mir Schluss machen?»

«Weiß ich auch nicht.» Sie wollte beide Eisen im Feuer lassen.

«Gut.» Adrian klang verlegen, verletzt. «Dann sag mir

Bescheid, wenn du dich entschieden hast. Du weißt ja, wo ich bin.»

Sie legte den Hörer wieder auf, stieg die Treppe zu ihrem Zimmer hinauf und setzte sich ans Fenster, sah reglos auf den vielschichtigen Flickenteppich aus Ziegeldächern, bis es zu dunkel wurde. Dann nahm sie ein Bad und ging ins Bett.

Als Alison am nächsten Morgen vorbeikam, blieb sie, wo sie war, zusammengekauert unter den Bettdecken, und brüllte: «Hau ab!» durch die Tür, bis Alison aufgab und davonging.

Sie überlebte die nächsten drei Tage mit einer Diät aus Crackers und Suppenwürfeln, ihr normalerweise unersättlicher Appetit war ihr völlig vergangen.

Es war Mittag, als Jay auftauchte, aber Emma hatte immer noch den Morgenmantel an. Sein Klopfen überraschte sie, sie dachte, es wäre wieder Alison, und brüllte wütend vom Bett aus: «Ich hab dir doch gesagt, du sollst abhauen!»

«Mach die Tür auf, Emma», sagte er ruhig durchs Holz, «oder ich brech sie auf.»

Beim unerwarteten Klang seiner Stimme zuckte Emma zusammen. «Zisch ab!»

«Ich meine es ernst. Mir ist das egal, denn du kriegst die Rechnung.»

«Lass mich in Ruhe.» Sie stieg aus dem Bett und ging misstrauisch zur Tür.

«Ich warte.»

Zögernd tapste sie die letzten Zentimeter bis zur Tür, öffnete sie einen Spaltbreit und spähte auf den schlecht beleuchteten Treppenabsatz.

«Was willst du?» Sie war mürrisch und argwöhnisch.

«Dich.» Jay stieß überraschend die Tür auf, Emma stolperte rückwärts und verlor von dem Stoß das Gleichgewicht. «Himmel, du siehst ja wüst aus. Wann hast du dir zum letzten Mal die Haare gewaschen?»

«Das geht dich einen Scheißdreck an. Wie hast du mich überhaupt gefunden?»

«Alison hat mich angerufen. Jetzt mach, dass du in die Badewanne kommst und dich in Ordnung bringst, du siehst ja völlig verkommen aus.»

«Warum sollte ich, zum Teufel?»

«Weil», Jay sah sie ungerührt an, «ich dir das gerade gesagt habe, und wenn du's nicht von allein tust, dann zieh ich dir den Bademantel aus und pack dich eigenhändig in die Wanne. Ich könnte mich glatt dazusetzen, wenn du nicht bald in die Gänge kommst.»

Bei der Vorstellung lief Emma ein leichter, unerwarteter Schauer der Erregung über den Rücken, und dann überkam sie ein mörderischer Zorn, denn er lachte sie aus. Doch sie gehorchte widerstandslos. Schützend zog sie ihren Morgenmantel um sich, stürzte ins Bad und knallte die Tür hinter sich zu.

Sie ließ Wasser in die Wanne laufen, wusch darin ihr Haar, steckte es hoch, stieg dann in das seifige Wasser und lehnte sich wutentbrannt zurück. Sie hörte, wie Jay es sich bequem machte, Musik, das dritte Programm, Streicher und Flöten, und das Klappern von Löffeln, Tassen und Kessel. Ihr Zorn zerrann, das warme Wasser fühlte sich wunderbar an, besser als alles andere seit Tagen, und sie entspannte sich, schloss die Augen und dachte an nichts mehr.

Jay wurde unruhig und donnerte gegen die Tür. «Bist du bald sauber?»

Emma, in Panik und voller Sorge, er könnte nachsehen kommen, rief: «Ja, ja! Bin schon draußen!», sprang auf und schwankte, als die Kombination von heißem Wasser und leerem Magen sie schwindeln ließ.

«Gut. Beeil dich, oder ich gehe davon aus, dass du Hilfe brauchst.»

Wieder ein Schauer der Erregung. Emma kletterte vorsichtig aus der Wanne, rubbelte ihr Haar trocken, so gut es ging, kämpfte sich wieder in ihren Bademantel und zögerte dann, weil ihr plötzlich bewusst wurde, dass der Mann auf der anderen Seite der Badezimmertür sie stets eingeschüchtert hatte und dass sich ihre Kleider in ihrem Zimmer befanden, wo er sich gerade aufhielt.

Als sie auftauchte, wartete Jay auf sie, lehnte mit einer Tasse Kaffee in der Hand an der Wand. «Gut», sagte er anerkennend, «du siehst schon verdammt viel besser aus als bei meiner Ankunft.»

Sie schob sich so weit von ihm entfernt wie möglich an der Wand entlang zum Schrank und kramte nach ihren Sachen.

«Keine Jeans.»

Erneut flammte ihr Zorn auf. Was glaubte er eigentlich, wer er war? Aber sie warf die unerwünschten Hosen in den Schrank, zu aufgeregt, um sich zu streiten, und holte ihren indischen Rock hervor.

«Ist Ihnen das genehm, Euer Lordschaft?»

«Wunderbar.» Er ließ kein Auge von ihr und weidete sich an ihrer wütenden Verlegenheit. Sie schnappte sich einen Baumwollpulli und stürzte, die Kleidungsstücke schützend vorm Körper, wieder ins Badezimmer, donnerte dann die Tür zum zweiten Mal vor seiner Nase zu, lehnte sich dagegen und wartete, bis ihr Herzklopfen nachließ. Sie hörte ihn lachen, während sie sich anzog, so langsam wie möglich, sie zögerte es hinaus, ihm gegenüberzutreten, und als sie schließlich erschien, lief er ungeduldig im Zimmer hin und her.

«Und was machst du mit deinem Haar?»

Sie zuckte abschätzig die Schultern. «Das trocknet schon. Ich gehe schließlich nirgendwohin.»

«Aber ja doch. Wo hast du deine Handtücher?» Da sie nicht antwortete, verschwand er im Badezimmer, und als er wieder auftauchte, hatte er welche in der Hand. Dann schob er sie zu ihrem ohnmächtigen Ärger durchs Zimmer zum Bett, wo sie sich auf den Boden setzen musste.

«Au!», jammerte sie. «Hau ab!»

«Klappe!»

Er schob ihre große Handtasche zur Seite, setzte sich aufs Bett, die langen Beine rechts und links von ihr ausgestreckt, und begann ihr Haar zu rubbeln. Er war grob, und obwohl sie stöhnte und wimmerte, war er gnadenlos und sagte ihr nur, sie solle still sein. Sie kapitulierte, zu müde, um sich mit ihm zu streiten, schloss die Augen und unterwarf sich schmollend seinen Anweisungen. Als es fast trocken war, zog er ihre Tasche heran und durchwühlte sie, bis er einen Kamm gefunden hatte.

«Au!», quietschte Emma empört, als er ihre dichte Mähne zu entwirren begann, doch als er anfing, sie zu flechten, verfiel sie in Schweigen und genoss widerwillig das Gefühl seiner Finger in ihrem Nacken.

Jay spürte die Veränderung am fast unmerklichen Weichwerden ihrer angespannten Muskeln, in der leichten Bewegung ihres Kopfes zu ihm hin, und seine Hände tasteten sich weiter vor.

«Lass das!», sagte Emma ärgerlich, und er gluckste und widmete sich gehorsam wieder seiner Aufgabe.

Als er fertig war, reichte er ihr den dicken Zopf über die Schulter. «Hol dir was zum Zusammenbinden. Und einen warmen Mantel.»

Sie erhob sich rasch, wollte dringend von ihm weg, und verschwand wieder in die Sicherheit des Badezimmers, stand dann vor dem Spiegel, starrte in ihr weißes Gesicht und erschrak über ihren eigenen Anblick. Sie sah schrecklich aus, schwarze Ringe unter den Augen und hohle Wangen. Als sie wieder ins Wohnzimmer kam, hatte er ihren Mantel geholt und hielt ihn ihr hin, bereit zum Aufbruch.

«Ich will aber nicht weggehen», protestierte Emma empört, eine letzte Bastion gegen die Dampfwalze, die sie förmlich vor sich her schob.

Jay zuckte mit den Schultern. «Gut. Dann bleiben wir hier.» Er grinste. «Ich kenn da ein paar hübsche Spielchen für gemütliche Abende.» Er legte die Hand in ihren Nacken, presste das feuchte Haar an ihre Haut und zog sie an sich. Erneut geriet Emma in Panik. Jay war unkontrollierbar, nicht wie Adrian oder die anderen. Sie trat schroff zurück, schlug seine Hand weg und schnappte sich im Gehen ihren Mantel.

«Also gut!», schimpfte sie. «Also gut, in Gottes Namen. Bringen wir es hinter uns. Vielleicht gehst du ja danach wieder und lässt mich in Ruhe.»

Er ging mit ihr in ein altmodisches Hotel mit üppigen Plüschsesseln, Axminster-Teppichen und schwerem Eichenmobiliar. Er führte sie durch den Speisesaal in die hinterste Ecke, trotz der Proteste des Obers, dann stieß er sie ohne Umstände in einen weichen Samtstuhl. Emma starrte ihn an, voller Hass. Ricky hätte sie niemals so behandelt.

Er bestellte Roastbeef, Yorkshire-Pudding und dreierlei Gemüse, während sie hartnäckig schmollte: «Ich bin nicht hungrig und ich esse das nicht.» Doch als das Essen kam, leerte sie einen riesigen Teller mit solcher Geschwindigkeit, dass sie fertig war, bevor Jay die Hälfte seiner Portion geschafft hatte.

«Geht's dir jetzt besser?», fragte er sarkastisch.

«Ich war wohl hungriger, als ich dachte», murmelte sie, und Jay zog eine Augenbraue hoch, legte Messer und Gabel hin und lehnte sich in seinem Stuhl zurück.

«Dann kannst du mir jetzt vielleicht mal erklären, was los ist.»

«Nichts ist los.» Emma starrte defensiv auf ihren leeren Teller. «Ich bin's nur ein bisschen leid, das ist alles. Was hat Ali dir denn erzählt?»

«Nicht viel, sie meinte nur, du wärst deprimiert, hättest dich eingeschlossen und ihr erklärt, sie solle sich verziehen, was mir bekannt vorkommt. Außerdem …» Jay hielt inne, um sich Wasser einzugießen, und Emma sah zu, wie das Eis im Glas hüpfte und klingelte, dann schaute sie fort, als seine Augen sich wieder auf ihr Gesicht richteten. «Sie sagte, du hättest … wie heißt er noch?»

«Adrian.»

«Adrian, danke.» Ich glaube, den bring ich um, falls er mir nochmal über den Weg läuft. «Du hättest Adrian ebenfalls zum Teufel gejagt. Sie macht sich Sorgen.»

«Braucht sie nicht. Bei mir ist alles in Ordnung.» Beim letzten Wort begann ihre Stimme zu zittern, und sie senkte hastig den Kopf, um die Tränen zu verbergen, die aus dem Nichts aufgetaucht waren und sie zu überwältigen drohten.

Jay zeigte kein Mitleid. «Ist das jetzt immer noch wegen Alisons Bruder? Oder was anderes?»

«Weiß ich nicht. Und es geht dich nichts an.»

Er legte die Hände auf den Schoß und ballte unterm Tischtuch die Fäuste. «Wie auch immer, das muss so langsam ein Ende haben. Und was ist mit diesem anderen Knaben, wie passt der da rein?»

«Gar nicht.» Es war nicht Jays Angelegenheit, allerdings hatte sie gerade auf seine Kosten riesige Mengen gegessen, was bedeutete, dass sie ihm etwas schuldig war. «Das ist nur ein netter Junge, das ist alles. Er bringt mich zum Lachen.»

«Ist er gut im Bett?»

«Das geht dich nichts an», sagte sie wieder. Dann, um es ihm heimzuzahlen, denn die Antwort würde er wohl kaum hören wollen: «Doch, ja, ist er, wenn du mich schon fragst.»

Es gelang ihr nicht, ihn auf die Palme zu bringen, und seine nächste Frage war noch kränkender. «Wenn er so gut vögelt, warum machst du dann nicht einfach die Beine breit und genießt es, statt immer noch hinter Alis Bruder herzujammern?»

«Das verstehst du nicht.» Als sie aufsah, musterte er sie mit kaum verhohlener Feindseligkeit und wartete auf eine Erklärung.

«Ich kann es nicht erklären», sagte sie. «Es hat nichts mit ‹gut im Bett sein› zu tun.»

«Dann, weil er der Erste war? Er war doch der Erste, oder nicht?» Und du wirst nie erfahren, wie sehr ich ihn dafür hasse.

«Du verstehst das ja doch nicht.»

«Versuch's.»

Unbehaglich rückte sie in ihrem Stuhl hin und her und begrüßte das Auftauchen des Kellners mit einem breiten, gekünstelten Lächeln der Erleichterung. Jay scheuchte ihn mit einer Handbewegung gebieterisch fort.

«Apfelkuchen», sagte er knapp. «Eine Portion. Na komm, Em. Erklär schon.»

Sie starrte ihn an, bis ihr unter seinem gespannten, reglosen Blick unbehaglich wurde.

«Es war einfach richtig, von dem Moment an, als ich ihn zum ersten Mal sah.» Los, lach schon, forderte sie ihn stumm heraus. Wie Ali. Mach mich nur lächerlich, mach ruhig schlecht, was wir einander bedeutet haben, wie alle anderen. «Ich *wusste* es einfach, das ist alles. Es war, als wäre er nur meinetwegen da aufgetaucht.» Sie begann aus der blauen Glasschale vor ihr kleine Häufchen Salz aufs Tischtuch zu löffeln, eine ordentliche Reihe weißer Hügelchen. «Und jetzt, wo er weg ist, ist es, als wenn ...» Sie verfiel in Schweigen, fing noch einmal an, wollte ihn wissen lassen, wie sie sich fühlte, brauchte sein Verständnis. «Es ist, als hätte mir jemand einen Arm abgeschnitten oder so.»

Sie stockte wieder, traute vorübergehend ihrer Stimme nicht und fügte dann kläglich hinzu: «Ich komme mir vor, als würde ich langsam verbluten.» Ihre Augen füllten sich wieder, und wie um ihren Kummer zu bekräftigen, rann ihr eine einzelne Träne über die Wange, landete in einem der Salzhäufchen und wurde aufgesogen, als hätte es sie nie gegeben. Zornig wischte sich Emma mit dem Handrücken übers Gesicht und drückte dann all ihre weißen Hügel zu ordentlichen, runden Punkten flach.

Zum Teufel, dachte Jay in einem plötzlichen Anfall heftiger, besitzergreifender Liebe, ich hoffe, der Mistkerl krepiert. «Also schön», sagte er ruhig. «Wie wollen wir die Wunde stillen?»

Er überraschte Emma. Zum einen hatte sie keine Ahnung, warum sie sich das alles von der Seele geredet hatte, und falls sie überhaupt eine Reaktion erwartet hatte, dann Spott. Jay gehörte nicht gerade zu den mitfühlenden Menschen. Sie starrte ihn an, während der Kellner ein großes Stück Apfelkuchen auf den Tisch stellte, und versuchte herauszufinden, ob er sich über sie lustig machte.

«Warum kümmert dich das?» Sie rührte ein Loch in den ersten Salzhügel, und ging dann weiter die Reihe durch, bis Jay ihr, von dem ständigen Gefummel gereizt, den Löffel wegnahm. «Warum vergeudest du deine kostbare Zeit damit, mir den Hals mit Roastbeef voll zu stopfen, nur weil ich alles satt habe? Hast du nichts Besseres zu tun?»

«Heute nicht, nein. Wenn du nächste Woche deprimiert sein solltest, bin ich unabkömmlich. Dann stecke ich bis zum Hals in Arbeit.» Ich *liebe* dich, brüllte er stumm, du dummes Ding, du Närrin, du blöde Kuh, genau so, wie du *ihn* liebst.

Unwillkürlich musste Emma lächeln, und er beugte sich vor, stützte die Ellbogen auf den Tisch und legte das Kinn in die Hände.

«Wir sind uns ähnlich, du und ich», sagte er. «Wir sind beide Einzelgänger. Und ich war mal in ein Mädchen verliebt, das ich nicht haben konnte. Vielleicht weiß ich deshalb, wie du dich fühlst.»

«Das tut mir Leid.» Emma hatte keinerlei Ahnung, was in Jay vorging, hatte sich noch nie genug dafür interessiert, um danach zu fragen. «Das hast du mir nicht erzählt. Ich wollte dich nicht ...»

«Schon gut.» Er zuckte verächtlich mit den Schultern, dann schob er den Apfelkuchen durch die weißen Salzhäufchen über den Tisch. «Iss!»

«Ist sie mit einem anderen weggelaufen?» Sie sah ihn zum ersten Mal direkt an, schaute in sein dunkles, angespanntes Gesicht, auf das glatte, dichte Haar, das ihm über die Stirn fiel, blickte auf den ironischen Zug um den Mund, und sah ihn fast zum ersten Mal als Menschen, nicht nur als den einschüchternden, sardonischen Jay, den, der sich weigerte, sich anderen anzupassen. «Es war aber nicht Ali?» Sie wusste, dass Jay nicht gerne teilte, und Ali war nicht gerade von der treuen Sorte.

Er lachte verächtlich. «Nein, es war nicht Ali. Die ist nicht mein Typ, und das war sie noch nie. Jetzt iss deinen Apfelkuchen und sei still. Du wirst allmählich albern.»

Er wich ihr aus, wie immer, ging jeder Frage, die ihm zu nahe kommen könnte, aus dem Weg, indem er sie überhörte, und pikiert schweigend beendete Emma ihre Mahlzeit. Jay bestellte Kaffee, lehnte sich dann wie immer zurück und gab nichts von sich preis, schaffte es jedoch, dass sie sich ausgesetzt und verletzlich vorkam. Nachdem er die Rechnung bezahlt hatte, folgte ihm Emma schüchtern aus dem Hotel zu seinem Wagen und ließ sich von ihm ins Auto helfen, erschöpft von der Anstrengung, den Fallstricken in der Unterhaltung mit ihm auszuweichen, und von der umfangreichen Mahlzeit, die sie gerade verzehrt hatte.

Jay steckte den Schlüssel ins Zündschloss, aber statt den Motor anzuwerfen, legte er die Hände aufs Lenkrad und starrte durch die Windschutzscheibe in den einsetzenden Graupelregen.

«Und was machen wir jetzt?»

«Du hast deine gute Tat für heute getan. Bring mich einfach nach Hause, und dann kannst du deiner Wege gehen, in dem erwärmenden Bewusstsein, dass du mich vor dem sicheren Hungertod errettet hast.» Emma starrte auf ihre ordentlich im Schoß gefalteten Hände und sehnte sich danach, allein zu sein. «Jay?»

«Hmm?» Er starrte immer noch durch die Windschutzscheibe, in Gedanken meilenweit fort.

«Danke fürs Essen.»

«Schon gut», sagte er abwesend, dann drehte er den Zündschlüssel und fuhr auf die matschige Straße hinaus.

Emma lehnte sich zurück und schloss die Augen, dankbar, dass sie endlich auf dem Heimweg war.

Als Emma die Augen öffnete, fuhren sie in zunehmender Dunkelheit über die Fulham Road nach Süden, in die vollkommen falsche Richtung.

«Du hast geschnarcht.» Jay schaute nur flüchtig hin, als sie sich in ihrem Sitz hochstemmte und protestierte. «Und du brauchst dich gar nicht erst aufzuregen, *ich* brauche immer noch Gesellschaft, und jetzt bist du dran mit den guten Taten.» Grollend fügte sich Emma, während sie über die Putney Bridge fuhren, und schweigend bogen sie auf den Parkplatz hinter dem Mietshaus.

Jay stellte den Motor aus. «Bist du denn überhaupt nicht neugierig, wie es jetzt fertig aussieht?»

«Du bist also eingezogen?» Was für eine dumme Frage, warum sonst hätte er sie an einem frostigen Winternachmittag, an dem ein regelrechter Schneesturm drohte, durch halb London gekarrt?

Sie liefen das kurze Stück vom Auto bis zum Eingang mit gesenkten Köpfen und hochgestellten Kragen zum Schutz gegen den beißenden Wind, der ihnen eisigen Regen ins Gesicht trieb. Emma wollte nicht in den Aufzug. Sie mussten drei Treppen hoch, und sie war außer Atem, bevor sie den zweiten Absatz erreicht hatten, litt noch unter der Übersättigung nach dem Hungern vorher.

«Ich bin froh, dass ich dich nicht häufiger so nach oben begleiten muss», meinte Jay trocken. «Es wäre vermutlich mein Tod», doch er schnaufte nicht. Er schloss die Tür auf, trat dann mit einer spöttischen Verbeugung zurück und ließ Emma vorgehen.

Bis auf die Küche, helles Holz und Marineblau, war es so, wie Emma es in Erinnerung hatte, alles weiß gestrichen, allerdings nicht so weiß wie bei Alison. Die Bodendielen waren poliert und mit Teppichen bedeckt, leuchtenden antiken Schönheiten, die sie am liebsten auf den Knien gestreichelt hätte. Unverstellt von Krimskrams wie Beistelltischchen, Nippes oder Hockern, schimmerten die Farben juwelengleich im unbestimmten Licht.

An jeder senkrechten Fläche hingen Bilder, nicht große, knallige moderne Drucke wie bei Alison, sondern Aquarelle, zurückhaltend und zart. Allerdings keins von Jay. Er zeigte ihr jedes Zimmer der Wohnung, einschließlich des großen Schlafzimmers mit dem Doppelbett am Ende des Flures, und nirgends hing ein Bild von ihm. Die waren, wie er sagte, alle zum Verkauf bestimmt, gehörten zum Geschäft. Emma fand das befremdlich und typisch.

Das zweite Schlafzimmer hatte er als Arbeitszimmer eingerichtet, mit einem großen Schreibtisch aus Eichenholz, von dem aus man auf den Parkplatz tief unten sehen konnte, und das kleinste Zimmer mit Blick nach Norden über den Fluss war ein Atelier mit einer Werkbank aus rostfreiem Stahl, die von einer Architektenlampe beleuchtet wurde. Er arbeitete an einem farbigen Layout, der Inneneinrichtung eines Restaurants. Daneben standen ordentlich in Schalen aufgereihte Tuschefläschchen. Er stellte sich neben Emma, während sie sich seine Zeichnung ansah.

«Du warst schon immer besser als wir anderen alle zusammen», sagte sie und rückte ein Stück von ihm weg.

«Stimmt, nicht wahr?»

Arroganter Mistkerl, dachte sie und stieß die Luft aus, die sie unbewusst angehalten hatte. Doch als er sie stehen ließ und in Richtung Tür und Küche ging, war sie seltsam enttäuscht. Ein Teil von ihr wollte von ihm geküsst werden, brauchte das erregende Lustgefühl, das er in ihr hervorrief.

«Kaffee?»

Er trug die Becher ins sparsam möblierte Wohnzimmer: weitere wunderschöne Teppiche, ein großes Sofa, an der Wand ein einfacher, heller Eichentisch mit zwei Stühlen, aber keine Gardinen, viele Bücher – eine ausgewählte Mischung aus Bänden über Kunst und Typographie, Biographien und schöner Literatur: Steinbeck, Hemingway, John

Hersey, P. G. Wodehouse, Proust, Bernard Malamud, Evelyn Waugh – und Schallplatten, nicht ganz so verschiedenartig, alle klassisch. Wie wenig ich über dich weiß, dachte sie erneut, während sie nervös an ihrem Kaffee nippte.

Jay holte eine Flasche Brandy aus einem Eckschrank und goss zwei großzügige Portionen ein. Er reichte Emma ein Glas, hob dann seins und prostete ihr zu.

«Auf das Stillen alter Wunden.»

Emma presste die Lippen zusammen und schnaubte, verletzt von der unterschwelligen Ironie in den Worten, nahm dann einen herzhaften Schluck und bekam einen Hustenanfall, weil der Alkohol so im Rachen brannte. Jay stürzte sein Glas auf einmal hinunter, goss sich noch eins ein, leerte auch das und ging dann mit dem Glas zum Fenster. Wie merkwürdig, dachte Emma wieder. Sie hatte ihn noch nie so viel auf einmal trinken sehen.

Mittlerweile schneite es richtig, dicke schwere Flocken, die gleichmäßig aus einem düsteren Himmel fielen. Das entfernte Ufer des Flusses war kaum noch erkennbar, und die Autos auf der Uferstraße hatten die Scheinwerfer an.

«Komm mal ans Fenster», sagte Jay.

Emma nahm ihr Glas, stellte sich zögernd neben ihn und starrte in das schneegefilterte, gelbliche Licht hinaus, Straßenlaternen und Zwielicht, durchdrungen von Auspuffdämpfen und Flussnebel. Wenn man nach oben schaute, konnte man sich einbilden, der Schnee stünde still und das warme Zimmer eilte durch die dicken Flocken dem bleiernen Himmel entgegen. Sie hörte schwach die Reifen der Autos auf der Straße unter ihnen knirschen.

«Meinst du, dein Haar ist schon trocken?»

Der Themenwechsel überraschte sie, verlegen, misstrauisch und unbehaglich trat sie von einem Fuß auf den anderen. Jay stellte sein Glas vorsichtig auf dem Fensterbrett ab, trat dann hinter sie und begann, den dicken Zopf, der ihr über den Rücken hing, zu lösen. Das Haar war durch das feste Flechten in unmöglichen Wellen geknickt. Er breitete es bedächtig auf ihren Schultern aus, fuhr mit den Händen hindurch, streichelte es und wickelte es um die Finger.

Erst nach einer Weile bemerkte Emma, dass sie verführt wurde, und als sie es schließlich begriffen hatte, war es zu spät. Jays Finger waren allzu überzeugend, ihre Wirkung auf sie allzu hypnotisch und wohltuend, und als er sie hochhob, war jeder Widerstand in ihr geschmolzen.

Von dem unbeleuchteten Zimmer, in das er sie trug, nahm sie nichts wahr. Ihr Körper verspürte nur eine nie erlebte Lust, ein Vergnügen, von dem sie nicht einmal geträumt hatte.

Hilflos erlebte sie ihren Höhepunkt und sank dann zusammen, erschrocken über die Heftigkeit ihrer Erregung, über die lässige Erfahrenheit ihres neuesten Liebhabers. Doch als Jay kam, laut aufwinselnd wie ein Tier, flackerte Antipathie in ihr auf. Er hatte offenbar keine Kontrolle mehr, und sie fand das Geräusch abstoßend und grollte Jay, nicht nur, weil er ihr etwas gegeben hatte, was sie bisher von niemandem sonst bekommen hatte, sondern auch wegen des kleinen, unerwarteten Zeichens von Schwäche, wo sie doch Stärke brauchte. Das hier ist nur Sex, sagte sie sich verzweifelt, auf keiner Seite sind Gefühle beteiligt. Wenn sie sich auf die körperliche Lust beschränkte, konnte sie ihren Schutzwall aufrechterhalten.

Als Jay sie noch einmal umarmen wollte, wehrte sie sich, stieß heftig gegen seine heiße Haut, wies ihn zurück, wie sie Adrian zurückgewiesen hatte, wie alle anderen, weil er nicht Ricky war.

Jay gab nicht nach. Er wusste, was sie wollte, und das verweigerte er ihr, ließ ihr keinen Raum zum Alleinsein.

Emma hatte ihm zwar die körperliche Verletzung ihres sorgsam errichteten Schutzwalls gestattet, doch dem grausameren Übergriff, seiner Weigerung, sie hinterher in Ruhe zu lassen, gab sie nicht nach. Starr und unzugänglich lag sie in seinen Armen, bis er, den Mund dicht an ihrem Ohr, mit einer Stimme, die ihm gar nicht ähnlich war, sanft und bebend vor Gefühl, bettelte: «Bitte, Emma, hör doch auf damit.»

Er überraschte sie. Sie hielt in seiner Wärme den Atem an, der Geruch seiner Haut umhüllte sie, und erschöpft gab sie nach.

«Ach, zum Teufel nochmal», fluchte sie heftig, und Jay zog sie fester an sich, während sie schluchzte, als bräche ihr das Herz.

Als sie aufwachte, war sie bis zur Taille zugedeckt und wusste für einen Augenblick nicht, wo sie sich befand. Schlaftrunken rollte sie sich auf den Rücken und sah stirnrunzelnd zur Decke. Erst als sie den Kopf wandte und Jay erblickte, der sie, auf einen Ellbogen gestützt, beobachtete, fiel es ihr wieder ein.

«Guten Abend.»

Sie blinzelte, von der prosaischen Begrüßung überrascht, und da sie plötzlich merkte, dass sie splitternackt war, rollte sie sich hastig zu einer Kugel zusammen, drehte sich um und zog das Laken schützend bis unters Kinn hoch.

«Ich habe alles gesehen, was du besitzt, Em», spottete er. «Du hast über eine Stunde lang geschlafen, und so ein Gentleman bin ich nicht, dass ich mir die Gelegenheit entgehen ließe.» Er lächelte, und mit brennenden Wangen öffnete sie wutentbrannt den Mund. Sie kam sich vor wie vergewaltigt.

«Warum? Wie konntest du mir das antun?»

Jay missverstand sie mit Absicht. «Dich verführen? Weil ich das wollte, weil ich das seit zweieinhalb Jahren will und nicht länger warten konnte.» Seufzend ließ er den Kopf auf ihre Schulter sinken. «Sollte ich lieber so tun, als wäre es aus reiner Menschenfreundlichkeit passiert? Mach ich, wenn du willst. Ich könnte dir erzählen, ich wäre mit dir ins Bett gegangen, damit du endlich aufhörst, deinem amputierten Arm nachzujammern.» Sie wandte das Gesicht ab, tief verletzt von der groben Beleidigung, doch er drehte es zurück. «Es wäre gelogen. Ich wollte dich einfach, das ist alles. Und das schon, seit ich dich zum ersten Mal gesehen habe. Und du hast mich auch gewollt, so wie ich dich.»

Genau das hatte sie doch hören wollen, redete Emma sich ein, dass Jay nichts für sie empfand, nicht mehr als sie für ihn, aber als sie es so dreist ausgesprochen hörte, fühlte sie sich gedemütigt und wurde wütend und zornig.

«Ich geh jetzt nach Hause.» Sie kämpfte sich aus dem Bett, tastete auf dem Boden nach ihren Kleidern und hielt sie mit den Armen schützend vor sich.

Jay machte zunächst keinerlei Anstalten, sie aufzuhalten. Erst als sie, Rock, Pullover, Schuhe und Höschen vor der Brust umklammert, aus dem Zimmer gehen wollte, sagte er etwas.

«Bleib bei mir, Emma. Bitte ...»

Sie blieb verunsichert stehen.

«Warum sollte ich?»

Er rollte herum und schwang die Beine auf den Boden. Es war mittlerweile fast dunkel, sie konnte nur einen verschwommenen Umriss erkennen, gebeugte Schultern, einen geneigten Kopf. «Weil ich dich liebe», murmelte er.

«Was?» Als sie den Kopf wandte, sah sie seine Augen im Licht vom Fenster her schimmern.

«*Weil ich dich liebe!*», brüllte er.

Emma stand ganz still und strengte ihre Augen an, um ihn genauer zu sehen. Sie kam sich vor, als befände sie sich in einem albernen Theaterstück, als wäre Jay ohne Vorwarnung von seinem Text abgewichen und sie stünde ohne Stichwort da und wüsste nicht, wie es weiterging.

Er stand auf und kam durchs Zimmer, nahm ihre Kleider und warf sie auf den Boden, dann führte er sie zum Bett zurück und stieß sie zurück auf die warme Stelle, die sie hinterlassen hatte. Emma blieb starr liegen, als er neben ihr ins Bett stieg, und musterte seinen schattenhaften Umriss in ablehnendem Schweigen. Das muss ich mir nicht gefallen lassen, dachte sie, ich gehe jetzt nach Hause. Aber sie brachte es offenbar nicht fertig, aus dem Bett zu steigen.

Als Jay erneut die Arme um sie schlang, hielt sie den Atem an und wehrte sich, und er hauchte seufzend warmen, brandybeladenen Atem gegen ihre Wange.

«Ist ja gut», murmelte er. «Ich tu dir doch nichts. Ich will nur mit dir *schlafen.*»

Er begann, sie zu streicheln, geduldig, sanft, und Emma spürte, wie ihre angespannten Muskeln sich gegen ihren Willen entkrampften. Dann, gerade als das Gefühl seiner Haut an ihrer sie zu erregen begann und sie sich ihm unwillkürlich zuwandte, schlief er ein. Er hielt ihre Hand fest, wollte sie nicht loslassen, als sie sie ihm entziehen wollte, und er seufzte und murmelte wie ein ängstliches Kind.

Zum zweiten Mal an diesem Abend war er verletzlich, als sie ihn stark erleben wollte, und das Chaos in ihrem Kopf erschöpfte sie. Es war warm unter den Decken, seine Haut war glatt und er roch gut. Ich muss aufstehen, sagte sie sich, und nach Hause gehen, bevor es zu spät ist. Sie überlegte gerade, wie sie im Dunkeln ihre Sachen finden sollte, als sie einschlief.

12

Er begann, kaum dass sie aufgewacht war, als hätte er auf sie gewartet: Hände, Mund, Zunge; verführerisch, zwingend, unwiderstehlich. Emma lag still, hielt den Atem an, schützte Gleichgültigkeit vor, bis sie es nicht mehr aushielt, bis er seinen Kopf herunterbeugte und sie seine Lippen in ihrer Halsgrube spürte.

«Bitte, liebe auch du mich», flüsterte er heiser. «Bitte, Emma», und sie jaulte auf, als täte er ihr weh.

«Oh!», jammerte sie. «Nicht!» Bettelte, er möge ihr helfen, ihm zu widerstehen. Er spielte nicht mit. Er reizte sie, quälte sie über das Erträgliche hinaus, bis sie nicht mehr anders konnte, als nachzugeben.

Sie überraschte ihn, entspannte sich unerwartet unter seinen Händen, und dann, plötzlich die folgsame Schülerin, berührte sie ihn ihrerseits. Jay brauchte einen Augenblick, um sich wieder zu fassen, dann spürte sie, wie er sich in triumphierendem Gelächter schüttelte, und er beugte sich zu ihr und flüsterte ihr ins Ohr: «Ansteckend, nicht wahr?», als wären Begierde und Lust Infektionskrankheiten.

«Ich bin, offen gestanden, überrascht, dass es dir gelungen ist, so lange Jungfrau zu bleiben.» Jay reckte sich träge, als sein Hunger gestillt war. «Wenn du einmal in Fahrt kommst, bist du im Bett fast so unersättlich wie bei Tisch.»

Er lachte, revanchierte sich für ihre erfolglosen Bemühungen, sich gegen ihn zu wehren, dann erhob er sich und begann, im Zimmer umherzugehen. Emma sah ihm zu, wie er seinen Morgenmantel holte, ihre abgelegten Kleider aufhob und sie dann lässig in einem unordentlichen Haufen aufs Fußende des Bettes warf. Sein Körper war kräftiger als

Ricks: locker, stärker gebaut. Und während sie ihm zusah, wollte sie ihn erneut.

Und doch, wie ähnlich sich Jay und Ricky sind, dachte sie sechsundzwanzig Jahre später dort oben auf Georges staubigem Dachboden. Das gleiche glatte, weiche Haar, einmal dunkel, einmal blond. Die gleichen langen Gliedmaßen, schöne Hände, die gleichen verschlossenen Gesichter, die gleiche Abneigung gegen Leute – große Menschenmassen (oder vielleicht auch Furcht davor).

Wie von einer unsichtbaren Schnur gezogen, ging sie zum Fenster, wobei sie über ein Fernglas stolperte, das sie aufhob. Ein Okular fehlte, und sie konnte es nur mit Mühe scharf stellen, dann suchte sie die Wiese ab, ein Auge geschlossen, um das verschwimmende Bild klarer zu bekommen, bis sie schließlich gefunden hatte, was sie suchte.

Er stand bis über die Knie in Butterblumen und Margeriten, während die Hunde, deren Anwesenheit sich nur durch das heftige Beben des langen Grases verriet, ihn umtobten. Er lachte. Emma lachte ebenfalls, als Newton (oder war es Flotman?) plötzlich mit gestreckten Beinen, flatternden Ohren und wehendem Schwanz aus dem Grün schoss, wieder ins wogende Meer tauchte und verschwand. Während sie ihn beobachtete, dachte sie: Du bist im Laufe der Jahre deinen Mitmenschen gegenüber ein wenig toleranter geworden, solange sie dir nicht zu nahe kommen. Ist das ein bisschen auch mir zu verdanken?

«In einer Viertelstunde gibt's Frühstück», sagte Jay und verschwand in Richtung Bad. Emma legte sich fast zehn Minuten lang in die Kissen zurück, bevor sie ihren Mut zusammennahm, nach dem Morgenmantel griff und zögernd aus dem Bett glitt, als könnte er sie dabei beobachten.

Der Mantel war ihr viel zu lang, und sie musste die Ärmel aufrollen, aber sie schaffte es darin bis ins Badezimmer, wo sie duschte, sich das Gesicht schrubbte, bis es rosig glänzte, sich dann mit Jays Bürste durchs Haar fuhr und es zu einem Pferdeschwanz zusammenband. Sie putzte sich so gut wie möglich mit dem Finger die Zähne, spülte sich den Mund aus, wobei sie ihren Anblick im Spiegel mied, und schlich sich dann in den Flur, um zu hören, ob Jay in der Küche herumklapperte.

Er lauerte ihr auf. «Du siehst aus wie zwölf», spottete er. «Ich kriege noch eine Anzeige wegen Sex mit Minderjährigen.» Sein Gelächter verfolgte sie noch, als sie ins Schlafzimmer floh.

Es gab Toast, Orangensaft und schwarzen Kaffee, aber Emma hatte keinen Hunger. Jay amüsierte sich darüber, dass sie so gar nicht gefasst war.

«Bitte», bettelte sie schließlich, «könntest du aufhören, mich ununterbrochen anzustarren? Das verunsichert mich.»

«Warum? Du solltest dich geschmeichelt fühlen, dass ich dich ansehen will. Es ist ein guter Test, wenn man den Partner am Morgen danach immer noch betrachtenswert findet. Es hindert dich nichts, das Gleiche zu tun.»

Sie schluckte den Köder, gab seinen direkten Blick zurück, doch sie hielt es nicht lange aus, und er machte sich wieder über sie lustig.

«Na? Verpasst du mir das nächste Mal einen Fußtritt, wenn ich zu dir ins Bett will?»

Emma zog eine Grimasse. «Ich bin mir nicht sicher, ob du dann auch gehen würdest.»

«Nein, da bin ich mir auch nicht sicher. Aber außerdem glaube ich nicht, dass ich dazu aufgefordert werde.» Sein schlecht versteckter Triumph beschämte und empörte sie. Sie kam sich vor, als säße sie splitternackt am Tisch.

«Ich muss nach Hause», sagte sie brüsk, doch er fasste ihr Handgelenk und zog sie wieder herunter.

«Nun iss deinen Toast. Beim Frühstück spiele ich normalerweise nicht den Verführer.» Er zögerte. «Obwohl ich bei dir eine Ausnahme machen könnte.» Er leerte seine Tasse und erhob sich, um Kaffee nachzuholen.

Er war lässig angezogen, in Jeans, mit einem verblichenen blauen Hemd, und er hielt es offenbar für ausgemacht, dass sie den ganzen Tag bleiben würde.

«Ich habe den Rest der Woche frei», betonte er, als könnte sie sogar noch länger bleiben. «Welche Zeitungen möchtest du lesen?» Er zog sein Jackett über, um eine holen zu gehen, dann blieb er in der Tür stehen. «Hast du gestern die Pille genommen?»

«Nein.» Panik. «Ich hab sie gar nicht ...»

«Sie sind in deiner Handtasche. Bin gleich wieder da», und weg war er.

Emma fand zwar ihre achtlos auf den Boden geworfene Handtasche, aber ihre Pillen müssten doch eigentlich in Earl's Court auf der Ablage im Bad sein! Waren sie aber nicht – sie lagen hier in ihrer Tasche, wo Jay sie hingepackt hatte.

Wutentbrannt nahm sie die Pille für Donnerstag, stürzte dann wieder ins Schlafzimmer, zog sich an, ergriff ihre Tasche, verließ die Wohnung und knallte die Tür hinter sich zu. Ich hoffe, du hast keinen Schlüssel mitgenommen, schimpfte sie wütend. Ich hoffe, ich habe dich ausgesperrt.

Sie sprang die Treppe hinunter, immer zwei Stufen auf einmal, und erreichte die Eingangshalle gerade rechtzeitig, um atemlos in ihn hineinzurennen und ihm die Zeitungen aus der Hand zu schlagen. Dann erstarrte sie und versuchte wieder zu Atem zu kommen, während er alles wieder aufhob.

«Und warum?»

Emma war durch seine unerwartete Rückkehr wie gelähmt und schwieg verlegen, weil sie sich hatte erwischen lassen, als würde sie Schule schwänzen und Jay wäre der Rektor. Der selbstgerechte Ärger rann langsam aus ihr heraus.

«Wo willst du hin? Warum läufst du weg?»

Sie schluckte. «Ich will nach Hause. Ich weiß überhaupt nicht, warum ich mit hierher gekommen bin. Ich weiß nicht, warum ich mit dir ins Bett gegangen bin.»

«Das ist doch einfach.» Jay lächelte nachsichtig, als wäre sie ein Kind. «Du hast dich einsam gefühlt, und du magst mich. Außerdem hat es dir gefallen, wenn du auch findest, du hättest es nicht tun sollen.» Er fasste ihr unters Kinn und drehte ihr Gesicht so, dass sie ihn ansehen musste. «Nein, das stimmt nicht ... es hat dir sogar wahnsinnig gut gefallen, oder?»

«Ich ...» Emma schloss die Augen, verspürte den gleichen flüchtigen Schauer der Erregung wie eine Stunde zuvor, öffnete sie dann wieder und beklagte sich: «Was willst du eigentlich, Jay? Ich weiß überhaupt nicht, was du von mir erwartest.»

«Das sind zwei Fragen.» Er ließ die Hand sinken und starrte ausdruckslos auf sie herunter. «Da dir das offenbar so wichtig ist, will ich versuchen, beide zu beantworten. Was ich will?» Er holte tief Luft und stieß sie ganz langsam wieder aus. «Dich. Ich heirate dich auch, wenn es das ist, was du willst.»

Emma schluckte, ihr blieb die Luft weg.

«Nun guck nicht so schockiert. Warum denn nicht? Ich liebe dich. Ich nehme dich, unter welchen Bedingungen auch immer, solange ich dich nur haben kann. Was ich von dir erwarte? Bislang nichts. Nur, wenn ich die Wahl hätte, wäre es mir lieber, du würdest dich nicht mehr mit anderen Männern treffen. Ich teile nicht gern.» Ganz und gar nicht, am liebsten würde ich sie allesamt umbringen, zu blutigen Klumpen schlagen.

«Ich liebe dich aber nicht», sagte Emma tonlos. «Ich liebe Ricky.»

«Das hast du bereits erwähnt.» Und den ganz besonders. Gott, wie ich diesen Mistkerl hasse. «Das wird mit der Zeit schon kommen. Ich kann warten.» Er sagte das in einem Ton, als hätte sie nur einen Anflug von Masern, stellte sich dumm. «Möchtest du jetzt nach Hause?» Sie nickte heftig, und Jay drehte sich auf dem Absatz um und führte sie hinaus in den eisigen Wind, der um den Parkplatz wirbelte. Mit kalten Füßen und Kopfschmerzen vor Anspannung wartete Emma geduldig, bis er die Windschutzscheibe frei gekratzt hatte, dann fuhr er sie ohne ein Wort nach Hause, was ihm offenbar wieder nichts ausmachte, und ließ sie auf der Straße vor ihrer Wohnung aussteigen. Bevor er sie hinausließ, kritzelte er noch etwas auf ein Stück Papier, das er ihr zusammengefaltet überreichte.

«Meine Telefonnummer», sagte er. «Denk darüber nach, und ruf mich an, wenn du dich entschlossen hast.»

«Wozu?»

«Mir zu geben, was ich mir wünsche.» Die kühlen Worte passten zu seinem neutralen Gesichtsausdruck.

«Du bist aber ziemlich selbstsicher», beanstandete Emma.

Jay nickte, und sein dunkles Haar fiel ihm über die Brauen. «Ich rechne damit, dass du wiederkommst und mehr willst. Du bist bei mir auf den Geschmack gekommen, und früher oder später willst du es wieder tun.»

«Danke fürs Essen», sagte sie einfältig, dann tastete sie

nach dem Türgriff und wollte nichts wie raus. Er beugte sich zu ihr und packte ihr Handgelenk.

«Ich meine es ernst», sagte er. «Und warte nicht allzu lange, ich bin schon wieder hungrig.» Dann küsste er sie, absichtlich nicht auf den Mund, sondern auf die Wange.

Sie war tief enttäuscht und vollkommen außerstande, das zu verheimlichen. Ich habe dich, dachte er befriedigt, und ein Gefühl von Triumph wallte in ihm auf.

«Nächstes Mal», versprach er. Als sie aus dem Wagen stolperte, röhrte der Motor sofort auf, und Jay fuhr an, noch bevor sie die Tür richtig zugeworfen hatte. Sie blieb auf dem Bürgersteig stehen, starrte den verschwindenden Auspuffwolken nach und sehnte sich, wie er es angekündigt hatte, bereits nach mehr.

Drei Zettel lagen auf dem Boden, und die Wohnung war eiskalt. Emma hob die Zettel auf, sah sie kurz an, warf sie auf den Tisch und bückte sich, um das Gas anzuzünden. Dann zog sie den Mantel aus, warf sich der Länge nach aufs Bett und schlief auf der Stelle ein. Sie schrak hoch, als jemand wild gegen die Tür klopfte.

Alison war vom Treppensteigen außer Atem und platzte vor Neugier. «Wo warst du letzte Nacht?» Sie zündete sich eine Zigarette an und sah Emma durch eine Rauchwolke prüfend an. «Ich habe immer wieder angerufen. Um Mitternacht hab ich dann aufgegeben. Man hat mir gesagt, du wärst weggegangen.»

«War ich auch.»

«Mit wem? Laut Bill war Adrian den ganzen Abend unten.»

Um Alisons misstrauischem Blick auszuweichen, sah Emma sich im Zimmer um. «Da fällt mir ein, da war doch irgendwo ein Zettel …»

Er lag auf dem Tisch, wo sie ihn liegen gelassen hatte, mit zwei anderen, auf denen es hieß, Alison habe angerufen. Emma hielt ihn Ali hastig hin, als könnte sie sich daran vergiften.

Liebste Emma,
du willst mich offenbar nicht mehr sehen täte mir leid wenn ich dich irgendwie gekränkt haben sollte wollte ich ehrlich nicht ich schreibe das in der Hoffnung dass ich mich irre und es nicht an mir liegt und wenn das so ist bitte bitte ruf mich an ich vermisse dich nämlich.
Tausend und abertausend Grüße
Adrian
xxx

«Hat man dem Knaben noch nie was von Interpunktion erzählt?» Ali kicherte, als sie den Zettel zurückgab. «Wann willst du den armen Kerl von seinem Elend erlösen?»

«Weiß ich nicht», sagte Emma, der einfiel, dass es Alison war, die Jay auf ihre Spur gesetzt hatte, und der sie diese erneute Einmischung in ihre Angelegenheiten übel nahm. «Aber was ich vorhabe, und zwar gleich jetzt, ist, dich rauszuschmeißen, die Tür abzuschließen und wieder ins Bett zu gehen.»

«Schon gut, dann erzähl es mir eben nicht.» Kritisch musterte Alison ihre Freundin, blies nachdenklich eine Rauchwolke zur Decke und fing noch einmal an.

«Josie hat jeden Tag angerufen, und ich habe deinetwegen das Blaue vom Himmel heruntergelogen. Mabel will morgen wieder in London sein. Du musst irgendwas unternehmen, nach Hause fahren, am besten heute noch, und es ihnen persönlich erzählen, bevor sie es auf die harte Tour erfahren …»

«Du hörst dich wie Mabel an», sagte Emma mürrisch.

«Na gut. Himmel, ist es schon so spät? Ich muss zurück. Und was hast du nun vor?»

Emma seufzte ergeben. «Ich fahr nach Hause. Warte eine Minute, dann komme ich mit.»

Sie stopfte ihren Kulturbeutel und Sachen zum Wechseln in ihren Rucksack, und sie liefen zusammen los, bis sie sich beim Earl's Court trennten. Emma lehnte den Kopf gegen das Zugfenster, sah zu, wie der blonde Kopf über den Bahnsteig zum Ausgang hüpfte, und wünschte sich, ihr Leben wäre so unkompliziert, wie Alisons offenbar war.

13

In Cheshunt ging sie vom Bahnhof aus zu Fuß, den Kragen gegen die Kälte hochgeschlagen, ihr Körper schmerzte vor Müdigkeit. Als sie die Wohnungstür aufschloss, schlug die Uhr im Flur gerade sieben. Sie saßen beim Essen in der Küche über Tellern mit selbst gemachter Ochsenschwanzsuppe.

«Hallo, Ma», sagte Emma und erstarrte vor Verlegenheit, als Josie vom Stuhl aufsprang und sie umarmte. Mabel rührte sich nicht.

«Ich hab nur meine Ruhe gebraucht», wiederholte sie stur auf alle Fragen ihrer Mutter, aß aber alles, was Josie ihr hinstellte. Sie wusste, dass sie sich schlecht benahm, doch sie konnte offenbar nicht anders. Als sich Mabel neben ihren Stuhl stellte, schützte sie Erschöpfung vor und zog sich hastig in ihr Zimmer zurück, wo sie sich mit geschlossenen Augen auf ihr schmales Bett legte und über Sex nachdachte, wie einfach das Leben ohne ihn wäre, und wie gerne sie mehr davon hätte, mit Jay.

«Ich mache mir Sorgen um Josie.»

Emma schreckte aus einem tiefen Schlaf hoch.

«Ich sagte, ich mache mir Sorgen um Josie. Sie nimmt das sehr schwer, dass du nicht mehr nach Hause kommst. Ich weiß, es ist nicht leicht, denn ich war auch mal jung, was immer du auch denkst, aber ich möchte nicht, dass deine Mutter verletzt wird.»

Emma war immer noch ziemlich gereizt. «Du willst nicht, dass meine *Mutter* verletzt wird? Und was ist mit mir? Es hat dir doch nichts ausgemacht, mich zu verletzen, als du ihn weggeschickt hast, oder …?»

Oh Gott, dachte Mabel, da habe ich ja völlig falsch gelegen. Es ist jetzt bestimmt neun Monate her, und mittlerweile sollte sie darüber hinweg sein. Das kommt dabei raus, wenn eine alte Frau sich einmischt.

«Meinst du Alisons Bruder?» Sie ließ sich schwer am Fußende nieder, und Emma zuckte zurück, zog die Beine unter sich, um auf keinen Fall berührt zu werden. «Der ganze Kummer, immer noch seinetwegen? Ich dachte, es wäre nur …»

«Was denn, nur die übliche Teenager-Verknalltheit? War es nicht. War es ganz und gar nicht. Es war das Wichtigste, was mir in meinem ganzen Leben passiert ist, und du hast es kaputt gemacht.» Emma begann zu schreien. «Du und Alisons Mistkerl von Vater, ihr habt es kaputt gemacht, und ich werde nie darüber hinwegkommen, *nie*!»

Seit mehr als vierundzwanzig Stunden hatte sie überhaupt nicht mehr an Ricky gedacht. Zum ersten Mal war sie ihm wirklich und wahrhaftig untreu gewesen, denn sie hatte vergessen, sich nach ihm zu sehnen, und sie konnte sich das nicht verzeihen.

«Emma, Liebes, es tut mir Leid.»

«Ach!» Mabels Entschuldigung kam unerwartet für

Emma, entwaffnete sie. Sie setzte sich auf, kreuzte die Beine und umfasste die Knöchel mit den Händen. «Ich habe eine Wohnung.»

«Du hast was?»

«Ich bin ausgezogen. Ich habe eine Wohnung am Baron's Court. Mit Küche und Bad und allem, du brauchst dir also keine Sorgen mehr um mich zu machen.»

«Nun mal langsam!», sagte Mabel bestürzt.

«Ich werde dieses Jahr neunzehn, und es wird Zeit, dass ich selbständig werde. Ich brauche einen Ort für mich allein ...»

«In Ordnung! Jetzt mal langsam, damit ich mich an den Gedanken gewöhnen kann. Es ist nun mal passiert, was immer ich auch davon halte, und wir werden es deiner Mutter beibringen müssen. Die kleine Alison hat in den letzten Tagen hier die Fäden gezogen und Josie um ihren verführerischen kleinen Finger gewickelt. Sie denkt, du wohnst immer noch am Earl's Court.»

«Und was hast du gedacht, wo ich bin?»

Mabel gluckste und überraschte ihre Nichte zum zweiten Mal. «Ich dachte, du wärst irgendwo mit Adrian unterwegs, um deine Unabhängigkeit zu beweisen.»

«War ich auch», log Emma, weil das einfacher war, als alles zu erklären.

«Netter Junge.»

Emma lachte plötzlich. «Mmm, armer Adrian. Viel zu nett für mich.» Sie streckte ihre Beine und kletterte vom Bett. Seit dem Vorfall damals kam ihr zum ersten Mal der Gedanke, dass Tante Mabel möglicherweise nur das Beste gewollt hatte. Außerdem war sie zu müde, um sich noch weiter zu streiten. «Komm, Tante Mabel», sagte sie. «Lass uns einen Sherry trinken.»

Nachdem sie sich drei große Gläser eingeschenkt hatten, kamen häppchenweise die Neuigkeiten zur Sprache. Josie nahm es sehr schwer.

«Warum hast du mich nicht gefragt? Wie kannst du das bezahlen? Du wirst dich einsam fühlen, so ganz allein. Du isst bestimmt nicht richtig.»

«Josie, du bist albern», protestierte Mabel verärgert. «Wie viel Emma isst, hat damit gar nichts zu tun. Ich verbringe doch nicht meine Zeit damit, in ihrem Vorratsschrank nachzuschauen, wie viel Toastscheiben sie in den letzten beiden Tagen gegessen hat, und außerdem ...»

«Und warum nicht?» Josie war empört. «Warum habe ich sie dir überhaupt anvertraut, wenn du gar nicht die Absicht hattest, auf sie aufzupassen?»

«Weil sie eine erwachsene Frau ist. Hast du das noch nicht gemerkt? Nur du bildest dir immer noch ein, sie wäre noch ein Kind.»

Josie begann zu weinen. «Ich kann doch nichts dafür», schluchzte sie. «Sie ist doch alles, was ich habe.»

Emma konnte sich nicht dazu überwinden, den Arm um die bebenden Schultern ihrer Mutter zu legen, deshalb redete sie lieber. «Ich ziehe doch nur fünf Meilen weiter. Nur ein paar U-Bahn-Stationen, das ist alles. Ich bin mittlerweile fast neunzehn. Ich brauche Ruhe und Frieden für meine Arbeit.» Sie nahm einen Schluck Sherry, weil sie sich Mut antrinken musste, und fügte dann hochtrabend und lächerlich hinzu: «Du musst das verstehen, Ma, ich bin Künstlerin.»

Aber Josie hörte gar nicht zu und jammerte weiter über ihren Verlust, über die Treulosigkeit ihrer Tochter, außerstande, Emmas Bedürfnis nach Freiheit zu verstehen oder zu akzeptieren.

Eine Woche später begann das College wieder. Emma traf sich mit Alison, um ihren Stipendienscheck abzuholen, und sie gingen Kaffee trinken. Ali schwebte im siebten Himmel. Sie war bei Foyles gewesen und hatte sich ein Buch mit expressionistischen Landschaften gekauft.

«Fabelhafte Drucke!», begeisterte sie sich. «Wundervolle Farben!» Sie waren einfach toll. Alison fuchtelte mit den Händen, schwelgte in türkis-roten Sonnenuntergängen und wirbelnden blaugrünen Seestücken, und dann saßen sie beide über den Bildern und überlegten, welche sie kaufen würden, wenn sie reich wären. Emma fragte sich allerdings, was die ganze Aufregung eigentlich sollte? Es war schließlich nur ein Buch. Zwanzig Minuten dauerte es, bis Alison zur Sache kam. «Ich bin wieder schwanger. Und dieses Mal kann nur einer der Vater sein.»

«Hast du es ihm schon erzählt?» Emma wurde es übel.

«Noch nicht. Ich wollte es ihm gestern sagen, aber ich hatte keine Gelegenheit. Diesmal werde ich es behalten.»

«Und was wird er dazu sagen?»

«Er wird für mich sorgen.» Sie war sich vollkommen sicher. «Ich bin mir da ganz sicher. Seine Frau weiß über mich Bescheid. Er hat geschworen, er würde es ihr erzählen. Er wollte sie sowieso irgendwann verlassen und er hat nur gewartet, bis seine Kinder etwas älter waren. Wir werden heiraten.»

«Und wann wirst du ihm die Neuigkeit mitteilen?»

«Keine Ahnung.» Alison steckte sich die vierte Zigarette an. «Ich muss den richtigen Augenblick abwarten. Heute Abend sehen wir uns nicht, er muss irgendwo zum Abendessen. Morgen vielleicht.»

«Wie weit bist du?»

«Etwa sechs Wochen. Ach, Em, ich bin so gespannt auf sein Gesicht.»

Sie war wie berauscht und glühte vor Vitalität und Glück. Emma war sich bewusst, dass alle Männer um sie herum sich nach ihrem rosigen, schönen Gesicht und ihrem goldenen Haar umsahen, einige verstohlen, andere in offener Bewunderung. Sie bezweifelte nicht eine Sekunde, dass Alison es darauf angelegt hatte.

Sie aßen in einer Sandwichbar auf der Oxford Street zu Mittag, dann nahmen sie auf Alisons Drängen hin die U-Bahn nach Notting Hill Gate und stiegen in die District Line Richtung Heimat um.

«Ich kann mich einfach nicht daran gewöhnen, dass du nicht mehr nebenan wohnst», beschwerte sich Alison.

«Ich mich auch nicht», sagte Emma, wischte sich die klebrigen Hände an ihrer Jeans ab und wünschte sich, sie hätten den Bus genommen.

14

Zweites Semester im zweiten Jahr des Hauptstudiums. Vertraute Gesichter, vertraute Räumlichkeiten. Die Arbeit ist unkompliziert, und wenn der Kopf voll ist von Sticktechniken, Musterrapporten und Abgabeterminen, vergehen die Stunden wie im Flug.

Emma hatte einen Brief nachgeschickt bekommen, in dem man ihr einen weiteren Auftrag anbot. Das Geld würde sie zwar nicht reich machen, aber regelmäßig kommen, jede Woche, was ihre nagenden Zweifel hinsichtlich der Miete etwas beruhigte. Auf dem Weg zum College gab sie einiges für farbige Tusche und eine Staffelei aus, damit sie abends an Stoffmusterentwürfen arbeiten konnte.

Alison lief ihr den ganzen Vormittag nicht über den Weg, und in der Mittagspause war Emma beschäftigt. Als sie endlich zusammen fortgingen und auf Emmas Drängen hin den Bus nahmen, starb sie fast vor Neugier. Sie standen an der Tür, hingen mit der freien Hand an den Halteschlaufen, Alison die Mappe unter den Arm geklemmt, Emma die neue Staffelei umklammert, und flüsterten.

«Na?»

«Na was?»

«Na, was hat er gesagt?»

«Nichts, überhaupt nichts. Ich habe ihn nur fünf Minuten gesehen, in der Materialkammer, und ich wollte es ihm gerade erzählen, als jemand reinkam.»

Emma sah auf Alisons flachen Bauch, auf ihren straff geschnürten Gürtel und fragte sich, wie lange es wohl noch dauern würde, bis ihr Bauch sich zu wölben begänne. Über Schwangerschaft wusste sie genauso viel wie sie zu ihrer Anfangszeit im College über Penisse gewusst hatte. Immerhin haben wenigstens einige meiner Kenntnisse seitdem zugenommen, dachte sie, unpassenderweise erheitert. «Und wann triffst du ihn nun richtig?»

«Morgen, er will morgen Abend vorbeikommen. Er wird begeistert sein, Em, du wirst sehen. Er liebt Kinder.»

«Da bin ich mir sicher.» Immerhin hat er schon drei gezeugt.

«Wird es wohl ein Junge oder ein Mädchen? Ich glaube, ich hätte gern ein Mädchen. Von Jungs habe ich nicht die geringste Ahnung.»

Emma zog eine Grimasse. «Willkommen im Club!»

«Schon dabei.» Ali begann zu kichern und steckte Emma an. Sie verbrachten den Rest der Fahrt giggelnd wie zwei Schulmädchen. «Komm mit zu mir», bat Alison, als sie an ihrer Haltestelle hielten. «Ich könnte ein bisschen Gesellschaft brauchen.»

«Geht nicht.» Womöglich wäre Adrian da, und Emma

wollte ihm nicht über den Weg laufen, er würde das missdeuten. «Ich muss bis morgen einen Auftrag fertig haben.»

Sie verbrachte den Abend an ihrer neuen Staffelei, in ihre Arbeit vertieft. Sie schlief gut, friedlich und traumlos. Sie war endlich allein, frei, welch ein Segen.

Als sie Ali am Samstagmorgen anrief, war der Jurastudent am Apparat. Nein, sie sei nicht da, sagte er. Nein, er wisse nicht, wann sie zurückkäme, sie habe keine Nachricht hinterlassen.

Alis Anruf kam am frühen Samstagnachmittag, als Emma gerade fortgehen wollte. Sie hörte sich schrecklich an, kaum verständlich, sagte nur immer wieder: «Kannst du kommen, Em? Bitte, kannst du kommen?» Und schluchzte.

Als Emma ankam, stand Alisons Tür offen, aber die Vorhänge waren immer noch zugezogen, und sie war im Morgenmantel. In einem Anfall ohnmächtiger Wut hatte sie all ihre Sachen aus den Schubladen und Schränken gerissen und im Zimmer herumgeworfen. Es roch nach ungewaschener Bettwäsche und Zigarettenrauch.

Emma zog die Vorhänge zurück und setzte den Kessel auf, dann sammelte sie alle Kleidungsstücke ein, faltete sie zusammen, so gut sie konnte, und legte sie zurück. Alison lag mit dem Gesicht zur Wand, reglos wie eine tote Katze, und ignorierte sie. Emma kochte Kaffee, kramte dann unterm Waschbecken nach der Flasche teuren Brandys, den Ali dort für Harry aufbewahrte, und goss einen großzügigen Schluck in die Tasse. Dann ging sie damit durchs Zimmer und drehte Alison um. Die war steif, die Glieder verkrümmt wie in Totenstarre. Emma schüttelte sie.

«Hier, trink das.»

Alison rollte sich auseinander und setzte sich gehorsam

auf. Sie sah hässlich aus, ihre ganze Schönheit war vom stundenlangen Weinen fortgewaschen: geschwollene, aufgedunsene Augen, die Wangen fleckig von Tränen, und Speichel rann ihr aus dem Mund und übers Kinn. Sie wischte ihn mit dem Handrücken fort und nahm die Tasse vorsichtig in zittrige Hände. Der Alkohol verschlug ihr den Atem. Emma setzte sich neben sie aufs Bett und wartete.

Bevor sie anfing zu reden, war sie fast auf dem Boden der Tasse angekommen. «Er will das Kind nicht. Er will mich nicht heiraten. Er will nicht einmal seine Frau verlassen. Er sagt, ich kann es mir wegmachen lassen, oder ich kann es behalten. Er sagt, es wär ihm egal. Für eine Abtreibung würde er zahlen, aber wenn ich es behielte, würde er es verleugnen. Weißt du, was er noch gesagt hat?» Sie lachte, schrill, hysterisch. «Er hat gesagt: ‹Ich bin ein ehrenwerter verheirateter Mann, und dein Wort steht gegen meins.›»

«Stimmt nicht. Ich bin Zeugin. Und es gibt bestimmt noch ein Dutzend anderer, die wissen, was los war.»

Alisons Augen füllten sich mit Tränen. Sie quollen unter ihren roten, geschwollenen Lidern hervor und rannen ihr übers Gesicht. Ihre Nase lief. «Es ist zwecklos.» Sie fuhr sich mit dem Ärmel drunter her, sodass am Umschlag eine silberne Schneckenspur zurückblieb. «Verstehst du nicht, er will es nicht. Er will *mich* nicht. Es gibt jetzt keinen Grund mehr, es zu bekommen. Ich bin nur schwanger geworden, weil ich dachte … ich dachte …» Sie verlor den Faden, verstummte, und wieder liefen die Tränen. «Du musst die Klinik für mich anrufen, Em. Ich kann das nicht, nicht allein.»

Emma saß neben ihr auf dem Bett und hielt sie fest, während sie weinte und auf ihrer Schulter einen großen, feuchten Fleck hinterließ, dann holte sie ihr einen Stapel Taschentücher und suchte in der Frisierkommode nach der Adresse der Abtreibungsklinik, denn sie wusste ungefähr, wo die sich befand. Alison bewahrte sie in der obersten Schublade auf, bei den Antibabypillen. Gürtel und Hosenträger, nannte sie das lachend. Schöner Witz!

Emma fror, während sie im Flur auf das Klingeln des Telefons lauschte, und als abgehoben wurde, war es nur der Empfang.

«Sprechstunde ist erst wieder Montag», hieß es missbilligend. «Nein, ich weiß nicht, wann Sie einen Termin bekommen können. Nein, ich weiß nicht, was es kosten wird. Mit solchen Sachen habe ich nichts zu tun. Ich bin nur zur Aushilfe da. Sie werden Montag noch einmal anrufen müssen.»

Emma holte sich die Extradecke und ein paar Mäntel und schlief im Sessel, denn sie hatte Angst, Alison allein zu lassen.

Als sie am Sonntagmorgen hinausschlüpfte, um Milch zu besorgen, kam Tante Mabel gerade ins Haus. «Ali ist krank», log sie. «Grippe, fürchte ich.»

Mabel schnaubte. «Hat sich was mit Grippe. Ich habe Freitagabend mitbekommen, wie sie sich angeschnauzt haben. Das Mädchen ist nicht ganz gescheit.» Sie blähte ihre umfangreiche Brust und räusperte sich missbilligend, bereits auf dem Weg nach oben. «Sag mir Bescheid, wenn ich irgendwas tun kann.» Sie hatte sich schon einmal eingemischt, und es war eine Katastrophe gewesen. Von jetzt an müsste man sie schon um Hilfe bitten. Alisons Probleme waren Alisons Probleme. Emma blieb mit offenem Mund stehen, starrte auf die stämmigen Beine, die treppauf stapften, und fragte sich, ob sie ihre Tante eigentlich kannte.

Emma blieb den ganzen Tag bei Alison und umsorgte sie mit endlosen Tassen Tee und Zuhören.

«Was meinst du, Em, soll ich vielleicht nochmal mit ihm

reden? Es muss ja schließlich ein ziemlicher Schock für ihn gewesen sein.»

Und noch eine Zigarette und noch eine Tasse Tee.

«Meinst du, ich sollte zu seiner Frau gehen? Ich glaube, sie setzt ihn unter Druck. Für ihn wäre das alles bestimmt in Ordnung, wenn es sie nicht gäbe.»

Und noch eine Zigarette und noch eine Tasse Tee.

«Meinst du, ich sollte anrufen und mich entschuldigen? Vielleicht habe ich zu viel für selbstverständlich gehalten? Vielleicht, wenn ich ihm sage, es täte mir Leid?»

Was denn, dass du dich mit dem Mistkerl überhaupt eingelassen hast?

Am Montag kam Emma zu spät ins College. Sie hatte bis neun warten müssen, um in der Klinik anzurufen und für Ali einen Termin zu machen. Danach wirkte sie ruhiger, erleichtert darüber, dass eine Entscheidung gefallen war.

«Ich rufe dich heute Mittag an, ist dir das recht? *Ali!* Ist dir das recht?»

«Ja, ja, prima. Danke, Em.»

Sie war gerade im Aufbruch, als das Telefon läutete, und Alison, wieder zum Leben erweckt, sprang auf. «Das ist bestimmt für mich. Das ist bestimmt Harry.» Sie stürzte an Emma vorbei zum Telefon, und ihr Gesicht leuchtete auf. «Er ist es», artikulierte sie stumm, und Emma ließ sie lieber allein. Gott sei Dank, jetzt würde doch noch alles gut.

Nachdem sie erst einmal angefangen hatte, war Emma, wie eigentlich fast immer, bald in ihre Arbeit vertieft. Als sie Ali mittags anrief, ging niemand ans Telefon. Prima, dachte sie, sie ist mit Harry ausgegangen, und entspannte sich ein wenig.

Den Nachmittag verbrachte sie im Zuschneideraum bei der Arbeit an einem Nesselmodell, das bis Ende der Woche fertig sein sollte, dann, gegen vier, fiel ihr der Auftrag ein, den sie unerledigt zu Hause liegen hatte. Sie geriet in Panik und nahm Bill zur Seite.

«Könntest du mir einen Gefallen tun, Bill? Könntest du mal bei Ali vorbeischauen, wenn du nach Hause kommst? Es geht ihr nicht besonders gut. Ich würde es selbst tun, aber ich muss nach Hause, ich bin mit einem Auftrag im Rückstand. Sag ihr, ich würde gegen sieben anrufen, ob alles in Ordnung ist.»

Zu Hause stürzte sie sich sofort in die Arbeit, hielt sich mit einer Packung Schokoladenkekse und sechs dick mit Butter und Sardinen-Tomaten-Paste bestrichenen Scheiben Brot bei Kräften. Es war eher acht als sieben, als sie endlich ans Telefon konnte, doch niemand nahm ab. Ali musste mit Harry zusammen sein. Oder vielleicht war auch Bill mit ihr auf einen Drink weggegangen, um sie aufzuheitern, oder zum Essen. Mittlerweile hatte sie bestimmt Hunger. Sie trottete wieder nach oben und arbeitete eine weitere Stunde, bevor sie es noch einmal versuchte.

Die Stimme war ihr unbekannt. «Wer ist da?»

«Penny.»

«Penny wer? In welchem Zimmer wohnst du?»

«Zimmer zwei», sagte die Stimme, und Emma sagte ziemlich bestürzt: «Oh.» Das war ihr früheres Zimmer. «Kannst du bitte für mich an Alis Tür klopfen, Nummer eins?»

Es entstand eine Pause, dann wieder Penny, zögernd, etwas schriller als vorher. «Oh. Das geht leider nicht. Sie ist krank.» Pause. «Genauer gesagt, man hat sie ins Krankenhaus gebracht.»

«Was?» Emma fröstelte plötzlich, ihr lief ein kalter Schauer über den Körper und ihre Haut prickelte.

«Man hat sie ins Krankenhaus gebracht», wiederholte das Mädchen. Ihre Stimme war ausdruckslos, monoton.

«Welches Krankenhaus?»

«Keine Ahnung ... Hmm ...»

Emmas Geduld erschöpfte sich an ihrer Dummheit. «Dann hol Tante Mabel.»

«Wen?»

«Tante Mabel!», brüllte Emma. «Miss Bentley! Die Vermieterin!» Dumme Kuh.

«Ach. Oh, das geht auch nicht. Die ist nicht da. Sie ist im Krankenwagen mitgefahren.»

«Dann George oder Bill.» Emma zögerte. «Oder Adrian. Irgendeinen von den Jungen im Untergeschoss.»

«Wen?»

Emma zählte bis zehn. «Im Untergeschoss. Geh und hol jemanden aus dem Untergeschoss.»

«Gut, bleiben Sie dran.»

Sie hörte das Telefon klappern, als das dumme Stück den Hörer hinlegte, dann ihre sich entfernenden Schritte. Sie lehnte sich an die Wand, hörte das Blut in ihren Ohren pochen und schloss die Augen. Immer ruhig bleiben. Es ist bestimmt etwas ganz Albernes, zu viel getrunken oder eine Grippe oder so was.

Penny kam zurück. «Es ist jemand da, aber der sagt, er wäre gerade erst gekommen und ob er später zurückrufen könnte?»

«Und wer?»

«Wer wer?»

Emma knirschte mit den Zähnen. «Wer war das, mit dem du gerade gesprochen hast?» Du dämliche, schwachsinnige, bekloppte Karikatur von einem menschlichen Wesen.

«Ach, den Namen weiß ich nicht. Äh, dünn, aschblondes Haar, um die eins sechzig?» Emma knallte den Hörer hin.

Wenn Adrian eben erst gekommen war, wüsste er sowieso nicht Bescheid.

Sie setzte sich auf die Treppe und ging das Telefonbuch durch. Western Hospital, das war das nächste. «Nein, es wurde niemand eingeliefert, der so heißt.» Hammersmith Hospital. Die Empfangsdame dort wusste es nicht. «Am Nachmittag hat es an der Überführung einen Unfall gegeben und wir haben viele Verletzte. Weshalb wurde sie denn eingeliefert?»

«Weiß ich nicht», sagte Emma hilflos. Ihr fiel nicht mehr ein, was sie sonst noch unternehmen könnte, und so blieb sie bis nach zehn im Dunkeln auf der Treppe sitzen. Dann versuchte sie es noch einmal, denn mittlerweile musste doch jemand da sein.

Sofort wurde abgenommen.

«Wo warst du?», rief Emma in den Hörer. «Was ist los? Ich bin bald wahnsinnig geworden.» Die Stille währte so lange, dass sie dachte, die Leitung wäre unterbrochen, und *«Hallo? Hallo?»*, in die Sprechmuschel zu rufen begann.

«Hallo, Emma, Liebes. Nun, also, es ist etwas mit Alison …» Mabels Stimme klang, als wäre sie fünfhundert Jahre alt, und sie sprach in Zeitlupe, als wäre Emma taub oder zurückgeblieben.

«Ich weiß, dass etwas mit Alison ist. Das Mädchen, das aus meinem Zimmer, die hat gesagt … was ist passiert? Geht es ihr gut? Wo ist sie?»

Wieder eine Pause, dann Mabel, müde: «Setz dich, Liebes.»

«Was?»

«Setz dich, Emma.»

«Na schön, und jetzt erzähl's mir.»

«Sie ist tot, Liebes.»

«Tot? Wer ist tot?»

«Alison, Liebes.»

Emma begriff jetzt, warum Mabel sie aufgefordert hatte, sich hinzusetzen. Sie merkte plötzlich, dass ihre Beine sie nicht tragen wollten, und sie rutschte an der Wand entlang und landete mit einem Rums auf der Treppe. Wieder lief ihr ein eisiger Schauer über den Körper, ihr war plötzlich kalt bis auf die Knochen.

«Emma! Emma, bist du noch da?»

Sie nickte, dann dachte sie: Nun sei nicht albern, sie kann doch gar nicht sehen, wie du nickst, und sagte: «Ja.» Ihre Stimme hörte sich merkwürdig an, und ihre Zähne klapperten. «Tante Mabel?»

«Ja, Liebes?»

«Sie kann nicht tot sein. Ich war heute Morgen noch bei ihr. Es ging ihr gut. Na ja, nicht gerade gut, aber es ging ...» Lieber Gott, sie sprach gerade mit Harry Passmore.

«Tut mir Leid, Liebes», sagte Mabel. «Bill hat sie gefunden. Gegen sechs. Man nimmt an, dass sie Tabletten geschluckt hat, mit Brandy. Emma, wie viel Brandy hatte sie noch, als du bei ihr warst?»

«Mengen.» Es waren wirklich Mengen, die Flasche war noch drei viertel voll, als ich ging.

«Die Polizei wird das nämlich wissen wollen.»

«Die Polizei?» Die Unterhaltung wurde allmählich absurd. «Welche Polizei?»

«Bei Selbstmorden, Liebes, weißt du ...?»

«Selbstmord?» Emma glaubte es nicht. «Sei nicht albern, Tante Mabel. Ali würde nie Selbstmord begehen. Du weißt doch, wie sie ist. Du kennst Ali doch. Das könnte sie nie.» Sie kniff die Augen zusammen, kämpfte mit der Übelkeit, die sie zu überwältigen drohte, und schluckte den Kloß in ihrer Kehle, der ihr den Atem nahm.

«Hat sie aber, Liebes. Emma, ruf ein Taxi und komm her, dann bist du nicht allein. Du kannst hier schlafen.»

«Nein!» Das klang allzu heftig, sie durfte Tante Mabels Gefühle nicht verletzen. «Nein, es ist schon gut, ich geh ins Bett. Ich kann, äh, ich kann nicht ... ich bin müde, Tante Mabel. Ich ruf dich morgen an, ja?»

«Gut.» Tante Mabel klang resigniert, zu erschöpft zum Streiten. «Soll ich Adrian holen, damit er ...»

«Nein!»

«Na gut, Liebes.»

Emma rührte sich nicht von der Stelle. Ihr war eiskalt, aber es kam ihr einfacher vor, sitzen zu bleiben, als sich zu bewegen. Hin und wieder hörte sie ihre eigene Stimme, komische, jämmerliche Töne, und sie nahm undeutlich wahr, dass sie rhythmisch auf der Treppe vor und zurück schaukelte, die zu Fäusten geballten Hände in den Mund gestopft, damit ihre Zähne nicht klapperten. Irgendwann stolperte jemand über sie und fragte, ob alles in Ordnung sei. «Ja», sagte sie mit grimmigem Nicken, «alles in Ordnung.»

Es verging eine Stunde, bevor sie sich rührte. Als sie die eine Treppe bis zu ihrem Zimmer geschafft hatte, fühlte sie sich, als hätte sie den Mount Everest ohne Sauerstoff bestiegen. Es war heiß – sie hatte den Gasofen angelassen, als sie hinausging – aber sie fror trotzdem. In einem Zustand des Schocks kauerte sie sich in die Wärme.

Es konnte einfach nicht wahr sein, es musste einfach ein Irrtum sein. «Ihr ging es gut», sagte sie laut, und ihre Stimme dröhnte ihr unangenehm in den Ohren. «Es ging ihr gut, als ich wegging.»

Aber du hättest vorsichtshalber dableiben sollen, du wusstest, dass sie sich elend fühlte.

Elend heißt nicht lebensmüde, sie war nicht lebensmüde.

Aber jetzt ist sie doch tot? Nicht einfach todelend, sondern tot. Und mir ist so *kalt*.

Sie dachte, dass sie ins Bett gehen sollte, aber sie konnte den Gedanken ans Ausziehen nicht ertragen, deshalb blieb sie, wo sie war.

Als sie gegen drei Uhr aufschreckte, lag sie mit offenem Mund auf der Seite vor dem erloschenen Gasofen und wusste für einen Augenblick nicht, wo sie sich befand. Ihr war eiskalt.

Sie brauchte Minuten, bis sie ihre große Tasche gefunden hatte, und sie leerte den Inhalt auf den Teppich aus, um ein paar Münzen zu suchen, mit denen sie den Automaten füttern konnte. Mit unkontrolliert zitternden Händen entzündete sie das Gas, kauerte sich davor, um warm zu werden, während sie ihren Krimskrams wieder in ihre Tasche schaufelte. Sie vermied den Anblick von Ricks Brosche, schob sie mit Absicht tief nach unten, damit sie sie nicht ansehen musste. Sie hing zu eng mit allem zusammen, erinnerte sie an Alison und an das, was so plötzlich, so brutal aus ihrem Leben verschwunden war.

Ganz unten in dem unordentlichen Haufen lag ein zusammengefalteter Zettel. Sie konnte nichts damit anfangen.

«Komm zu mir, lebe mit mir zusammen und sei mein Schatz.»

Töricht starrte sie darauf, knüllte ihn dann zu einem Ball zusammen und warf ihn quer durchs Zimmer in den Papierkorb. Er fiel daneben.

Zwanzig Minuten starrte sie ihn an, bevor sie ihn sich wiederholte. Eine weitere halbe Stunde brauchte sie, um zum Treppenabsatz zu gelangen und seine Nummer zu wählen, und sie wollte den Hörer gerade wieder aufhängen, als er abnahm.

«Jay Hammond.» Er klang müde und verärgert.

Emma starrte hilflos auf die Sprechmuschel.
«Wer ist da?»
«... Jay?»
Langes Schweigen, dann sagte er scharf: «Em? Bist du das, Em? Sag doch etwas! Emma?»
«Ich ... ich bin's.»
«Wo bist du?»
«Hier.»
Sie hörte ihn seufzen. «Wo ist hier? Bist du zu Hause? Emma!»
Sie nickte töricht.
«Emma, bist du zu Hause? Sag einfach ja oder nein.» Seine Stimme nahm den Tonfall an, in dem man mit kleinen Kindern oder Schwachsinnigen redet.
«Ja.»
«Bin schon unterwegs», sagte er und legte den Hörer auf.

Sie saß immer noch auf den Stufen, als er ankam, aber sie hörte ihn nicht. Er blieb einen Treppenabsatz unter ihr stehen und sah verloren und mit sehnsüchtigem Verlangen auf ihre weiße, zusammengesunkene Gestalt. Dann ging er die Treppe hinauf, beugte sich über sie und berührte sie leicht an der Schulter, um sie nicht zu erschrecken. Als sie den Blick hob, war sein Gesicht ruhig und verschlossen.
Es war fast vier. Er hob sie hoch und trug sie die Treppe hinauf in ihr kaltes Zimmer, legte sie behutsam aufs Bett und drehte das Gas hoch. Sie setzte sich hin und zog die Knie unters Kinn.
«Tut mir Leid», sagte sie. «Ich wollte nicht, dass du den weiten Weg herkommst. Ich wollte nur ...» Sie rieb sich die Nase mit dem Handrücken, kratzte sich das Gesicht auf der Seite, mit der sie sich gegen die Wand gelehnt hatte. «Ich

musste nur mit jemandem reden.» Nicht mit irgendjemandem, mit dir. Aus irgendeinem obskuren Grund wollte ich deine Stimme hören. Keine andere, nur deine. «Sie ist tot», fügte sie laut hinzu, wollte schockieren. «Alison ist tot.»

Ihr entging nicht sein ungläubiger Gesichtsausdruck, sein Tonfall, als er beruhigend sagte: «Du hast geträumt.» Sie rieb sich die müden, brennenden Augen mit den Fingern. Er sah sie durchdringend an, dann kam er und setzte sich neben sie aufs Bett, wobei sich die billige Matratze unter seinem Gewicht durchbog, sodass sie gegen ihn taumelte. Er drückte sie an seinen dicken Wollpullover, legte einen Arm um ihre Taille, und sie lehnte sich dankbar in seine Wärme. Er stellte keine Fragen.

Sie schlief fast sofort ein, und er saß vollkommen still und schaute sie an, während das Zimmer auskühlte. Wenn sie sich bewegte, streichelte er ihr tröstend über Stirn oder Haar, und als es so kalt wurde, dass er fürchtete, sie könnte davon aufwachen, zerrte er die Decken vom Bett und wickelte sie darin ein, so gut er konnte. Er lauschte auf ihren Atem und beobachtete, wie der Nachthimmel draußen heller wurde.

Die Polizei kam um acht.

Emma schreckte beim ersten Klopfen hoch. Jay stand steif vom Bett auf und ging zur Tür. Auf dem Treppenabsatz stand ein gequält wirkender Sergeant mit einem weiblichen Constable. Bei seinem Anblick wirkten sie verunsichert.

«Miss Versey?»

«Sehe ich wie Miss Versey aus?»

Der nicht mehr ganz junge Sergeant war plump und untrainiert. Er schwitzte vom Treppensteigen, und Klugschwätzerei konnte er ganz und gar nicht brauchen. Jay trat zur Seite, bat sie herein und wies mit einer eleganten Handbewegung auf den weißgesichtigen zerknüllten Deckenhaufen auf dem Bett.

«Miss Versey», sagte er sarkastisch. Als ob, dachte der Beamte, er das nicht auch selbst gemerkt hätte. Schleimiger Kerl.

«Morgen, Miss.» Er hasste diese Jobs. Die sah ja schrecklich aus, aber zumindest mussten sie sie nicht mehr informieren. «'tschuldigung, dass wir so früh vorbeikommen, Miss, aber wir müssen so schnell wie möglich den Bericht haben. Wenn wir Ihnen ein paar Fragen stellen dürften?» Seine sonore Stimme dröhnte durchs Zimmer, und Emma starrte ihn verwirrt an. Was für ein lauter Mensch.

Armes kleines Ding, dachte die Polizistin, sieht aus, als wäre sie erst fünfzehn. Sie war zu der Auffassung gelangt, dass es sich im Grunde nicht lohnte, intelligent zu sein. Mehr Selbstmorde pro Quadratmeter bei all diesen Intelligenzbestien an der London University als Tauben auf dem Trafalgar Square. Allerdings der erste an der Kunstschule.

Unsicher zögerte sie und wartete darauf, dass der Sergeant ihr sagte, was sie zu tun hätte. Doch alle schwiegen, und so ging sie durchs Zimmer und setzte sich. Als sie sich mit ihrem Gewicht niederließ, wippte das Mädchen, das am anderen Ende des Bettes saß, leicht mit und schloss dann die Augen. Auf der weißen Haut stachen die Sommersprossen hervor, als hätte jemand ihr Gesicht mit Farbe bespritzt. Die Polizistin stellte interessiert fest, dass nicht nur die Nase gesprenkelt war, sondern alles, auch die Arme, soweit sie sie sehen konnte. Ein paar Sommersprossen hatte sie ja immer hübsch gefunden, aber nicht so viele. Wohl typisch für das rote Haar, vermutete sie, das den Kopf der Kleinen flusig umrahmte und sich aus dem dicken Zopf ringelte. Hübsches Mädchen, wenn sie nur nicht ganz so leichenblass wäre. Die Polizistin verlagerte ihr Gewicht, um sich bequemer hinzusetzen, wobei sie sich bemühte, nicht zu wippen. Allerdings nicht ganz so leichenblass wie die andere. Die war das Originalprodukt.

Sie unterdrückte gerade ein unpassendes Lächeln über den kleinen Scherz und dachte, wie hart sie allmählich wurde, als ihr auffiel, dass der dunkelhaarige Mann sie beobachtete, als könnte er ihre Gedanken lesen, und von seinem reglosen Starren peinlich berührt, kramte sie auf der Suche nach ihrem Bleistift wild herum. Eiskalter Bursche, der.

«Und wer sind wir, Sir?»

«Wir sind ein Freund.»

Jay stützte den Kopf in die Hand und hob süffisant eine Braue, denn offensichtlich lief es für den Beamten bisher nicht besonders gut. Der Sergeant wurde bissig, er fand solche aufgeblasenen intellektuellen Typen widerwärtig. Er unterwarf Jay seinem Verhörblick, doch Jay starrte unbeeindruckt zurück. Der Sergeant sah weg. Verdammter Klugscheißer, dachte er, unerwarteterweise eingeschüchtert.

Er wollte alles wissen. «Wie lange haben Sie die Verstorbene gekannt? Wann haben Sie sie zuletzt gesehen? In welchem Zustand war sie, als Sie gingen?»

«Es ging ihr gut», sagte Emma «es ging ihr gut, als ich ging. Sie fühlte sich besser. Sie lächelte.»

«Und warum, Miss?»

«Weil er anrief, gerade als ich ging, deshalb dachte ich ... ich dachte, alles würde wieder gut.» Sie sah sich im Zimmer um, suchte nach einem vertrauten Anblick, an dem sie sich festhalten konnte, und fand nur einen fremden Ort vor, an den sie nicht gewöhnt war, den sie nicht kannte. Ihr Blick blieb an Jays Füßen hängen, die immer noch in weichen Hausschuhen mit von Feuchtigkeit dunkel gefleckten Sohlen steckten. Sie überlegte, ob er unter Pullover und Jeans noch seinen Schlafanzug anhatte, als ihr mit einem überraschenden, unpassenden Anflug von Lust einfiel, dass er im Bett nichts anhatte. Da lag nun Alison irgendwo kalt wie Stein und tot, und sie dachte an Sex. Sie spürte, wie ihre Wangen rot anliefen, und senkte hastig den Kopf.

«Und was war es, was wieder gut sein würde, Miss?» Jetzt, da der Sergeant sich auf vertrautem Terrain befand, hatte er sein Gleichgewicht wiedergefunden. Er stellte sich absichtlich so hin, dass er Jays Blick auf Emma blockierte.

«Nun, sehen Sie ...» Emma stockte und sah ihn stirnrunzelnd an. «Ich weiß nicht, ob ...» Und wenn Sie mit Ihrem fetten roten Gesicht mich auch noch so lange nach Alisons Privatleben ausfragen, es geht Sie überhaupt nichts an.

Er änderte den Kurs. «Hatte sie irgendeinen Grund, deprimiert zu sein, Miss?» Oft wollten sie nichts mehr sagen, wenn sie merkten, dass sie mit völlig Fremden redeten und sich plötzlich fragten, warum. Es war eine Sache von Umwegen, letztendlich kam man doch an seine Informationen, aber manchmal nur auf Umwegen. Der Sergeant war ein geduldiger Mann.

«Wer hatte da angerufen, ihr Freund?» Bring sie auf Ideen, gib ihr ein paar Anstöße.

«Ja, ihr Freund.»

«Sie hatten also Stunk? Sie und der Freund?» Manchmal muss man es aussprechen, sonst verlieren sie den Faden.

«Ja, so was Ähnliches. Ja, ich denke schon. Sie war schwanger.» Oh, dachte Emma, das wollte ich gar nicht sagen. Ali fände es nicht gut, wenn alle Bescheid wüssten.

«Aha», sagte der Sergeant wichtig und schaute die Polizistin bedeutungsvoll an, die pflichtbewusst ausführliche Notizen in ihr kleines Buch kritzelte. «Erzählen Sie uns was über den Freund, Miss.»

Wut überkam Emma, und sie erzählte. «Er ist Dozent an unserem ... an meinem College. Er ist verheiratet und hat drei Kinder. Er hat ihr Versprechungen gemacht, hat sie gesagt, Versprechungen! Und dann hat er sein Wort gebrochen, gesagt, ihr Wort stünde gegen seins und ...»

«Mannomann, Miss, eins nach dem anderen bitte. Also, fangen wir nochmal von vorn an, ja? Nennen Sie uns doch den Namen dieses Herrn.»

Es dauerte stundenlang, Frage, Antwort, Frage, Antwort, bis Emma nicht mehr wusste, was sie erzählt hatte, sich wiederholte, Daten und Namen verwechselte und Jay aufstand und kategorisch erklärte: «Das reicht.»

Er stellte sich zwischen Emma und den Sergeant, schob die Hände in die Taschen seiner Jeans und starrte auf den Mann hinunter, der es auf keinen Fall wagen sollte, noch eine Frage zu stellen. Dann beugte er sich zur Polizistin und nahm ihr das Notizbuch aus der widerstrebenden Hand, blätterte darin, bis er eine leere Seite fand, schrieb rasch etwas auf und hielt es dem Sergeant hin.

«Miss Versey steht unter Schock, ich nehme sie für ein paar Tage mit zu mir. Wenn Sie noch weitere Fragen haben, können Sie sie dort aufsuchen. Vielleicht könnten Sie ihre Tante, Miss Bentley, darüber informieren, wo sie sich aufhält. Meine Telefonnummer steht auch da. In Ordnung?»

«Ihr Name, mein Herr, ich muss Ihren Namen wissen.» Der Sergeant geriet wieder ins Schwitzen. Arroganter, aufgeblasener junger Schnösel ... Was denkt der eigentlich, wer er ist?

«Steht da.» Jay wies mit der Hand auf das Notizbuch, und der Blutdruck des Sergeant stieg um einen weiteren Punkt.

«Aha.» Der Sergeant blickte misstrauisch auf Jays

schwungvolle Unterschrift. «Richtig. In dem Fall will ich Sie nicht länger stören, Miss.» Er musste um den Mann herumgucken, um mit dem Mädchen zu sprechen, und erneut stieg Ärger in ihm auf. «Das wäre im Augenblick alles.» Wenn ich dich bei einer Geschwindigkeitsüberschreitung erwische, du blöder Kerl. Dann geht's dir an den Kragen. Die Polizistin stand auf.

Jay schloss die Tür hinter ihnen, lauschte einen Augenblick auf das Geräusch ihrer Schritte, die sich treppabwärts entfernten, sagte dann, mehr zu sich selbst als zu Emma: «Saubere Sachen», und ging zum Schrank. Sie hörte, wie er herumkramte, und sah zu, wie er, ihren halb gefüllten Rucksack in der Hand, durchs Zimmer lief. Er suchte Jeans, einen Pullover, Unterwäsche, sogar ein Nachthemd zusammen, holte ihren Kulturbeutel aus dem Bad, Zahnbürste, Waschlappen, warf alles in den Rucksack, stellte ihn neben der Tür ab und kam wieder zu ihr.

«Also», sagte er brüsk. «Dann komm.»

Sie tat, wie geheißen, folgte ihm kleinlaut die Treppen hinunter und setzte sich in sein Auto, während er ihre Sachen im Kofferraum verstaute. Dann machte sie die Augen zu, schlief sofort ein und schreckte erst auf, als er auf dem Parkplatz vor seiner Wohnung den Motor abstellte.

Sie schaffte die Treppen nicht, aber als Jay sie hochzerrte und zum Aufzug führte, widersetzte sie sich, schüttelte den Kopf und sagte mit einem trockenen, kehligen Flüstern: «Ich kann nicht.» Also trug er sie mit lang baumelnden Beinen, ein totes Gewicht, den ganzen Weg bis in den dritten Stock, mit Pausen auf den Treppenabsätzen, dann lehnte er sie vorsichtig an die Wand, strich sich das Haar aus den Augen und suchte schweißbedeckt und nach Atem ringend seine Schlüssel. Danach trug er sie in sein Schlafzimmer.

Er zog sie aus, als wäre sie ein kleines Kind, löste ihr den

Zopf und steckte sie ins Bett. Es fühlte sich gut an: saubere Laken, warme Decken. Sie spürte die Bewegung unter sich, als er sich auf die Bettkante setzte, dann seine streichelnden Finger kühl auf ihrer Stirn. Sie müsste sich eigentlich bedanken. Sie würde es gleich tun, wenn sie die Energie aufbrächte, sie wollte nur einen Augenblick ruhig liegen bleiben.

Als sie aufwachte, saß er genau an derselben Stelle, als hätte er sich nicht gerührt.

«Wie spät ist es?», fragte sie, drehte den Kopf zum Fenster und blinzelte im hellen Licht.

«Neun. Ich muss gehen. Ich bin gegen Mittag wieder zurück.»

«Neun?» Mittag? Neun Uhr morgens? Wie konnte es neun Uhr morgens sein? «Welchen Tag haben wir heute?»

«Mittwoch.»

Emma lag still, mit tief gerunzelter Stirn, und bemühte sich zu begreifen. Demnach hatte sie fast vierundzwanzig Stunden geschlafen. Das war unmöglich. «Das kann nicht sein.»

Jay lachte sie aus. «Brauchst du noch was, du Schlafmütze?»

Sie schüttelte den Kopf, erinnerte sich, wie er ihr am Tag zuvor das Haar gelöst hatte, und an das kurze Aufwallen lustvollen Genusses, das sein Streicheln bei ihr erregt hatte.

«Tut mir Leid», sagte sie.

«Was?»

«Dass ich dich in all das reingezogen habe.»

Er zuckte mit den Schultern. «Kaffee?»

Er brachte ihr Kaffee in einem braunen Keramikbecher, und sie setzte sich zum Trinken hin und klemmte die Laken eng um ihre nackte Brust. Er lachte sie aus.

«Keine Sorgen, dieses Mal ist deine Tugend unangetastet geblieben. Du solltest aber trotzdem die Pille nehmen. Sie liegt im Bad.»

Sie war schockiert, dass er an die Pille denken konnte, wo doch Alison tot war. Das war fast so schlimm, wie Sex zu wollen, nur weil einem die Zöpfe gelöst werden.

«Ich habe dir einen Schlüssel dagelassen», fuhr er fort. «Er liegt auf dem Tisch im Flur, aber wenn du nicht unbedingt raus musst, würde ich an deiner Stelle lieber hier bleiben, denn die Polizei wird wiederkommen, entweder heute oder morgen. Ich muss los.»

Er beugte sich vor und küsste sie auf die Wange. Emma war versucht, ihr Gesicht so zu drehen, dass er sie auf den Mund küssen würde, ließ es aber sein. Alison war tot.

«Bis später.» Er stand auf und ging zur Tür.

«Jay?»

Er blieb stehen, wartete.

«Danke.»

«Wofür?»

«Dass du da warst, als ich dich brauchte.» Warum habe ich ausgerechnet dich gebraucht? Warum nicht den netten, freundlichen, zuverlässigen Adrian oder Tante Mabel? Warum habe ich nicht nach meiner Mutter geschrien oder nach sonst wem? Sie schob den Gedanken von sich.

Er lachte wieder. «Purer Eigennutz», sagte er ruhig, dann warf er ihr einen Handkuss zu und verschwand.

Sie lag da und lauschte, hörte die Haustür und spitzte die Ohren, doch es gelang ihr nicht, das Anspringen seines Wagens zu hören, dann drehte sie sich um und schlief wieder ein.

Später nahm sie ein Bad, wusch sich das Haar, fühlte sich danach besser und zog Jeans und Pullover über. Die Wohnung war warm und still, nur das schwache Rauschen des

Verkehrs unten störte die Ruhe. Mit feuchtem Haar, das ihr über den Rücken hing, wanderte sie von Zimmer zu Zimmer, stöberte in seinen Sachen, seinen Büchern und Platten und schob Alison bis auf weiteres an den Rand ihres Bewusstseins.

Er hatte auf dem Sofa geschlafen. Sein Bettzeug war ordentlich an der Wohnzimmerwand gestapelt – Decken, zwei Kissen. Sie hielt den Atem an, als ihr in lustvoller Erinnerung ein Schauer den Rücken hinunterrieselte. Er hätte das Bett mit ihr teilen können. Das wäre wirklich tröstlich gewesen. Bei dem Gedanken fiel ihr ein, dass sie ihre Pille noch nicht genommen hatte, und sie tappte lautlos auf nackten Füßen zurück ins Bad.

Wie, fragte sie sich, hatte es ihr beim Baden entgehen können, dass er ihre Dinge ausgebreitet hatte, als würde sie hier wohnen: ihre Zahnbürste im Glas an seine gelehnt, die Waschlappen über der Leiste neben dem Becken aneinander geschmiegt, die Pillen ordentlich auf der Ablage unter dem Spiegel neben seinem Rasierapparat? Angriff und Verteidigung, assoziierte sie unwillkürlich, kreuzte die Beine und genoss das Gefühl, wenn auch widerstrebend.

Aber ihre Stimmung schlug augenblicklich um. Arroganter Mistkerl, nimmt mich als selbstverständlich, maßt sich was an. Ich werde es dir zeigen, ich gehe nach Hause. Sie holte ihre Kulturtasche, die ordentlich im Schrank neben seiner stand, warf wütend ihre Sachen hinein, sprang dann auf, als das Telefon klingelte, und ließ sie draußen auf den Boden fallen.

«Verdammt ... Hallo?»

«Geht es dir gut?» Im Hintergrund hörte sie Leute, Stimmen, Gläserklingen.

«Ja, ganz okay.» Wo bist du, du arroganter Mistkerl? Was machst du eigentlich in deinem Leben, wenn du nicht gerade aus purem Eigennutz Jungfrauen aus der Not errettest?

«Ich bin in einer Stunde zu Hause.» Er legte auf.

Als sie den Hörer auflegte und es erneut klingelte, dachte sie, es wäre Jay, und sagte in einem beleidigten Tonfall: «Was ist denn?», aber die Stimme war unpersönlich, unvertraut.

«Miss Versey?»

«Ja.»

«Sergeant ...»

Ihr Herz machte einen Sprung in ihrer Brust. Seinen Familiennamen hörte sie nicht, sie war damit beschäftigt, in Panik zu geraten.

«Nur noch ein paar Fragen, Miss, das wäre dann alles bis zur Leichenschau.»

«Emma schluckte. «Leichenschau, welche Leichenschau?»

«Man wird eine Leichenöffnung vornehmen, Miss, und dann wird es eine gerichtliche Untersuchung geben. Das ist gesetzlich vorgeschrieben, wenn bei einem Todesfall etwas ...», der Sergeant hustete taktvoll, räusperte sich «... sozusagen, nicht ganz klar ist. Der Coroner braucht Sie als Zeugin, Miss, denn Sie waren eine der Letzten, die sie lebend gesehen haben, wenn Sie mich verstehen.»

«Oh!», sagte Emma überrascht, und alles kam wieder hoch.

Als Jay nach Hause kam, saß sie auf dem Boden im Flur neben dem Telefon, den Kopf in den Armen verborgen, die Knie hochgezogen.

«Stimmt was nicht mit meinem Sofa?»

«Nein, nein, ich war gerade am Telefon.» Gerade am Telefon, von wegen, vor einer Stunde, und seitdem habe ich mich nicht gerührt, weil der Polizist am anderen Ende davon geredet hat, dass man Alison aufschneiden will, und ich mir plötzlich vorgestellt habe, wie dieses wunderschöne Mädchen auf einer Tischplatte liegt, so wie die Rinderhälften beim Metzger, während jemand in ihr herumfischt, um nachzusehen, ob man was entdecken kann, und Stücke von ihr zur Begutachtung hochhält.

«Wer war's denn?»

«Wer?»

Jay seufzte und rutschte an der Wand entlang zu ihr herunter. «Wer war am Telefon?»

«Die Polizei.»

«Aha. Willst du mit mir darüber sprechen?»

Es kam bruchstückweise aus ihr heraus, weil ihre Stimme sie immer wieder im Stich ließ. Dann fiel ihr das Wort für das Aufschneiden von Menschen und das Aufbewahren von herausgeschnittenen Teilen nicht ein.

«Autopsie?»

«Leichenöffnung», erinnerte sie sich. «Und wenn sie damit fertig sind, gibt es eine gerichtliche Untersuchung. Ich soll die Starzeugin sein. So werde ich doch noch berühmt.»

Ihre eigene Leichtfertigkeit bereitete ihr Übelkeit, plötzlich fühlte sie sich persönlich verantwortlich für das Ganze. Und dann plötzlich sah sie ein, dass sie verantwortlich *war*. Es *war* alles ihre Schuld. Wenn sie bei ihr gewesen wäre, hätte sie es verhindern können.

«Das übliche Vorgehen», sagte Jay und musterte ihr Gesicht. Er stand auf, zog sie auf die Füße, stand einen Augenblick ganz still und hielt ihre Hände, ganz nah. Sie roch seine Haut und hätte es dringend nötig gehabt, dass er sie in den Arm nähme und mit seiner Wärme einhüllte. «Mittagessen», sagte er jedoch brüsk und ließ sie stehen.

Emma war beschämend, widerwärtig hungrig, aß alles, was er vor sie hinstellte, und bat dann um Käse, verschlang ihn stückeweise, ohne Brot oder Cracker. «Wenn ich gewusst hätte, dass ich zur Speisung der Fünftausend komme», sagte Jay amüsiert, dann hätte ich noch ein paar Brote und Fische bereitgelegt.» Als Emma lächelte, stellte sie fest, dass ihre seit zwei, drei Tagen ungenutzten Wangenmuskeln steif waren.

Bald darauf kam die Polizei und wischte ihr die Leichtfertigkeit sehr gründlich vom Gesicht.

Die Fragen waren die gleichen wie am Vortag, mit der zusätzlichen Dimension, dass man eine leere Flasche Schlaftabletten in Alisons Zimmer entdeckt hatte.

«Haben Sie diese Flasche schon mal gesehen, Miss?»

«Nein, Alison hat nie Schlaftabletten genommen. Sie hat keine gebraucht.»

«Wissen Sie etwas über den Termin, den Miss Brown bei einer Klinik in Stanmore hatte?»

«Ja.» Emma rückte unbehaglich hin und her. Gott, es *war* alles ihre Schuld. «Den habe ich für sie gemacht.»

«Und wussten Sie, dass Miss Brown den am Montagmorgen abgesagt hat?»

«Was?»

«An dem Tag, an dem sie sich umgebracht hat», fügte der Sergeant hilfsbereit hinzu, als könnte Emma womöglich die Bedeutung übersehen.

«Nein, wusste ich nicht.»

«Und können Sie sich die leere Brandyflasche in ihrem Zimmer erklären?»

«Leer? Du großer Gott!»

Und alles landete in den Notizbüchern. Wie viele Freunde sie gehabt hätte? Ob Emma von irgendwelchen anderen Problemen wüsste, die sie gehabt haben könnte: Geldsorgen, Spannungen in der Familie?

«Alles ist wichtig», sagte der Sergeant, «alles trägt zum Gesamtbild bei, Miss.»

Es war drei Uhr durch, als sie gingen, und Emma war am Boden zerstört. Jay kochte Kaffee für sie, setzte sich zu ihr aufs Sofa und wartete.

«Es ist nämlich meine Schuld.»

«Aha? Du hast sie also geschwängert, ja, und dann sitzen lassen? Schande über dich, Em. Wie konntest du nur?»

«Ach, sei still. Ich hätte Montagmittag zurückgehen sollen. Hätte ich auch beinahe gemacht, aber dann hatte ich zu tun, nein, das stimmt nicht, ich wollte gern allein sein. Ich dachte, es ginge ihr wieder besser, deshalb habe ich mich nicht weiter um sie gekümmert. Wenn ich vorbeigegangen wäre, hätte ich sie vielleicht noch rechtzeitig gefunden, und außerdem hätte ich ihr den Schnaps wegnehmen sollen. Ich hätte Tante Mabel Bescheid sagen sollen. Sie hätte sich zu ihr gesetzt. Es wäre alles gut gegangen, wenn ich vorbeigegangen wäre, wenn ich noch bei ihr geblieben wäre, wenn ich gewartet hätte.» Sie musste Luft holen. «Lieber Gott!»

Jay hatte nur Spott für sie. «Und angenommen, du hättest das getan, angenommen, du hättest all das gemacht. Angenommen, du hättest sie gerettet? Was hättest du dann gemacht, wärst du die nächsten drei Wochen bei ihr geblieben, die nächsten drei Monate? Sei nicht so naiv. Wenn du jemandem die Schuld geben willst, dann doch wohl Passmore. Der war alt genug und hätte es besser wissen müssen. Oder gib Alison die Schuld. Sie wusste, was sie tat, als sie es so weit kommen ließ.»

«Ich geh nach Hause», sagte Emma wütend und hasste ihn für seine nüchterne Logik. «Ich will nicht mehr darüber reden.» Sie kämpfte sich vom Sofa hoch und begab sich ins Bad, um ihre Sachen zu holen. Jay versuchte nicht, sie aufzuhalten, aber als sie ins Bad kam, hatte er alles vom Boden aufgehoben und zurückgestellt, die Zahnbürste, ihren Waschlappen, die Pille, alles ordentlich hingelegt, als hätte sie es nie berührt. Wieder überkam sie der Zorn, sie warf alles wild durcheinander in den Rucksack und stürzte in den Flur, um ihren Mantel zu holen. Jay lehnte mit gekreuzten Armen an der Wand neben der Wohnzimmertür.

«Danke», sagte sie und fügte stumm hinzu: du eingebildeter Mistkerl.

«Gern geschehen.»

Als sie an ihm vorbeiging, fiel ihr auf, dass sie unfreundlich und undankbar war, und sie zögerte. «Wirklich», wiederholte sie, «danke. Ich bin dir dankbar, ehrlich», und sie streckte sich, um ihn auf die Wange zu küssen.

«Ehrlich?», er lächelte sie an und drehte sein Gesicht in der letzten Sekunde, tat genau das, was sie am Morgen fast getan hatte, sodass ihr Kuss zwangsläufig auf seinem Mund landete.

Es war hoffnungslos. Als sie einmal angefangen hatte, konnte sie nicht wieder aufhören, ihre Arme schlangen sich um seinen Hals, und sie presste sich eng an ihn, hungrig nach körperlichem Trost, nach Sex. Sie wollte, was sie damals mit ihm entdeckt hatte, was nur er ihr geben konnte. *Ansteckend*, hatte er es genannt und sexuelles Begehren mit einer ordinären Erkältung gleichgesetzt.

Als Emma frühmorgens erwachte, war sie warm, sie hatte Hunger, und ihr fehlte die Orientierung. Sie lag da, lauschte auf ihren rumorenden Magen und starrte auf die Lichter von der Straße unten, die wechselnde Spuren an der Decke zogen. Es regnete, und die Tropfen rannen schräg über ihrem Kopf entlang, in der Spiegelung vergrößert, flimmernd und gekräuselt.

Sie drehte sich zu ihrem schlafenden Gefährten um und

betrachtete die Muster, die im Halbdunkel auf seinem Gesicht spielten. Er lag auf der Seite, den Kopf auf den Händen wie ein Kind, dunkle Wimpern beschatteten seine Wangen, und er sah anders aus, jünger, verwundbarer. Als sie vorsichtig eine Hand ausstreckte, um ihn zu berühren, öffnete er überrascht die Augen und lächelte dann schläfrig, wobei sich seine Mundwinkel langsam und zärtlich hoben, nicht sarkastisch wie üblich

«Hallo», sagte er. «Ich dachte, du wolltest nach Hause.»

Sie lächelte zurück. «Dachte ich auch. Du bist offenbar unwiderstehlich.»

«Prima.» Er grunzte, murmelte, rollte sich herum und bot ihr seinen Rücken. «Em?»

«Hmmm?»

«Ich liebe dich.» Dann schlief er wieder ein, und Emma lag da, den Kopf ins Kissen gepresst, mit klopfendem Herzen, und starrte entsetzt auf seinen dunklen Kopf.

Oh Gott, wo bin ich da hineingeraten? «Sag das nicht», flehte sie seine schlafende Gestalt an. «Bitte, sag das nicht», aber er war taub für ihr Flehen, wie bewusstlos. Und was mache ich nun, weglaufen? Sie seufzte und ihre Panik ließ nach. Es war viel leichter, sich neben ihm zu verkriechen und einzuschlafen. Morgen, dachte sie, morgen laufe ich weg.

Es dauerte drei Tage, bevor sie an Tante Mabel dachte.

«Wo, um Himmels willen, bist du? Ich bin schon ganz krank vor Sorgen.»

«Hat dir die Polizei nicht Bescheid gesagt?»

«Doch, die Polizei hat mir Bescheid gesagt, hat mir irgendeine Adresse in Putney genannt und den Namen eines Mannes, von dem ich noch nie etwas gehört habe. Damit weiß ich noch nicht, wo du bist, und auch nicht ...», Pause, dann, in abgelenktem Ton, «was du treibst.»

«Ich bin bei …» Emma zögerte und sah zur Küche hinüber, wo Jay stand, an den Türpfosten gelehnt. Warum steht er eigentlich nie gerade? Warum lehnt er sich ständig irgendwo an? «Ich bin bei einem Freund.» Ein Grinsen von Jay, ein freches, anzügliches. «Ich wollte nicht allein sein, und ich konnte einfach nicht dahin zurück, wo … wo …» Ihre Augen füllten sich plötzlich, ärgerlich, mit Tränen, und das Lächeln verschwand aus Jays Gesicht, er löste sich von der Tür und wollte sie tröstend in den Arm nehmen. Doch Emma fühlte sich durch die Bewegung bedroht: Er riss ihre Mauern ein, schabte den Zement ab und zerstörte Ziegel für Ziegel ihren Schutzwall. Sie musste nach Hause, bevor es zu spät war.

«Was für ein Freund?» Mabel war noch nicht fertig mit ihr.

«Ach, den kennst du nicht, Tante Mabel.» Lieber das Thema wechseln. «Geht es Bill wieder gut?» Für Bill muss es noch viel schlimmer gewesen sein, er hat sie gefunden.

«Er war immer noch nicht wieder im College, falls du das meinst. Sagt, er hielte es nicht aus.»

Oh, dachte Emma, ist das auch meine Schuld? Und das College, das College hab ich ganz vergessen. Wie konnte ich das College vergessen?

«Dieser schreckliche Brown war nochmal hier.» Wilde, lächerliche Hoffnung flammte auf. Ach, Ricky! «Hat Krach geschlagen, wollte wissen, wo du bist …»

Na, wie willst du nun damit umgehen, Emma Versey, Ricky ist wieder da, und du bist immer noch warm vom Bett eines anderen? Oh, oh, das ist schlimm, das ist wunderbar.

«Alisons Vater ist zweifellos der unangenehmste Mann, der mir je untergekommen ist.»

«Was? Wovon redest du?»

«Von Alisons Vater. Hast du nicht zugehört? Er war hier, wollte wissen, wo du bist.»

«Ach so», sagte Emma matt, als die Hoffnung schwand, schluckte die Tränen, die erneut drohten, und starrte Jay böse an. Wenn du nicht hier wärst, dachte sie, wenn ich nicht hier wäre, dürfte ich mich hinsetzen und wegen des Missverständnisses weinen. Sie legte die Hand über den Hörer und sagte gehässig: «Verzieh dich, Hammond, das hier ist ein Privatgespräch.» Er rührte sich nicht.

«Ich hab ihm natürlich nicht gesagt, wo du bist. Der Mann ist unmöglich! Wenn er ein besserer Vater gewesen wäre, hätte das arme Kind vielleicht nicht ... na ja, das ist alles Schnee von gestern, sozusagen. Ach, und Adrian hat mich besucht. Nachdem er bei deiner Wohnung war.»

«Adrian?»

«Er macht sich Sorgen um dich, wollte wissen, wo du hin bist.»

«Oh.» Emma sah wieder zu Jay, dessen blaue Augen an ihrem Gesicht hingen. «Hast du ihm diese Adresse gegeben ...?»

«Nein. Sollte ich?»

«Nein!»

«Aha. Das klingt ja recht endgültig. Was soll ich ihm dann sagen?»

«Hmm, sag ihm, ich würde ... Nein, sag einfach, ich würde mich melden.»

«Er wird wissen wollen, wann.»

Emma war sich mit jeder Faser ihres Körpers bewusst, dass Jay zuhörte und nicht mehr entspannt war, weil er zwei und zwei zusammenzählte. «Sag ihm einfach, es täte mir Leid, aber nein. In Ordnung?»

«Kannst du deine schmutzige Arbeit nicht selbst erledigen?» Mabel war müde, verärgert. «Ich bin zu alt, um deinetwegen damit anzufangen, mir Geschichten auszudenken. Du solltest ihm das selbst erzählen.»

«Bitte, Tante Mabel …»

«Na schön.» Sie klang streitsüchtig wie eine alte Jungfer. «Unter einer Bedingung. Du rufst deine Mutter an, sobald du den Hörer aufgelegt hast.»

«Ja, Tante Mabel.» Ich tue alles, solange ich dem lieben, freundlichen Adrian nicht gegenübertreten und erklären muss, dass ich ihn nicht mehr sehen will. «Danke.»

«Schon gut, Liebes. Pass auf dich auf.»

«Du auch. Ich ruf bald wieder an.»

Als sie sich verabschiedete, kam Jay in den Flur, nahm ihr den Telefonhörer aus der Hand und ließ ihn achtlos wieder auf die Gabel fallen. Dann drehte er sich abrupt um, sodass sie mit dem Rücken an der Wand stand, und legte seine Hände genau neben ihre Schultern, sodass sie zwischen seinen Armen gefangen war.

«Sieh mich an!»

Emma krümmte sich.

«Hatte der letzte Teil der Unterhaltung irgendwas mit mir zu tun?»

«Nein!», sagte sie heftig. «Nicht das Geringste.»

Nur weil sie ihn direkt ansah, bekam sie einen flüchtigen, unerwarteten Eindruck davon, wie es in Jay unter dem undurchdringlichen Panzer wirklich aussah. Hastig schlug sie die Augen nieder, fühlte sich wie ein Eindringling in seinen Schmerz. «Ja», sagte sie, um ihn nicht weiter zu verletzen. «Ja, hatte es.»

Er beugte den Kopf hinunter, küsste sie und berührte dabei nur ihren Mund. Als sie den Kuss erwiderte, löste er seine Lippen von ihren, murmelte: «Gut», wandte sich um und ging davon.

Sie blieb stehen, wo sie war, fast fünf Minuten lang, unfähig, sich zu rühren. Dann begab sie sich ins Bad, um ihre Sachen zu holen.

Erst als sie ihre ganze Habe zusammengesucht hatte, fiel ihr der versprochene Anruf bei ihrer Mutter ein. Aber dort ging niemand ans Telefon. Erleichtert rief sie wieder am Earl's Court an, um Mabel mitzuteilen, dass sie es versucht hätte, aber es war Bill, der an den Apparat kam.

«Geht es dir gut?», fragte er.

«Ja. Und dir?»

«Ganz gut … Nein, wenn wir schon darüber sprechen, nein, überhaupt nicht. Ganz und gar nicht. Ich kann es einfach nicht glauben, Em. Ich kann nicht glauben, dass sie nicht mehr da ist. Sie hat doch – sie hatte eine solche Energie. Wo ist die hin? Wo ist sie hin, Em?»

«Ach, Bill, bitte nicht.»

Sie waren beide in Tränen aufgelöst. «Sie ist doch gar nicht der Typ», sagte Bill immer wieder. «Sie ist doch nicht der Typ.» Emma putzte sich heftig die Nase, versuchte zu sprechen, stockte, verschluckte sich vor Kummer.

«Dieser verdammte Scheißkerl von Passmore!», brüllte Bill.

«Das reicht», sagte Jay hinter ihr und nahm ihr den Hörer weg. Dann hielt er sie fest, während sie weinte, heftig, hoffnungslos schluchzte, sodass ihr Magen sich verkrampfte und ihr Kiefer schmerzte.

Er war groß und warm und tröstete sie, sie merkte, wie sie in sein Hemd murmelte: «Kann ich bitte hier bleiben?»

«Für immer», sagte er, löste ein weiteres Glied aus ihrer Rüstung, und sie wünschte sich, sie hätte den Mund gehalten.

Er fuhr mit ihr zum Baron's Court, damit sie sich umziehen und saubere Sachen einpacken konnte.

Es erschreckte sie, wie klein und schäbig die Wohnung aussah. Schlimmer noch, sie kam ihr gar nicht wie ihr Zuhause vor, sie fühlte sich nicht sicher dort und war froh, wieder wegzukommen. Sie fragte sich, ob sie sich allein je wieder sicher fühlen würde.

Auch dem Rückweg nach Putney hielten sie an einem Café, und Jay fütterte seinen kleinen Kuckuck. Während Emma aß, sprachen sie über die Arbeit, über Mabel, Josie, Bill, sogar über Alison, vermieden es allerdings, darüber zu sprechen, wie lange Emma bleiben würde. Emma hatte das Gefühl, Jay wartete darauf, dass sie offen sagte, sie wolle bei ihm einziehen, dass sie eine Verpflichtung einging, damit er sagen konnte: Es war doch deine Entscheidung. Du hast es so gewollt. Außerdem beobachtete er sie die ganze Zeit, und die ständige Überwachung bereitete ihr Unbehagen, sie kam sich vor wie ein Kaninchen, das von einem Falken hypnotisiert wurde … Oder waren es Schlangen, die Kaninchen hypnotisierten, Ottern und Schlangen? Sie wünschte sich, Rick käme und rettete sie, fragte sich, wo er sich wohl aufhielt, ob er das mit seiner Schwester wusste. Ob er wohl je an sie dachte, oder hatte er schon vergessen, dass es sie gab?

Als sie über die Putney Bridge fuhren, ertappte sie sich dabei, wie sie stumm und wütend vor sich hin sang: Ottern und Schlangen, Schlottern und Bangen.

Das College verdrängte sie einfach. Sie fehlte eine Woche, dann noch eine und noch eine …

15

Am ersten Tag der gerichtlichen Untersuchung regnete es. Mabel war schon da, als sie ankamen, mit Bill, der grau war vor Anspannung und einen schlecht sitzenden Anzug trug, den er sich für die Gelegenheit geliehen hatte. Jay kam und hielt Emmas Hand. Sie hätte ihn zur Not auch darum gebeten, aber das war nicht erforderlich, denn er hielt es offenbar für selbstverständlich, dass sie ihn brauchte. Die Tatsache, dass er damit Recht hatte, nagte die ganze Zeit an ihr.

Zuerst wurde Alisons Arzt aufgerufen und zu den Schlaftabletten befragt. Sie hatte eine völlig plausible Geschichte gehabt: Studentin, bevorstehendes Examen, Schlafstörungen. «Das ist doch immer so», sagte er phlegmatisch. Er wusste nichts von ihrer Schwangerschaft oder ihrem Freund. Für ihn war sie nur eine von diesen stressgeplagten Studentinnen.

Der Coroner war schwerhörig. «Sprechen Sie bitte lauter», sagte er immer wieder. «Das Gericht kann Sie nicht verstehen.»

Bill musste detailliert schildern, wie er sie gefunden hatte, auf dem Bett, in ihrem Erbrochenen. Das hatte Emma nicht gewusst. Armer Bill. Gegen Ende seiner Aussage wandte er sich zur Jury und sagte heftig: «Wissen Sie, sie war noch warm, als ich sie fand. Wenn ich nicht im College geblieben wäre, um mein Nesselmodell fertig zu machen …» Die Mitglieder der Jury wechselten unbehagliche Blicke. Nesselmodell? Was zum Teufel war ein Nesselmodell? «Und als ich nach Hause kam, hab ich erst mal eine Tasse Kaffee getrunken.» Seine Stimme wurde lauter. «Zwanzig Minuten. Ich bin erst nach zwanzig Minuten hochgegangen. Und sie war noch warm.» Er hielt verwirrt inne und fuhr sich mit der

Hand über die Augen. Warum habe ich das gesagt? Bin *ich* etwa Schuld an ihrem Tod?

Jay ging mit ihnen auf ein Bier und ein Sandwich ein Stück die Straße hinunter, durch den Regen. «Ist damit dann Schluss?», fragte Mabel Bill und musterte nicht ihn, sondern neugierig Emmas geheimnisvollen Freund.

Bill schüttelte den Kopf. «Sie haben noch gar nicht richtig angefangen. Sie sind noch nicht bei ihr, ihrer ...» Er runzelte heftig die Stirn, im Bemühen, sich zu konzentrieren.

«Ihrer seelischen Verfassung», warf Jay ein. «Sie werden heute nicht mehr fertig.»

Mabel beobachtete ihn. Ein komischer Kauz, das, dachte sie, verborgene Tiefen. Hoffentlich weiß Emma, was sie tut. Aber er ist zweifellos von ihr angetan, denn er nimmt kaum ein Auge von ihr, ahnt jede Bewegung voraus. Das ist nett, nett anzusehen, und auch ganz gut, die arme Emma ist ziemlich überreizt. Jetzt müssen sie diese schreckliche Geschichte noch einmal durchmachen. Es kommt einem alles wieder hoch, wenn man da im stickigen Gerichtssaal sitzt und sich all die schmutzigen Einzelheiten anhört.

Sie starrte in den Regen, der vorm Fenster aus der Dachrinne tropfte. Ich hätte etwas unternehmen müssen, warf sie sich vor, ich hätte die junge Alison an die Hand nehmen müssen. Wir hätten uns etwas überlegen können, irgendeine Lösung für sie finden können, damit sie wieder einen Sinn im Leben gesehen hätte. Und jetzt sieh dir an, was ich mit meinem «Geht mich nichts an» angerichtet habe. Schau dir diese blassen Kindergesichter an, die sich mit dem Tod befassen müssen, wo sie doch gerade erst mit dem Leben angefangen haben. Bis auf den da. Sie sah wieder zu Jay, wie er in seinem Stuhl zurückgelehnt Emma nicht aus den Augen ließ. Der da ist dem Tod schon mal begegnet.

Das Verfahren wurde auf drei Uhr am nächsten Tag vertagt.

Sie waren bereits da und warteten im Gang, als Jay und Emma ankamen, Alisons Vater und ein Mann, der Rick so ähnlich sah, dass Emma der Atem stockte und sie fast gestürzt wäre, weil sie einen Augenblick lang dachte, er wäre es.

Aber dieser Brown war größer, schwerer gebaut, und strahlte Alisons Selbstbewusstsein aus, ihr Charisma. Er war ein sechs, sieben Jahre älterer Rick ohne das Stottern.

Jay, der Emmas bleiches und starres Gesicht beobachtete, folgte ihrem Blick, bemerkte die Ähnlichkeit und vermutete: «Ist er das?»

«Nein.» Sie zwang sich fortzusehen. «Das sind sein Bruder Pete und sein Vater, Alis Vater.»

«Sieh da! Sieh da!» Browns Stimme hallte durch den Gang. Es war voll. Man drehte den Kopf und reckte den Hals, um zu sehen, wer den Lärm veranstaltete. Unterhaltungen stockten. «Wenn das nicht das Flittchen ist!» Er bewegte sich seitwärts, behielt Emma im Blick, und sie wich zurück und drängte sich an Jay, tastete nach seiner Hand, fand sie und hielt sich daran fest wie an einem Rettungsanker.

«Komm, Dad», sagte Alisons Bruder, und seine Stimme klang laut in der plötzlichen Stille. «Lass gut sein.»

«Lass gut sein?», brüllte Brown und schüttelte die Hand seines Sohnes ab, die ihn zurückhalten wollte. *«Lass gut sein?»* Seine Stimme wurde hysterisch laut. «Meine Tochter ist tot, und du sagst, lass gut sein? Verdammt nochmal, Junge. Ich …»

«Das hat doch nichts mit ihr zu tun, Dad.» Pete Brown begann seinen Vater am Arm zu ziehen. «Das ist doch nicht ihre Schuld.»

«Das hat nichts mit ihr zu tun? Nicht ihre Schuld? Wessen Scheißfehler ist es denn dann? Meiner? Mein Ricky ist weg. Mein Ricky. Der Himmel weiß, wo. Und meine schöne ... meine wunderschöne ...» Er begann zu weinen, in tiefen, schrecklichen, krampfhaften Schluchzern, die in dem großen Raum hallten, von den Wänden abprallten und sich in Emmas Kopf bohrten. Sein Sohn führte ihn am Ellbogen an Emma vorbei, die wie erstarrt neben Jay stand und immer noch seine Hand umklammerte, um nicht vor Scham zu versinken.

Jay machte Anstalten, sich schützend vor sie zu stellen, aber das war unnötig. Aus Brown war aller Kampfgeist gewichen, er sah wie ein alter Mann aus, geschrumpft, geschlagen, aschgrau vor Kummer.

«Es tut mir Leid», sagte der Sohn, als sie vorbeigingen, sprach mit Alisons Mund, sah sie mit Alisons schwarzen Augen an. «Es tut mir schrecklich Leid. Wirklich. Er meint das nicht so – Sie wissen, wie das ist ... nein, ich glaube nicht, dass Sie – es tut mir Leid. Er meint es nicht so, ehrlich. Er kann nur einfach nicht, Sie verstehen ...»

Er führte seinen Vater fort zu den großen Doppeltüren am Ende des Ganges, und Emma wurde plötzlich von heftiger Übelkeit erfasst.

Jay schob sie zu einer der beiden Bänke an den Wänden. «Runter!» Er ließ seine Hand auf ihre Schulter fallen und drückte kräftig, bis sich ihr Kopf zwischen den Knien befand und sie merkte, dass sie den glänzenden braunen Boden darunter betrachtete, ihr Rachen nach Galle schmeckte und sie nach Atem rang. Sie hörte, wie der Beamte die Menge in den Gerichtssaal rief, dann ihren eigenen Namen und wie Jay sagte: «Es geht ihr nicht gut.» Danach Füße, die vorbeischarrten, -klapperten und stampften, um ihre Plätze einzunehmen, dann himmlische, himmlische Stille.

Nach ein paar Minuten richtete Jay sie auf, und sie lehnte sich dankbar an die Wand, nun imstande, die Wellen von Übelkeit, die sie fast überwältigt hatten, zu beherrschen.

Bill kam zurück und sah besorgt aus. «Alles in Ordnung, mein Mädchen? Mabel ist dran. Dann kommt Passmore, dann du. Bist du bis dahin …»

«Bis dahin ist mir wieder gut.» Sie lächelte zum Beweis und schluckte heftig.

«Himmel», sagte Bill. «Ich wünschte, es wäre schon vorbei.» Er schwitzte vor Nervosität.

Bill nahm einen Arm und Jay nahm den anderen, wie vor vielen Jahren, als Emma zum ersten Mal beschwipst war, bevor alles so kompliziert geworden war. Sehnsucht nach der Vergangenheit wallte in ihr auf, sie hätte am liebsten noch einmal angefangen, alles anders gemacht, dann sah sie verstohlen in Jays verschlossenes Gesicht und fragte sich, ob er sie auch dann gewollt hätte.

Der Schauplatz war anders, die Fragen gleich. Die Gesichter der Jury, sieben Männer, trugen abwechselnd Langeweile, Abscheu, Missbilligung und Müdigkeit zur Schau. Emmas Sergeant saß vorne, schwitzte reichlich und wischte sich mit einem großen, schmuddeligen Taschentuch die Stirn ab. Die Polizistin konnte sie nicht entdecken, aber Emma nahm an, dass sie auch irgendwo war.

Passmore war anwesend, das erste Mal, das Emma ihn seit Weihnachten sah. Als sie sich zwischen Bill und Jay setzte, erhob er sich und begab sich in den Zeugenstand, um seine Aussage zu machen. Sie starrte sein gut geschnittenes Gesicht an und fragte sich, warum ihr nie aufgefallen war, wie gerissen er war? Warum ist mir nie aufgefallen, dass du einem nie ins Gesicht siehst, sehen kannst? Warum habe ich nicht gemerkt, wie falsch dein Lächeln ist, wie es zwar deine

Mundwinkel hebt, aber eigentlich nie deine Augen erreicht? Warum ist mir der winselnde Unterton in deiner charmanten Stimme entgangen? Und warum ist mir all das nicht rechtzeitig aufgefallen, um Alison davor zu warnen, dass du dich, wenn sie versuchen sollte, dich einzufangen, aus der Falle winden würdest wie Ottern oder Schlangen?

Sie gluckste in plötzlicher, unangemessener Heiterkeit, legte schnell die Hand vor den Mund, sank in ihrem Sitz zusammen, und aus ihrem Mund entwichen kleine, unfreiwillige Explosionen von Heiterkeit. Oh Gott, bringt mich bloß hier raus!

«... eine kleine Liaison», nannte es Passmore. Die Batterien des Coroners wurden schwächer. «Eine was?», erkundigte er sich verärgert. «Raison? Davon kann ja wohl kaum die Rede sein.»

«Liaison, Sir.»

«Reden Sie deutlich, Mann. Ich versteh Sie nicht.»

«Eine kleine Li... – Affäre! Kurz! Eine kurze Affäre!» Passmore brüllte, lief rosig an, und Emma verschluckte sich wieder.

Eine kleine Liaison? Eine kurze Affäre? Sie sah sich nach der Frau um, die neben Passmore gesessen hatte, und erkannte mit Erschrecken, um wen es sich handelte. Diese plumpe, mausgraue Person war seine Frau, die Mutter seiner drei Kinder. Sie starrte ihren Mann an, mit bleichem, angespanntem Gesicht, aber loyal, sie gewährte ihm die Gunst des Zweifels.

Emma konnte von ihrem Platz aus ihre Hände sehen, die sie auf dem Schoß hielt und nervös knetete. Wie hatte er die Nächte erklärt? Nicht gerade die Nächte, wenn er um zwei heimgerollt war, sondern diejenigen, in denen er gar nicht nach Hause gekommen war. Hatte sie etwas geahnt? Hatte sie sich blind gestellt, weil sie Angst hatte, ihn zu verlieren?

Alison war ja nicht die Erste und würde auch nicht die Letzte sein.

«Und wussten Sie von der Schwangerschaft der jungen Dame?»

«Nein, Sir, davon wusste ich nichts.»

Emma verschlug es den Atem. Lügner, schamloser Lügner! Schlange! Schlotter! Sie drohte wieder hysterisch zu werden, senkte den Kopf und biss sich in die Knöchel, um das Röcheln fürchterlicher Heiterkeit zu unterdrücken.

«Sie hatte natürlich schon eine Abtreibung hinter sich. Wohl ein Mitstudent.»

«Misch-Student? Ein Einwanderer? Lieber Gott, drücken Sie sich doch klar aus, Mann!»

«Student! Ein Kommilitone!», brüllte Passmore.

Der Coroner war verblüfft. «Meinen Sie nun Student oder Militär, Mann? Entscheiden Sie sich.» Wusste gar nicht, dass auch Militärs an diesen Kunstanstalten studierten. Dachte immer, Künstler wären ziemlich unsoldatisch. Sollte mir allmählich mal ein neues Hörgerät zulegen.

«Ich bin bereit zuzugeben», sagte Passmore nervös und wählte seine Worte mit besonderer Sorgfalt, «dass ich schwach und verführbar war.» Er artikulierte jede Silbe zögernd, über jeden neuen Laut, der aus seinem Mund kam, erschrocken. «Sie war eine äußerst attraktive junge Frau. Aber vollkommen skrupellos.»

Was sagte der Mann? Rubellos? Der Coroner öffnete den Mund, besann sich dann aber und schloss ihn wieder.

«Es ist zum Kotzen», sagte Bill vor sich hin. Emma wünschte, er hätte sie nicht daran erinnert, denn ihr wurde wieder übel. Kurz darauf wurde sie aufgerufen.

Es gab eindeutig Diskrepanzen zwischen ihrer und Passmores Aussage, was selbst der Coroner mitbekam. «Und Sie sagen, die Affäre dauerte fast zwei Jahre?»

«Ja.»

«Lauter, junge Frau. Damit die Jury das versteht.»

«Ja!», brüllte sie.

Lass die Jury aus dem Spiel, du schwerhöriger alter Trottel. Was gibt dir eigentlich das Recht, hier zu sitzen und über Alisons Leben und Sterben zu Gericht zu sitzen und das Geschehene zu beurteilen?

«Ja, Mr. Passmore wusste von der Schwangerschaft. Ali – Miss Brown dachte, er würde sich freuen.» Sie sah sich zu Passmore um, der seinen Kopf zur Jury hin schüttelte, als wollte er sagen: Du Lügnerin. «Sie dachte, er würde sie heiraten. Er hatte ihr versprochen, seine Frau zu verlassen.»

Die Jury starrte Passmore an, und Emma verspürte einen kurzen Anflug von gerechtem Triumph. Das wird es dir zeigen. Das wird dich lehren, die arme Alison, die sich nicht mehr verteidigen kann, schlecht zu machen.

Als sie jedoch seine Frau ansah, merkte sie, was sie angerichtet hatte. Die Frau schien zu welken. Bisher hatte sie alles stoisch durchgehalten und der Welt gezeigt, dass sie hinter ihrem Mann stand. Sie hatte sich eingeredet, dass das, was sie glauben wollte, auch der Wahrheit entsprach. Und innerhalb von Sekunden hatte Emma ihr endgültig alle Illusionen zerschlagen. Emma wünschte sich plötzlich, sie könnte die Worte rückgängig machen, ihr erklären, sie hätte es nicht so gemeint. Aber es war zu spät. Der Schaden war angerichtet.

Als die Jury sich zurückzog, ging Jay mit ihr auf die kalte Straße hinaus, und die anderen marschierten hinter ihnen her, und man stand dann auf der Treppe des Gerichtsgebäudes.

«Ist sie nun gefallen, oder hat man sie gestoßen, Euer Ehren? Wie würde Sherlock Holmes jetzt vorgehen?», sagte

Emma in einem schauerlichen Versuch, lustig zu sein, und alle sahen sie an, als wäre sie verrückt.

Die Stimme kam von hinten und klang so hysterisch, wie Emma sich fühlte. «Dir ist doch klar, dass du deine Stelle verlieren wirst? Und dass wir drei Kinder zu ernähren und zu kleiden haben? Wenn ich es auch überraschend finde, dass du ihre Namen überhaupt noch kennst, bei der Zeit, die du mit ihnen verbringst. Hast du eine Vorstellung, wie das ist, deine Kinder ganz allein groß zu ziehen, zu knausern und zu knapsen, jeden Abend zu Hause zu hocken, während du mit deinem halbwüchsigen Flittchen unterwegs bist?»

Emma sah entsetzt hin, fühlte Jays Hand unter ihrem Ellbogen und merkte, wie sie hastig über den Bürgersteig zu seinem Wagen geschoben wurde. Er packte Emma umstandslos auf den Sitz und schlug die Tür energisch zu. Emma saß kerzengerade, wartete, bis er neben ihr eingestiegen war, und sank erleichtert zusammen, als er den Motor anwarf und sich, ohne sich umzusehen, in den Verkehrsstrom einfädelte, sodass ein Mann in einem brandneuen blauen Mercedes sich beim Ausweichen fast in die Hose gemacht hätte.

Jay fuhr mit ihr nach Putney, aber er hielt nicht bei der Wohnung an, sondern fuhr weiter über die Uferstraße, bog dann in eine schmale Stichstraße und holperte mit dem Wagen fast bis an den Rand des Wassers. Er parkte unter einem hohen, winterlich nackten und kahlen Baum und lief mit ihr los, schleppte sie meilenweit am grauen, unruhigen Wasser entlang. Es war eiskalt, aber er scheuchte sie über den Leinpfad, durch den Wind, hielt einfach schweigend ihre Hand, bis sie müde war. Dann kehrten sie um und liefen wieder zurück.

Emma war so erschöpft, dass sie sich auch in den Lift gewagt hätte, aber er nahm die Treppe, und als sie endlich vor seiner Wohnungstür ankamen, hätte sie umfallen mögen.

Es war warm und still. Er zog ihr den Mantel aus, goss ihr einen großen Brandy ein, stand neben ihr, während sie ihn austrank, dann brachte er sie ins Bett und blieb bei ihr, bis sie eingeschlafen war.

Sie hatte schon wieder eine Woche im College versäumt.

An diesem Wochenende hatten sie ihren ersten Streit, weil sie ihm Geld anbot.

«Ich kann nicht umsonst hier wohnen», sagte sie. «Lass mich wenigstens für meinen Lebensunterhalt bezahlen.»

«Nein. Nur wenn du hier einziehst. Gib deine Wohnung auf und zieh richtig ein.»

Es war das erste Mal, dass er eine ausdrückliche Forderung stellte, aber Emma war nicht bereit nachzugeben und blieb hartnäckig. Als er ihr das Geld zum zweiten Mal wieder hinwarf, riss sie die Scheine in kleine Fetzen und ließ sie auf den Boden fallen.

So ärgerlich hatte sie ihn noch nie erlebt, so verletzt und eisig, dass sie Angst vor ihm bekam. Er hob nicht einmal die Stimme, aber das war auch nicht nötig, sie las die Botschaft in seinen Augen, in seinem Tonfall. Also raffte sie alles zusammen, was in ihren Rucksack ging, schob ihren aktuellen Stoß Arbeiten in ihre Mappe, fuhr zurück zum Baron's Court, und was sie nicht tragen konnte, ließ sie zurück, um es später abzuholen.

«Vergiss deine Zahnbürste nicht», schleuderte er ihrem Rücken entgegen, als sie an ihm vorbeiging, und sie knallte heftig die Tür hinter sich zu.

Ihre Wohnung war eiskalt. Sie versuchte, über die schäbige Unvertrautheit ihrer Umgebung hinwegzusehen, zündete den Ofen an und kauerte sich dann davor, bis der Zähler leer war und das Gas zischte, es knallte und die Flamme erlosch.

Da sie keine Münzen mehr im Portemonnaie hatte, musste sie wieder die Treppe hinunter, um sich etwas zu essen und Kleingeld zu besorgen. Ihr war elend, denn sie war nicht mehr vor der Welt behütet. Doch sie machte sich Suppe, aß ein paar Scheiben Brot mit Käse, und als sie etwas im Bauch hatte, ging es ihr besser. Dann setzte sie sich mit einer Tasse Milchkaffee und einem Skizzenblock hin und begann mit einem neuen Stoffmusterentwurf. Als sie sich nach einer Weile immer noch einsam fühlte, drehte sie das Radio an, den Home Service, nur um Stimmen zu hören. Dann arbeitete sie fleißig zur Begleitung von Harold Wilsons Darstellung der aktuellen Krise im Gesundheitswesen. Um zehn Uhr gab sie auf und ging, zufrieden mit dem Geschafften, zu Bett.

Doch sie konnte nicht schlafen. Sie vermisste Jays Doppelbett. Sie vermisste Jays Wärme, seinen Atem, den Geruch seiner Haut. Sie vermisste den Sex.

Kurz entschlossen stand sie auf, zog sich wieder an und ging zum Telefon im Treppenhaus, um ihre Mutter anzurufen. Zur Gewissensberuhigung, dachte sie brav, als sie sich fröstelnd auf die Treppe setzte.

Josie war erst einmal ziemlich konfus, schwankte zwischen Freude und Kummer. «Wann kommst du denn nach Hause?», fragte sie klagend, als sie schließlich ihre Stimme gefunden hatte.

«Weiß nicht, Ma. Ich war beschäftigt.»

«Wo warst du überhaupt? Ich habe immer wieder angerufen und hatte immer irgendein Mädchen am Telefon, und die sagte, sie hätte dich seit Wochen nicht mehr gesehen, und als ich Mabel fragte, sagte sie, du wärst in Putney oder sonst wo. Was ist eigentlich *los*, Emma?»

«Ich …»

«Ich weiß, das war alles ziemlich schlimm und so, und mir ist klar, dass sie deine beste Freundin war, aber meinst du nicht, du könntest hin und wieder auch mal an *mich* denken?»

«Tut mir Leid, Ma …»

«Ich meine, ich erwarte ja gar nicht, dass du jedes Wochenende nach Hause kommst. Ich meine nur, dass einmal im Semester doch zu wenig ist, ich habe den Eindruck, dass ich dir *egal* bin.»

«Nein, Ma, so ist das nicht …»

«Und ich beklage mich ja auch gar nicht, dass du nie anrufst, obwohl ich wahrhaftig Grund genug dazu hätte, wenn man bedenkt, wie oft ich dieses Jahr mit dir gesprochen habe. Ich habe nur langsam das Gefühl, dass du nicht einmal mehr daran denkst, an mich denkst. Nicht einmal nach dem ganzen Theater mit deiner Freundin bist du nach Hause gekommen. Und das fand ich nun *wirklich* ärgerlich, Emma …»

«Hör mal, Ma!», rief Emma, mehr als wütend auf sich selbst, auf Josie, auf alles. «Ich habe doch gesagt, dass es mir Leid tut. Was willst du denn noch? Ich komme nach Hause, sobald ich kann. In Ordnung?»

Sie legte den Hörer heftiger auf, als sie wollte, und stellte sich dann vor, wie ihre Mutter in ihrem alten grünen Sessel saß und in ihr Taschentuch weinte, bis sie zu Bett ging.

Der Schlaf wollte immer noch nicht kommen. Ihre Gedanken gingen von Jay zu Rick, träumten, was wäre, wenn, und es ging ihr noch schlechter als vorher. Als sie schließlich einnickte, kurz nach eins, fiel sie direkt in den vertrauten Albtraum, den Schacht hinab in ihr schwarzes Loch. Seit sie bei Jay war, hatte sie sich davon befreit gefühlt. Um zwei stand sie auf, kochte sich eine Tasse Tee und überlegte, ob Jay wohl immer noch wach war. «Du sägst bestimmt wie ein Holzfäller, du Schwein», warf sie ihm vor, unfairerweise, denn er hatte in ihrem Beisein noch nie geschnarcht. Sie aß eine Schale Cornflakes, arbeitete dann bis fünf, bis ihre Augen brannten und ihre Rückenmuskeln vor Erschöpfung kribbelten, kroch dann ins Bett und versuchte, zum zweiten Mal einzuschlafen.

Es war kein guter Tag, um wieder ins College zu gehen. Der erste Mensch, auf den Emma stieß, im wahrsten Sinne des Wortes, mit dem sie auf der Treppe zusammenstieß, als sie um zehn nach zehn durch den Haupteingang eilte, war Harry Passmore. Gern hätte sie eine bissige Bemerkung gemacht, wenn ihr eine eingefallen wäre, aber die aufsteigende Galle ließ sie verstummen, und sie starrte ihn nur wütend an. Passmore, der gerade eine Unterhaltung mit dem Rektor und einigen Vertretern der Collegeleitung hinter sich hatte, war viel zu aufgewühlt, um das zu bemerken. Er überlegte gerade, wie er seiner Frau beibringen sollte, dass er Ende des Monats Ex-Dozent sein würde. Und er wünschte, er hätte nie ein Auge auf die beschissene Miss Alison Brown geworfen.

Emma kämpfte sich durch die morgendliche Zeichenklasse, unterdrückte alle Gedanken mit Arbeit und floh dann in den Anbau, in die Druckabteilung. Bill arbeitete zu ihrer heimlichen Erleichterung woanders und lief ihr nicht über den Weg, sodass sie allein zum Essen ging. In der Mensa nahm sie eine Zeitung mit, die jemand liegen gelassen hatte, und überflog ohne großes Interesse die Nachrichten.

Es stand erst auf Seite vier, in einer Spalte ganz unten, zwischen einem Artikel über einen Mann, der seinen kleinen Sohn nach der gesamten Fußballmannschaft von Manchester genannt hatte, und einer kurzen Notiz über ein neues Mittel gegen Fußpilz.

«… lautet das Urteil auf ‹Selbstmord aus Verzweiflung›. Mit dieser Zusammenfassung sprach der Coroner einen scharfen Tadel für den Herrn aus, der Miss Brown in diese schlimme Situation gebracht hatte und dann jede Verantwortung von sich abschob, als seine Unterstützung dringend nötig gewesen wäre …»

Ottern und Schlangen. Emma hob den Kopf, starrte die Studenten an, die munter ihren Beschäftigungen nachgingen, und fragte sich: Was tue ich hier eigentlich? Mit diesen albernen, leichtfertigen Leuten habe ich nichts mehr zu tun.

Als sie in den Zuschneideraum kam, war das Erste, was sie sah, das blassblaue Abendkleid, das Alison Ende des letzten Semesters fertig gestellt hatte. Jemand hatte den Materialschrank leer geräumt, und da er nicht wusste, wem es gehörte, hatte er es über eine Puppe drapiert und ans Fenster gestellt, damit der Besitzer es abholen konnte.

Emma blieb stehen, starrte es an, drehte sich dann um und entdeckte das Nesselmodell, an dem sie arbeitete. Einen Augenblick lang betrachtete sie es teilnahmslos und mit leerem Blick, nahm es dann mit in die hinterste Ecke des Raumes und setzte sich damit hin. Solange ich nicht hinsehe, sagte sie sich, ist alles in Ordnung. Geht es mir gut.

«Ah! Da ist ja die junge Dame, und auch noch fast pünktlich. Miss T. möchte Sie sprechen, Punkt vier Uhr.»

Emma sprang auf, stach sich mit der Nadel, setzte sich dann wieder auf ihren Stuhl und saugte sich das Blut vom Finger, während sie ihre Tutorin in erschrecktem Erstaunen anstarrte.

Du lieber Himmel, dachte Mrs. Hills, du siehst ja schrecklich aus, weiß wie ein Laken, schwarze Ringe unter den Augen und so dünn. Das Ganze hat dich ja wirklich mitgenommen. Als sie den Mund öffnete, unterdrückte sie jeden Anklang von Mitleid in ihrer Stimme. «Es geht um

Ihre Anwesenheit, Emma. Sie möchte mit Ihnen über Ihre Anwesenheit sprechen, nur damit Sie vorgewarnt sind. Und kommen Sie nicht zu spät, Sie kennen ja ihren Pünktlichkeitstick. Sie haben schon genug Ärger.»

Sie wandte sich zum Gehen, verspürte eine unfreiwillige Aufwallung mütterlicher Sorge und tätschelte Emmas Schulter. «Arme Kleine», sagte sie. «Es muss schrecklich gewesen sein.»

Sie wollte eigentlich gehen, sich mit weniger heiklen Dingen befassen, aber als sie sah, wie sich die nussbraunen Augen mit Tränen füllten, änderte sie ihre Meinung.

«Könnten Sie mir einen Gefallen tun, meine Liebe? Sausen Sie doch für mich zur Fotoabteilung und holen ein paar Bilder ab. Die liegen da schon wochenlang und ich vergesse immer wieder, sie abzuholen.»

Während sie Emma nachsah, die fast im Laufschritt durch die Schwingtüren verschwand, gratulierte sich Mrs. Hills. Gute Idee, so ist das Mädchen zehn Minuten aus dem Weg.

Im Untergeschoss, wo die Fotoabteilung untergebracht war, fühlte Emma sich zwischen den Wänden eingeschlossen und geriet in Panik. Als Eddie, der Fotograf, sie bat zu warten, bis er die Aufnahmen entwickelt hätte, die er von ihren Kleidern gemacht hatte, schüttelte sie heftig den Kopf, versprach, später wiederzukommen, riss ihm Mrs. Hills' Bilder aus der Hand und stürzte davon, weil sie an ihrem Anfall von Klaustrophobie zu ersticken meinte.

Es war nicht Eddies Schuld. Als er ihr den Stapel grobkörniger Schwarz-Weiß-Abzüge übergab, dachte er überhaupt nicht darüber nach. Der vierte Abzug von oben, unter Aufnahmen mit Abendkleidern – von Joe, nach all den Kräuseln und Volants zu urteilen – und einer mit einem Pullunder und einer ausgeflippten, quer gestreiften Schlaghose, war ein Foto von Alison.

Sie hielt eine Zigarette zwischen den Fingern und lächelte durch einen Schleier von Tabakrauch verführerisch in die Kamera. Sie trug ein helles, durchscheinendes Organzakleid, genau das, das Emma gerade erst im Zuschneideraum gesehen hatte, von hinten beleuchtet, sodass ihre langen Beine und ihre schlanke Taille durch die Falten hindurch zur Geltung kamen, ihr Kopf war leicht geneigt, die Lippen herausfordernd geöffnet, so, als wollte sie den Fotografen küssen.

Sie sah aus, wie Emma sie oft gesehen hatte, lockte die Kamera, so wie sie zig Jungen gelockt hatte. Emma erinnerte sich, wie sie ihr von der Sitzung erzählt hatte, als die Aufnahme gemacht wurde. «Ich war total verqualmt», sagte sie lachend. «Wenn ich mir je das Rauchen abgewöhnen will, dann so.» Sie hatte es früher aufgegeben, als sie erwartet hatte.

«Ach!», sagte Emma laut und plumpste auf die kalte Steintreppe.

Sie ließ den Stapel Fotos auf der Treppe verstreut liegen und lief zurück in den Zuschneideraum. Dort nahm sie ihre Tasche, warf sie sich über die Schulter und ging.

Sie war schon auf halbem Weg, bevor ihr auffiel, dass sie unterwegs nach Putney war, aber sie blieb im Bus sitzen, denn Putney war genau, wo sie hinmusste. Von der Bushaltestelle aus rannte sie wie gejagt los, sodass ihr der Zopf wild auf dem Rücken hüpfte, und als sie seinen Wagen auf dem Parkplatz sah, sauste sie, ganz benommen vor Erleichterung, die Treppe hoch, immer zwei Stufen auf einmal. Auf dem Treppenabsatz erstarrte sie dann, umklammerte den Schlüssel, unfähig, die letzte Bewegung auszuführen, als Jay überraschend die Tür öffnete und gehen wollte.

Er trat vor, blinzelte, drehte sich hastig von ihr weg, dorthin, wo er hergekommen war, dann schaute er sie wieder an, mit einem Gesicht, aus dem jedes Gefühl so sorgfältig getilgt war, dass er aussah, als hätte er noch nie gelacht, noch nie geweint, noch nie in seinem Leben irgendetwas empfunden. Oh Gott, dachte er, tu mir das nicht an!

«Na, willst du deine restlichen Sachen holen?»

Er schaffte es irgendwie, auch aus seiner Stimme jedes Gefühl zu tilgen. Er hätte ein Roboter sein können, der mit einem anderen Roboter sprach. Hilflos starrte Emma ihn an und wartete stumm.

«Dann kommst du wohl besser rein.»

Er trat nicht zur Seite, um sie vorbeizulassen, sondern lehnte sich einfach an die Wand, die Arme über der Brust verschränkt, das Gesicht vollkommen verschlossen. Sie schob sich an ihm vorbei, streifte unabsichtlich seinen Ärmel und zögerte, wollte mehr von der Wärme, die sie berührt hatte. Er regte keinen Muskel.

Als sie an ihm vorbei war und im Flur stand, sprach er sie von hinten an. «Ich wollte gerade weg. Dein Zeug ist im leeren Zimmer. Schließ bitte ab, wenn du wieder gehst.»

Sie hörte die Tür zufallen, dann seine Schritte auf der Treppe leiser werden, und hätte sich am liebsten hingesetzt und geschluchzt. «Du Scheißkerl!», brüllte sie stattdessen die stumme Wohnung an. «Du Schwein!»

Sie trug alles in den Flur, bestellte ein Taxi, setzte sich hin und wartete. Aber nach zehn Minuten war sie es leid, den jämmerlichen Stapel mit ihren Habseligkeiten zu betrachten. Sogar ihr unbenutztes Nachthemd hatte er ordentlich zusammengefaltet, bevor er es zu den anderen Sachen legte. Wie lange, rechnete sie, wie lange war sie hier gewesen, etwas über einen Monat? Es wurde Zeit, dass sie wieder auf eigenen Füßen stand. «Wer braucht dich schon, Hammond?», sagte sie herausfordernd.

Sie wollte nur schnell nachsehen, ob sie auch nichts vergessen hatte. Schließlich wollte sie nicht noch einmal kommen müssen. Sie hängte sich die Tasche über die Schulter, um bereit zu sein, wenn das Taxi käme, und begann von Zimmer zu Zimmer zu wandern, um sich nach zwei Tagen Abwesenheit noch einmal ein Bild zu verschaffen und sich die Zeit zu vertreiben.

Das Bett war immer noch ungemacht, was Jay gar nicht ähnlich sah. Außerdem hatte er auf ihrer Seite geschlafen, sein Kopf hatte einen tiefen Abdruck auf ihrem Kissen hinterlassen und seins war ordentlich und unberührt. Sie stand in der Tür, starrte auf die rasch verschwimmende Bettdecke und versuchte, die Tränen wegzublinzeln. Sie brauchte ihn nicht, sie liebte ihn nicht, er war es nicht wert, dass man seinetwegen Tränen vergoss. Weshalb also weinte sie?

Sie hörte ihn nicht. Als er seine Hände auf ihre Schultern legte, hüpfte sie wie ein erschrecktes Kaninchen, und ihre Tasche knallte auf den Boden.

«War wohl doch ganz schön», murmelte er und sein Mund kitzelte an ihrem Ohr, «nicht wahr, Em?»

«Schwein!» Sie bebte vor Zorn.

«Hallo, jemand da? Hier Taxi!»

Gott sei Dank. Gerade noch rechtzeitig, die rettenden Kohorten. «Ja, hier! ... *Schwein!*»

Jay ließ sie unvermittelt los und stürzte auf den arglosen älteren Mann zu, der mitten im Flur stand.

«Verschwinden Sie!», brüllte er.

«Heiliger Bimbam!» Der Taxifahrer ging rückwärts zur Wohnungstür, dann drehte er sich um und floh. Seine Füße verhedderten sich im Vorbeilaufen in dem Stapel mit Emmas Sachen, dann hüpfte und rutschte er, ihr Nachthemd um den linken Fuß gewickelt, die Treppe hinunter und schleppte beim Hinausgehen Spitzen- und Baumwollfetzen hinter sich her. Emma wurde plötzlich von hilflosen, ungebührlichen Lachstürmen erfasst.

«Und jetzt», grollte Jay drohend, mit einem für seine Verhältnisse wilden Gesichtsausdruck. «Wo waren wir stehen geblieben?»

16

Er wollte sie nicht anrühren. Er wollte reden. Erst als die Unterhaltung zu nichts führte, gab er Emmas zunehmend verzweifelten Annäherungsversuchen nach und ging mit ihr ins Bett. Dann machte er Tee, und sie tranken ihn, die Laken unter die Arme geklemmt, falls es tropfen sollte. Sie hatten sich gerade gestritten, und Emma war immer noch zornig und aufgewühlt und ziemlich durcheinander.

«Du musst den ersten Schritt tun», hatte Jay stur gefordert.

«Warum ich?»

«Weil ich den nicht tue. Und wenn keiner von uns ihn tut, ist es aus.»

«Sag mal», meinte sie bitter. «Hast du eigentlich überhaupt keine Schwächen?» Er starrte sie an, bis sie das Gefühl hatte, er würde ihr geradewegs in den Kopf kriechen, und sagte dann: «Doch. Eine», und Emma wusste ohne die Spur eines Zweifels, dass er sie meinte.

Nun schluckte sie ihren Tee, zuckte zusammen, als ihr die kochend heiße Flüssigkeit die Kehle hinunterlief, lehnte sich in die Kissen zurück und sagte vorwurfsvoll: «Was willst du eigentlich von mir?»

«Ich will, dass du dich festlegst, dich darauf einlässt. Ich will, dass du mich heiratest.»

«Nein.»

«Warum nicht?»

«Das habe ich dir doch schon erklärt. Ich liebe dich nicht, ich liebe …»

Er legte ihr die Hand auf den Mund, und sie schüttete ihren Tee über die Laken. «Das macht nichts.» Er ignorierte, dass die heiße Flüssigkeit durch die Baumwolle auf ihre nackte Haut sickerte. «Das wechsle ich gleich.» Dann nahm er die vorherige Unterhaltung wieder auf, indem er fortfuhr: «Gut, dann verlass mich.»

«Ich …» Das bringe ich nicht fertig, dachte sie voller Panik. Ich habe es doch gerade versucht und nicht geschafft.

«Also?»

«Also was? Ich weiß es nicht. Warum hast du auf meiner Seite des Bettes geschlafen?»

«Spielt das eine Rolle?»

«Nein – ja – ich weiß nicht.» Sie putzte an sich herum und faltete an ihrem Laken herum, um eine trockene Stelle zu finden. «Warum hast du auf meiner Seite …?»

Er stellte seinen Tee hin, beugte sich zu ihr, nahm ihr den Becher weg und stieß sie heftig ins Kissen. «Weil es nach dir roch.» Seine Stimme, sein Gesicht waren heiß und zornig. «Also, bleibst du jetzt, oder gehst du?»

Sie murmelte, wollte sich nicht in die Karten schauen lassen, doch er war unerbittlich. «Lauter.»

«Jmm.»

«Deutlicher. Ich versteh dich nicht.»

«Ach, zum Teufel! Ja!», rief sie.

«Was denn, bleibst du, oder gehst du?»

«Ja, ich bleibe.» Ach, Ricky, warum bist du nicht da? Du könntest mich vor dem hier bewahren, vor Jay.

«Gut.» Er stand unvermittelt auf, lief durchs Zimmer dorthin, wo sie ihre Tasche hatte fallen lassen, und schleuderte sie vom Boden aus aufs Bett. Seine Haut glänzte immer noch vom Schweiß des stürmischen Liebesaktes und vom verschütteten Tee. Emma hätte ihn am liebsten mit den Fingern trocken gestreichelt, ihren Namen auf seine feuchte Schulter gekritzelt oder «Kilroy war hier» und eins von diesen albernen Gesichtern, die über eine Mauer gucken. Überreizt, wie sie war, bekam sie bei der Vorstellung fast einen hysterischen Anfall.

«Wo ist dein Schlüssel?» Er wühlte in der Tasche und warf dann Scheckbücher, Taschentücher, Füller und Bleistifte auf die Bettdecke. Ganz unten fand er den Schlüssel, neben Ricks Brosche.

Er nahm sie heraus und starrte sie an. Emma hatte sie seit einer Woche, seit einem Monat nicht mehr angesehen, und als sie sie auf Jays Handfläche erblickte, war sie sofort ernüchtert. Sie beobachtete sein Gesicht, während er das winzige Herz mit dem Pfeil und den Initialen R und E musterte, und dachte, dass sie diesen leeren Gesichtsausdruck mühelos hassen könnte.

Wortlos legte er die Brosche zurück in die Tasche, nahm ihren Schlüssel, räumte alles andere weg, sammelte seine Kleidungsstücke vom Boden auf und ging aus dem Zimmer, ohne sie auch nur anzusehen.

Sie hörte ihn umherlaufen, dann das Öffnen und Schließen der Wohnungstür und die Stille der leeren Wohnung. Sie streckte die Hand aus, tastete nach der Brosche und umschloss sie in der Tasche mit den Fingern. Dann legte sie sich hin und schloss die Augen. «Ich liebe ihn nicht», verteidigte sie sich, «ich liebe ihn überhaupt nicht, ich liebe dich. Aber du bist nicht *da*.»

Sie schlief fast eine Stunde lang tief und fest, rückte auf Jays Seite hinüber, wo es nicht so feucht war, und atmete seinen

Geruch ein, wie er vorher den ihren. Erst als sie aufwachte, fiel ihr Miss T. mit dem Pünktlichkeitstick wieder ein, die Leiterin der Abteilung für Modedesign, die sie um Punkt vier Uhr zu sprechen wünschte. Und draußen war es dunkel.

Sie geriet in Panik und fand ihre Uhr nicht, die auf dem Boden neben dem Bett lag, sodass sie nur ziellos durch die Wohnung rannte, bevor sie sich zusammennahm und die Zeitansage anrief.

«Beim dritten Ton», sagte die Frauenstimme, «ist es fünf Uhr zwanzig und dreißig Sekunden.»

Sie wechselte die feuchten Bettlaken und ließ sich dann in einem langen, heißen Bad durchweichen.

Jay blieb drei Stunden weg. Als er zurückkehrte, war er mit ihren Habseligkeiten bepackt und roch stark nach Whisky. Emma hatte ihn noch nie Whisky trinken sehen.

In einem seiner großen Koffer hatte er ihre gesamte Kleidung und in einem kleineren ihre Handtücher, Kulturtasche, Bücher und Skizzenblöcke. Ihre Mappe war mit so vielen Arbeiten voll gepackt, wie er hatte finden können, und außerdem hatte er ihre Staffelei, ihre farbigen Tuschen und all ihre Bleistifte mitgebracht.

«Alles in Ordnung, Emmchen», sagte er, als er zum dritten Mal an ihrem verblüfften Gesicht vorbeikam. «Ich hab noch genug dagelassen, dass du notfalls auch wieder weglaufen kannst.»

Zum ersten Mal an diesem Tag lächelte sie ihn an, verspürte eine Aufwallung von ... von was? Zuneigung? Von Lust bestimmt nicht, dazu war sie zu müde. Vielleicht von Erleichterung darüber, dass sie zu einer Entscheidung gekommen war, wenigstens für den Augenblick. Was auch immer, jedenfalls nicht von Liebe. Sie kannte den Unterschied, selbst wenn Jay ihn nicht kannte.

Er führte sie zum Abendessen aus und lehnte sich zurück, um zuzusehen, wie sie ihr großes Curry in Angriff nah. «Warum bist du zu mir zurückgekommen?», fragte er.

«Ich war im College.» Sie legte die Gabel hin und senkte den Kopf. «Ich habe die ganze Nacht wach gelegen und an ...»

«Ja?»

«An ...»

«Was denn?»

«Uns gedacht. Hör auf zu grinsen, verdammt, an dich.» Und an Ricky, der nicht da ist.

«Und?» Doch da fiel ihm die Brosche ein, und weil seine übliche Selbstbeherrschung vom Alkohol geschwächt war, erlosch sein Lächeln.

«Und dann fuhr ich zum College, und Alis Kleid hing auf der Puppe, und ich war müde, und Mrs. Hills schickte mich runter, um, na ja, es war ihr unangenehm, weil ich – deshalb schickte sie mich runter, um ein paar ... Wasser, ich brauche Wasser, das Curry ist scharf.» Sie leerte ein Glas Wasser, griff wieder nach ihrer Gabel, nahm einen Happen und legte sie wieder hin. «Ich musste in den Keller, um ein paar Fotos abzuholen, und Eddie – ich – Eddie bat mich zu warten, aber ich – deshalb nahm ich die Bilder mit nach oben und auf einem war – Und ich sollte eigentlich um vier zu Miss T., und stattdessen bin ich nach Hause gefahren, und jetzt habe ich den Termin verpasst, und sie ist bestimmt wütend.» Sie hob den Kopf und starrte gespannt in Jays Gesicht, in dem sich eine zärtliche Heiterkeit abzeichnete.

«Du hast ‹nach Hause› gesagt.»

«Was?»

Er wiederholte sich geduldig. «Du hast gesagt: ‹Ich bin nach Hause gefahren.›»

«Ach ja?» Emma sah verblüfft aus.

«Warum hast du mir das nicht erzählt?»

«Was erzählt?»

«Dass du zum College wolltest.»

«Du hast mir keine Gelegenheit dazu gegeben.»

«Nein.» Er senkte schuldbewusst den Kopf. «Das habe ich wohl nicht. Tut mir Leid.»

«Dir? Leid?» Soweit Emma sich erinnerte, hatte sie in der ganzen Zeit, die sie Jay Hammond kannte, noch nie gehört, dass er sich bei jemandem entschuldigt hätte. «Könnte ich das bitte schriftlich haben?», fragte sie bemüht scherzhaft.

Er lachte, kramte in seiner Tasche nach einem Stift, griff dann nach einer unbenutzten Serviette und strich sie mit langen Fingern glatt. «Willst du diktieren? Nein? Gut, dann schreibe ich, was mir einfällt.»

Misstrauisch sah sie zu, wie er zu schreiben begann, und je länger er schrieb, desto unbehaglicher wurde ihr. Als er fertig war, schob er ihr die Serviette über den Tisch zu. *Emma*, hieß es da, *ich entschuldige mich für meine Sturheit, meine Unfähigkeit zu Kompromissen. Eigentlich will ich gar nicht rücksichtslos und diktatorisch sein. Zu meiner Verteidigung kann ich nur vorbringen, dass ich dich liebe. Deshalb kann ich nicht klar denken.* Unterzeichnet war es mit seiner großen, schwungvoll hingeworfenen Unterschrift. *Jay.*

Du kennst deine Fehler ganz gut, dachte sie, während sie den Liebesbrief sprachlos anstarrte, und du weißt, wie du mich herumkriegst, wie du Löcher in meine Verteidigung schlägst. Bin ich deshalb hier?

«Na?»

«Na was?»

«Reicht das?»

«Ich wollte nur eine Entschuldigung, keine Liebeserklärung.»

«Eins bringt eben das andere mit sich. Du bist die erste Frau, bei der ich mich je entschuldigt habe.»

Sie hob den Kopf, setzte zum Sprechen an, überlegte es sich aber anders und klappte den Mund wieder zu. Bei Ricky war sie nie im Zweifel gewesen. Sie hatte vom ersten Augenblick an gewusst, dass sie ihn liebte. Bei Jay hatte der Sex dominiert, das Wasser getrübt. Das war unübersehbar, aber sie wollte nicht darauf verzichten, selbst wenn das bedeutete, dass sie nachgeben musste. Ziemlich bedenklich, dachte sie, als sie sich noch einen Brotfladen nahm, vielleicht bin ich ja eine Schwanzfetischistin.

«Na, willst du nun richtig einziehen?»

«Ich glaubc, ich schaff's nicht.»

«Was ist da zu schaffen? Du bist doch schon dabei, wenn du nur nicht immer wieder einen Rückzieher machen würdest.»

«Das College.»

«Was?»

«Ich rede vom College. Ich glaube nicht, dass ich es schaffe.»

«Oh», sagte er überrascht und bemühte sich, sich zusammenzunehmen, sich nach den drei Whiskys, die er in sich hineingeschüttet hatte, auf die Schlenker in der Unterhaltung zu konzentrieren. «War es so schlimm? Und wenn du eine Weile nur halbtags hingehen würdest?»

«Und was ist, wenn du mich satt hast?»

«Wenn ich was?»

«Wenn der Reiz des Neuen weg ist. Was passiert dann? Setzt du mich dann auf die Straße, lässt mich mit meinen kümmerlichen Habseligkeiten auf dem Bürgersteig hocken und nimmst dir eine andere?»

«Nein, natürlich nicht. Warum sollte ich dich satt haben?» Er verlor den Faden. Er hätte nicht beim Pub anhalten sollen, nicht diese Whiskys trinken sollen. Die Entdeckung der Brosche hatte ihm den Rest gegeben. Offenbar geriet hier etwas außer Kontrolle.

«Sie war überall, weißt du, überall, wo ich hinkam. Es war schrecklich. Sie wirkte immer so viel … lebendiger als alle anderen, sie war so vital. Deshalb dachte ich, du hättest sie gern. Weißt du, als ich zur Bewerbung kam, ist sie mir als Einzige aufgefallen.» Emma nahm ihre Gabel und stocherte wieder in ihrem Curry. Jay fuhr sich zerstreut mit den Fingern durchs Haar. Wie lange trug sie das Ding schon in ihrer Tasche herum? Wie konnte er da mithalten?

«Du willst also …»

«Hast du sie gemocht? Zu Anfang, meine ich?»

«Nein, das habe ich dir doch schon erklärt, ich habe nur dich …»

«Aber wenn ich nicht wieder hingehe, muss ich mir Arbeit suchen. Ich muss doch irgendwie meine Miete bezahlen. Meinst du, mit Illustrationsaufträgen könnte ich genug verdienen? Ich meine, im Augenblick läuft es zwar ganz gut, aber zum Leben dürfte es nicht reichen.»

«Du musst auch nicht genug verdienen, um davon zu leben. Wenn du bei mir …»

«Ich habe nur das Gefühl, dass ich nicht mehr da hingehöre, irgendwie habe ich nichts mehr mit ihnen gemeinsam.»

«Also, wenn du mit Bill redest …»

«Du hast meine Frage nicht beantwortet! Was passiert dann? Was passiert, wenn du mich satt hast?»

«Emma …»

«Ja?»

Jay rieb sich die Augen. «Können wir bitte nach Hause?»

«Oh», sagte Emma. «Ja, natürlich, wenn du willst … Jay?»

«Hmmm?»

«Geht es dir gut? Du siehst ein bisschen merkwürdig aus.»

Sie rief am nächsten Morgen an, ließ sich um elf einen Termin bei Miss T. geben und setzte sich dann hin, während Jay in der Küche herumlief und das Frühstück machte. Im Vorbeigehen zog er leicht an ihrem Zopf. Emma hob den Kopf und lächelte ihn an. Das machst du immer, dachte sie, und ich mag es. Es ist ein Morgenritual, eine gemeinsame Gewohnheit. Du ziehst, ich lächele, wir haben etwas gemeinsam.

Er beugte sich über ihre Schulter und stellte den Kaffee neben ihren Teller. Außerdem stellst du den Kaffee immer auf die falsche Seite, mit dem Henkel nach links, weil du deinen mit der linken Hand trinkst, obwohl du Rechtshänder bist. Es ist eine ausgesprochen liebenswerte Angewohnheit, und mir gefällt das.

Er setzte sich ihr gegenüber hin und aß seinen Toast, während er gleichzeitig einen Brief las, vor Ärger die Stirn runzelte und ihn dann durchriss. Sie musterte sein Gesicht mit dem dunklen Haar, das eigentlich geschnitten werden musste und ihm tief über die Stirn fiel, und das sie ihm gern zurückgestrichen hätte, damit er besser sehen konnte. Er blickte auf und lächelte, das Stirnrunzeln verschwand, woraufhin sie zurücklächelte und sich fragte: Wirst du etwa zu einer lieben Gewohnheit, Jay Hammond? Falls ja, wäre das schon komisch, denn das Wort «lieb» drängt sich bei dir nicht gerade auf.

Das Gespräch war kurz, offen und unmissverständlich. «Fehlzeiten, sinkende Leistung, mangelnde Mitarbeit, Unzuverlässigkeit. Sehr enttäuschend. Haben Sie etwas dazu zu sagen?»

«Äh …»

«Könnten Sie sich nicht ein bisschen zusammenreißen?»

«Ich …»

Miss T. war klein, rund und stabil, wie eins von diesen Spielzeugen, die sich immer wieder lächelnd aufrichten, auch wenn man sie noch so heftig umstößt. Sie war unglaublich tüchtig, leitete den Fachbereich Mode an einer der renommiertesten Kunstschulen des Landes, arbeitete außerdem freiberuflich für einen bekannten Anzughersteller, lehrte und reiste als Gastdozentin im ganzen Land herum. Emma fragte sich, wo sie die Zeit zum Dickwerden hernahm.

«Ich kann nicht, Miss T. Etwas dazu sagen, meine ich.»

«Schade. Bis auf eine Phase in Ihrem ersten Jahr haben Sie es doch offenbar bis vor kurzem ganz gut gemacht. Probleme mit Ihrem Freund?»

«Nein.» Nein und ja. «Es ist Alison Brown, Miss T., das hat mich … ein bisschen durcheinander gebracht.» Was für eine lächerliche Untertreibung.

«Alison Brown? Aha. Sie waren also befreundet?»

«Ja.» Ich höre mich bestimmt melodramatisch an, dachte Emma. Schließlich ist Alison ja nur ein kleiner Punkt in der Statistik. Achtzig Prozent Abgänger mit Examen, fünfzehn Prozent Versager, vier Prozent Abbrecher, ein Prozent Todesfälle.

«Es war nämlich meine Schuld.» Warum erzähle ich Ihnen das? Es kümmert Sie doch gar nicht, warum auch? «Ich hätte mittags wiederkommen sollen, aber das habe ich nicht gemacht. Und als der arme Bill sie gefunden hat, war es zu spät.» Der arme Bill.

«Soso.» Miss T. blätterte in Papieren, runzelte die Stirn, holte eine Lesebrille hervor und sah, ohne sie aufzusetzen, hindurch. «Appleyard. William Appleyard. Hat offenbar auch Probleme. Aha, die gleiche Adresse … Sind Sie beide …?»

«Nein, Miss T., er wohnt im Untergeschoss. Außerdem bin ich umgezogen.» Bill und ich? Wenn du wüsstest. «Ich habe ihn seit der gerichtlichen Untersuchung nicht mehr gesehen.» Ich habe ihn gemieden, so wie er mich gemieden hat. Ich habe ihn da hineingezogen, und er fühlt sich jetzt verantwortlich, genau wie ich. Würden Leute Selbstmord begehen, wenn sie sich in die Lage anderer versetzen könnten, wenn sie wüssten, wie man sich fühlt, wenn man zurückbleibt und mit dem ständigen «Hätte ich doch» im Unterbewusstsein leben muss? Typisch Alisons Selbstsucht. Sie hat sich nie einen Deut um die Gefühle anderer Leute gekümmert. Emma schloss kurz die Augen. Wie schrecklich, der verstorbenen besten Freundin so etwas vorzuwerfen.

«Ich habe gesagt, was sollen wir nun mit Ihnen anstellen?»

«Ich weiß es nicht, Miss T.»

Miss T. blätterte wieder in Papieren, setzte ihre Lesebrille auf, sah Emma über die Gläser hinweg an und presste die Lippen zusammen. «Sie haben drei Wochen Zeit», sagte sie schließlich, «bis zum Ende des Semesters. Wenn Sie mir in dieser Zeit beweisen, dass Sie sich zusammenreißen können, werde ich Ihnen den Platz frei halten. Sonst bin ich gezwungen, Konsequenzen zu ziehen.»

Emma ging direkt nach Hause. Jay war nicht da. *Komme spät*, hieß es auf dem Zettel, und sie vermisste ihn. Da sie Trost brauchte, vertilgte sie das Chili, das sie in der Pfanne auf dem Ofen entdeckte, aß ein Schinken-Tomaten-Sandwich, räumte dann ihr Zeichenmaterial in das leere Zimmer und setzte sich an die Arbeit. Morgen fange ich richtig wieder an, redete sie sich ein, ein Tag mehr oder weniger spielt doch keine Rolle.

Ihr war unangenehm klar, dass er eine große Rolle spielen könnte.

Am nächsten Morgen stand sie früh auf und ließ Jay dösen, während sie an ihre Arbeit ging. Es war anfangs schwierig, sich zu konzentrieren – als sie das Zimmer verließ, hatte sie sich dummerweise nach ihm umgesehen. Sie schaute ihm gern beim Schlafen zu, mit fürsorglichen, fast mütterlichen Gefühlen, denn er wirkte dann jünger, sanfter, verletzlicher. Statt zu arbeiten, starrte sie immer wieder in die Luft und dachte an ihn.

Bis halb neun hatte sie insgesamt eine Stunde gearbeitet und eine Stunde vertrödelt. Sie kochte Tee und nahm die Becher mit ins Schlafzimmer, um ihn zu wecken.

Er war schon wach, saß in die Kissen gelehnt und wartete auf sie. Er war noch zerknautscht vom Schlaf und lächelte unwillkürlich, als sie durch die Tür trat, ein seltenes, schönes Lächeln, das sein falkenhaftes Gesicht verwandelte und Emmas Knie weich werden ließ. Sein Schutzschild war immer noch deaktiviert.

Am liebsten hätte sie sich ausgezogen und wäre wieder zu ihm ins Bett gekrochen, aber er hielt sie auf Armeslänge von sich fern. «Es wird Zeit, dass ich wieder meine Brötchen verdiene», sagte er, während er ihren Nacken umfasste, sie zu sich herunterzog, um sie zu küssen, und im Bad verschwand.

Sie fuhren zusammen in die Stadt – wie ein altes Ehepaar, dachte Emma bestürzt –, und Jay ließ sie am Anfang der Oxford Street aussteigen. «Kommst du zurecht?», fragte er, als er ihr blasses, angespanntes Gesicht sah.

«Ja. Ich komme schon zurecht.» Glaube ich. Aber wenn du nur mitkommen und Händchen halten würdest. Ich wollte, ich wäre nicht so von dir abhängig. Sie wandte sich um und lächelte ihm zu. Wenn du doch nur Ricky wärst. Ich wünschte, ich wäre nicht so durcheinander.

Er beugte sich zu ihr und küsste sie, dann setzte er sie samt ihrer Mappe auf die Straße. Sie stand auf dem Bürgersteig und sah hinter seinem Wagen her, der im Verkehr verschwand. Dann drehte sie sich widerwillig um, stieg die Treppen hinauf und bemühte sich, die aufsteigende Panik zu ignorieren.

Es war immer noch da, Alisons Kleid, es hing immer noch auf der Puppe am Fenster. Emma blieb einen Augenblick stehen und starrte es an, dann strebte sie weiter, nirgendwohin, nur weg von diesem Raum. Sie gelangte in den dritten Stock, wo sie mit leerem Blick das schwarze Brett ansah. Am Freitag war Mensafete.

«Das Leben geht weiter.»

«Hallo, George. Wie geht's?»

«Danke, prima.» Im Unterschied zu dir. Du siehst ja schrecklich aus, so dünn. «Habe ich dir schon erzählt, dass Jilly und ich im Oktober heiraten? Du bist eingeladen.» George stockte, spürte, dass er etwas sagen, zumindest Alisons Namen erwähnen sollte. «Wird aber nicht dasselbe sein ohne Ali.» Danach trat er unbehaglich von einem Bein aufs andere, denn er wusste nicht, was er noch sagen sollte.

«Wie geht's Bill und Adrian?», fragte Emma hilfsbereit.

George wurde rot. «Bill ist schon wieder weg. Hat sich krankschreiben lassen und nimmt was gegen ich weiß nicht was.» Er lachte, ein wenig zu laut, ein wenig zu herzlich. «Muss ziemlich schlecht dran sein, er ist für den Rest des Semesters heim zu Muttern gefahren.»

Merkwürdigerweise fand Emma es tröstlich, dass Bill die Dinge noch schlechter in den Griff bekam als sie. «Und Adrian ...?»

«Hat eine Freundin.» George drückte an einem Pickel an seinem Kinn herum. «Von der Central School, glaube ich. Hübsches Mädchen.» Er warf einen Blick auf Emma, um zu sehen, wie sie es aufnahm, dann schaute er wieder weg. «Fragt aber immer noch nach dir», versuchte er den Schlag abzumildern.

«Das stört mich nicht, George. Eigentlich bin ich sogar erleichtert. Wenn er eine Freundin hat, brauche ich mich ihm gegenüber nicht mehr schuldig zu fühlen. Wir haben nämlich im Januar Schluss gemacht.»

«Und was treibst du jetzt?» George war froh, dass er es durch ein potenzielles Minenfeld geschafft hatte, ohne in Stücke gerissen zu werden. «Hast du einen Freund?»

«Hmm. Ich lebe mit jemandem zusammen.» Zum ersten Mal akzeptierte sie, dass es sich nicht nur um ein vorübergehendes Arrangement handelte. Das Geständnis flößte ihr Schuldgefühle ein, als würde sie Ricky betrügen.

«Du? Die eiserne Jungfrau?» George war beeindruckt. «Mensch, du bist aber weit gekommen. Kenne ich ihn?»

«Doch ... Ja. Hat Bill dir nichts erzählt? Es ist Jay.»

«Jay? Was, Jay Hammond?» George starrte sie mit offenem Mund an. «*Nein!* Zum Teufel – ich meine, du meine Güte – das ist ja, weißt du auch, was du da tust, Em?»

«Möglicherweise nicht.» Emma musterte Georges rotes Gesicht. Er hatte sich vor kurzem die Haare schneiden lassen, begann, Gewicht anzusetzen und erwachsen, ja respektabel auszusehen. Ich kenne dich jetzt seit mehr als zwei Jahren, dachte sie, wir hatten dieselbe Adresse, kannten dieselben Witze, hatten dieselben Freunde, und jetzt stehst du hier, hüpfst von einem Fuß auf den anderen und würdest alles geben, um von mir wegzukommen. Als hätte ich die Beulenpest. Ich rieche nach Tod, ich bin ansteckend. Oder bilde ich mir das alles nur ein?

«Da wir gerade von Freunden reden ...» George, bemüht, sich nicht anmerken zu lassen, dass er sich am liebsten davongemacht hätte, stockte, überlegte, ob er es erwähnen sollte oder nicht, dann zuckte er mit den Schultern, dachte: Was soll's, und fuhr fort. «Neulich hab ich diesen anderen Typ von dir getroffen.»

«Welchen anderen Typ?»

George platzte heraus: «Den Bruder von Ali, Ricky, weißt du noch?»

Weißt du noch? Oh Gott, wie könnte ich den je vergessen? Wie kannst du nur fragen? Emma spielte mit dem Gedanken umzufallen und wies ihn dann zugunsten stummen Erbleichens zurück.

«Mum ist auf dem Markt zu Hause in Norfolk über ihn gestolpert, wusste nicht, wer das war, dachte nur, er käme ihr irgendwie bekannt vor. Sie hatte Ali nur ein einziges Mal getroffen, an dem Tag, an dem wir alle eingezogen waren, aber sie hatte sich ihr eingeprägt, sagte sie. Na ja, sie fiel ja auch wirklich auf, stimmt's? Er verkaufte Schmuck an einem Stand, hübsche Sachen, meinte Mum, aus Silber, sehr fein. Und er nahm auch Aufträge für Gemälde an. Er malt Häuser. Mum hatte so was noch nie gesehen, unglaublich detailliert, sagte sie, wie Hilliard, nur Häuser statt Menschen. Jedenfalls gab sie ihm den Auftrag, eins von unseren zu malen, und er tauchte kurz vor Weihnachten auf, als ich zu Hause war. Erstaunlicherweise stottert er fast überhaupt nicht mehr. Weißt du noch, dass man ihn kaum verstehen konnte? Absolut erstaunlich, der Unterschied, Rick redete vollkommen verständlich, und ihm gefiel das alte Haus, sagte, so eins würde er sich kaufen, wenn er es mal geschafft hätte. Aber weißt du, Em», George blies sich empört auf, «er bezeichnete mich als Trottel, als ich ihn fragte, ob er sich noch an dich erinnere.»

«Wo ist er?»

«Wer?»

«Ricky.» Emma schluckte heftig und bemühte sich, lässig zu klingen. «Wo ist er?»

«Keine Ahnung, tut mir Leid, hat er nicht gesagt, ist einfach verschwunden, als er fertig war …»

Emma schluckte, widerstand der Versuchung, George zu schlagen, ganz fest, auf die Nase, öffnete den Mund, um die tausend Fragen zu stellen, die ihr durch den Kopf schwirrten, entdeckte dann aber, dass ihr die Zunge am Gaumen klebte, drehte ihm abrupt den Rücken zu und marschierte auf Beinen davon, die sich wie aufgeribbeltes Strickzeug anfühlten.

Was zum Teufel habe ich denn jetzt gesagt? fragte sich George und sah empört hinter ihrem verschwindenden Zopf her. Warum ist sie so wütend, ich habe doch nur über Alisons Bruder gesprochen? Schließlich waren sie doch gar nicht lange zusammen. Ihm fiel ein, dass Rick Brown eventuell noch gar nicht wusste, dass seine Schwester tot war. Rick hatte ja angeblich keinen Kontakt mehr zu seiner Familie. Warum, fragte sich George auf dem Weg nach unten zum Typographiekurs, müssen eigentlich alle so verdammt empfindlich sein?

Den Rest des Vormittags über versteckte sich Emma, stand wieder da, wo sie vor Monaten angefangen hatte, im leeren Aufenthaltsraum am Fenster, sah auf den Verkehr auf der Charing Cross Road zwei Stockwerke unter ihr und kochte vor ohnmächtiger Wut darüber, dass Rick lebte und nicht bei ihr war. Um zwölf ging sie zum Essen, und weil sie die Mensa nicht ertrug, allerdings auch den Italiener scheute, kaufte sie sich ein Sandwich, das sie untypischerweise nicht essen mochte, und begab sich dann widerstrebend wieder zum College, nur um auf dem Bürgersteig herumzulungern und gegen die Tränenflut anzukämpfen, die sie zu überwältigen drohte.

Sie hätte ihn eigentlich erwarten müssen, immerhin hatte er es sich fast schon zur Gewohnheit gemacht, sie zu retten, aber sie zuckte wieder zusammen, als Jay neben ihr auftauchte. Sie warf sich in seine tröstenden Arme und klammerte sich an ihn, ungeachtet der merkwürdigen Blicke, die ihnen die Studenten zuwarfen, die auf dem Weg zurück vom Essen an ihnen vorbeiströmten, bis Zorn und Kummer sich legten. Als er sie zu seinem Wagen führte und auf den Sitz packte, empfand sie überwältigende Dankbarkeit: dass er da war, dass er sie liebte, dass er nicht fortgelaufen war wie Rick. Sie kam sich erneut ungeheuer betrogen vor, nicht durch Alisons Tod, sondern durch Ricks offensichtliches, unverschämtes und herzloses Wohlbefinden. Wie konnte er es *wagen*, weiterzuleben, ja, Erfolg zu haben, ohne sie?

Jay, der davon keine Ahnung hatte, fuhr mit ihr nach Hause, führte sie zum Sofa und setzte sich ihr gegenüber.

«Also, was ist jetzt?»

«Ich weiß es nicht.» Emma starrte auf den Teppich unter ihren Füßen, Blau-, Schwarz- und Ockertöne, tiefes Rubinrot, und ließ ihn in dem Glauben, sie würde nur um Alison trauern. «Ich schaffe es offenbar nicht. Theoretisch ist alles in Ordnung, aber sobald ich im College bin, bricht alles zusammen. Heute Morgen habe ich George getroffen. Weißt du, dass ihm allein meine Anwesenheit schon unangenehm war? Ich komme mir vor wie eine Leprakranke auf einem Gartenfest. Ich bringe alle in Verlegenheit, sie wissen nicht, wie sie mit mir reden sollen.» Das war eine ziemlich genaue Beschreibung ihrer Isolation. Aber Ricky, ach, Ricky, wo bist du? Wie konntest du mir das antun?

«Dann ruf doch Bill an. Ihr könntet zusammen hingehen. Euch gegenseitig unterstützen ...»

«Bill ist immer noch krankgeschrieben. Ihm geht es noch schlechter als mir – laut George muss er Tabletten schlucken und ist wieder zu Hause bei seiner Mutter.» Sie lachte gezwungen. «Wenn ich einen Nervenzusammenbruch bekäme, wäre meine Mutter die Letzte, zu der ich ginge.»

Jay sah sie ausdruckslos an. «Ich auch», sagte er, woraufhin Emma ihn überrascht anstarrte. Er hatte noch nie erwähnt, dass er überhaupt eine Mutter hatte, geschweige denn, dass sie noch lebte. Als er ihr Interesse bemerkte, ging er schnell wieder zu ihrer Unterhaltung über. «Du solltest hier bleiben, damit ich dich wieder zusammenflicken kann. Mein Humpty Dumpty. Das nächste Problem: Wenn du nicht mehr zum College willst, was willst du dann machen?»

«Ich weiß nicht. Von meinen Aufträgen kann ich weder leben noch meine Wohnung bezahlen ...» Du liebe Güte, wie konnte ich nur so etwas Blödes sagen, denn du wärst ja nur allzu erfreut, wenn ich die aufgäbe und endgültig einzöge, eine Bindung einginge, zu der ich nicht bereit bin.

«Ich kann für uns beide aufkommen», sagte Jay schlicht, als hätte er ihre Gedanken gelesen. «Du kannst so viel oder so wenig arbeiten, wie es dir beliebt, oder auch gar nicht, wenn du willst.» Er grinste, bemüht, die zunehmend düstere Atmosphäre aufzuhellen. «Du könntest in deiner Freizeit sogar kochen lernen – und den Namen Hammond annehmen.»

Sie überhörte die Stichelei, denn ihre Kochkünste waren ein Witz, und der andere Vorschlag war ein gefährlicher Köder. «Ich muss mir Arbeit suchen, aber ich weiß nicht, ob ich das ohne Abschluss kann.»

«Natürlich kannst du das.» Kommentarlos akzeptierte Jay ihr Ausweichmanöver. «Wir stellen eine Mappe zusammen, und ich werde mit dir ein paar Agenturen besuchen.

Außerdem könnten wir noch Stoffmuster verkaufen. Ich habe mittlerweile überall gute Kontakte – eventuell kann ich sogar einen Käufer für dich finden, ohne dass vorher ein Probedruck gemacht werden muss.»

Von allen Orten, die Emma keinesfalls aufsuchen wollte, hatte das Fotostudio im Keller den Spitzenplatz auf ihrer Liste.

«Ich mach das schon», sagte Jay. Er lümmelte sich auf dem Sofa und trocknete ihr das Haar, während sie zwischen seine Knie gelehnt auf dem Boden saß. «Wenn du Miss T. deinen Brief bringst, gehe ich zu Eddie.»

Die Erleichterung war Schwindel erregend wundervoll, als hätte man sie unerwartet von einer Gefängnisstrafe freigesprochen und aus dem Dunkel in den Sonnenschein entlassen.

Ihr Gewissen meldete sich. «Ich muss nach Hause. Ich muss Ma das persönlich erklären. Sie kriegt bestimmt tausend Anfälle, wenn ich ihr das erzähle.»

«Soll ich mitkommen?»

«Nein!», sagte sie heftig. «Du würdest alles nur noch komplizierter machen.» Ma würde dich zum künftigen Schwiegersohn ernennen. Du würdest deinen unbezweifelbaren Charme einsetzen und großartig mit ihr klarkommen, und ich zapple dann hilflos zwischen euch und muss meine Freiheit gegen euch beide verteidigen. «Das kann ich besser allein. Ich fahre nächstes Wochenende … vielleicht.»

«Em …» Jay rutschte hinter ihr auf den Boden, die langen, schlaksigen Beine zu beiden Seiten neben ihr ausgestreckt.

«Hmm?»

Er ließ den Kopf auf ihre Schulter sinken. «Lass mich nicht zu lange allein.»

Er fuhr sie am Freitagmorgen in die Stadt, ihre Hand umklammerte den Brief mit ihrer Abmeldung (Rückzugs-, Verzichts-, Bankrotterklärung?), und sie trennten sich an der Treppe, Emma, um zu dem hinaufzugehen, was ein unerfreuliches Gespräch mit Miss T. zu werden versprach, Jay, um zu Eddie im Souterrain hinunterzugehen und die Fotos abzuholen.

Sie musste warten, denn eine andere arme Seele erhielt gerade ihre Standpauke, und das dauerte so lange, dass Jay, ein dickes, braunes Paket in der Hand, sie noch erwischte. Er strahlte, ja, er triumphierte sogar.

Sie drehte den Umschlag in der Hand, zögerte ihn zu öffnen, falls er unwiderlegbare Beweise dafür enthalten sollte, dass ihre Begabung nicht zum Überleben ausreichte, und fragte vorsichtig: «Na?»

«Na … Eddie meint, deine Sachen sähen toll aus.»

Emma sah ihn skeptisch an. «Und?»

«Und was? Ich habe Eddies Befund nichts hinzuzufügen. Zeig sie ihr. Bemüh dich um ihre Sympathie. Sie hat Kontakte im Klamottengewerbe, ich nicht.»

«Sie können jetzt hineingehen», sagte die Sekretärin, die mit einem blassen Jungen aus einem der Anfangssemester aus dem Büro auftauchte.

«Aber ich sollte dich warnen», Jay stand mit ihr auf, «es sind ein paar mit Ali dabei.» Er berührte ihre Wange. «Viel Glück!»

Das Gespräch begann zäh. Miss T. las stumm Emmas Entschuldigungsbrief und sah sie dann ausdruckslos über ihre Lesebrille hinweg an. «Schade», sagte sie brüsk. «Ich dachte, Sie könnten sich mittlerweile ein bisschen zusammennehmen. Und was haben Sie jetzt vor?»

«Äh, also, hmm …»

«Kommen Sie, meine Liebe, etwas genauer sollten Sie

sich schon ausdrücken. Wir haben nämlich eine Zeit lang große Hoffnungen in Sie gesetzt. Man hat mir gesagt …», sie blätterte in Papieren und überflog Emmas Akte, «Sie hätten schon einige Illustrationsaufträge übernommen. Werden Sie davon leben können?»

Emma schüttelte den Kopf, rutschte auf die Stuhlkante und drehte den braunen Umschlag auf ihrem Schoß hin und her. «Ich hatte eigentlich gehofft …», wie unverschämt, der Frau zu erzählen, dass sie das Handtuch werfen wollte, und sie im nächsten Atemzug um einen Gefallen zu bitten, «Sie könnten mir vielleicht einen Rat geben.» Als sie zu Miss T. aufsah, musterte die sie mit belustigter Herablassung.

Gar nicht so einfach, dachte Miss T., das Kind ernst zu nehmen, wenn sie so da sitzt und an ihrem Rock zupft wie ein vierzehnjähriges Schulmädchen. War ich auch mal so dünn? Nettes Kind, aber empfindlicher, als ihr gut tut. Wie will sie es in der Textilindustrie schaffen, wenn sie nicht einmal im College zurechtkommt?

Sie nahm den braunen Umschlag entgegen, den Emma ihr über den Tisch schob, und ging die Fotos zum Wahnsinnigwerden langsam durch, ohne ein Wort zu sagen. Dann stapelte sie alle ordentlich und steckte sie wieder in den Umschlag zurück.

«Und was halten Sie selbst davon?», fragte sie unverhofft.

«Ich weiß nicht.» Emma lächelte und fand die Situation, in die sie sich da gebracht hatte, plötzlich komisch. «Ich habe wirklich nicht die geringste Vorstellung. Ich habe sie noch nicht gesehen.»

«Na, dann werfen Sie besser mal einen Blick darauf.» Miss T. schob den Umschlag wieder über den Tisch und holte dann ein Blatt Papier aus ihrer Schreibtischschublade. Während Emma die Früchte ihres Fleißes der letzten drei

Monate durchsah, begann Miss T. zu schreiben, in runder, ordentlicher Handschrift, mit großer Geschwindigkeit, und sah nur kurz auf, um zu fragen: «Na, was meinen Sie?»

«Im Großen und Ganzen», sagte Emma schließlich und bemühte sich, über Alisons schönes Gesicht hinwegzusehen, während sie sie zum zweiten Mal durchblätterte, «finde ich sie ganz ordentlich.» Das waren sie auch: adrette, flotte Sachen – Röcke, Oberteile, Hosen, alles miteinander kombinierbar, kommerziell und ausgesprochen tragbar.

«Im Großen und Ganzen», griff Miss T. ihre Formulierung auf, das Gesicht bemüht ausdruckslos, «bin ich geneigt, Ihnen zuzustimmen. Die Sachen sind, wie Sie sagen, ganz ordentlich.» Dann wandte sie sich wieder dem Schreiben zu.

Emma saß stumm da, sah zu, wie der Füller über die Seite flog, und wartete geduldig, bis Miss T. fertig war, den Brief schwungvoll unterzeichnete, zusammenfaltete und in einen Umschlag steckte. Sie schrieb einen Namen und eine Adresse vorne drauf und hielt ihn ihr hin.

«Gehen Sie zu Mirico.» Sie wies mit der Hand auf die Fotos auf Emmas Schoß. «Nehmen Sie die mit und alles, was Sie sonst noch wichtig finden. Solly Cohen ist ein Freund von mir und stellt Ihre Art von Sachen her, meist sportliche Kleidung, ‹Kombi-Chic›, wie man in diesem scheußlichen modernen Jargon sagt. Er wird in ein paar Monaten jemanden brauchen. Zeigen Sie ihm den Brief.»

Sie stand auf, zum Zeichen, dass das Gespräch beendet war, und streckte ihre Hand über den Schreibtisch. «Viel Glück, meine Liebe. Lassen Sie mich wissen, wie Sie zurechtkommen.»

Nun, da die Entscheidung unwiderruflich gefallen war, geriet Emma in einen merkwürdigen, winterschlafähnlichen

Zustand, sie aß, trank, schlief, ging mit Jay ins Bett, arbeitete sporadisch in seinem leeren Zimmer an Stoffmustern und Aufträgen und lebte in den Tag hinein. Sie sprach mit Tante Mabel, erkundigte sich nach Bill, der immer noch krankgeschrieben und offenbar ebenso daneben und durcheinander war wie sie, ließ mit schlechtem Gewissen Grüße an ihre Mutter ausrichten, unternahm jedoch nichts in Sachen Mirico. Sie brauchte nichts zu überstürzen, es eilte nicht, außerdem war es für sie noch zu nah an der rauen Wirklichkeit, um sich damit zu befassen, also schob sie es von sich.

Sie merkte, dass Rick ihr entglitt, dass sie in Gefahr war, ihn zu verlieren, doch sie brachte offensichtlich nicht genug Energie auf, um gegen das feine, beschützende Netz anzugehen, das Jay insgeheim um sie zu knüpfen begann. Er schien instinktiv zu wissen, wann er sie allein lassen musste und wann sie Gesellschaft brauchte, schien sie besser zu verstehen, als sie sich selbst verstand, aber das war nichts Besonderes, redete sie sich ein – fast jeder hätte sie füttern, beruhigen, in warme, tröstliche Geborgenheit hüllen und durch nächtliche Lust erschöpfen können. Jay akzeptierte stillschweigend die Regel, nach der offener Druck verboten war, und brach den unausgesprochenen Bann nur, wenn ihr Widerstand geschwächt war, wenn sie gerade miteinander geschlafen hatten und sie befriedigt in seinen Armen lag. Dann bat er sie, ihn zu heiraten. «Nein», sagte sie jedes Mal mit brutaler Offenheit. «Ich liebe dich nicht.»

Jetzt, da sie ihn mit neuen Augen sah, bestätigte sich für Emma, was sie von Anfang an diffus gespürt hatte. Ob im Theater, wenn er im Foyer auf sie wartete, oder bei den seltenen Gelegenheiten, wenn er sich in Konzertpausen an die Bar stellte, Jay war immer allein. Er hatte einen Stacheldrahtzaun um sich herum errichtet, an dem niemand vorbeidurfte.

Er kannte offensichtlich jede Menge Leute, jede Menge Frauen. Sie kamen in Lokalen zu ihm und grüßten ihn in Restaurants. Er suchte sich einen Platz, lehnte, das Knie gebeugt, den Fuß flach an der Wand, in einer Ecke, lümmelte sich auf einem Stuhl oder stützte sich auf den Tresen. Wenn sich Bekannte zu ihm gesellten, war er höflich, steuerte seinen Teil zur Unterhaltung bei, aber gestattete ihnen irgendwie nie, die unsichtbare Linie zu überschreiten, die er um sich gezogen hatte. Nie nahm er von sich aus Kontakt auf, nie nahm er Einladungen zum Abendessen oder zu Partys an. Als sie ihn fragte, warum er Geselligkeiten mied, sah er sie ganz erstaunt an und meinte dann verwirrt: «Wenn ich keine Lust habe mitzumachen, warum sollte ich so tun, als ob?»

Oft, ja meist, wenn der Vorhang sich senkte und das Publikum zur Bar oder zum Ausgang eilte, zog er sie zu sich herunter, und sie blieben ruhig auf ihrem Platz sitzen, bis die Klingel die Getreuen zum zweiten Akt versammelte oder bis sie die Letzten im Zuschauerraum waren und die Putzfrauen erschienen, um Bonbonpapiere, Programme und Dauerlutscherstiele aufzusammeln. Er lebte in einem Raum für sich allein, in den die Außenwelt nur zeitweilig eindringen durfte. Bis auf Emma. Emma wollte er bei sich haben, in seiner selbst errichteten Exklave, ein wachsamer Beobachter, aber kein Teilnehmer. Seine eigenartige Unabhängigkeit erinnerte sie schmerzhaft an Rick.

Welch ein Zufall, sinnierte sie, dass die beiden Männer, zu denen sie eine ernsthafte Beziehung hatte, sich so ungemein ähnlich waren, beide Eigenbrötler? Und sie stellte fest, dass sie zwar Ricks Grund für seine Zurückgezogenheit kannte, Jays aber ein Rätsel für sie war.

Sie sah auf ihre Uhr, die Sonne am Himmel war höher gestiegen und vor dem Dachbodenfenster war es hell. Zeit für eine Pause. Der Einsiedler würde mittlerweile mit den Hunden zurück sein und unten auf sie warten, und bei dem Gedanken lächelte sie voller Vorfreude. Eigentlich hätte sie nach all den Jahren über solch kindliche Begeisterung längst hinaus sein sollen. Sie riss sich zusammen, begann die aussortierten Sachen in schwarze Säcke zu werfen, die sie oben zuband und neben der Tür abstellte, um dann nach unten zu gehen.

«He!» Seine Stimme hallte die Treppe hoch. «Komm runter, ich hab Kaffee gekocht.»

«Schon unterwegs.» Kannst du Gedanken lesen? fragte sie sich. Und wenn ja, wie kommt das? Errätst du, was ich denke, weil wir schon so lange zusammen sind, oder weil wir nach allem, was wir durchgemacht haben, so fest aufeinander bauen können?

17

Bis Emma sich imstande fühlte, einen Termin bei Mirico zu machen, war es Sommer.

Solly Cohen war riesig, so groß wie Alisons Vater, groß wie ein Haus. Sein Büro, in einem modernen Gebäude nicht weit von der Oxford Street entfernt, war ebenfalls recht groß, aber trotzdem kam Emma sich vor, als beträte sie einen ziemlich kleinen Schrank mit einem Grizzlybären darin. Seine Stimme war so gewaltig wie seine körperliche Präsenz – tief, heiser und ungemein laut. Seine Wangen waren rosig, sein Haar eine abstehende Masse brauner Locken und sein Mund eine rosafarbene, unpassende Rosenknospe. Sein Händedruck war zermalmend.

«Wie darf ich Sie nennen?», posaunte er.

«Emma. Emma Versey.»

«Prima. Emmie Versiiie. Angelica meint, ich sollte Ihnen eine Chance geben. (Angelica? Sollte Miss T. tatsächlich *Angelica* heißen?) Bin mir nicht so sicher. Keine Zeit für kostbare kleine Petunien, die beim geringsten Druck welken.» Petunien? Was zum Himmel erzählt der Mann da? «Um in dieser Branche zu überleben, muss man zäh sein.» Er sah sie mit großen, hervorquellenden Augen drohend an. «Sind Sie zäh, Miss Emmie Versiiie? Oder eine welkende Petunie?»

Sie widerstand der Versuchung loszulachen. «Weiß ich noch nicht», sagte sie und übernahm seine Marotte, Sätze in der Mitte zu beginnen.

«College abgebrochen, wie ich sehe. Und warum?»

«Persönliche Gründe.»

«Was für persönliche Gründe? Womöglich schwanger? Haha!» Er grölte.

«Ich möchte lieber nicht darüber sprechen.» Emma sah ihn zweifelnd an. Sie könnten mir auf den Wecker gehen, dachte sie, schrecklich schnell.

Er kramte auf seinem Schreibtisch herum, einem überquellenden Schlachtfeld aus Mustern, Rechnungen, Briefen und Skizzen, fand schließlich Miss T.s Brief und las ihn noch einmal durch.

«Na ja, immerhin sind Sie nicht rausgeflogen. Ist doch schon was, nehm ich an.» Er grinste, zeigte große, weiße lange Zähne, die sich in diesem kleinen, weibischen Mund um Platz drängelten. «Falls das hier keine Fälschung ist.»

Sein Lächeln war ansteckend, begeistert und ein bisschen albern. Unwillkürlich lächelte Emma zurück. «Was leicht festzustellen wäre, würde ich sagen», meinte sie, und er lachte, als gingen gleichzeitig ein Dutzend Presslufthämmer los.

«Stimmt», schnauzte er. «Nun zum Geschäft!»

In seinem Büro lag überall etwas herum: auf zwei Ledersesseln waren Stoffstücke in verschiedenen Mustern drapiert, Tuchballen lehnten wie betrunken an den Wänden, der enorme Schreibtisch mit der Lederauflage war schlampig und chaotisch. Aktenschränke standen offen, als wäre ein Dieb bei einem Raubzug gestört worden. Und mittendrin schwang er in dem Drehstuhl mit gepolstertem Rücken wild im Kreis herum, bis er schließlich anhielt und sie ansah.

«Mach Ihnen einen Vorschlag», schrie er. «Nichts Großartiges für euch Studenten, euch Traumtänzer. Kommt mit einem Stück Papier von eurem angeberischen College, blast euch auf und habt keinen Schimmer vom Geschäft. Von dem Mist kann ich nicht mal die Hälfte verkaufen.» Er wies mit einer riesigen, verächtlichen Tatze auf ihre Mappe, die offen auf seinem Schreibtisch lag. «Wenn Sie gut werden wollen, müssen Sie erst mal was lernen. Und zwar schnell. Sonst werf ich Sie raus. Verstanden?»

«Wenn Sie mich rausschmeißen wollen, kann ich wohl davon ausgehen, dass Sie mich nehmen?»

«Schlaues Rotschöpfchen», sagte er fröhlich grinsend, und Emmas Stimmung hob sich. «Gut, kommen Sie mit!» Er polterte auf die Füße, stand riesig vor ihr und stürmte in die Rezeption hinaus. Emma folgte ihm so ausgesprochen vorsichtig, wie man einem voranstürmenden Rhinozeros folgen würde, und lief in seinem Kielwasser durch einen langen Gang zum Zuschneideraum.

«Hallo, Mädels!» Mit einer riesigen, breiten Hand winkte er einem halben Dutzend Frauen mittleren Alters in Nylonoveralls zu, die, über ihre Maschinen gebeugt, eifrig an langen Stoffbahnen entlangstichelten.

«Schreibbüro! Rechnungsbüro!», schnauzte er, als sie an Glaswürfeln links im Raum vorbeikamen, in denen Sekretärinnen Rechnungen überprüften, Preise kalkulierten und Pakete voller Litzen, Knöpfe und Reißverschlüsse öffneten.

Am Ende weitete sich der Raum L-förmig, und dort arbeiteten zwei Männer an riesigen Tischen als Zuschneider. Hinter ihnen, Gestell um Gestell, zahlreiche Stoffe: Ballen, Rollen und Reste stapelten sich zehn Fuß hoch, und an einer Seite befand sich eine Reihe von Bügeleisen, durch dicke Kabel, die von der Decke hingen wie Kletterseile in der Schule, mit der Hauptleitung verbunden. Es gab Bügelbretter, einen Hoffman-Dampfbügler, Ärmelbretter, Hosenpressen. Der Lärm der Maschinen war beeindruckend.

«Alles klar, Cyril?»

«Aye-aye, Solly.»

«Der Chefzuschneider», brüllte Cohen. «Bester Mann in dem Gewerbe!»

Cyril, grauhaarig, drahtig, das Gesicht von Hunderten von Falten durchzogen, blinzelte Emma zu und wartete dann geduldig auf die Anweisungen seines Herrn, während Cohen begann, die Stoffregale zu durchforsten, unter den Tuchen zu wühlen, dann eins nach dem anderen hervorzuziehen und sie aufs Ende des Zuschneidetischs zu werfen, wo sie mit einem Plumps landeten.

Als er ein Dutzend Ballen auf dem Tisch liegen hatte, schnappte er sich eine Schere, schnitt von jedem ein Muster ab und warf die Schere nachlässig auf den Tisch, den sie laut klappernd entlangrutschte. «So!», sagte er und packte den Stapel mit den Stoffstücken mit seiner großen Faust. «Alles in Ordnung, Cyril?»

«Aye-aye, Solly», und schon war Cohen wieder unterwegs, den Weg zurück, den er gekommen war. Es war, als befände man sich in Begleitung eines Wirbelwindes.

Wieder in seinem Büro, ließ er sich in seinen Stuhl fallen

und warf Emma den vielfarbigen Stapel zu. «Na, was können Sie damit anfangen?»

«Was hatten Sie sich denn so gedacht?»

«Sie sind die Designerin. Sagen Sie was!»

Emma ging den Stapel durch. Es waren gute Stoffe dabei, eine feine Wolle, eine Leinenmischung, ein Segeltuch. Es gab einen Barrathea von anständiger Qualität und ein leichtes Kammgarn.

«Reste. Letzte Saison bestellt und nie benutzt. Sind sonst Abfall.» Er sah scharf hoch. «Sie wissen, was für Zeug wir machen?»

«Äh, hmm, ich ...»

Er wartete nicht auf ihre gestammelte Antwort und schnaubte wie eine Dampflokomotive. «Finden Sie's raus», schnauzte er. «Verdammt unprofessionell so was.» Während er wie ein Sittich auf der Stange hin- und herschaukelte, musterte er sie mit geneigtem Kopf. «Eine Auswahl von Kostümen», sagte er schließlich. «Nichts Ausgefallenes, halten Sie es schlicht. Bis Anfang nächster Woche.» Er strahlte sie fröhlich an. «Außerdem zahle ich Ihnen keinen Pfennig, bevor ich die Entwürfe nicht gesehen habe. Wenn sie in Ordnung sind, machen wir sie, wenn nicht, vergessen Sie's. Für Ausschuss zahl ich nicht. Einheitshonorar, wenn wir sie brauchen können, vierzig Pfund das Kleidungsstück. Wenn ...» Er beäugte sie skeptisch. «*Wenn* sie sich verkaufen, können wir über einen Folgeauftrag reden.»

Er wartete gespannt auf eine Antwort. Als Emma «In Ordnung» sagte, nickte er brüsk und stand auf, wobei er den gesamten verfügbaren Platz zwischen ihnen ausfüllte.

«Na prima, Emmie Versiie», dröhnte er. «Dann nehmen Sie Ihr Zeug, und hauen Sie ab. Hab noch zu tun.» Bis sie ihre Mappe zusammengepackt hatte und an der Tür war, hing er bereits wieder am Telefon. «Keine von Ihren verdammten

Entschuldigungen, Bernard, Sie haben mir diese Knöpfe schon vor drei Wochen versprochen.» Er sah nicht auf.

Sie ging zu Dickens and Jones, wanderte durch die Damenabteilung und sah sich Kleider an. Sie studierte Miricos letzte Kollektion, dann die Konkurrenz, Emcar, Reldan, Alexon, Berkertex, und versuchte die Zielgruppe zu bestimmen. Es waren nicht die Jugendlichen, nicht wie bei Mary Quant oder Biba, aber es war auch nicht das andere Extrem mit den pflegeleichten Sachen für die Oma. Nach fast einer Stunde, als die Verkäuferin sie endgültig für eine potenzielle Ladendiebin hielt, lief sie wieder zur Oxford Street und nahm dort den Bus nach Marble Arch, den Kopf voller Ideen und Pläne.

Sie überquerte die Straße zum Hyde Park und bummelte an der Serpentine entlang, setzte sich dann im heißen Sommersonnenschein auf eine Bank und sah zu, wie die Welt vorüberzog: Mütter mit Kinderwagen, am Arm oder an den Lenkern der Kinderfahrräder und Sportwagen ihre Einkaufstaschen, die größeren Kinder im Schlepptau; eilige Geschäftsleute, die weder nach rechts noch links sahen, um nicht von dem Drang, die Krawatten zu lockern, die Jacken auszuziehen und die Ärmel aufzurollen, überwältigt zu werden.

Sie wandte das Gesicht gen Himmel, schloss die Augen, um die Hitze zu spüren, bevor sie sie dann wieder öffnete, um den bauschigen, weißen Wolken nachzusehen, die über ihr durchs Blau zogen. Als sich Rick in ihre Gedanken drängte, schob sie ihn entschlossen fort – sinnlos, sich mit etwas zu quälen, das sich nicht ändern lässt –, aber als Alison folgte, durfte die verweilen, und zum ersten Mal seit Monaten gestattete Emma sich, fast ohne Schmerz und Schuldgefühle an sie zu denken.

Wo hatte der Mistkerl seine Tochter begraben, nachdem die Metzgerburschen das, was von ihr übrig war, freigegeben hatten? Sie hatte nichts gehört, nichts gelesen, bis auf eine karge Mitteilung in der Zeitung: «Die Beerdigung hat stattgefunden …» Du da oben, wandte sie sich stumm an ihre Freundin, gib mir ein Zeichen. Achtung, ich bin hier unten und warte darauf, dass du dich meldest.

Sie hielt einen Augenblick den Atem an, voll törichter Erwartung, seufzte dann und stand auf, um heimzugehen. Erst als sie über das staubige Gras zur Straße ging, fiel es ihr ein: Jay war gar nicht da, er hatte heute einige Bilder zum Verkauf mitgenommen und kam erst am frühen Abend wieder. Enttäuscht, weil sie niemandem von ihrem Vormittag erzählen konnte, aber unternehmungslustig, wenn auch noch nicht wieder zur Arbeit bereit, begann sie zu rennen. Sie würde den Bus zur Portobello Road nehmen, dort war sie seit Jahren nicht mehr gewesen. Sie wollte an den Ständen herumstöbern und die Zeit ausfüllen, bis Jay wieder da war, um an ihrem Glück teilzunehmen.

Der Markt wimmelte von Menschen: amerikanischen Touristen in schreienden T-Shirts und karierten Shorts in Begleitung stämmiger Frauen mit Bügelfaltenhosen und Strass-Sonnenbrillen, Pulks von kleinen Japanern mit Kameras um den Hals, die sie auf alles und jedes hielten, Studenten auf der Jagd nach dem definitiven Schnäppchen und Liebespaaren, die Händchen haltend durch den Sonnenschein bummelten. Emma spazierte ziellos an den Ständen vorbei, ging in Gedanken noch einmal ihr erfolgreiches Vorstellungsgespräch durch, während sie sich mit der Menge treiben ließ und hin und wieder vor antiken Nachthemden und mottenzerfressenen Pelzmänteln, perlenbesetzten Spitzenkleidern und glockenförmigen Hüten stehen blieb.

Sie verbrachte fast zehn Minuten an einem Stand mit hausgemachten Bonbons, Fondants, Geleefrüchten, Trüffeln und weißer Schokolade, dann gab sie fast ihr gesamtes Kleingeld für eine kleine Tüte Zuckermandeln und ein Stück Fudge aus. Die Mandeln, unordentlich in einen Serviettenzipfel gedreht, erinnerten sie überraschenderweise an die Brosche, die sie in ihrer Tasche herumtrug, und an den Tag, an dem Rick sie ihr geschenkt hatte. Auf der Suche nach etwas Ähnlichem trat sie an die nächste Schmuckauslage, überzeugt, dass sie seine Arbeiten sofort erkennen würde, wenn – falls – sie auf sie träfe. Dann schalt sie sich wegen ihrer blühenden Phantasie und ging entschlossen weiter, nur um an einem Stand aufgehalten zu werden, der edwardianische Miniaturen verkaufte, was sie an die Unterhaltung mit George erinnerte. Irgendwo war also Rick unterwegs und verkaufte seine Gemälde. Der Gedanke daran, dass er so einfach ohne sie zurechtkam, schlug ihr auf die Stimmung und verdarb ihr die gute Laune. Warum dachte sie eigentlich ständig an ihn, wo er doch verschwunden war?

Die Straße wurde allmählich enger, und die Straßenverkäufer hatten ihre Klapptische dicht an dicht gestellt. Emma wurde von einer undurchdringlichen Wand von Menschen aufgehalten, die vor ihr in einem Stau feststeckten. Während sie darauf wartete, dass die Verstopfung sich auflöste, richtete sie ihre Gedanken entschlossen auf ihr Gespräch mit Solly Cohen, wobei sich Designideen in ihrem Kopf formten, dann nach vorn auf ihre Heimkehr, um sich durch die Vorfreude auf Jays sichere Begeisterung über ihren Erfolg aufzumuntern. Merkwürdigerweise gab Rick jetzt, nachdem es ihr seit Alis Tod gelungen war, jeden Gedanken an ihn zu verdrängen, einfach keine Ruhe, als wollte er ihr absichtlich die gute Laune verderben.

Am Stand vor ihr wurde alte Spitze verkauft, Untersetzer und Kragen, Manschetten und Sofadeckchen. Während sie sich desinteressiert durch einen Stapel gehäkelter Tischläufer wühlte, hörte Emma den Unterhaltungsfetzen der Vorübergehenden zu und versuchte, sich auf die Planung ihrer nachmittäglichen Arbeit zu konzentrieren, trotz Rickys aufdringlicher Gegenwart. Als hinter der Markise an der Rückseite des Nachbarstandes ein Wortwechsel begann, war sie dankbar für die Ablenkung und lauschte hemmungslos.

Die Stimme der Frau war schrill und vorwurfsvoll. «Aber ich verstehe immer noch nicht, warum du mich nicht weiter beliefern kannst. Du hast in den letzten Monaten bei mir ganz schön was rausgeholt, und ich schätze, du bist mir was schuldig, du Schuft.»

Die Stimme des Mannes war sanfter als die der Frau, tief, und er blieb von der Beschimpfung eindeutig unberührt. «Ach, komm, Annie», sagte er, «sei vernünftig. Ich habe dir doch schon erklärt, warum. Der Auftrag kostet mich zu viel Zeit, um auch noch Sachen für dich zu machen. Du bist bei unserem Geschäft ganz gut weggekommen, und soweit es mich betrifft, schulde ich dir gar nichts. Denk mal an den Aufschlag, den du genommen hast. In den letzten Monaten kannst du dich wirklich nicht über den Profit beklagen, und habe ich dich nicht von Anfang an gewarnt, dass unsere Abmachung nur so lange gilt, bis ich Fuß gefasst habe? Ich weiß gar nicht, warum du dich so darüber aufregst ...»

Wieder Annies Stimme, verdrießlich, schmollend. «Weil dein Zeug weggeht wie warme Semmeln, deshalb rege ich mich so auf, weil kein anderer von meinen Lieferanten auch nur andeutungsweise an deine Sachen rankommt. Komm, Schatz, stell dich nicht so an, du sollst mir doch nicht den Mond vom Himmel holen.»

Emma spähte durch die Lücke zwischen den Ständen

und erhaschte kurz einen Blick auf üppiges, leuchtend hennarotes Haar, und um mehr zu erkennen, beugte sie sich über den Stapel Spitzen. Was war mit der Männerstimme? Der Klang, der Tonfall erinnerte sie an jemanden, aber an wen …? Die Antwort lauerte quälend an der Schwelle ihres Bewusstseins, gerade außer Reichweite, und Emma trat näher, drängte sich durch die Menge und wollte um die Ecke schauen.

«Ach, verdammt», erklang wieder Annies schrille Stimme. «Dann verzieh dich, ich komm auch ohne deinen blöden Kram klar.»

Es war das Stottern, das ihr Gedächtnis anspringen ließ, das fast unhörbare Zögern zwischen dem S und dem E. Emmas Kopf fuhr heftig hoch, gerade als er am anderen Ende des Nachbarstands auftauchte und die vorbeiströmende Menge ihn wieder von ihr wegschwemmte.

Sein klares Profil war unverkennbar: volles, goldenes Haar, braune Haut, das leuchtende Weiß des Augapfels um die schwarze Iris. Und als er den Kopf wandte, um sich nach dem schnellsten Weg durch die Menge umzusehen, *oh* …

Für einen Augenblick schien er zwischen den Markisen wie eingerahmt zu sein, wie eine der Miniaturen, in die sie sich vorher vertieft hatte. Emma hielt den Atem an und starrte nur, wie betäubt von seiner Nähe und gelähmt von der Heftigkeit der Gefühle, die sein Anblick in ihr hervorrief. Er sah sie nicht.

Fünf, zehn, fünfzehn lebenswichtige Sekunden lang war sie wie festgewurzelt, überzeugt, dass sie ihn durch Wunschdenken aus der Luft herbeigezaubert hätte, und wollte einfach nicht glauben, dass sie ihn tatsächlich hatte sprechen hören, deutlich und zusammenhängend. Er war sogar noch schöner, als sie ihn in Erinnerung hatte, ließ immer noch die Schultern hängen, war aber nicht mehr so dünn, nicht mehr verschüchtert. Vielleicht lag es an der Art, wie er sich bewegte, in einer vertrauten Lederjacke, oder an der Art, wie er den Kopf hielt, mit einem Selbstvertrauen, ja, einer Arroganz, die vollständig gefehlt hatte, als sie sich damals in ihn verliebt hatte. Bis sie sich zusammengerissen und ihre bleiernen Füße in Gang gebracht hatte, ging er schon davon.

Sie drängte sich heftig gegen die Menschenwand zwischen ihnen, ohne darauf zu achten, wen sie anrempelte, solange sie nur ihren Fund im Auge behielt, und während sie hinter seinem Rücken herrief, entschuldigte sie sich zwischendurch bei den Hindernissen, die sie zur Seite drängte. «*Ricky!* Entschuldigen Sie, könnten Sie mich bitte durchlassen, danke … *Ricky!* Ach, dürfte ich mal eben vorbei? *Ricky!* Entschuldigung, könnten Sie mich mal eben vorbeilassen … *Ricky* … *Rick!*»

Ihr Vorwärtskommen wurde von der dicken Mappe behindert, die sie immer noch unterm Arm trug, und ihre Stimme wurde vor Verzweiflung immer lauter, während seine lange Gestalt vor ihr immer kleiner wurde. Als er die Menge hinter sich gelassen hatte und freier auszuschreiten begann, brüllte sie sich die Seele aus dem Leib, doch es war sinnlos. Ein paar Stände weiter verkaufte ein Mann Bahnen von indischen Stoffen, pries seine Sariseide in voller Lautstärke, lobte die Qualität in höchsten Tönen, lockte mit Rabatten, zwei Meter zum Preis von einem, eine Rolle für weniger als die Hälfte, wundervolles, wunderschönes Material, kaufen Sie etwas für Ihre Frau, Tochter, Oma, und jedes Mal, wenn Emma rief, rief er mit ihr, vereinte sich seine Stimme mit ihrer und übertönte sie, sodass ihr Rufen im allgemeinen Stimmengewirr unterging und Rick es nicht hörte.

Es war wie in einem der Albträume ihrer Kindheit, wenn sie sich, von schattenhaften Nachtgespenstern verfolgt, durch sirupdicke Luft strampelte und ihre Glieder sich nur in Zeitlupe bewegen wollten. Nur dass sie jetzt wach war, Verfolgerin und nicht Verfolgte, und je heftiger sie sich bemühte, die Lücke zwischen sich und Rick zu schließen, desto weiter entfernte er sich, bis sie nur noch gelegentlich einen Blick auf sein leuchtendes Haar erhaschte und wusste, sie würde ihn erneut verlieren.

Als sie schließlich aus dem Menschenkeil freikam, der sie aufgehalten hatte, taumelte sie und wäre fast gefallen, dann hielt sie fieberhaft nach ihm Ausschau, als könnte sie ihn wieder herbeiwünschen. «Ricky!», brüllte sie. *«Ricky!»* Wo zum Teufel steckte er?

Bitte, bitte, flehte sie die leere Straße an, sei nicht weg. Sie rannte wie wild umher, geradeaus, von rechts nach links, den Weg zurück, den sie gekommen war, bog in eine Nebenstraße ein, dann in die nächste, stürzte sich in die Menge, um sich dorthin zurückzukämpfen, wo sie ihrer Meinung nach hergekommen war, und geriet in Panik. Das Mädchen würde Bescheid wissen, die, mit der er geredet hatte. (Ricky, *reden*? Es stimmte also, was George erzählt hatte. Der Mistkerl!) Wenn sie diese Annie fände, würde die ihr eine Adresse geben können, eine Telefonnummer, einen Hinweis. Bitte, bitte, Ricky, sei nicht wieder verschwunden!

Sie fand sie ziemlich schnell, erkannte sie auf Anhieb an ihrem Haar. Sie stand mit einem benachbarten Verkäufer schimpfend an ihrem Stand, fuchtelte mit den Armen und ereiferte sich. Sie war klein, grazil und hübsch, aber ihr eckiges Kinn wirkte entschlossen, ihre braunen Augen waren scharf und die kastanienroten, schulterlangen Haare leuchteten messingfarben. Sie war in Pannesamt gekleidet, in eine zurückhaltende, hochgeschlossene Bluse, die ihrem kessen Gesicht schmeichelte, aber um die Taille trug sie einen schmutzigen Geldgürtel aus Segeltuch, und an ihrem Benehmen war ganz und gar nichts Damenhaftes. Als Emma sie am Ärmel zupfte, drehte sie sich um und schimpfte ärgerlich: «Was ist? Gleich, Sie sehen doch, dass ich mich unterhalte! Suchen Sie sich was aus, ich bin dann sofort bei Ihnen!»

Emma wandte sich ab und starrte auf den Stand vor sich. Obwohl sie vor Ungeduld fast platzte und am liebsten gekreischt, mit dem Fuß aufgestampft, Aufmerksamkeit und Auskunft verlangt hätte, beugte sie sich vor, um die ausgelegten Waren zunächst ohne das geringste Interesse zu mustern.

«Oh!», entfuhr es ihr.

Das Mädchen verkaufte tatsächlich Ricks Silber, zarte, filigrane Stücke in einem ganz bestimmten Stil, die nur von einem Paar Hände hergestellt sein konnten. Sie hatte ihn tatsächlich gefunden und wurde von einem wahnsinnigen Triumphgefühl überwältigt. Als schließlich das hübsche Gesicht mit der leuchtenden Haarwolke neben ihr auftauchte und schnauzte: «Also?», lächelte sie übers ganze Gesicht, und ihre Ungeduld war vergessen.

«Sie kennen doch Ricky Brown?», fragte sie flehend. «Oder nicht?»

Der harte Gesichtsausdruck des Mädchens wurde noch spitzer. «Und wenn? Ich dachte, Sie wollten was kaufen?»

«Oh ja, will ich auch. Aber ich brauche ...» Sie griff nach dem nächstbesten Stück, einer Krawattennadel. Der Kopf war in Form eines Gänseblümchens gestaltet, jedes Blütenblatt leicht verschieden von seinen Genossen, das winzige Nadelkissen von Blütenkopf in der Mitte in jeder Einzelheit vollkommen. Exquisit.

«Die hier, wie teuer ist die?»

«Fünf Pfund, nur in bar.»

«*Wie* viel?» Sie hatte keine fünf Shilling mehr. Sie hatte

ihr ganzes Geld für gebrannte Mandeln ausgegeben. «Ich hab mein Portemonnaie vergessen», log sie. «Wenn Sie sie für mich zurücklegen könnten, werde ich ...»

«Keine Chance. Das Zeug läuft wie von selbst. Eigentlich, wenn ich darüber nachdenke, ist der Preis gerade gestiegen. Das sind jetzt Liebhaberstücke, der Knabe ist nämlich unter die dreckigen Kapitalisten gegangen.» Annie wies mit einer schwer beringten Hand auf das Dutzend Exemplare, die sie zusammen auf einem dunkelgrünen Satinrest arrangiert hatte, und Emma, die an ihrem Finger Ricks knifflige Handwerkskunst erkannte, wurde von einer Woge unsinniger Wut überschwemmt. Die Hexe trug einen Ring, den er gemacht hatte. *Ihr* hatte er keinen Ring gemacht.

«Also, wollen Sie nun was kaufen oder nicht?»

«Ja, aber ich ...»

«Das sind die Letzten, mehr kriege ich nicht.»

«Warum nicht?»

«Weil der liebe Ricky sich einen großen Auftrag an Land gezogen hat, deshalb nicht, bei irgendeinem schicken Juwelier auf der Bond Street oder so, der ihm Preise geboten hat, bei denen ich nicht mal andeutungsweise mithalten kann.» Sie beugte sich vor, nahm Emma flink die Gänseblümchennadel aus der Hand, und während sie den Schmuck wieder zu den anderen Stücken zurücksteckte, fügte sie bissig hinzu: «Wenn Sie sich nicht leisten können, was zu kaufen, lassen Sie die Finger von der Ware, ja?»

«Aber ich kenne Ricky. Er ist mein ... er war mein ... ich meine, er ist mein Freund.» Das war irrsinnig. «Ich hab seine Telefonnummer verloren.»

Das Mädchen lachte so sehr, dass das leuchtende Haar auf ihren Schultern hüpfte. «Ach ja?», sagte sie vernichtend. «Erzählen Sie das jemand anderem. Ich versuche mittlerweile seit drei Monaten, eine Telefonnummer aus Rick

Brown herauszukriegen. Steht nicht im Telefonbuch, sagt er, und wenn man sagt, na, dann gib mir deine Adresse, lacht er nur, wirft einem einen Handkuss zu und verschwindet wieder dahin, wo immer er auch haust, und man ist genauso schlau wie vorher.»

Er lacht? Wie kann er es wagen zu lachen? «Norfolk. Er haust in Norfolk», sagte Emma.

«Aha?» Annie zog nachdenklich die Augen zusammen. «Sind Sie sicher?»

«Ganz bestimmt. Ich kenne … ich kannte seine Schwester …»

«Na, wenn Sie wissen, wo er wohnt, wieso kennen Sie dann seine Telefonnummer nicht?»

«Habe ich Ihnen doch erzählt, ich hab sie verloren.»

«Na, wenn Sie seine Adresse haben, tun Sie mir den Gefallen und geben Sie sie mir. Es dürfte einen Trip in die Walachei wert sein, wenn ich noch ein bisschen Ware in die Finger kriegen könnte.» Sie grinste plötzlich, und ihr Gesicht wurde weicher. «Ich hätte auch nichts dagegen, einen gewissen Ricky Brown in die Finger zu kriegen, wenn's danach geht.» Sie leckte sich die Lippen mit einer rosigen, lasziven Zunge. «Wie wär's? Es könnte sich für Sie lohnen …»

Emma starrte sie mit leerem Blick an. Das konnte einfach nicht wahr sein, ein Stand voller Schmuck von Rick, ein Mädchen, das monatelang mit ihm Geschäfte gemacht hatte, und sie war noch genauso weit entfernt, ihn zu finden, wie zu Anfang. «Schauen Sie», begann sie und kramte in ihrer Tasche nach einem Zettel, «wenn ich Ihnen meine Nummer aufschreibe» (Guter Gott, welche Nummer denn? Ihre? Jays?), «könnten Sie sie ihm geben. Er hat Ihnen doch bestimmt eine Kontaktadresse gegeben, ein Postfach, *irgendetwas …?*»

Aber welche Nummer auch immer, Annie spielte ohnehin

nicht mit. «Sie wollen es einfach nicht verstehen, oder? Er ist immer aus heiterem Himmel mit der Ware aufgetaucht. Hat mir auch nie eine Quittung für das Geld gegeben, das ich rausgerückt habe, um sein ganzes Zeug zu kaufen.» Sie verlor das Interesse, als sie merkte, dass Emma ihr keine brauchbaren Informationen liefern konnte, und wurde wieder ärgerlich. «Als ich ihn danach gefragt hab, war er ziemlich kurz angebunden, als hätte ich von ihm verlangt, auf dem Wasser zu wandeln ...»

«Er kann nicht schreiben.»

«Was? Nun werden Sie nicht albern. Natürlich kann er schreiben. Rick ist so schlau wie nur was: rechnet Pfund, Shilling, Pennys wie eine verdammte Registrierkasse zusammen, und das auch noch im Kopf.» Sie stemmte die Hände in die Hüften und musterte Emma verächtlich. «Und jetzt, wenn Sie nichts dagegen haben, habe ich was Besseres zu tun, als meine Zeit mit einem verknallten Groupie zu verquasseln. Wenn Sie meinen Rat haben wollen, vergessen Sie Ricky Brown. Der ist auf dem Weg nach oben, der Kerl, unaufhaltsam, geben Sie's also auf und suchen Sie sich einen in Ihrem Format zum Bequatschen. Bis dahin tun Sie mir den Gefallen und verschwinden Sie, ich hab zu tun.» Sie drehte Emma den Rücken zu, und das Gespräch war zu Ende.

Jay hörte seine Musik: das Doppelkonzert von Brahms. Sie lernte allmählich seine Lieblingsmusik, seine Stimmungen kennen, und als er in der Tür des Ateliers erschien, lächelte er, mit jenem seltenen, spontanen Heben der Mundwinkel, das ihren Widerstand normalerweise zum Schmelzen brachte. Dieses Mal war es, als lachte er bei einem Begräbnis, und sie konnte es nicht ertragen. Ich kann nicht hier bleiben, dachte sie voller Panik, ich kann nicht, ich will mich nicht mit dem begnügen, was du mir zu bieten hast, aber sie war zu müde, etwas zu unternehmen.

«Ist alles gut gelaufen?»

Sie schüttelte heftig den Kopf, dann dachte sie zum ersten Mal seit Stunden wieder an Mirico, nickte und ging dann langsam an ihm vorbei, allein durch seine Existenz schon gekränkt. «Ja», sagte sie. «Ist es wohl.» Aber es kam ihr ganz und gar nicht mehr so vor.

Sie benutzte Jay als Krücke, etwas, auf das sie sich stützen konnte, damit sie nicht verrückt wurde, aber sie wollte nicht mit ihm reden. Tagsüber arbeitete sie fleißig an ihren Entwürfen für Mirico, wies all seine Bemühungen, mit ihr ins Gespräch zu kommen, zurück, wartete, dass er sie allein ließ, empfand dann aber verrückterweise nichts als Panik, denn seine Anwesenheit, seine Sorge, dämpfte den Schmerz und beschwichtigte die tödliche Angst davor, dass sie den einen, den sie mehr als alles andere wollte, zum zweiten Mal verlieren sollte. Abends fiel sie erschöpft ins Bett und in Jays tröstende Arme, ließ zu, dass er mit ihr schlief, nein, wollte es, und rechtfertigte sich mit dem Gedanken, wenn sie schon Rick nicht bekäme, wollte sie wenigstens massenhaft Sex, sollte er doch zum Teufel fahren. Aber wenn sie im Dunkeln dalag und auf Jays Atem lauschte, war sie sich schmerzhaft der Tatsache bewusst, dass sie Rick schon allein dadurch untreu war, dass sie bei Jay blieb, und sie redete sich ein, dass sie bliebe, weil sie den Gedanken nicht ertragen konnte, allein zu sein.

Sie futterte wie verrückt.

Als Jay, nach fast einer Woche frenetischer Aktivität, von gierigem, fast verzweifeltem Sex im Dunkeln und eisigem Schweigen tagsüber, wissen wollte, was los sei, sagte sie brüsk: «Keine Ahnung, wovon du redest. Ich arbeite nur hart, das ist alles. Ich bin müde.» Sie war dankbar für Mirico, sie brauchte die Ablenkung, um nicht verrückt zu werden.

Sie sollte um zehn da sein, und bis halb zehn bummelte sie über die Oxford Street und starrte blicklos in die Schaufenster, hatte vor Aufregung ein Kribbeln im Bauch und einen trockenen Mund, und doch ging es ihr besser als die ganze Woche über, weil sie an etwas anderes zu denken hatte als an Rick und ihre wachsenden Schuldgefühle Jay gegenüber. Um zehn vor zehn saß sie dann in der Rezeption, wischte sich die feuchten Hände am Rock ab und wünschte, es wäre schon vorbei.

Solly Cohen ließ sie weitere vierzig Minuten warten, und als sie dann schließlich in sein Büro geführt wurde, bemerkte er bissig: «Sieht aus, als hätten Sie Nachtschichten eingelegt! Schwieriger als Sie dachten, was?»

Er lachte roh, nahm dann ihre Skizzen und blätterte sie mit ungebührlicher Geschwindigkeit durch. Er legte sie hin, schwang ansatzweise in seinem Stuhl hin und her, nahm sie wieder auf, ging sie ein zweites Mal durch, langsamer, dann ein drittes Mal, noch langsamer. Er begann sie einzuteilen, in zwei Haufen, einer sehr viel kleiner als der andere, und Emmas Hoffnungen stiegen. Dann nahm er den größeren Stapel, schob ihn umstandslos wieder in die Mappe, die er ihr über den Schreibtisch hinweg zuwarf.

«Die nicht. Die sind Mist.»

Emma wurde puterrot, fühlte sich, wie sich ihrer Vorstellung nach eine Mutter bei einer Abfuhr für ihr Lieblingskind fühlen musste. Cohen klatschte seine enorme Pranke auf den anderen Stapel. «Bei denen bin ich mir nicht sicher.» Achtlos verstreute er sie über den Tisch. «Muss Cyril sprechen ...» Dann wuchtete er sich aus dem Stuhl, hob sie auf, marschierte los, und Emma lief hinterher.

Cyril ging das, was von ihren Entwürfen noch übrig war, systematisch durch und stellte Fragen. «Könnten diese Abnäher von der Seitennaht her verlaufen, statt vertikal? Wo soll bei dem hier der Reißverschluss sitzen? Ist das eine Tasche oder nur eine Ziernaht?»

Bei einigen gab es offenbar Probleme. «Das hier dürfte nie richtig sitzen», sagte er bei einem. «Der Jersey ist zu weich dazu. Aber man könnte es aus grobem Wollstoff machen, das würde gehen.»

«Gut, Cyril. Dann machen Sie mal.»

«Jetzt gleich, Solly?»

«Jetzt gleich, Cyril.

«Gut, Solly.»

«Geben Sie Paul das, was Sie gerade machen. Will ein paar Nesselmodelle sehen bis ... wann?»

Cyril überlegte. «Bis ... sagen wir, Donnerstag könnten Sie ein paar haben.»

«Himmel, Cyril!», schnauzte Solly, und Emma bekam aus dem Augenwinkel mit, wie Paul, der andere Zuschneider, zusammenzuckte. «Bei dem Tempo kann ich mir ja meine Rente abholen, wenn Sie fertig sind. Und wie viele bis nächste Woche?»

Cyril überlegte, den Kopf zur Seite gelegt, blätterte die übrig gebliebenen Entwürfe durch, weniger als ein Dutzend von den fast vierzig, die Emma angefertigt hatte, und strich sich dann mit knotiger Hand übers Kinn. «Fünf oder sechs.» Er zuckte unbestimmt die Schultern. «Vielleicht.»

«Na schön.» Solly schlug mit der Faust auf den Tisch. «Dann legen Sie mal los. In Ordnung, Cyril?»

«Aye-aye, Solly.»

Und Solly stürmte mit Emma im Kielwasser wieder zurück in sein Büro.

Er ließ sich schwer in seinen Stuhl fallen und winkte ihr

mit der Hand. «Neun Kostüme. Sehen mir verdammt langweilig aus, aber warten wir's ab. Brauche Sie hier um neun, Donnerstag. Was hatten wir gesagt, dreißig?»

«Vierzig.» Dieser Gauner!

Er gackerte wie zwanzig Hennen gleichzeitig. «War nur ein Test. Kaffee?» Er drückte auf die Sprechtaste. «Zweimal Kaffee, Lesley, und das Scheckbuch!»

Als der Kaffee gekommen war, war Emma zu aufgeregt, um ihn zu trinken. Solly kritzelte schlürfend etwas, unterschrieb schwungvoll und warf ihr den Scheck über den Schreibtisch hinweg zu. «Nicht vergessen, Punkt neun. Donnerstag.» Dann entließ er sie mit einem Wedeln seiner riesigen Hand.

Sie war schon halb durch die Rezeption, als es ihr auffiel. Es war ein Scheck über 270 Pfund. Das war die größte Summe, die sie je auf einmal erhalten hatte, und sie brauchte ein paar Augenblicke, um sie zu erfassen. Er hatte ihr also doch nur dreißig Pfund pro Entwurf gezahlt! Sie blieb stehen, drehte sich um, starrte noch einmal darauf, zögerte. Wie dumm!

«Verdammt und zugenäht!», sagte sie laut.

Die Empfangsdame kicherte. «Hat er Sie übers Ohr gehauen?»

«Macht er das häufiger?»

«Immer.» In gemeinsamer widerwilliger Bewunderung für seine Unverschämtheit grinsten sie sich an.

«Und kommt er damit durch?»

«Immer.»

Emma kicherte. «Na, dann sagen Sie ihm, er wäre gerade wieder damit durchgekommen.» Dann warf sie ihre Tasche über die Schulter, klemmte sich die Mappe unter den Arm und ging davon, förmlich schwebend.

Sie musste unbedingt nach Hause, um jemanden an ihrem Erfolg teilhaben zu lassen, aber sie konnte keinen Bus entdecken. Unwillig, sich der U-Bahn auszusetzen, begann sie Richtung Marble Arch zu laufen, wanderte ziellos an den Schmuckhändlern vorbei und an den Hütchenspielern, die sich wie Asseln an die Sommersonne drängten, schlängelte sich durch die Menschenmassen und vertrieb sich die Zeit, bis ein Bus nach Putney vorbeikommen würde. Sie kaufte sich einen Saft, blieb dann stehen, um einem Mann zuzusehen, der mit seinen Kartentricks den Leuten das Geld aus der Tasche gezogen hatte, und nun in Windeseile zusammenpackte, um dem uniformierten Polizisten aus dem Weg zu gehen, der es auf ihn abgesehen hatte, und erst als ihr Bus unmittelbar hinterm Oxford Circus auftauchte und im dichten Verkehr nur langsam weiterkam, merkte sie, dass sie an der Ecke zur Bond Street stand, und ihr fiel Rick wieder ein. Wie hatte sie ihn auch nur eine Minute vergessen können?

Sie trat zurück und sah dem Bus entgegen, ließ ihn dann aber vorbeirollen. Sie fühlte sich völlig leer, die Euphorie, in die sie der Erfolg versetzt hatte, war zum zweiten Mal verdorben durch die Erinnerung an die fruchtlose Verfolgung in der letzten Woche. Sie wollte nicht mehr nach Putney zurück, sie wollte dieses Fegefeuer beenden, damit sie wieder ihr Leben leben konnte, statt ständig hin und her gerissen zu werden. Sie holte tief Luft, reckte sich, und wandte sich nach links, irgendein schicker Juwelier in der Bond Street oder so, hatte Annie gesagt. Wenn das hier wäre, würde sie es finden.

Fast hätte sie ihn übersehen. Es war einer dieser teuren, zurückhaltenden Läden, die sich eher auf persönliche Empfehlungen als auf auffällige Reklame verlassen, und er war auch nicht in der Bond Street, sondern ein Stück weiter weg in der Burlington Arcade. Auf einem Polster aus üppigem, pflaumenfarbenem Samt und von oben mit einem eigenem Strahler beleuchtet, lag im Fenster eine Kette aus silbernem Filigran. Jedes winzige Glied, das bis in die kleinsten Einzelheiten getreue Abbild eines Efeublattes, war anmutig mit dem nächsten verbunden, wobei jedes zart geäderte Blatt und jeder verschlungene Stiel sich leicht von seinem Nachbarn unterschied. Es gab kein Preisschild, keinen Hinweis auf seinen Schöpfer, aber sie wusste sofort, von wem es stammte.

«Es ist dringend», beharrte sie. «Es geht um eine Familienangelegenheit, und ich muss ihn so schnell wie möglich sprechen.» Ihr Herz pochte ihr laut in den Ohren, ihre Mappe hatte offenbar an Gewicht zugenommen und zerrte an ihren Armen, ihr Mund war trocken und ihre Kehle unerklärlich eng.

Der Geschäftsführer war hochnäsig, offenbar nicht daran gewöhnt, mit den *hoi polloi* umzugehen. «Ich kann nur wiederholen, Miss, ich bin nicht befugt, seinen Aufenthaltsort mitzuteilen.»

«Es ist aber eine Angelegenheit auf Leben und Tod, es geht ...» Oh, bin ich wirklich dazu imstande, bin ich wirklich schon so tief gesunken? «Es geht um seine Schwester.» Die Worte rutschten ihr heraus, bevor sie ihre Meinung ändern konnte, und mit heißem, schamrotem Gesicht stand sie da und wartete, während der Mann sie prüfend ansah und abzuschätzen versuchte, ob sie auch vertrauenswürdig war.

«Er kommt morgen hierher», sagte er schließlich grollend, «gegen halb elf. Ich wäre Ihnen allerdings dankbar, wenn das, was Sie mit ihm zu verhandeln haben, weitab von diesen Örtlichkeiten stattfinden würde. Das hier ist ein äußerst exklusives ...»

«Danke.» Den Rest seines Satzes hörte Emma nicht mehr, sie war schon unterwegs zur Tür.

Sie kaufte sich ein Sandwich, denn es war Mittag, erwischte dann einen Bus, setzte sich nach oben und starrte blicklos in die Gegend, und das Sandwich rührte sie nicht an. Sie war freudig erregt, wie berauscht, vor nervöser Aufregung war ihr leicht übel. Und erst als sie sich auf ihrem Heimweg der Putney Bridge näherte, begann sie über die Folgen ihrer Entdeckung nachzudenken. Was, wenn er nicht auftauchte? Was, wenn er auftauchte und sie nicht mehr wollte? Was, wenn er ihr ins Gesicht lachte? Und was, um Himmels willen, was sollte sie nur Jay erzählen?

18

Um zehn stand sie an der Ecke zur Cork Street, gegenüber vom Eingang zur Arcade. Sie trug ihren indischen Rock und eine alte Bluse, damit Rick nicht auf die Idee käme, sie wäre verzweifelt. Allerdings war sie sich schmerzhaft der dunklen Augenringe nach einer schlaflosen Nacht bewusst, und sie sah immer noch vor sich, wie Jay sie angeschaut hatte, als sie sich zum ersten Mal, seit sie zusammen waren, schlichtweg geweigert hatte, mit ihm zu schlafen, hörte immer noch die verblüffte Verständnislosigkeit in seiner Stimme, als sie sogar versäumt hatte, seinen Morgengruß zu erwidern. Es fiel ihr daher schwer, sich zu konzentrieren.

Höchstwahrscheinlich würde Rick sowieso nicht kommen. Warum sollte sie auch dieses Mal Glück haben, nachdem sie so oft Pech gehabt hatte? Wahrscheinlich würde sie ihn verpassen. Schlimmer noch, er würde kommen, sie sehen, weggucken und davongehen, das hatte er ja schon einmal getan …

Als er um zehn vor elf aus der Burlington Arcade auftauchte, lehnte sie sich mit geschlossenen Augen schwer an die Mauer, weil sie keine Luft mehr bekam und ihre Beine einzuknicken drohten. Sie sah nicht, wie er über die Straße kam, und als er sie berührte, erschrak sie so, dass sie krampfhaft zusammenzuckte und quiekte wie ein ängstliches Ferkel. So hatte sie sich das ganz und gar nicht vorgestellt, sie wusste nicht, wie sie sich verhalten sollte.

«Ich musste dir sagen ...», platzte sie heraus, außerstande, sich irgendetwas Intelligentes auszudenken oder gar, nach dem ersten erschrockenen Blick, ihn anzusehen. «Ich musste ... ich ... ich lauf dir nicht nach, ich dachte nur ... ich dachte, du solltest wissen ...» Lieber Gott, ach, Ali, es tut mir Leid, wie kann man nur etwas so Schreckliches tun, aber es trifft dich ja nicht mehr.

Rick stand ganz still und starrte sie an. Nachdem Emma ihren Mut zusammengenommen und den Kopf gehoben hatte, war sie ganz verwirrt, als sie merkte, dass sie schon in dieser einen Woche vergessen hatte, wie schwarz seine Augen waren, wie braun seine Haut. Er war auch größer, als sie ihn in Erinnerung hatte, kräftiger, und seine weiche, gut geschnittene Lederjacke sah teuer aus. Er trug ein Hemd mit Krawatte und ordentlich gebügelte Hosen, und er strahlte Selbstvertrauen aus, Charisma – sein eigenes, nicht einen blassen Abglanz der Ausstrahlung seiner Schwester.

«Ich dachte – ich meine, jemand muss dir von ... von ...» Sie war krank, ganz einfach. Wie billig, wie unwahrscheinlich mies, Alison als Ausrede zu gebrauchen.

«Ach, Emma», sagte Rick sanft. «Sei still, Schatz!», und er streckte die Hand aus, um ihre Wange zu berühren.

Sie hatte es in der vorangegangenen Nacht bis in jede Einzelheit geplant, während sie unbefriedigt neben Jay in seinem Doppelbett gelegen hatte, hatte ihr Wiedersehen geprobt: was Rick sagen würde, was sie sagen würde, wie sie einander in die Arme fliegen würden, wie nach mehr als einem Jahr Trennung sein Kuss schmecken würde. Aber jetzt, da er da war, wurde Emma unerwartet von einer brüllenden Woge des Zorns überschwemmt. Sie stieß sich von der Wand ab, die sie aufrecht hielt, stieß seine Hand fort und schlug ihm fest ins Gesicht.

Der Schlag schleuderte seinen Kopf zurück, aber er löste nicht eine Sekunde den Blick von ihr und wich auch nicht zurück. Als sie erneut ausholte, wappnete er sich gegen den Schlag und sagte ruhig: «Mach ruhig, ich hab's verdient.» Sie stockte, den Arm immer noch in der Luft, als winke sie ein Taxi herbei, und dann begann sie zu weinen.

Rick trat näher, legte seine Arme um sie, hüllte sie in den Geruch von Leder, dieses Mal teures und ohne Motoröl, ganz und gar nicht wie am Earl's Court, und er beugte den Kopf, um ihr ins Ohr zu flüstern: «Es tut mir Leid, Em, nicht weinen, bitte, nicht weinen. Es tut mir Leid.»

«Leid? Was hat dir denn Leid zu tun?» Energisch kämpfte sie sich frei und prügelte, ungeachtet der Passanten, die sich nach ihnen umzusehen begannen, böse auf ihn ein, als wollte sie ihn förmlich vertreiben. «Du bist ja nur ohne ein Wort der Erklärung abgehauen. Du hast mich ja nur sitzen lassen, ohne dich um mich zu kümmern, während du dich rumgetrieben hast. Du hast ja nur nicht angerufen, nicht geschrieben ...»

«Ich konnte nicht schreiben», verbesserte er.

«Was?»

«Wie hätte ich dir schreiben können? Ich habe doch gerade erst das Alphabet gelernt ...»

Emma spürte erneut die Wut in sich aufsteigen und blind für alles, außer dem, was er ihr angetan hatte, ließ sie ihr freien Lauf. «Verschon mich mit diesem Mist, du kannst doch offenbar reden.» Sie hörte ihre Stimme in ihren Ohren hallen, rau vor blindem Zorn, und begann ihm haltlose Beschimpfungen entgegenzuschleudern, um den inneren Druck loszuwerden. «Du bist ein dreckiges, altes Schwein von einem Mistkerl! Du bist eine miese, selbstsüchtige Karikatur von einem menschlichen Wesen, ein Jammerlappen, du widerliches Ottern- und Schlangengezücht …»

«Emma …»

«Klappe, du Mistkerl, du … du Schwein!» Ihr gingen die Schimpfwörter aus, sie begann sich zu wiederholen, in ihrem Schädel kochte und tobte es, ihre Wut drohte sie zu ersticken. «Halt die Klappe! Ich bin noch nicht fertig!»

«Doch, das bist du …»

Er hielt sie fest, während sie schluchzte, atmete den Duft ihres Haares, bemerkte, wie dünn sie war, spürte, wie ihre Tränen sein Hemd durchtränkten, und lächelte, strahlte über ihrem Kopf von Ohr zu Ohr und wäre vor wahnsinnigem Glück fast explodiert.

«Wieder besser?», fragte er und setzte mühsam eine gefasste Miene auf, als Emma schließlich ihre nassen Wangen hob und ihn mit rot geränderten Haselnussaugen ansah. «Oder hast du einen ordentlichen Schluck nötig?»

«*Wehe*, du machst dich über mich lustig!», knurrte sie. «Wo, zum Teufel, hast du dich rumgetrieben?»

«Nicht hier.»

«Das weiß ich, du Mistkerl!»

Unwillkürlich lächelte Rick wieder und weigerte sich, auf ihre Beschimpfungen einzugehen. «Ich meine, hier können wir nicht reden. Bitte, Em!»

Er ging mit ihr zurück durch die Bond Street, dann die Oxford Street entlang bis zur Park Lane und wollte mit ihr ins Grosvenor Hotel in der Hoffnung, dass dessen stille, luxuriöse Atmosphäre sie ein wenig beruhigen könnte. Auch er hatte Beruhigung nötig, denn innerlich zitterte er, in seine Hochstimmung mischte sich Panik, dass er womöglich alles unwiderruflich verdorben haben könnte. Den ganzen Weg dorthin starrte er voller Begierde auf ihr schmollendes Profil, sog sie in sich auf wie jemand, der nach Monaten in der Wüste eine Oase erreicht hat. Ach, dachte er, wenn du nur wüsstest, wie du mir gefehlt hast.

Froh, sich endlich hinsetzen zu können, lehnte Emma sich in ihrem Stuhl zurück und wartete, dass ihr Herzschlag sich beruhigte. «Wie bist du so stark geworden?», fragte sie beiläufig, weil alle anderen Fragen, die ihr im Kopf herumschwirrten, offenbar zu kompliziert waren.

«Schutt weggeräumt.» Rick rückte seinen Stuhl näher heran, sodass ihre Knie sich fast berührten, und beugte sich vor, dann legte er seine Ellbogen auf die Schenkel und faltete die Hände fest zwischen den Knien, weil er sie sonst einfach berührt hätte. Aber so weit war sie noch nicht. Er konnte ihre Entrüstung spüren, er musste ihr Zeit lassen. «Ich habe mir ein Haus bei Acle gemietet, östlich von Norwich, da lebt der Mann, von dem ich dir erzählt habe ...»

«Welcher Mann?» Emma war absichtlich kühl, machte es ihm mit Freuden schwer.

«Der, bei dem ich gelernt habe. Der, für den ich damals gespart habe, weißt du noch, der S-silberschmied ...?» Bei dem selbstironischen Stocken fuhr Emmas Kopf in die Höhe, Rick nahm seine Hände auseinander und faltete sie wieder. Emma war immer noch nicht so weit. «Und als er nach Norfolk zog, bin ich hinterher gezogen ...»

«Was für Schutt?»

«Aus dem Haus, das ich gemietet habe. Ich bin dabei, es zu renovieren. Der Besitzer hat es mir billig überlassen, unter der Bedingung, dass ich es herrichte.» Er lehnte sich zurück, weg von der Versuchung, ließ ihr mehr Raum. «Ich habe bisher fünf Container mit Schutt gefüllt.» Er grinste, beugte dann für sie seinen Bizeps unter der Jacke, posierte, wollte sie zum Lächeln bringen. «Hier ist Mr. Universum. Wenn mir heute der Mistkerl unter die Augen käme, würde ihm wahrscheinlich der Kopf ganz wegfliegen.»

Seinen Vater zu erwähnen war ein Fehler, denn es erinnerte sie beide an Alison. Dankbar für die Unterbrechung, begrüßte Rick erleichtert die Kellnerin und bestellte Kaffee für zwei und Scones mit Marmelade.

«Heute», sagte Emma hämisch, ohne Rücksicht auf die Anwesenheit des Mädchens, «könnte wahrscheinlich selbst ich dem Mistkerl den Kopf abreißen. Du hast ihn nicht bei der Verhandlung gesehen.» Oh, dachte sie, warum hab ich das gesagt? Was ist, wenn er davon nichts weiß?

Aus Ricks Gesicht schwand das Lächeln, und er sah plötzlich bekümmert aus. «Schon in Ordnung», sagte er. «Ich hab's in der Zeitung gelesen.» Er senkte den Kopf, starrte auf den Boden, als er den Schock noch einmal durchlebte, die Trauer, das Gefühl von Verschwendung. «Ich habe damals gerade Fish and Chips gegessen. Als ich plötzlich feststellte, dass mein Abendessen in einen Prozessbericht gewickelt war, habe ich das eine Ewigkeit nicht mehr runtergekriegt.» Als er aufsah, schwammen seine Augen in Tränen. «Tut mir Leid, Em.» Er wandte sich ab, beschämt von seiner Schwäche. «Du musstest als Zeugin aussagen, stimmt's? Du und dieser Wie-heißt-er-noch?»

«Bill.»

«Bill.» Wechsle das Thema! «Den wollte ich letzte Woche besuchen.»

«Wen?»

«Ich war letzte Woche am Earl's Court, um Bill zu besuchen, aber er war nicht da.»

«Er ist krankgeschrieben seit ...»

«Seit das passiert ist. Aber jetzt ist er wieder im College. George hat es mir erzählt ...»

«Was hat dir George erzählt?»

«Dass Bill lange gebraucht hat, um sich zu erholen», sagte Rick, nahm Teller, Tassen, Untertassen entgegen und schob Milchkännchen und Zuckertopf hin und her, damit seine ungeduldigen Hände etwas zu tun hatten. «Aber sonst wollte er mir nichts erzählen. Er sagte, du hättest keinen Abschluss gemacht, du wärst umgezogen und würdest mit jemandem zusammenwohnen, aber als ich ihn um deine Telefonnummer bat, druckste er herum.» Genauer gesagt, er kam ihm hinterhältig vor. Der Widerling schwafelte dummes Zeug, suchte Ausflüchte und schob dann eine dringende Verabredung vor, bis Rick ärgerlich wurde und ihm praktisch die Tür vor die Nase knallte, dem Riesentrottel. Seitdem hatte Rick sich immer wieder dazu aufraffen wollen, noch einmal hinzugehen, aber das war ja jetzt nicht mehr nötig. Wieder überschwemmte ihn eine Welle des Entzückens, er lächelte erneut und zog dabei den Kopf ein, falls sich Emma wieder darüber aufregte.

«Und warum?»

«Warum was?»

Emma wartete ungeduldig, während ihr Kaffee eingegossen wurde, bekam erneut Atemnot, nahm sich dann einen warmen Scone und schnitt ihn mit viel Kraft durch, wobei sie Krümel und Rosinen über den Tisch verstreute. «Warum wolltest du meine Telefonnummer haben?»

Als sie aufsah, starrte er sie an, mit prüfender, vertrauter Intensität, so wie er sie anfangs angesehen hatte, bevor alles aus dem Gleis geraten war. Dieser Blick hatte ihr stets das Gefühl gegeben, sie sei einmalig, er bekäme nicht genug von ihr, er wäre verrückt nach ihr.

«Was *meinst* du denn, warum ich deine Telefonnummer wollte?», fragte er freundlich. «Du Dummchen.»

«Oh …» Sie schaute auf ihren Teller hinunter und begann Butter zu streichen, Marmelade zu löffeln, bis der Gedanke, dass er sie schon einmal sitzen gelassen hatte, ihren Zorn erneut aufflammen ließ. «Keine Ahnung. Und wie kommst du darauf, dass mich das überhaupt interessiert? Schließlich war ich nicht diejenige, die weggegangen ist, ohne sich auch nur einmal umzusehen …»

«*So* war das nicht.» Er schüttelte heftig den Kopf. «So war es ganz und gar nicht. Em, Liebes, wenn du mich nur erklären ließest …»

«Dann mal los, Rick. Du Lieber, erklär! Und zwar gut, bitte schön, ich brauche etwas zum Lachen.» Hör auf, ermahnte sich Emma, hör auf, dich wie ein Scheusal zu benehmen, gib ihm eine Chance, sonst verscheuchst du ihn endgültig. Was ist nur mit dir los? Sie starrte an ihm vorbei auf die Drehtüren auf der anderen Seite des Foyers und rang um Fassung. Lag es an Rick, dass sie so aggressiv war, oder waren es Schuldgefühle? Nicht, dass Jay nicht Bescheid wüsste, sie hatte es ihm oft genug erzählt, ihn gewarnt, dass sie ihn nicht liebe …

«Em!»

«Oh, tut mir Leid.» Sie blinzelte und richtete den Blick wieder auf Ricks erstauntes Gesicht, ließ sich erweichen, beteuerte sich selbst grimmig, dass es all den Schmerz, all das Warten wert war, ihn wiederzusehen. «Tut mir Leid», wiederholte sie. «Rick, ich wollte nicht so …»

«Weiß ich doch. Ist schon in Ordnung.» Er reichte ihr über den Tisch hinweg endlich seine Hand, es war offenbar ein geeigneter Augenblick. Ihre Finger waren warm und buttrig. «Es tut mir ja auch Leid, dass ich dich so verletzt habe. Ich wollte das nicht, das schwöre ich. Nur …»

«Ja?», sagte Emma auffordernd, zog die Beine unter den Stuhl, beugte sich vor und wollte beruhigt werden. «Komm, erzähl. Ich muss es verstehen.» Ich muss wissen, dass ich dir immer noch etwas bedeute.

Er spürte ihren Zweifel, fühlte, wie sie unter seinen Fingern zitterte. Er legte seine andere Hand über ihre und drückte sie fester, dann begann er, zunächst zögernd, dann beim Reden immer zuversichtlicher, zu erklären, sich zu rechtfertigen. Emma saß ganz still, zeitweilig so stumm, wie Ricky einst war, während er sie mit einem Wortschwall überschwemmte.

«Ich musste erst mit mir selbst klarkommen, das ist alles. Es hätte nicht funktioniert, Em, nicht so, wie es war, nicht nach allem, was passiert war. All diese schrecklichen Sachen, die er gesagt hatte, und alles, was ich tun konnte, zur Vergeltung, zu deiner, zu unserer Verteidigung, war, mit den Fäusten auf ihn loszugehen. Wozu war das gut? Und dann, hinterher, als ich dich besuchen wollte, mit dir darüber reden wollte, hat mich Tante Mabel zum Teufel geschickt, und als ich vorm College auf dich gewartet habe, hat Ian gesagt, du wärst schon nach Hause gegangen» (das hatte sie gar nicht gewusst; typisch Ian, dachte sie, Ärger zu machen, wo er nur konnte), «und ich dachte, was soll das alles. Ich konnte ja sowieso nicht sagen, was ich sagen wollte – oh, ich konnte alles in meinem Kopf rausschreien, aber ich konnte nicht zwei verdammte Wörter hintereinander äußern, und ich wollte doch nur sagen, wie sehr ich dich liebe. Deshalb dachte ich, ich verschwinde am besten ganz aus deinem Leben, bis ich mit mir selbst klargekommen bin.» Er machte eine Pause, um Luft zu holen. «Ich dachte, ich komme dann auf meinem weißen Pferd wieder angeritten, trage dich triumphierend von dannen, und wir leben glücklich bis ins hohe Alter ...»

Emma fand schließlich die Sprache wieder. «Wo hast du denn sprechen gelernt?»

«Was?»

«Ich sagte, wo hast du sprechen gelernt?»

Er konnte sehen, wie erneut Wut in ihr aufbrodelte und rasch an die Oberfläche stieg, ironischerweise, weil er so gut sprechen konnte, aber er hatte keine Ahnung, wie er sie beruhigen sollte. «Ich hätte ihn schon Jahre vorher verprügeln sollen», begann er. «Ich hätte das letzte bisschen Leben aus ihm herausprügeln sollen, als ich zwölf war, denn je weiter ich von ihm weg kam, desto besser ging es mir.» Er wusste sofort, dass er es falsch angefasst hatte.

«Und ich?» Emma zog ihre Hand fort und setzte sich gerade hin.

«Was und ich?»

«Je weiter du von mir weg warst, desto besser ging es dir, willst du das sagen?»

«Nein! Nein, natürlich nicht! Dreh mir doch das Wort nicht im Mund um. Es hatte nichts mit dir zu tun, ich musste mir nur beweisen, dass ich es allein schaffe, bevor wir es zusammen schaffen konnten. Deshalb habe ich doch versucht, dich zu finden, weil ich es geschafft habe, ich habe gerade diesen Wahnsinnsvertrag abgeschlossen, über die Lieferung ...»

«Weiß ich!», schimpfte sie, schon wieder vor Wut kochend. «Hat mir Annie erzählt. Ich hab dich gesehen, letzte Woche, in der Portobello Road, und ich habe hinter dir hergebrüllt und gebrüllt, und du bist einfach weggegangen.»

Er hätte nicht verblüffter aussehen können, wenn sie ihm einen Eimer Wasser über den Kopf geschüttet hätte, aber das war ihr egal. Sie starrte ihn so finster an, als wollte sie ihn umbringen, zum zweiten Mal von dem Drang besessen, ihn zu schlagen, diesmal härter, in die Eier, wo es richtig wehtat, und um sich zu bremsen, ballte sie die Fäuste fest in ihrem Schoß. «Na ja, es ist zwar schrecklich nett von dir, nach all der Zeit an mich zu denken, aber wie kommst du eigentlich auf die Idee, dass ich noch etwas mit dir zu tun haben will, Ricky Brown? Wie du weißt, habe ich mich im letzten Jahr anderweitig orientiert, da dir ja nicht zuzumuten war, das Telefon in die Hand zu nehmen, um mir mitzuteilen, dass du sprechen kannst.»

«Hab ich.»

«Du hast was?»

«Das Telefon in die Hand genommen, um dir mitzuteilen, dass ich sprechen kann.»

«Nein, wie du verdammt gut ...»

«Doch, habe ich. Ich hatte dieses Mädchen dran, wie heißt sie noch, die dein altes Zimmer übernommen hat ...?» Er triumphierte, er konnte es beweisen. «Penny, so heißt sie. Sie hat nicht gewusst, wo du hin bist, hat gesagt, du hättest keine Adresse hinterlassen. Das war vor Monaten, irgendwann im Januar, bevor ...» Er brachte es nicht fertig, Alisons Namen auszusprechen, aber sie schwebte einen Augenblick zwischen ihnen, eine spürbare, fast fassbare Gegenwart. «Du hast nicht gerade auf mich gewartet, oder?»

Sie starrten sich gegenseitig unheilvoll an, bis Rick die Hand ausstreckte und ihre Finger an seinen Mund führte, was sie lebhaft an ihre erste Begegnung erinnerte. «Nicht streiten», bettelte er mit sanfter Stimme, zerknirscht, drängend. «Ich liebe dich, Em.»

«Oh ...», flüsterte Emma und kapitulierte. «Oh, ich liebe dich auch.»

Sie liefen über die Straße zum Hyde Park und bummelten Händchen haltend durch den Sonnenschein – wie ein Liebespaar, dachte Emma, erstaunt, ja erschrocken über die

Geschwindigkeit, mit der sie mitgerissen wurde. Und nun fragte Rick sie aus.

«Warum bist du vom College abgegangen?»

«Wegen Ali. Ich ... deinetwegen. Weil ich es nicht ausgehalten habe.»

«Und warum bist du umgezogen?»

«Wegen Tante Mabel ... Ach, deinetwegen, du Blödmann, weil ich den Gedanken nicht ertragen habe, dazubleiben, wenn du nicht wiederkommst.»

Oh Mist, schalt Rick sich selbst, Dad hatte Recht, was für ein verdammter Idiot war ich doch. «Und was treibst du jetzt, wie kommst du zurecht?»

«Ich habe einen Job als Designerin. Gestern – so habe ich dich überhaupt gefunden – fuhr kein Bus, deshalb bin ich gelaufen, und ich – ich musste es wissen.» Unvermittelt blieb sie stehen, gerade als eine Schar kleiner Schulmädchen in identischen Hüten, Blusen, grauen Faltenröcken, weißen Socken und Riemchenschuhen vorbeikam, und sie schlang den Arm um seine Taille unter seiner Lederjacke, musste sich vergewissern, dass er wirklich da war. «Ich habe jedes einzelne Schmuckgeschäft auf der Bond Street abgesucht, weil ich wissen musste, ob das alles nur in meinem Kopf passiert war, ob ich mir das nur eingebildet hatte ...»

«Ach, Em ...», unterbrach er sie. «Was für ein elender, verdammter Blödmann war ich doch. Ich habe alles falsch gemacht, was?»

Es war nicht wie bei ihrem letzten Kuss: der war ein Abschied gewesen, und der hier war ein Neuanfang, aber er war auch nicht wie ihr erster, denn sie hatten seitdem beide viel erlebt. Eng umschlungen standen sie im Sonnenschein, genossen einander hungrig, ohne das kichernde Krokodil wahrzunehmen, das sich in Zweierreihen um das unerwartete Hindernis auf seinem Pfad schlängelte, und sie trennten sich gerade rechtzeitig, um zu hören, wie die entnervte ältere Lehrerin die letzten ihrer faszinierten Schützlinge weiterscheuchte und dabei murmelte: «Also *wirklich*! Ich weiß nicht, wohin es mit der Welt noch kommen soll! Sie sollten sich schämen: Das *gehört* sich einfach nicht!»

Das brachte sie zum Lachen, ließ ihnen eine Dosis heiterer Zuversicht durch die Adern fließen, und als Emma Rick ansah, fiel ihr auf, wie selten er früher gelacht hatte. Sein Gesicht war voller geworden, wie auch sein Körper, und die Falte zwischen seinen Augen war weniger ausgeprägt. Sie lächelte ihn an, und er lächelte zurück, mit einem breiten, strahlenden Lächeln, das sie vor Entzücken erglühen ließ und sie daran erinnerte, wie sehr sie ihn vermisst hatte, wie lange sie auf ihn gewartet hatte. Und dann gingen sie weiter zur Serpentine, immer noch Händchen haltend wie die kleinen Mädchen, für deren Unterhaltung sie gerade so gründlich gesorgt hatten, und verschränkten die Finger ineinander, als hätten sie Angst, sich erneut zu verlieren. Rick redete dann nur zum eigenen Vergnügen weiter.

«Ihr seid also alle noch Freunde? Ihr wart anfangs zu fünft, nicht wahr: Bill, George, Ali, du und … wie hieß noch dieser andere Typ, der, den ich nie kennen gelernt habe? Den mochte Ali doch, er allerdings hatte eine Schwäche für dich, wie sie sagte. Vielleicht, wenn sie sich an den gehalten hätte, wäre sie möglicherweise noch am Leben. Wie hieß er noch?»

Emma wurde es heiß, kalt, und sie starrte stur auf den Boden unter ihren Füßen, urplötzlich von schrecklichen Schuldgefühlen ergriffen. «Jay», sagte sie heiser. Sein Name blieb auf ihrer Zunge und sein Gesicht schwebte vor ihren Augen. Sie schluckte heftig. «Erzähl, wie du an diesen Vertrag gekommen bist.»

Rick bemerkte den abrupten Themenwechsel nicht. «Mundpropaganda. Bei mir hat sich im letzten Jahr alles durch Mundpropaganda ergeben, was wirklich Ironie ist, wenn man es bedenkt. Und wo wohnst du jetzt? Wem musst du Bescheid sagen?»

«Bescheid sagen ...?»

Er hielt sie zurück, schlang seine Arme um ihre Taille, zog sie an sich und umhüllte sie mit dem Geruch warmen Leders und sauberer Haut. «Ich hab meine Angelegenheiten für heute erledigt. Wir können gleich in deine Wohnung gehen und deine Sachen holen. Du solltest kündigen und heute Abend mit mir zurückfahren. Wir nehmen mit, was wir tragen können, und holen den Rest später. Wir können wieder zusammen sein, diesmal für immer.»

Seine Zuversicht war atemberaubend. Als er stehen blieb, um sie noch einmal zu küssen, zu genießen, klammerte sie sich an ihn, denn sie selbst hatte etwas Zuversicht nötig, doch bevor sie auch nur Zeit hatte, wieder zu Atem zu kommen, wurde sie von einem weiteren überraschenden Vorschlag erschlagen. «Ich werde mich nach Sondergenehmigungen erkundigen, damit wir gleich heiraten können. Mein Vermieter in Norfolk ist ein altmodischer Bauer, der achtet auf Sitte und Anstand.» Er grinste, umfasste sie dann fester und meinte, nun wieder ernst: «Kannst du dir vorstellen, wie oft ich nachts wach gelegen und mir gewünscht habe, du lägst neben mir?»

«Ja», sagte Emma und sah Jays Gesicht vor sich, wie es sich verschloss bei der Nachricht, dass Rick wieder da war und sie mit ihm fortgehen wollte, weil er ihr Ein und Alles war. «Wie kannst du das fragen?» Aber du weißt nicht, was für ein wirksames Schlafmittel sexuelle Befriedigung sein kann, und auch nicht, dass ich sie als Ersatz für Liebe benutzt habe und dass es mir elendig misslungen ist, mir den

Mann vom Leib zu halten, der mich aus dem schwarzen Loch der Verzweiflung gerettet hat, als du nicht da warst, und der so gern mehr wäre als ein menschlicher Schlaftrunk …

Später, versprach sich Rick und wandte ihr sein Gesicht zu, um den Duft ihres Haares einzuatmen, werde ich dir von Rosie erzählen, die mir, langsam und mühselig, das Lesen beigebracht hat und die gelegentlich den leeren Platz in meinem Bett einnimmt. Ich werde dir erklären, dass sie mir nicht das Geringste bedeutet und ich ihr auch nicht, dass ich einfach einsam war und sie willig …

Er bezahlte Rosie für den Unterricht, hatte zunächst das Gefühl gehabt, er bezahle sie für den Sex, bis sie ihn beruhigte. «Keine Verpflichtungen», sagte sie heiter, als ihn das Gewissen plagte. «Freie Liebe, weiter nichts, keine Bindungen. Jetzt mach schon, damit wir zur Sache zu kommen.»

«Tut mir Leid, Em», sagte er, allerdings nicht mehr allzu sicher, wofür er sich nun entschuldigte. «Glaub mir, du weißt gar nicht, wie Leid mir das alles tut.»

Sie setzten sich zum Ausruhen auf eine Bank, weil Emma immer noch Probleme mit den Beinen hatte, und er versuchte erneut, voller Ungeduld, die Angelegenheit zu klären. «Mit wem wohnst du denn nun zusammen, ist es weit?»

Es hatte keinen Sinn, der Frage auszuweichen, er müsste es früher oder später ohnehin erfahren. «Jay.»

«Mit wem? Du meinst …?»

«Ich meine Jay Hammond, der, den Ali so toll fand.» Sie starrte unbestimmt über die Rasenfläche und erzählte ihm, ganz schnell, als hätten die Wörter, wenn man nur schnell genug spricht, weniger Kraft. «Ich wohne mit Jay zusammen, weil er Verständnis hatte, als ich zusammenbrach, nachdem du mich verlassen hattest, und er hat mich aufgefangen, als Ali starb, denn das Ganze war meine Schuld, und ich konnte es nicht ertragen. Er hat es geschafft, dass ich keine Albträume mehr habe, und er hat bei der Verhandlung meine Hand gehalten, und er hat mich mit zu sich nach Hause genommen, weil ich bei der Vorstellung, allein zu sein, ohne dich, ohne Ali, ohne alles, vor Angst fast den Verstand verloren habe, und seitdem wohne ich bei ihm, weil du nicht da warst, aber er, und ich war so *einsam* …»

«Oh.»

«Und erzähl mir nicht, du hättest nicht – ich würde dir nämlich nicht glauben.» Sie lehnte sich auf der Bank zurück und schloss erschöpft die Augen.

«Gut, mach ich nicht.»

Emma hob den Kopf und öffnete die Augen. «Du machst was nicht?»

«Dir erzählen, ich hätte nicht.» Rick holte tief Luft. «Da gibt es ein Mädchen namens Rosie, sie unterrichtet …», er zog eine Grimasse, «erwachsene Analphabeten. Ich habe sie auf dem Gentleman's Walk mitten in Norwich getroffen. Da ist ein großer Markt, und ich habe ihr eine Schalspange verkauft. Sie hat dann angeboten, mir Lesen beizubringen. Aber sie bedeutet mir nichts, sie ist unwichtig.»

Er beugte sich zu Emma hinüber, kuschelte sich an Emmas Hals und zog sie an sich. «Nichts davon ist wichtig, von jetzt an geht es nur noch um uns beide, dich und mich.»

Keiner von ihnen stellte die offensichtliche Frage. Es war einfacher so.

Sie ließ sich auf der gegenüberliegenden Seite der Putney Bridge absetzen, lief dann allein weiter und überlegte krampfhaft, wie sie es Jay beibringen könnte, dass sie ihn verlassen wollte.

19

Doch es war ganz einfach.

Als sie aufschloss, saß Jay am Küchentisch und las einen Brief. Er zuckte sichtbar zusammen, als sie in der Tür auftauchte, zerknüllte das Blatt in der Hand und sah dann zu ihr auf, als wäre sie eine Fremde.

«Ist alles in Ordnung?», fragte sie, erschrocken über seine ungewöhnliche Blässe.

Er blinzelte und bemühte sich offensichtlich, sich zusammenzunehmen. «Mir geht's gut», sagte er. «Alles in Ordnung. Du warst lange weg.» Er fuhr sich mit den Finger durchs Haar und starrte wie hypnotisiert auf das zerknitterte Blatt Papier vor sich.

«Jay», begann sie. «Ich muss mit dir reden ...»

Er rührte sich nicht, reagierte überhaupt nicht, und Emma wurde wütend. Das hatte sie nicht nötig, sie hatte zwanzig Minuten damit verbracht, um sich zu wappnen, damit sie ihm sagen konnte, sie würde ihn verlassen, und nun benahm er sich, als wäre sie bereits weg, als hätte er einfach vergessen, dass sie da war.

«Ich hab mich entschlossen, wieder zum Baron's Court zu ziehen.» Jays Schultern strafften sich, immerhin eine Reaktion. «Nur für eine Weile.» Elendes, feiges Weib, dummes, blödes Huhn, sag's ihm gleich, bring's hinter dich und fertig. «Ich brauche Zeit, um mit mir klarzukommen, herauszufinden, wie es jetzt weitergehen soll.» Bring es ihm schonend bei, verletze ihn nicht unnötig. «Schau mal, ich hab dich sehr gern, das weißt du, und ich bin dir auch sehr dankbar für alles, was du für mich getan hast ...»

«Schon gut. Wie du willst.» Er bat sie nicht zu bleiben, flehte nicht, bettelte nicht, er wandte nicht einmal den Kopf. Es war fast, als hätte er gar nicht gehört, was sie gesagt hatte.

Sie packte so viel ein, wie sie konnte, und rief ein Taxi. Als sie an der Küche vorbeikam, sah sie ihn immer noch am Fenster stehen und ins Nichts starren, und sie war überrascht, wie sehr seine Gleichgültigkeit sie traf. Nach allem, was er gesagt hatte, nach seinen Geständnissen von unsterblicher Liebe, hätte sie eigentlich erwartet, dass er wenigstens ein bisschen kämpfen würde, aber es machte ihm offenbar nicht das Geringste aus, dass sie wegging.

Bis es an der Tür klingelte, waren ihre Sachen ordentlich im Flur gestapelt, und ihr kamen beinahe die Tränen. Sie ging wutentbrannt zurück in die Küche. «Das Taxi ist da», sagte sie brüsk. «Also, ich gehe jetzt.» Als sie das letzte Mal in dieser Situation war, hatte sie ihn als Schwein beschimpft, und er war hinausgestürmt und hatte den Taxifahrer aufgefordert abzuhauen. Sie blieb stehen, wartete.

Ganz langsam drehte er sich um, er bewegte sich wie ein alter Mann.

«Em ...», setzte er an. Sein Gesicht war so müde, wie sie es noch nie gesehen hatte, und ihr Zorn verrauchte.

«Jay, ich ...»

«Nicht», sagte er. «Ich kann nicht ...» Er stockte, senkte den Kopf, starrte auf den Boden und setzte erneut an. «Ich schaffe das im Augenblick nicht, Em. Wenn du gehen musst, dann geh einfach, ja?»

«Na gut!» Sie zögerte immer noch. «Dann tschüs!»

«Tschüs!»

Und das war's.

Arbeit. Die hatte sie dringend nötig, denn in ihrem Kopf herrschte ein einziger Tumult. Baron's Court war düster und fremd, und das Wissen, dass ihr Aufenthalt nur vorübergehend war, trug nicht dazu bei, ihre Einsamkeit zu bannen.

Und was war überhaupt mit Jay los? Sie hatte ihn noch nie so merkwürdig, so teilnahmslos erlebt, und er hatte sie einfach so gehen lassen, ohne jeden Widerstand. Sie arbeitete bis zehn, dachte dann, sie könnte fünf Minuten Pause machen, fiel ins Bett und schlief wie eine Tote. Sie hörte weder das Telefon noch das Mädchen von unten, das schüchtern an ihre Tür klopfte, und als sie um zehn Uhr am nächsten Morgen unvermittelt hochschreckte, von einem Albtraum mit seinem schwarzen Loch der Verzweiflung geweckt, lag ein Zettel auf dem Boden. *Ricky hat angerufen. Bittet um Rückruf.*

Sie kochte sich einen Tee, aß eine Schale Cornflakes, vergaß dann den Tee und machte sich einen Kaffee. Erst als ihr nichts mehr einfiel, ging sie mit vor nervöser Aufregung klopfendem Herzen die Treppe hinunter, um ihn anzurufen.

«Ja bitte?» Die Stimme war sanft, vom Land und weiblich.

«Welche Nummer ist das bitte?»

«Great Yarmouth ...» Die Nummer stimmte.

«Äh, könnte ich bitte ... mit wem spreche ich?»

«Rosie Medler. Wollen Sie Rick sprechen?»

Emma starrte auf die Sprechmuschel, und ihr wurde ganz kalt. Was war da los?

«Ja, ich ...»

«Er ist leider nicht da, aber wenn Sie eine Nachricht hinterlassen wollen, richte ich ihm aus, dass Sie angerufen haben ... Hallo?»

«Oh. Äh ... Nein, sagen Sie ihm nur ... sagen Sie ihm nur – ich rufe später nochmal an.» Und sie legte hastig den Hörer auf.

Die nächsten zwei Stunden arbeitete sie wie wahnsinnig, erstickte jeden Gedanken in der Arbeit. Jedes Mal, wenn unten das Telefon klingelte, drehte sich ihr in einer Mischung aus Hoffnung und Besorgnis der Magen um, und jedes Mal war es für jemand anders.

Gegen Nachmittag gab sie auf, setzte sich auf den Balkon, starrte auf das Durcheinander aus Dächern und lauschte auf das gedämpfte Dröhnen des Londoner Verkehrs. Was hatte Ricks Lehrerin bei ihm zu suchen und in seiner Abwesenheit an sein Telefon zu gehen? Warum hatte er nicht zurückgerufen? Was zum Teufel sollte das alles? Eine Frage, die Emma sich mit Absicht nicht gestellt hatte, ging ihr jetzt nicht aus dem Kopf und verlangte nach einer Antwort. Sie hatten kaum über ihre Arbeit gesprochen. Angenommen, sie verzichtete auf ihre Stelle bei Mirico, bevor sie richtig angefangen hatte, ließe alles hinter sich und stünde dann ohne geregeltes Einkommen da – war das wirklich eine gute Idee? Um vier Uhr, außerstande, still zu sitzen, nahm sie ihre Tasche, warf sie über ihre Schulter und verließ das Haus.

«Ich dachte, ich komme mal vorbei und erkundige mich, wie es läuft …», stotterte sie.

«Prima!» Solly Cohen schlug ihr herzhaft auf den Rücken. «Beweist Initiative. Gefällt mir.»

Der Hieb ließ Emma taumeln und nach Atem ringen.

Er ließ ihr keine Zeit für Erklärungen. «Zuschneideraum!», dröhnte er und winkte der Empfangsdame im Vorbeigehen gebieterisch zu. «Brauche Francis! Treiben Sie ihn auf!»

Francis war ein adrettes Männlein mit onduliertem, grauem Haar, kleinen, schokoladenbraunen Augen und einem Gesicht wie ein freundlicher Mops. In auffallender Weste, Nadelstreifenhosen, Krawatte und Rose im Knopfloch kam er eilig mit einem Klemmbrett angetrippelt.

«Francis!», stellte Solly ihn brüllend vor. «Klingt verdammt nach Schwuchtel! Frankie Bunker – Emmie Versiiie. Bunker!», dröhnte er wie ein Presslufthammer. «Richtiger Bunker!»

«Boncœur.»

«Was?» Emma zuckte zusammen, ihre Nerven lagen bloß.

«Boncœur.» Die Stimme klang nasal, wohl artikuliert, das Gegenstück zu seinem Herrn. «Altfranzösisch. Da hat er sein Bunker her. An dem Witz erfreut er sich mittlerweile seit fünfzehn Jahren.» Der kleine Mann lächelte sie mit vielen Fältchen an. «Aber Sie sollten mich Francis nennen.»

«Emma», sagte Emma und lächelte zurück. Was für ein liebes Gesicht du hast, dachte sie, wie passend, *bon cœur.* Es war wunderbar, etwas zu tun zu haben, sie war bereits ruhiger.

Ganz nettes Kind, stellte Francis fest, aber ziemlich nervös. Ich frage mich, wie sie mit unserem guten Solly zurechtkommen wird.

Cyril hatte schon ein Nesselmodell angefertigt, aber während Emma seinen Fleiß erstaunlich fand, war Solly unbeeindruckt.

«Ist das alles, Cyril? Was hast du getrieben, auf deinem fetten Hintern gehockt und deine billigen Zigarren geraucht?»

«Hab ununterbrochen drangesessen, Solly.»

«Verdammt nochmal, weiß überhaupt nicht, wofür ich die Leute hier bezahle», brüllte Solly fröhlich.

Das Modell sah nach nichts aus. Emma war bei dem Anblick ganz entmutigt. Langweilig, viel zu schlicht, zu wenig Details, zu wenig … irgendetwas.

Solly musterte es schweigend, umkreiste es, musterte es erneut. «Knöpfe!», bellte er.

Es sollte aus blassrosa Leinen sein. «Marineblau», sagte Emma. «Marineblaue Steppnähte, marineblaue Knöpfe.»

«Was für Knöpfe?»

Panik. Marineknöpfe. Woher soll ich wissen, was für Knöpfe? Reicht das denn nicht?

«Paul», sagte Francis. «Bring Miss Versey die Schachtel.»

Eine große Pappschachtel wurde geholt, die Emma dankbar durchstöberte. Es gab Tausende von Knöpfen und Hunderte von marineblauen.

«Diese», sagte sie schließlich und hielt triumphierend ein schlichtes Holzexemplar hoch mit zwei Löchern und einem Perlstichmuster am Rand.

«Gut!» Solly schnappte ihn ihr aus der Hand und steckte ihn mit einer großen Nadel an die Brust der Puppe. «Da?»

«Nein.» Sie versetzte ihn ein wenig, fügte weitere hinzu. Jeder Trottel konnte sehen, das es so besser wirkte. Plötzlich sah es nicht mehr ganz so unmöglich aus.

«Steppnaht!», schnauzte Solly und warf ihr einen Kuli zu. Sie zeichnete sorgsam eine gepunktete Linie auf den Stoff. «Taschen!»

Sie gingen es Schritt für Schritt durch, Zentimeter für Zentimeter. Bei den Entwürfen, die Solly Cohen ausgesucht hatte, handelte es sich fast ausschließlich um Jackenkleider, schlicht durchgehend mit kurzen oder angeschnittenen Ärmeln und gerade fallendem Jäckchen. Und beim Kleid gab es ein Problem, das Emma sich nicht zu erwähnen traute. Cyril hatte die Brustabnäher von den Seitennähten aus geführt, und das störte die Linie. Ihre Skizze zeigte eine Naht, die den Abnäher einbezog, um dem Ganzen eine reine, unkomplizierte Silhouette zu geben. Es war Francis, der auf die Unstimmigkeit hinwies. Du liebes Kerlchen, dachte sie, ich könnte dich küssen, Monsieur Boncœur.

«Na, verdamm mich!» Cyril nahm die Skizze und musterte sie. «Entschuldigung, meine Liebe», sagte er und kratzte sich am Kopf. «Ist mir gar nicht aufgefallen. Ich war so mit der Jacke beschäftigt, dass ich davon ausging, es wäre was normales Durchgehendes. Aber das habe ich schnell.» Er nahm die große Zuschneideschere mit dem schwarzen Griff und schlitzte den Stoff auf. Dann fummelte er herum, schnitt wieder, steckte, stutzte, bis er zufrieden war. «Na, was meinen Sie?»

Sie traten zurück. Es war jetzt zwar zu kurz, aber das spielte keine Rolle. Denn zwei Minuten Geschnippel hatten eine Katastrophe in einen Erfolg verwandelt. Alle merkten es, einschließlich Emma, die gedacht hatte, dass das Modell nie auch nur annähernd dem Kleidungsstück ähneln würde, das sie entworfen hatte. Selbst Solly bemerkte es.

«Gut, Miss Emmie Ver-siie», herrschte er sie lobend an. «Sind auf der Gehaltsliste, erst mal drei Tage in der Woche, Einzelheiten später. Nun hauen Sie ab. Cyril, noch ein Muster, dalli, dalli, aber diesmal in Leinen. Frankie, du fauler Sack, brauch den Rolls.» Er grinste breit, nickte mit dem Kopf und ließ sie stehen. Francis zögerte, blinzelte und lief dann folgsam hinter ihm her.

«Aber ...», wandte sich Emma an den Luftwirbel, den sie hinterlassen hatten. Erst als sie am Oxford Circus wieder im Tageslicht stand, merkte sie, wie viel ihr an der Stelle lag.

Auf dem Boden lag wieder ein Zettel. *Ricky anrufen!* hieß es. *Dringend.*

«Wo zum Teufel warst du? Ich bin bald verrückt geworden.»

«Nirgends. Ich war eingeschlafen.» Emma schluckte mühsam, wählte ihre Worte sorgfältig und bemühte sich, ruhig zu bleiben. «Und ich habe dich heute Morgen angerufen. Dein Schätzchen war am Telefon.»

«Mein was?»

«Dein Schätzchen. Deine Lehrerfreundin. Du hast mir nicht erzählt, dass sie mit dir zusammenlebt.»

«Tut sie ja auch nicht.» Rick klang angespannt und ungeduldig. «Sie hat angeboten, die Buchführung für mich zu erledigen, das ist alles. Da ich jetzt diesen Vertrag habe, muss ich Rechnungen ausstellen, Quittungen, all den Kram, der damit verbunden ist. Ich kann zwar unterschreiben und ein paar Worte aneinander reihen, aber ... Em, hast du ihn schon verlassen?»

Rick und Rosie. Das klang nach Kinderfibel. Rick und Rosie lernen lesen, Rick und Rosie lernen schreiben, Rick und Rosie schlafen miteinander. «Ja», sagte Emma scharf, und ihr Zorn nahm mit ihrer Unsicherheit zu. «Ja, ich habe ihn verlassen. Im Unterschied zu deiner Rosie, die offenbar immer noch bei dir wohnt.»

«Sie ist nicht *meine* Rosie, Ehrenwort.»

Was für die letzte Nacht vollkommen stimmte. Es war eine Erleichterung, die Lage so schnell klären zu können. «Okay, Schatz», sagte Rosie, als er ihr die Neuigkeiten mitteilte. «Da, wo du herkommst, mein Süßer, gibt's noch viele. Aber mit den anderen Sachen machen wir doch weiter? Ich brauche das Geld, ehrlich gesagt, und es wäre eine Schande, jetzt mit den Stunden aufzuhören, wo du gerade ein paar Fortschritte machst. Ist allerdings schade, es hat viel Spaß gemacht.» Dann hatte sie gegrinst, ihm einen Kuss auf die Wange gedrückt und war pfeifend gegangen. Ihren Morgenmantel hatte sie mitgenommen.

«Em, was machst du mit diesem Job? Wann werden wir zusammen sein?», bettelte Rick drängelnd. «Ich *vermisse* dich.»

«Ach ...», Emma war wider Willen gerührt, fühlte sich erneut schuldig, diesmal gegenüber Solly. «Ich hab's ihm noch nicht gesagt. Ich hatte keine Gelegenheit, ihm Bescheid zu sagen. Außerdem ist er nicht der Mann, bei dem man einfach ankommt und sagt: ‹'tschuldigung, ich hab meine Meinung geändert›.» Sie zögerte und überlegte, wie sie es formulieren sollte, damit Rick es verstünde, und platzte dann heraus: «Und außerdem, ich weiß gar nicht, ob ich überhaupt aufhören will.» Schweigen. «Würdest du den Schmuck für mich aufgeben?»

Rick seufzte. Das lag bestimmt nur an Rosie. «Na gut», sagte er beruhigend. «Wenn du noch Zeit brauchst, soll's mir recht sein. Wir werden uns etwas überlegen. Ich wohne ja nicht weit von Yarmouth, und die Zugverbindungen sind nicht schlecht ... Das wird nur ein Problem, wenn wir es zu einem machen. Em, können wir uns darüber nicht später Gedanken machen? Das Wichtigste ist doch, dass wir zusammen sind.»

«Ja, ich weiß. Es ist nur so, dass ich ...» Sie zögerte. Er hatte Recht, das Wichtigste war das Zusammensein.

«Ich liebe dich», sagte sie.

«Nur darum geht es doch, nicht wahr?», erwiderte Rick, ohne zu zögern. «Ich liebe dich auch.»

Und sie wusste, alles würde gut.

20

Es war spät, weit nach zehn, und sie hatte ihn nicht erwartet.

Er lehnte an der Wand, oben auf der Treppe, die hängenden Fäuste geballt, starrte mit leerem Blick zu Boden und regte sich auch nicht, als sie in der Tür erschien. Er war unrasiert und wirkte angeschlagen. Emma öffnete den Mund und wollte etwas sagen, machte ihn dann aber wieder zu, weil sie nicht wusste, was. Er sah schrecklich aus. Sie hatte ihn noch nie in einem solchen Zustand gesehen.

«Geht's dir gut?»

«Nein.» Seine Stimme klang heiser, und er krümmte ungelenk den Rücken, als hätte er Schmerzen.

«Bist du krank?» Sie trat auf ihn zu, in plötzlicher Sorge.

«Nein.»

Sie blieb abwartend stehen.

«Kommst du nach Hause?»

«Nein.» Das hier war doch wohl nicht ihre Schuld? Er hatte doch kaum registriert, dass sie wegging, hatte kaum auf Wiedersehen gesagt.

«Ich brauche dich.»

«Nein, brauchst du nicht, du hast ja nicht einmal gemerkt, das ich gegangen bin.»

«Ich hatte gerade einen Brief bekommen. Ich konnte …» Jay hielt inne, stieß sich von der Wand ab und trat zögernd einen Schritt auf sie zu.

Emma sah ihn voll Bedauern an. Das war doch nicht die Folge ihres Fortgehens, dieser Zusammenbruch? «Was für einen Brief?»

«Bitte», flehte er, und sie zuckte zusammen und wich unwillkürlich einen Schritt zurück. «Nicht!», schrie er auf, denn er fürchtete, sie wollte die Tür schließen, überwand mit zwei Schritten den Abstand zwischen ihnen, bekam sie zu fassen und nahm sie so fest in die Arme, dass sie kaum noch Luft bekam. «Nicht», murmelte er. «Lass mich nicht vor der Tür stehen!»

Sie spürte, wie er zitterte, sein Herzschlag dröhnte in ihren Ohren und seine Ellbogen gruben sich spürbar in ihre Rippen. «Ich bin nicht dein Eigentum», murmelte sie vorwurfsvoll, mit von seinem Pullover erstickter Stimme. «Bedräng mich nicht so!»

«Ich kann nichts dafür. Em, ich …»

«Dann gib dir mehr Mühe. Jetzt ist es zu spät, mich zu bitten.» Emma wand sich vergebens. Die Luft blieb ihr weg, und sie wurde gereizt beim Gedanken an ihren Abschied, und was auch immer ihm diesen Kummer bereiten mochte, sie hatte unwillkürlich das Bedürfnis, ihn zu trösten.

«Ich brauche dich. Ich … es ist etwas passiert, und ich komme nicht allein damit klar.»

«Wieso brauchst du mich?»

«Ich muss etwas erledigen, und das schaffe ich nicht allein. Em …» Er verfiel in Schweigen und stand einfach da, den Kopf an ihre Schulter gelehnt, das Haar über den Augen. Dann plötzlich verzerrte sich sein Gesicht wie in Todesangst, und sie konnte es nicht ertragen.

«Gut», murmelte sie. «Was soll ich tun?» Sie spürte, wie er zusammensank, und durch diese kleine Bewegung schmolz ihr Widerstand endgültig dahin.

«Komm gleich mit mir zurück. Ich muss nach Yorkshire.» Er verstärkte seinen Griff, aus Angst, dass sie ihre Meinung ändern könnte. «Morgen Nachmittag. Ich muss etwas klären, und das kann ich nicht ohne dich.»

«Gut», kapitulierte sie. «Für wie lange?»

«Nur ein paar Tage.» Er hob endlich den Kopf, um sie anzusehen, und umschloss ihr Gesicht mit den Händen. «Emma …» Oh, dachte Emma, dahinschmelzend, wie hatte sie den Sex vergessen können?

Es war der erste Kuss seit Tagen, und er reichte, die letzten Reste ihrer Entschlossenheit vollständig zu vernichten, er wärmte und rührte sie, und Jay nutzte das aus.

«Ich liebe dich, Em», murmelte er in ihr Haar. «Ich kann ohne dich nicht leben.»

Sie ergab sich fast ohne jeden Widerstand und beschimpfte sich dann für ihre Schwäche und Dummheit. Jay packte manisch alles zusammen, was ihm in die Finger kam, als würde sie auf Dauer wieder zu ihm ziehen, bis sie ihn heftig aufforderte, damit aufzuhören, und ihn daran erinnerte, dass es sich nur um einen vorübergehenden Aufschub handelte. Dann schleppte er alles mit halsbrecherischer Geschwindigkeit nach unten, als ob sie sonst ihre Meinung doch noch ändern würde. Als sie schon die Tür schließen wollte, hielt sie inne.

«Warte im Wagen auf mich», sagte sie, plötzlich erschrocken über das, was sie tat, voller Sehnsucht nach Rick, der ihr wieder unerbittlich durch die Finger schlüpfte. «Ich muss telefonieren …»

«Gut, aber beeil dich!»

Rick war fast sofort am Apparat. «Ich muss dich treffen», sagte Emma. «Morgen, im Restaurant bei Bourne and Hollingsworth. Um zwölf.» Highnoon, haha.

«Heißt das …?» Er klang begeistert.

«Erklär ich dir morgen … Ricky?»

«Ja?»

«Ich liebe dich, vergiss das nicht, ja?»

Jay wartete im Auto, den Kopf an die Scheibe gelehnt und die Augen geschlossen. Als sie neben ihn rutschte, huschte ein Lächeln über sein Gesicht, und sie fühlte sich ein bisschen besser. Es ist ja nur für ein paar Tage, sagte sie sich.

«Danke, Em», murmelte er und streichelte ihre Wange.

«Ist schon gut», sagte sie. Sie war ihm schließlich etwas schuldig.

Der Abend war mehr als merkwürdig. Nachdem er sie zurückgeholt hatte, zeigte Jay keinerlei Neigung zu reden. Unter welchem Kummer er auch leiden mochte, er war eindeutig nicht bereit, sie daran teilhaben zu lassen, und sie fragte sich, warum er sie überhaupt brauchte. Sie verzehrten ihr Abendessen in vollkommenem Schweigen und verbrachten den Abend damit, Musik zu hören, die den betäubenden Mangel an Gesprächen ausfüllte. Es war fast zehn, als Emma ihren Mut zusammennahm und ihn fragte, ob es ihm besser ginge.

«Ja», sagte er und blinzelte sie an, als hätte er vergessen, dass sie da war. «Ja, es geht mir gut, jetzt, wo du wieder da bist. Möchtest du etwas trinken?» Er stand auf und ging durchs Zimmer, um sich einen großen Brandy einzuschenken, dann vergaß er Emma, nahm ihn mit ans Fenster und starrte, zerstreut daran nippend, auf die Lichter am Fluss.

«Wenn ich jemanden umgebracht hätte», sagte er plötzlich überraschend. «Würdest du dann immer noch bei mir bleiben?»

«Umgebracht? Wen umgebracht?»

«Niemanden.» Er wandte ihr sein Gesicht zu, runzelte die Stirn, als hätte er Kopfschmerzen. «Ich überlegte nur, wenn ich ...»

«Aber du hast keinen ... du bist vielleicht ein bisschen seltsam, aber du bist kein Mörder ... oder doch?»

«Nein. Nein, natürlich nicht.» Er wandte sich wieder von ihr ab, nahm den letzten Schluck Brandy und fügte kryptisch hinzu: «Ich habe nur überlegt», legte dann eine Hand über die Augen und kam wieder durchs Zimmer. «Ich bin nur kaputt», sagte er. «Ich glaube, ich gehe ins Bett.» Er zögerte. «Leistest du mir Gesellschaft?»

Es dauerte ziemlich lange, bis Emma langsam sagte: «Ja, ja, in einer Minute.» Und was nun, fragte sie sich, was machst du jetzt, du blöde Kuh?

Sie blieb sitzen, bis die Geigen verstummten, bevor sie dann aufstand, den Plattenspieler abstellte, zum Fenster ging und hinunter auf den vorbeiströmenden Verkehr starrte. Sie dachte daran zurück, wie elend sie sich anfangs gefühlt hatte, als sie zum Baron's Court gezogen war, angesichts der Aussicht, Rick endgültig zu verlieren, dachte an Alison und die Wochen, Monate geduldiger und freundlicher Unterstützung, die Jay ihr gewährt hatte, als sie dessen bedurfte. Sie war ihm etwas schuldig. Und einmal mehr machte doch auch keinen Unterschied?

Ihre Bedenken waren unnötig. Jay hielt sie fest in den Armen, aber er zeigte keinerlei Neigung, mit ihr zu schlafen, brauchte offenbar eher Trost als Sex. Als das Mondlicht ihr in den frühen Morgenstunden ins Gesicht schien und sie weckte, stand er nackt am Fenster und sah zu, wie die Themse auf ihrer langen Reise zum Meer vorbeifloss, und als er sich umwandte, um wieder ins Bett zu kommen, erhaschte sie einen Schimmer von Tränen auf seinen Wangen.

Sie nahm ihn instinktiv in die Arme und streichelte ihm übers Haar, bis er einschlief. Sie hätte sich weniger schuldig gefühlt, wenn sie die ganze Nacht gevögelt hätten.

Ricks Gesicht, als sie es ihm erzählte, war Strafe genug.

Sie saßen in einer dunklen Ecke, hielten über den Tisch hinweg Händchen, und Emma versuchte stockend zu erklären, dass diese neuen Umstände keine Bedrohung für ihn darstellten. Vergebliche Liebesmüh.

«Du hast ja keine Ahnung», begann sie schließlich, weil sie unbedingt wollte, dass er es verstand, «wie es war, als Ali starb. Ich dachte, das Ganze wäre meine Schuld. Ich bin jede Unterhaltung mit ihr durchgegangen und habe mich gefragt, ob ich sie mit einem Wort, einem Satz dazu gebracht habe, bin alles durchgegangen, was ich getan hatte, jede Bewegung: Hätte ich früher zurückkommen müssen, um nach ihr zu sehen? Hätte ich sie überhaupt nie allein lassen dürfen? Hätte ich ihr den Brandy wegnehmen müssen? Wenn ich mir genug Mühe gegeben hätte, hätte ich ihr vielleicht ausreden können, sich überhaupt auf diese Affäre einzulassen ... Ich habe sie allein gelassen und bin zum College gegangen, als ich hätte da sein, ihre Hand halten müssen. Ich habe sie nicht angerufen, wie ich es versprochen hatte. Als sie nicht ans Telefon gegangen ist, habe ich angenommen, alles wäre in Ordnung, als ganz und gar nichts in Ordnung war. Ich habe meine Verantwortung auf den lieben, armen Bill geschoben, der sie gefunden hat, erstickt an ihrer eigenen ...»

«Hör auf!» Rick wandte sein Gesicht ab, unfähig, noch mehr zu ertragen. «Und ich war nicht da, aber er. Geht es nicht darum – um das Begleichen von Schulden?» Er ergriff ihre Hand fester, die schlaff unter seiner auf dem Tischtuch lag, und fuhr mit den Finger über die sommersprossige Haut. «Du bezahlst deine Schulden bei ...» Er brachte es nicht über sich, Jays Namen auszusprechen, er dachte, er würde daran ersticken. «Und ich muss bezahlen, weil ich nicht da war, als du mich gebraucht hättest ... Gut, Em.» Ein Idiot, dachte er, ein verdammter Idiot. Ein Trottel von einem Helden, der auf seinem weißen Ross angeritten kommt, um die Jungfrau aus ihrer Not zu erretten, wobei jemand anders das schon längst erledigt hat, seinen Preis auf seinen Sattel gehoben hat und mit ihr gen Sonnenuntergang geritten ist.

«Es ist doch nur für ein paar Tage.» Sie schaute ihm ins Gesicht und fühlte sich genauso elend wie er. «Nur bis er geklärt hat, was immer er auch zu klären hat. Und dann werde ich sehen, dass ich mich irgendwie mit Mirico einige.» Sie beugte sich über den Tisch und drückte seine Hand, bis seine Knochen knackten, mehr zu ihrer eigenen Beruhigung als zu Ricks. «Es kommt alles in Ordnung», sagte sie heftig. «Du wirst sehen. Es kommt alles in Ordnung, ehrlich.»

Und dann ging sie wieder zur Arbeit, aber nur um Solly Cohen mitzuteilen, dass sie sich ein paar Tage freinehmen musste.

21

Harrogate war ein hübsches Städtchen, elegant, langweilig, wohlhabend. Das Hotel war altmodisch, viktorianische Gotik, voller langer, zugiger Flure und verschnörkelter Simse.

Sie waren durch stürmischen Regen nordwärts gefahren, ohne viel zu reden, ein Zustand, den Emma nach den letzten vierundzwanzig Stunden allmählich als normal empfand.

«Bist du auch sicher, dass ich mitkommen soll?», hatte sie gefragt, als sie ihre Koffer hinten in den Jensen luden.

Jay nickte heftig mit dem Kopf. «Ja, natürlich. Es tut mir Leid, Em, es ist nur so, dass ...» Dann verfiel er in Schweigen, starrte ins Nichts und vergaß, was er hatte sagen wollen. «Wir reden später darüber, wenn ich ... Komm, wir müssen los, oder wir kommen zu spät.»

Zu spät für was? Emma fragte sich erneut, was ihn so bedrücken mochte. *Würdest du bei mir bleiben, wenn ich jemanden umgebracht hätte?* Ging es bei dieser Reise darum?

«Jay?», begann sie, während sie ihren Koffer auf einem durchgelegenen Doppelbett abstellte, aber er runzelte die Stirn und schüttelte den Kopf.

«Nicht jetzt, bitte, Em, nicht jetzt.»

Er kam vom Fenster durchs Zimmer und nahm sie fest in die Arme, und Emma spürte die Anspannung, als umschlössen sie Stahlreifen. Unbehaglich wand sie sich in seiner Umklammerung, und ihr auf dieser stummen Reise gefasster Entschluss, unbeteiligt zu bleiben, ihn auf Armeslänge von sich fern zu halten, damit sie davongehen konnte, wenn der Ausflug vorbei war, schmolz dahin wie Nebel in der Sonne. «Aber ich könnte dir vielleicht helfen.»

«Tust du doch.» Er küsste sie auf den Kopf und umarmte sie fester. «Du bist hier. Ich hätte dir alles schon vor Monaten erzählen sollen, wollte ich auch, aber ich war nicht imstande ... und dann passierte das mit Alison ...» Er seufzte und legte seine Wange an ihre. «Ich liebe dich.»

«Das weiß ich.» Und warum erzählst du mir dann nicht, was los ist? Was war es, worunter er so litt, dass er es nicht einmal über sich brachte, darüber zu reden? Und was hatte Alison mit dem Ganzen zu tun?

Er ließ sie los und begann langsam und widerwillig seine Sachen auszupacken. «Heute Abend ist ein Konzert, mit dem Hallé-Orchester. Ich habe Karten dafür bestellt, Barbirolli dirigiert.»

Emma starrte ihn ungläubig an. «Und dazu sind wir den ganzen Weg hergekommen, deshalb habe ich bei der Eintragung ins Melderegister gelogen, musste meine linke Hand in der Tasche halten, falls man meinen Ehering sehen wollte? Nur, damit wir in ein Konzert gehen können?»

Er lächelte sie an, zum ersten Mal seit Stunden, Tagen. «Natürlich, Mrs. Hammond. Ich habe Sie über Hunderte von Meilen hierher gebracht, damit Sie sehen können, wie man sich als Ehepaar fühlt.» Sein Lächeln wurde breiter. «Ich finde es ganz nett. Warum wollen wir nicht ...?»

«Nein! Erzähl keinen Blödsinn! Wenn du wüsstest, was ich aufgeben musste, um mitzukommen ...» Nein, dachte sie und biss sich auf die Zunge, natürlich weißt du das nicht, und ich kann es dir auch nicht erzählen, das kann ich dir nicht antun, nicht jetzt. «Das ist wieder typisch für dich», schloss sie lahm. «Immer deinen Vorteil im Auge.»

«Warum nicht?» Der Scherz, kein richtiger Scherz, ging

daneben, und Jays Lächeln wurde bitter. «Nur so kann ich doch unter deine schützenden Fittiche schlüpfen.» Er wandte sich ab, von hilfloser Sehnsucht erfasst, und wünschte, er hätte es gelassen, wünschte, er wäre nicht gekommen, und die kurze Gnadenfrist im Elend war fast schon vorüber, bevor sie begonnen hatte.

Die Musik besänftigte ihn. Er arrangierte ihre Ankunft absichtlich so, dass sie nur Sekunden vor dem Erlöschen der Lichter ihre Sitze einnahmen, und als sie sich gesetzt hatten, nahm er ihre Hand und hielt sie die ganze Zeit fest. In der Pause blieben sie in vornehmer Isolation auf ihren Plätzen, bis auf einen kurzen Ausflug zur Bar, damit Jay einen großen Scotch hinunterschütten konnte, und erst als der weißhaarige Maestro sich zum letzten Mal verbeugte und das Publikum sich zum Gehen erhob, lehnte Jay sich endlich zurück und entspannte sich.

«So ist es besser.» Emma berührte mit tröstender Hand seine Wange, ermutigt von dem Fortschritt, seufzte ergeben und wartete dann, ganz nach dem vertrauten Muster, dass der Zuschauerraum sich leerte. Sie hatte Ricky für den Augenblick zu den Akten gelegt, unter «in der Schwebe», da sie sich nicht mit beiden zugleich befassen konnte.

Als sie ins Foyer kamen, war nur noch ein weiteres Paar übrig, das auf ein Taxi wartete. Emma achtete kaum auf sie, dachte ganz prosaisch an ihren Magen, und sie waren schon fast an der Tür, als der Mann, mittleren Alters, plump, mit gerötetem Gesicht, seine Gefährtin stehen ließ und sich ihnen in den Weg stellte.

Durchdringend starrte er Jay an, musterte ihn mit wässrigen, blauen Augen und nickte dann triumphierend. «Er ist es, nicht wahr? James Hammond! Na, hol mich der Teufel! Dachte ich mir doch, dass du es bist!»

Abrupt blieb Jay stehen, immer noch Emmas Hand umklammernd, und der Mann rief auffordernd über die Schulter: «Er ist es! Hab ich dir doch gesagt, dass er das ist», und streckte seine Hand aus. «Also so was. Und wie geht's, altes Haus? Komisch, wir haben neulich erst über dich geredet, wo es Missy doch so ... Na, ich nehme an, deshalb bist du hier? War bestimmt ein ziemlicher Schock für dich, nicht?»

«Hallo, Gerald», sagte Jay. «Wie geht's Muriel?» Widerstrebend nahm er die Hand des Mannes, fand die Berührung der feuchten Handfläche widerlich und musste an seinen Hintern denken.

«Ach, immer dasselbe, weißt du. Muriel ändert sich nicht. Sie ist da drüben. Komm und sag guten Tag.» Er winkte seiner Frau, die immer noch unschlüssig am Ausgang stand. «Sie wird entzückt sein.»

«Ich glaube nicht ...», begann Jay.

Muriel, grau wie Gerald, aber immer noch von welker Schönheit, schüttelte fast unmerklich den Kopf und presste die Lippen zusammen. Jays Finger drückten Emmas noch fester.

«Wie lange willst du bleiben?», fuhr Gerald in dumpfer Hartnäckigkeit fort. «Hast du Missy schon gesehen? Du kommst natürlich auf einen Schluck zu uns, bevor du wieder gehst ... Wie viele Jahre ist das jetzt her ...?» Er musterte Emma neugierig. «Willst du mich eigentlich nicht vorstellen, mein Junge?»

«Später, Gerald.» Nein, du mieser, alter Kerl, ich werde dir nicht erlauben, meine schöne Emma durch deine Berührung zu besudeln. «Wir sind spät dran, wir müssen gehen.» Er schob Emma weiter, fort von den lästigen, zudringlichen Fragen, zog sie dann zur Tür, floh an Muriel vorbei, die neben der Konzertkasse stand und sie mit kaum verhohlener

Feindseligkeit anstarrte, hinaus auf den dunklen Bürgersteig.

«Grüß mir Missy.»

Gerade bevor die Tür hinter ihr zufiel, erhaschte Emma einen Blick auf Muriel, die mit wütendem Finger ihren redseligen Gatten bedrohte und anzischte. Weshalb, fragte sie sich, weil er mit Jay gesprochen hatte? Und wer war Missy? Als sie jedoch Jays finsteres Gesicht sah, hielt sie sich mit den Fragen zurück.

In der aromatischen Nachtluft wurde seine Stimmung wieder besser. Nach dem schweren Regen war es nun angenehm warm, und es duftete nach feuchtem Gras und nassem Pflaster. Sie liefen Hand in Hand vom Theater über den Stray, den breiten Grünstreifen um die Stadt, und gingen langsam zum Hotel zurück, wo Jay einen Tisch für ein spätes Abendessen reserviert hatte. Beim Spaziergang knurrte Emmas Magen vor Hunger, der einzige Laut, den sie beide von sich gaben, während sie über den aufgeweichten Boden liefen.

Sie setzten sich in eine abgeschiedene Ecke, und Emma beobachtete Jay, während er die Speisekarte überflog.

«Du bist sehr geduldig.» Er hob die Augen vom Menü. «Oder nicht sehr neugierig.»

«Ausgesprochen neugierig», sagte sie, ermutigt von der angebotenen Eröffnung. «Aber nicht mutig genug zu fragen, damit du mir nicht den Kopf abreißt.»

Er legte die ledergebundene Speisekarte hin, rückte das Besteck zurecht, goss sich ein Glas Wasser ein, hob dann den Kopf und sah sie direkt an. «Ich kenne Gerald, seit ich ein kleiner Junge war. Ich stamme aus Knaresborough drüben, etwa zehn Meilen weiter die Straße entlang.»

«Oh», sagte Emma, als der Kellner kam, um ihre Bestellung entgegenzunehmen.

Unerwarteterweise lächelte Jay, der sich bei ihrem stummen Spaziergang über den Stray beruhigt hatte. «Ist das alles: ‹Oh›?»

«Hmm …»

«Hmm? Heißt das, du weißt nicht, was du sagen sollst, oder du weißt nicht, wie du fragen sollst?»

«Also gut, was nehmen wir eigentlich? Ich möchte ein Steak, gut durchgebraten, und beide Sorten Kartoffeln, bitte. Und könnte ich bitte auch reichlich Möhren haben?»

Jay grinste, wie immer amüsiert über ihren Appetit, und fühlte sich besser als seit Tagen. «Du isst wie ein Scheunendrescher. Ich nehme ebenfalls ein Steak, blutig. Mit neuen Kartoffeln und einem grünen Salat. Und bringen Sie mir einen großen Whisky.» Er lehnte sich in seinem Stuhl zurück und sah sie undurchdringlich an. «Gerald ist ein Freund meiner Mutter.» Er stockte und fuhr sich mit langen Fingern durchs Haar. «Nein, das stimmt nicht, er war einer ihrer Liebhaber. Ist er wohl immer noch, soweit ich weiß. Wenn du neugierig bist, kann ich sie morgen fragen.»

«Wie bitte?»

«Ich habe gesagt, wenn du …»

«Ich habe dich verstanden. Du hast gesagt, du könntest sie morgen fragen. Wen fragen?»

«Meine Mutter, wen sonst?»

«Du willst damit sagen, dass du morgen deine Mutter besuchst?» Emma starrte ihn wütend an. «Du hast mir nicht einmal erzählt, dass du eine Mutter hast.» Doch, hast du, verbesserte sie sich, denn ihr fiel ein, dass ihm einmal herausgerutscht war, wenn er Probleme hätte, würde er damit nicht zu ihr laufen. Zu ihr würde er zuallerletzt gehen, hatte er gesagt. Sind wir deshalb hier? Ging es in dem Brief darum?

«Nun, jetzt weißt du es. Ich habe eine Mutter, und wir werden sie morgen besuchen. Sie ist Missy, Melissa.»

«Wir?»

«Was wir?»

«*Wir* werden sie besuchen?»

«*Wir* werden sie besuchen. Möchtest du sonst noch etwas wissen?»

Emma öffnete den Mund und machte ihn wieder zu. Als das Essen kam, stürzte sie sich mit einem Eifer darauf, der ebenso auf Unbehagen wie auf Hunger beruhte, und erst als ihr Bauch fast voll war, fühlte sie sich stark genug für einen erneuten Versuch.

«Und werden wir auch deinen Vater besuchen?»

Jay spießte mit seiner Gabel ein Stück Paprika auf, und die Heiterkeit in seinem Gesicht erstarb. «Nein. Mein Vater ist tot. Ich habe ihn umgebracht, als ich sechzehn war.» Er nahm den Whisky, den der Kellner neben ihn gestellt hatte, schüttete ihn mit einem tiefen, gierigen Zug hinunter, starrte dann in sein Glas und fragte sich, was ihn zu einer derartig dummen Bemerkung veranlasst hatte.

Emma ließ die Gabel fallen und verschluckte sich fast an dem Bissen, den sie gerade kaute.

«Tut mir Leid», entschuldigte er sich. «Das war unnötig melodramatisch. Er ist tot. Aber ich bin für seinen Tod verantwortlich.» Sein Gesicht war ausdruckslos, wie fast immer, wenn er litt, und seine Stimme tonlos. «Was hättest du gern als Nachtisch?»

Emma legte Messer und Gabel zusammen und schob ihren Teller fort. «Nichts», sagte sie, unvermittelt satt. «Erklär es mir.»

«Dir was erklären?»

«Du lieber Himmel!» Aufgebracht hob sie die Stimme. «Du hast gerade lässig angedeutet, dass du deinen Vater umgebracht hast, und jetzt sagst du: ‹Dir was erklären?›, als würden wir uns übers Wetter unterhalten. Erklär mir, wovon du sprichst. Erklär mir, warum wir hier sind – warum ich hier bin. Was willst du damit erreichen, dass du hier ruhig sitzt und solche unglaublichen Dinge von dir gibst, ohne auch nur mit der Wimper zu zucken?»

Er legte nun seinerseits Messer und Gabel nieder, schickte den Kellner, der auftauchte, um die Teller abzuräumen, mit einer Handbewegung fort, und beugte sich über den Tisch. «Wir sind hier», sagte er, «*du* bist hier, weil ich es dir nicht erklären kann. Es ist in meinem Schädel eingeschlossen, seit ich sechzehn bin, und ich bekomme es nicht heraus. Ich treibe auf deine Kosten Geister aus, weil ich es allein nicht schaffe.» Er lehnte sich zurück, erschöpft von zu viel Whisky, von seiner unerwartet frühen Begegnung mit der Vergangenheit, von Emmas hilflosen Bemühungen um Verständnis für das, was er nicht erklären konnte, weil er selbst noch nicht damit im Reinen war. «Du hast mich einmal gefragt, ob ich keine schwache Stelle hätte, und ich habe dir erzählt, nur eine, weißt du noch? Ich habe gelogen.» Er musterte ihr schockiertes Gesicht, liebte ihre ungeschminkten Sommersprossen, ihren blassen, großzügigen Mund, ihre zornigen braunen Augen. «Du bist nicht meine Schwäche, du bist meine einzige Stärke. Du lachst mich aus, wenn ich sage, dass ich dich liebe. Aber bis du kamst, war ich gar nicht ... Ich habe nämlich meinen Vater geliebt und ihn umgebracht.» Er holte tief Luft. «Morgen. Morgen erkläre ich dir alles. Heute Abend möchte ich ins Bett, deine Haut an meiner spüren. Mir ist kalt, du musst mich wärmen.» Er berührte ihre Wange mit dem Finger und lächelte unsicher, ein Trost suchendes Kind. Und für diesen kurzen Augenblick, weil er litt und trotz all der Schutzwälle, die sie gegen ihn errichtet hatte, liebte Emma ihn. Nicht, beschimpfte sie ihn stumm, von einer unerklärlichen Furcht ergriffen, tu mir das nicht an.

Während sie das Gerümpel auf ihrem Boden in Norfolk sortierte, fiel Emma ein Schmuckkästchen in die Hände, leer, bis auf eine zerrissene Perlenkette und eine Brosche aus Muscheln, auf der sich der Schriftzug «Mutter» befand. Nippes, wie ihn Kinder in liebender Begeisterung kaufen, den die Eltern laut bejubeln, während sie sich nachsichtig über die Köpfe der Kleinen hinweg ansehen und das Gesicht verziehen, um ihn dann ungetragen mit schlechtem Gewissen ganz nach hinten in die Schublade zu packen. Während Emma sich mit der Brosche in der Hand durch das Gerümpel bewegte, erinnerte sie sich an ihre widerwillige Anwesenheit bei Jays Unterhaltung mit seiner Mutter, und die Erinnerung ließ sie erstarren, sie schmeckte wieder das Gift, das sie zwischen sich versprühten, das die Luft wie Säure zerfraß, während sie sich gegenseitig niedermachten.

Jay zeigte es ihr auf der anderen Seite des Tales, ein butterfarbenes, steinernes Herrenhaus, das allein inmitten eines hügeligen Parks lag. Seine Größe, seine Großartigkeit verstörten Emma, erinnerten sie an ihre eigene unbedeutende Reihenhausherkunft. Das schlichte graue Jerseykleid, dass sie für wer weiß was für eine Gelegenheit eingepackt hatte, erschien ihr plötzlich billig und provinziell, ihre Füße kamen ihr zu groß vor, ihr Haar zu rot. Sie überlegte flüchtig, warum sie sich eigentlich darüber Gedanken machte, welchen Eindruck Jays Mutter von ihr bekam, da sie doch keineswegs die Absicht hatte, länger als unbedingt nötig bei Jay zu bleiben.

Jay hatte sich nicht die geringste Mühe mit seinem Aussehen gegeben. Er trug seine ältesten Jeans und ein Freizeithemd mit einem Pullover über den Schultern. Außerdem fuhr er schlecht, achtete nicht auf die Schlenker und Kurven in der schmalen Landstraße, seine Hände umklammerten das Lenkrad so fest, dass seine Knöchel weiß waren, und

Emma wurde zunehmend nervös bei dem Tempo, mit dem er trotz hoher Hecken, uneinsehbarer Ecken und fehlender Haltebuchten fuhr. Als sie von der Landstraße in die dunkle Kieszufahrt zwischen hohen Rhododendren einbogen, stieß sie einen Seufzer der Erleichterung aus, doch als Jay vor der prächtigen steinernen Säulenhalle anhielt und den Motor ausstellte, wäre sie am liebsten davongerannt.

«Das ist es also», spottete er kalt und sarkastisch, «das heiß geliebte Zuhause.»

Sie wurden von einem Diener begrüßt und förmlich aufgefordert, in einer einschüchternden Bibliothek zu warten, vor der aus man über grüne Rasenflächen und einen breiten, stillen See auf die sanft ansteigenden Hügel hinaussah. Jay schlich durch den Raum wie ein Tier im Käfig und musterte alles, hatte aber keinen Blick für die friedliche Aussicht, bis der Diener zurückkehrte, um ihm mitzuteilen, dass Melissa Hammond Emma nicht zu sehen wünsche.

«Die junge Dame nicht», sagte der Mann bestimmt. «Mrs. Hammond hat den Wunsch geäußert, mit Ihnen allein zu reden.»

«Wir kommen zusammen oder gar nicht», entgegnete Jay. «Sagen Sie ihr, sie kann es sich aussuchen.» Der Mann neigte den Kopf und führte sie dann durch die beeindruckende Halle bis vor eine holzgetäfelten Doppeltür, deren Formen mit Blattgold hervorgehoben waren.

«Wenn Sie so freundlich wären zu warten, werde ich Mrs. Hammond Ihre Botschaft überbringen.»

«Lass mich im Auto warten», zischte Emma außer sich, als er weg war. «Du brauchst mich hier nicht.»

«Doch», zischte Jay zurück. «Deshalb habe ich dich mitgenommen, und ich bleibe nur, wenn du auch bleibst.» Dann hielt er ihre Hand ganz fest, falls sie davonlaufen wollte.

Der Mann kam zurück und verkündete: «Sie können jetzt hineingehen», und führte sie in einen eleganten Salon voller Blumen und Sonnenlicht. Dann zog er sich in die Halle zurück und schloss die Tür hinter sich. Emma ließ Jay vorgehen und kniff die Augen zusammen, die sich nach der kühlen Dämmerung der Halle erst anpassen mussten.

«Umgeräumt, Mutter?», fragte Jay den augenscheinlich leeren Raum. «Sieht nicht mehr so aus wie damals, als ich weggegangen bin.»

Emma hörte sie, bevor sie sie sah: das Rascheln von Seide vom Fenster her, als Melissa Hammond sich zum Raum umwandte, ein sanftes, atemloses, weibliches Lachen und das Klingeln von Armbändern. «Hast du angenommen, ich würde deinetwegen alles unverändert lassen? Alberner Junge.»

Sie stand mit dem Rücken zum Licht. Sie konnte ihre Gesichter sehen, aber ihres war nicht zu erkennen, nur der Umriss einer winzigen, zierlichen Gestalt vor dem hellen Rasen und dem fernen See hinter ihr. «Und wen hast du da mitgebracht, obwohl ich dich gebeten habe, allein zu kommen?»

Jay tastet wieder nach Emmas Hand und schob seine Finger zwischen ihre. «Das ist Emma.» Er verstärkte seinen Griff. «Sie soll mich beschützen.»

Melissa Hammond lachte wieder und sagte heiser: «Vor mir? Wie ungemein amüsant», ging dann vom Fenster weg und trat ins Licht.

«Du bist dünn, Mutter. Hast du eine Diät gemacht?»

«Da du hier bist, muss ich davon ausgehen, dass du meinen Brief erhalten hast. Ich habe Krebs, wie du zweifellos weißt.»

«Schön. Und nicht mehr lange zu leben, wie ich hoffe?»

Emma stockte der Atem, und entsetzt starrte sie in Jays

undurchdringliches Gesicht. Seine Mutter blieb ungerührt. «Drei bis sechs Wochen, hat man mir gesagt.»

«Möge jede Sekunde davon voller Schmerzen sein. Wie hast du mich gefunden?»

Missy Hammond lachte wieder, dann hustete sie; Emma hörte die Flüssigkeit in ihren Lungen gurgeln, und ihr wurde übel.

«Mühelos, mein liebster Junge. Du vergisst, dass du berühmt bist. Ich habe deine Arbeiten in einer Zeitschrift gesehen und zwei und zwei zusammengezählt. Ein Jay Hammond, der wie ein Engel zeichnet, ein paar diskrete Nachforschungen. Du hast sogar einen Auftrag für mich ausgeführt, nur damit ich sicher sein konnte, dass ich auch den richtigen Hammond hatte, eine Villa bei Nizza, die ich vermiete.» Sie lachte wieder, verschluckte sich und musste erst wieder zu Atem kommen. «Erinnerst du dich an den Prospekt, den du gemacht hast? Du hast nach Fotos gearbeitet, und es sieht absolut prachtvoll aus.»

«*Le Canadel*? Ja, ich erinnere mich. Was habe ich dafür genommen?»

«Eine Menge, und es war jeden Penny wert.»

«Schade. Wenn ich gewusst hätte, dass es für dich ist, hätte ich mein Honorar verdoppelt.»

Melissa Hammond lächelte, bekam keine Luft mehr, hustete rasselnd, kam dann weiter ins Zimmer und gestattete Emma zum ersten Mal einen klaren Blick auf ihr Gesicht.

Ihr Make-up war fehlerlos, eine Vorspiegelung zarter Schönheit, eingerahmt von einer dicken Wolke unwahrscheinlich blonder Locken. Aber unter Grundierung und Puder hatte die Krankheit gewütet, ihre Haut schrumpeln lassen und das Fleisch ausgezehrt, das sich über dem Schädel spannte. In der perfekten Porzellanmaske waren nur noch die Augen lebendig, blau, aber nicht leuchtend blau wie Jays. Melissa Hammonds Augen waren blass und glitzerten kalt in ihren knöchernen Höhlen wie gefrorene Diamanten. Emma trat unbehaglich von einem Bein aufs andere und stellte sich dichter neben Jay, um sich zu beruhigen. Er drückte ihre Hand, sah auf sie herunter, lächelte und begann mit der nächsten Attacke.

«Hast du die Wunderformel entdeckt, Mutter? Dein Haar hat noch nie so gut ausgesehen.»

«Das ist eine Perücke», sagte Missy ruhig. «Wie du sicher schon bemerkt hast. Von der Therapie fallen die Haare aus. Aber man hat mit der Behandlung nun aufgehört, es heißt, man könne nichts mehr für mich tun.» Sie trat näher, musterte Emma kühl und hob dann eine exquisite Augenbraue. «Sie ist noch sehr jung, James. Und ich glaube, unsere Auseinandersetzung regt sie auf.» Dann wandte sie sich zum ersten Mal an Emma: «Möchten Sie nicht lieber woanders warten, meine Liebe? Meine Angelegenheit mit James dauert nicht lange, und mein Angestellter wird Ihnen einen Sherry anbieten oder was junge Leute heutzutage sonst gern trinken.»

«Selbstverständlich, ich ...»

«Nein.» Jays Stimme kreischte nach Missys sanftem Überredungsversuch. «Emma bleibt hier. Aber würdest du bitte zur Sache kommen, damit wir beide gehen können.»

«Du warst schon immer ein ungeduldiges Kind. Und dein Benehmen ist auch nicht besser geworden, seit ich dich zum letzten Mal gesehen habe, James. Also gut, aber du wartest doch wenigstens noch den Kaffee ab.» Missy drückte auf eine Klingel an der Wand neben dem Kaminsims, wies gebieterisch auf das damastbezogene Sofa neben dem Feuer, nahm im Samtstuhl gegenüber Platz, faltete die Hände im Schoß und kreuzte die mageren Beine ordentlich an den Knöcheln. Dann saßen sie schweigend da, bis der Diener mit einem Tablett erschien. Erst als er gegangen war, ergriff sie wieder das Wort.

«Wie du mittlerweile bestimmt erraten hast, habe ich dich gebeten herzukommen, weil ich bald sterbe. Da all das hier …», sie wies mit knochiger Hand auf den Raum und ließ erneut ihre Armbänder klingeln, «in Kürze dir gehören wird, dachte ich, wir sollten uns endlich vertragen und Vergangenes vergangen sein lassen.» Sie lehnte sich in die Kissen hinter ihr, hob ihre Tasse, die hübsch auf ihrer Untertasse klirrte, und nippte an ihrem Kaffee. «Du wirst eine Menge Geld erben, wenn ich nicht mehr bin. Da gebietet doch wohl der Anstand, dass wir auf freundschaftlicher Basis auseinander gehen …»

«Auf freundschaftlicher Basis?» Zu Emmas heftigstem Unbehagen begann Jay zu lachen, platzte laut und kräftig los, sodass es im ganzen Raum widerhallte. Missy zuckte die Achseln, blieb unerschütterlich.

«Als du jung und empfänglich warst, hast du einiges missdeutet, falsch beurteilt …»

«Missdeutet?» Jay beugte sich vor, unvermittelt ernst. «Was habe ich missdeutet, Mutter? Geralds nackten Hintern, der in deinem Ehebett auf dir hockte, vor den Augen meines Vaters? Habe ich mich verzählt, was die Menge und Vielfalt deiner Liebhaber angeht? Oder waren es die gezielten Versuche, meinen Schulfreund zu verführen, den ich arglos über Weihnachten mit nach Hause gebracht hatte, die ich missdeutet habe? Er war sechzehn, habe ich das auch falsch verstanden? Du hast Glück gehabt, dass er nie darüber gesprochen hat, nicht wahr …?»

«Es reicht!» Missy begann zu husten und machte eine verächtliche Handbewegung. «Wenn du solche verleumderischen Behauptungen außerhalb dieses Zimmers wiederholst, bekommst du keinen Penny von mir …»

«Aha!», nickte Jay, dem endlich ein Licht aufging. «Darum geht es also, zu all deinen anderen Sünden noch eine kleine Erpressung. Gerald ist mir gestern in Harrogate über den Weg gelaufen.» Er stellte seine Tasse hin und baute sich drohend vor seiner Mutter auf. «Er hat uns damals wohl nicht gesehen, Mutter, er hat wohl nie etwas von seinem Publikum erfahren? Er lässt grüßen. Die arme Muriel wirkte allerdings nicht allzu erfreut über meinen Anblick. Sie wusste Bescheid, nicht wahr? Du bumst den fetten Arsch wohl immer noch?»

Missbilligend presste Missy die Lippen zusammen. «Was für vulgäre Ausdrücke. Du hättest weiter zur Schule gehen sollen, James, statt wegzulaufen.» Ihr Mund verzog sich zu einem kleinen Lächeln. «Außerdem, wenn du nicht weggelaufen wärst, wäre dein Vater vielleicht noch ...»

«Sei still!»

Missy lachte, bekam keine Luft mehr, suchte in ihrem Ärmel nach einem Taschentuch und wischte sich roten Speichel vom Mund. «Nein, mein Lieber, du lässt mich jetzt ausreden. Es wäre mir allerdings lieber, wenn du zuerst dieses Kind wegschicken würdest. Ich sehe keinen Grund, warum sie sich unbedingt deine schmutzigen Phantasien anhören muss.»

Dankbar, vom Haken gelassen zu werden, erhob sich Emma gehorsam und wollte gehen. Aber Jay stellte sich ihr in den Weg, drehte sich mit dem Rücken zu seiner Mutter und bat sie sanft: «Bitte, Em», und sie zögerte, blieb dann abwartend stehen und wünschte, das hasserfüllte Duell würde aufhören, damit sie entfliehen konnte.

«Ich bitte nur um eine Kleinigkeit», fuhr Missy fort. «Da ich deine unvernünftige Haltung vorausgeahnt habe ...» Sie stand nun ihrerseits auf, winzig gegenüber ihrem Sohn, die beiden hochroten Flecken auf ihren Wangenknochen die einzigen Zeichen ihrer Anspannung, und ging durch den Raum zu einem hübschen, intarsienverzierten Sekretär. Nachdem sie ihn aufgeschlossen hatte, nahm sie ein Bündel Papiere heraus und kam damit zurück. «Das ist eine Verpflichtungserklärung, nach meinem Tod nicht über Familienangelegenheiten zu sprechen. Sobald das unterschrieben ist, wird mein Testament wirksam.»

«Das ist alles?», fragte Jay. Er klang erheitert, lässig, hätte sie am liebsten hinausgeschleppt und im See ertränkt, wo sein Vater sich vor zwölf Jahren den Tod geholt hatte. «Nur auf der gestrichelten Linie unterschreiben und dann alles einstreichen? Wie viel bist du denn wert, Mutter, eine halbe Million, drei Viertel?»

«Mehr», sagte sie. «Viel, viel mehr. Hier, nur unten unterschreiben, wo die Kreuze sind. Wenn deine Freundin schon nicht gehen darf, kann sie ja gleich deine Unterschrift bezeugen.»

Als sie ihm die Papiere hinhielt, nahm Jay sie, senkte zum Lesen den Kopf, lächelte plötzlich, gluckste und begann zu lachen. Zum ersten Mal wirkte Missy Hammond beunruhigt und trat zurück, weg von seiner Heiterkeit.

«Bitte schön, was findest du so amüsant?»

Jay rang um Beherrschung. «Du meinst das wirklich ernst?», fragte er, wollte wissen, ob er auch richtig verstanden hatte. «Mehr soll ich nicht tun, und dann gehört alles mir? Der Schmuck, das Haus, die Aktien und Anteile? Ich kriege dann auch diese klappernden Goldklunker, Mutter?»

«Natürlich. Du könntest sie deiner hübschen Freundin schenken. Alles gehört dir. Überleg mal, was du damit alles anfangen kannst.» Missy schwenkte den Arm und ließ die Armbänder melodiös aneinander stoßen, und Jay starrte sie an, ganz und gar nicht mehr amüsiert.

«Und wenn ich mich weigere?»

«Wenn du dich entschließt, so ungeheuer dumm zu sein, dann werde ich alles der hiesigen Pfarrei hinterlassen, zum Wohl der Gemeinde. Und du hast gar nichts.»

«Bis auf das unschätzbare Vergnügen, in Knaresborough auf die Kanzel zu steigen und deine Grabrede zu halten. Danke, Mutter, aber ich finde die Aussicht, dir ein letztes Führungszeugnis auszustellen, einfach unwiderstehlich.» Er grinste und zeigte dabei alle seine Zähne, dann zerriss er kaltblütig die Papiere und warf sie ihr vor die Füße. «Ich könnte doch auch die Presse dazu einladen, oder? Die haben doch eine Schwäche für nette, saftige Skandale. Glaubst du, die Gemeinde will dein Geld noch, wenn ich fertig bin? Ich könnte ihnen sogar erzählen, weshalb mein Vater gestorben ist, nicht wahr, Mutter?»

Die beiden dunkelroten Flecken auf Missys Wangen wurden blass. «Ich schlage vor, du denkst noch einmal gründlich darüber nach», sagte sie und verlor zum ersten Mal ihre eiskalte Selbstbeherrschung. «Vielleicht kann deine junge Freundin dich ja zur Einsicht bringen. Bis dahin habe ich noch etwas für dich, bevor du gehst.» Sie ging zum Sekretär zurück, öffnete eine kleine Schublade, kam zurück und stellte sich vor ihn. «Hier», sagte sie, «dein Vater wollte, dass du das hier bekommst, und für mich ist es wertlos. Ich werde dann also neue Papiere aufsetzen lassen. Wenn du deine Meinung ändern solltest, weißt du ja, wie du mich erreichen kannst.» Sie legte Jay ein kleines, braunes Paket in die Hand, und er schloss die Finger darum.

«Das ist alles?»

«Im Augenblick, ja.»

«Nein, Mutter, nicht im Augenblick. Das war deine letzte Chance.»

Er blieb an der Tür stehen, wartete, bis Emma vorbeigegangen war, und sah sich dann nach der winzigen Gestalt um, die aufrecht, als hätte sie einen Ladestock verschluckt, in der Mitte des wunderschönen Raumes stand. «Mögest du elendig zugrunde gehen», sagte er, jedes Wort auskostend. «Und mögest du danach in der Hölle verrotten.» Dann schloss er die Tür und führte Emma durch die Halle hinaus ins Sonnenlicht.

Erst am nächsten Tag, als sie auf der Rückfahrt nach London eine Mittagspause machten, begann Jay zu reden, aber sobald er einmal angefangen hatte, konnte er nicht wieder aufhören.

Zwei Stunden lang saßen sie irgendwo in Lincolnshire im Erker eines hübschen Pubs aus hellgelbem Sandstein direkt neben der A1, und Emma, die ihn immer wieder zum Reden gedrängt hatte, weil sie dachte, es würde ihm gut tun, hörte zu, während alles in einem großen, bösen Schwall aus ihm herausbrach – zwanzig Jahre Bitterkeit, Elend und Schuld – und fragte sich, ob sie es nicht lieber hätte lassen sollen.

«Ich habe sie erwischt, weißt du, aber ich habe nichts gesagt. Ich habe von keinem etwas erzählt, bis zum Schluss. Ich dachte, es würde ihn umbringen.»

«Wen erwischt? Was, hast du gedacht, würde wen umbringen?»

«Meine Mutter. Meinen Vater. Er hat sie angebetet. Er dachte …» Jay lachte allzu herzlich und sank dann in sich zusammen. «Er dachte, sie sei vollkommen. Aber ich wusste es besser. Ich habe ihr immer nachspioniert, wenn ich in den Ferien zu Hause war, weil ich wissen wollte, warum sie mich weggeschickt hat.»

«Dich weggeschickt? Dich wohin weggeschickt?»

«Hast du gar keinen Hunger?» Jay schob ihr über den Tisch eine Speisekarte zu und drängte sie, etwas zu essen.

Wenn er Emma beim Essen zusähe, ginge es ihm besser, käme er sich wieder normal vor. «Sie haben Fleischpasteten, möchtest du eine?»

«Ja. Schön. Was du willst. Also, wo hat deine Mutter dich hingeschickt?»

«Ins Internat. Als ich acht war. Sie wollte mich nicht in der Nähe haben, weißt du, ich habe sie bei ihrem Treiben gestört. Möchtest du Erbsen und Möhren, es gibt allerdings auch Steckrübenpüree. Wenn du das lieber willst?»

«Nein, danke, ich mag keine Steckrüben.»

Jay kicherte und für einen Moment löste sich die Anspannung. «Das war doch den weiten Weg wert, zu erfahren, dass du keine Steckrüben magst. Welche dunklen Geheimnisse verbirgst du sonst noch vor mir, Emmchen?»

Emma senkte den Kopf, erinnerte sich plötzlich an Rick, der nach ihrer Rückkehr auf sie wartete, verdrängte ihr dunkles Geheimnis und sagte fest: «Ich mag auch keinen schottischen Eintopf. Ich mag die Knubbel nicht, die da reinkommen. Ach, und Dosenerbsen. Dosenerbsen kann ich nicht ausstehen.»

«Knubbel ...?»

«Hmm, du weißt doch, diese, wie heißen sie noch ... ach. Graupen. Warum wollte deine Mutter dich aus dem Weg haben?»

«Weil ich ihr den Spaß verdorben habe. Wenn einer der befreundeten Herren zu Besuch war, bin ich immer reinmarschiert und habe laut gefragt: ‹Mami, was machst du eigentlich mit Mr. Brainwhite im Bett? Und wieso macht Mr. Brainwhite das?›» Er ahmte seine Kinderstimme nach, hoch und lispelnd, schob sein Besteck zum dritten Mal zurecht, strich das Set glatt, nippte am Wasser und fuhr im Konversationston fort: «Sex ist ziemlich albern, vor allem, wenn man als Außenstehender darüber stolpert, und besonders, wenn man erst sieben oder acht ist. Es ist ganz in Ordnung, wenn man selber vögelt, aber anderen Leuten dabei zuzugucken ist ziemlich … ziemlich …», er zögerte, hob den Kopf und zog eine Grimasse, «widerlich. Aber es hörte nicht auf, und als ich älter wurde, fand ich es auf eine abscheuliche Art faszinierend. Wir redeten in der Schule ja alle über Sex, aber ich hatte tatsächlich schon jemanden dabei beobachtet.» Er lachte wieder, aber diesmal klang es bitter, bösartig. «Eine Zeit lang galt ich als Held, denn ich war der Einzige, der wirklich wusste, wovon er redete. Natürlich habe ich keinem erzählt, dass es meine eigene Mutter war, die ich beobachtet hatte.» Er stockte und starrte auf seine Hände, die auf dem weißen Tischtuch lagen. «Nach einer Weile wurde es eine Art Spiel: Sie versuchte ihre Liebhaber ohne mein Wissen einzuschmuggeln, und ich versuchte, sie zu erwischen, denn ich wusste, wenn ich sie erwischte, müsste sie sich ihren Spaß verkneifen. Sie hatte nämlich keinen Führerschein, deshalb mussten sie zu ihr kommen. Und ihr gefiel die Aufregung, das zusätzliche Kribbeln, das die Angst, entdeckt zu werden, mit sich brachte, die Spannung, ob sie ihren Willen bekäme, ohne sich erwischen zu lassen. Sie war die hemmungsloseste Frau, die mir je untergekommen ist. Und mein Vater dachte, sie wäre vollkommen.»

«Aber wie ist sie damit durchgekommen? All diese Männer, die hatten doch bestimmt Ehefrauen, Freundinnen. Warum haben die kein Theater gemacht? Und dein Vater, warum hat er nichts gemerkt?» Wie du früher oder später merken wirst, was mit mir und …

«Er war den ganzen Tag unterwegs, irgendwo auf dem Gut, oder arbeitete in seinem Büro in Harrogate. Außerdem hatte er viel im Ausland zu tun. Und ein paar machten durchaus Theater. Unter anderem Muriel, Geralds Frau. Sie rief Daddy an und erklärte ihm, Missy solle sich von ihrem Mann fern halten. Er weigerte sich einfach, ihr zu glauben. Er machte sie lächerlich, erklärte ihr, sie würde sich das alles nur einbilden. Er war nicht unfreundlich, sagte, er verstehe durchaus, dass sie auf Missy eifersüchtig sei, aber wenn sie Schwierigkeiten in ihrer Ehe habe, dann sei das nicht sein Problem. Er schlug ihr vor, mit Gerald in Urlaub zu fahren, um zu sehen, ob sich das Ganze nicht wieder einrenken würde. Und ich hörte, wie er abends beim Essen meiner Mutter davon erzählte, und sie sagte: ‹Was für ein albernes Weib!›, als wäre Muriel nicht ganz gescheit. Sie lachten zusammen darüber, während mir zum Kotzen war.»

Obwohl Emma vierzehn Fragen gleichzeitig einfielen, stellte sie keine davon. «Und wie ist dein Vater nun gestorben?», erkundigte sie sich gerade, als der Kellner mit ihrer Fleischpastete erschien. Das hatte sie eigentlich ganz und gar nicht sagen wollen.

«Er bekam in der Kälte einen Herzanfall, aber es war nicht der Infarkt, der ihn umgebracht hat. Das war die Lungenentzündung. Ich habe in York zufällig einen seiner Freunde getroffen, und deshalb habe ich ihn im Krankenhaus besucht, kurz bevor er starb. Er war an all diese Maschinen angeschlossen, spuckte Schleim und sah schon wie ein Leichnam aus, ganz gelb und wächsern.» Jay hob den Kopf und starrte blind auf den Parkplatz unter ihrem Fenster. «Die ganze Zeit, als ich da war, spähte er über meine Schulter und hielt nach Mutter Ausschau, und als sie hereinkam, leuchtete sein Gesicht vor Freude auf.» Stirnrunzelnd sah er auf seinen Teller und schob mit der Gabel ein Stück Teig hin und her. «Iss deine Pastete, bevor sie kalt wird.»

Emma schaute auf ihren Teller und sah dann wieder Jay an. «Durch welche Kälte?», fragte sie und kam wieder auf seinen Vater zurück. «Das verstehe ich nicht.»

«Nein.» Jay sah sie für einen Augenblick trübsinnig an, bevor er sich mechanisch aus der dampfenden Schüssel, die der Kellner zwischen sie gestellt hatte, Gemüse auf den Teller füllte. «Natürlich nicht. Wegen Tristan hatte ich mich entschlossen ...» Er legte das Vorlegebesteck hin und fuhr sich mit der Hand über die Augen.

«Wer ist Tristan?», warf Emma verzweifelt ein, während sie großzügig Salz über ihr gesamtes Essen streute, nur damit ihre Hände beschäftigt waren. «Erzähl noch einmal, Jay, von Anfang an.»

«Er war mein bester Freund, in der Schule. Als er in den Weihnachtsferien bei mir war, hat sie versucht, ihn zu verführen. Und als er nach Hause wollte ...» Er schloss die Augen, erlebte noch einmal die panische Angst, dass Triss alles seinen Freunden erzählen würde, dass alle Bescheid wüssten, wenn er wieder in die Schule käme, und nichts mehr so sein würde wie vorher. «Ich musste ihm drohen, bis er schwor, niemandem etwas zu erzählen. Und da habe ich mich entschlossen, Daddy alles zu erzählen, es musste einfach aufhören. Warum isst du nicht?»

Emma blinzelte. «Ich habe keinen großen Hunger», sagte sie. Oder um genauer zu sein, mir ist schlecht von dieser bezaubernden Geschichte deiner unschuldigen Kindheit, und ich wünschte, ich hätte nicht gefragt, denn jetzt hast du angefangen, dir alles von der Seele zu reden, und wirst nicht wieder aufhören, und ich habe das Gefühl, da kommt noch Schlimmeres.

«Ich wartete bis zum nächsten Mal. An dem Tag kam Gerald sie besuchen, du erinnerst dich an Gerald? Dad war in Harrogate, aber ich rief ihn an, holte ihn aus einer Konferenz und erzählte ihm, es handle sich um einen Notfall, und als er dann nach Hause kam, bin ich mit ihm nach oben gegangen, und wir standen nebeneinander in der Tür zu Mutters Schlafzimmer und sahen zu, wie Geralds nackter Hintern auf und ab hüpfte. Es war kein sehr erhebender Anblick.»

«Ach, Jay, wie schrecklich, wie absolut verdammt *widerwärtig.*» Emma schlug die Hände vor den Mund und starrte ihn entsetzt an.

Jay zog ebenfalls ein Gesicht. «Ach», sagte er in Erinnerung an das flaue Gefühl in seiner Magengrube, an die zunehmende Furcht, als er merkte, was er angerichtet hatte. «Das war noch nicht das Schlimmste. Ich dachte, ich könnte sie aufhalten, ihrem Treiben Einhalt gebieten. Ich freute mich darauf, dass das Ganze endlich ein Ende hätte. Aber er gab keinen Ton von sich, stand nur da und starrte Geralds Steiß an, nahm mich beim Arm, schleppte mich den ganzen Weg nach unten in die Bibliothek und fing an, mich anzuschreien. Er bezeichnete mich als ...» Er stockte unvermittelt, griff nach dem Wasser, trank das Glas in einem Zug aus und goss nach. «Würdest du bitte essen?», bat er. «Nur ein bisschen, Em, meinetwegen ... Er bezeichnete mich als verdorbenen kleinen Lüstling. Er sagte, was ich gerade getan hätte, wäre ganz und gar unverzeihlich. Und als ich sagte: ‹Und was sie treibt, was ist damit?›, fing er an zu weinen. Emma, bitte ...»

«Gut, gut, ich ess ja schon.» Emma nahm Messer und Gabel und begann widerstrebend in ihrer leidigen Pastete zu stochern.

«Er erklärte mir, ich verstünde nicht. Dass ich es schon merken würde, wenn ich erwachsen wäre. Es wäre erträglich, sagte er, solange er so tun könnte, als wäre nichts, solange es ihm niemand unter die Nase riebe, aber genau das hätte ich nun getan, und er hielte es nicht aus. Dann erklärte er mir, er könne meinen Anblick nicht mehr ertragen, ich solle machen, dass ich ihm aus den Augen komme, und das tat ich dann auch. Ich packte Sachen zum Wechseln und eine Zahnbürste in meinen Rucksack und ging. Ich stieg auf mein Fahrrad und radelte den ganzen Weg nach York. Noch in der gleichen Nacht bekam ich eine Stelle in einem Hotel. Es war ganz einfach, so kurz vor Weihnachten, überall brauchte man Personal, und für mein Alter war ich groß und kräftig. Ich wirkte älter als sechzehn. Niemand stellte Fragen.» Er legte das Besteck ordentlich zusammen, auf das unberührte Essen. «Ich dachte, Abhauen brächte alles wieder in Ordnung.»

Emma folgte seinem Beispiel, legte ihr Besteck zusammen, winkte ihren Teller fort, als der Kellner erschien, nahm dann über den Tisch hinweg Jays Hand und hielt sie umschlossen. «Aber das war doch nicht deine Schuld. Du solltest dir keine Vorwürfe machen. Das war die Schuld deiner Mutter. Das siehst du doch mittlerweile ein, oder?»

Jays Hand verkrampfte sich in ihrer, dann legte er die andere darüber und hielt, wie Rick einmal, ihre zwischen seinen beiden fest. Die unerwartete Erinnerung ließ sie zusammenzucken. «Ich bin noch nicht fertig», sagte er. «Als ich weg war, ging er mich in stockdunkler Nacht suchen, trotz der Eiseskälte nur mit einer Taschenlampe und in Hemdsärmeln. Er stolperte im Dunkeln und fiel in den See.» Emma sah im Geiste flüchtig das Bild des stillen Sees vor sich, den sie am Vortag gesehen hatte, und stellte sich das Aufklatschen, die Kälte, den Schock vor. «Er schaffte es, sich halb aus dem Wasser zu ziehen, und brach dann mit einem Herzanfall zusammen. Es dauerte drei Stunden, bis man ihn fand ...», Emma spürte, wie seine Finger sich fester um ihre schlossen. «Du siehst also, ich habe ihn umgebracht; es war alles meine Schuld, denn wenn ich ihm das nicht gezeigt hätte ... wenn ich nicht weggerannt wäre, wäre das alles nicht passiert.»

«Möchten der Herr oder die Dame noch etwas vom Dessertwagen?» Der Kellner ließ sie hochschrecken.

«Ja», sagte Emma bestimmt. «Ich gern, bitte schön.» Sie hatte wieder einen Anflug von *déjà vu*, erinnerte sich an Jays Spott, als sie sich wegen Alisons Tod Vorwürfe gemacht hatte, dachte wieder an den langen, kalten Spaziergang, den er nach der Verhandlung mit ihr gemacht hatte, um sie zu erschöpfen und wieder in eine Art Normalität zurückzuzwingen. Sie war ihm etwas schuldig.

Sie bestellte sich Schwarzwälder Kirschtorte mit einer Extraportion Sahne und danach noch Käse mit Crackers und Kaffee. Sie aß alle Petit Fours, die es zum Kaffee gab, Jays wie ihre eigenen, obwohl sie fast daran erstickte – sie erinnerte sich nicht, wann ihr je so wenig nach Essen gewesen wäre –, aber es lohnte sich. Irgendwie stellte der Anblick ihres Appetits Jays Gleichgewicht wieder her, wie nur das es konnte, und als sie wieder zum Auto unterwegs waren, lebte er etwas auf.

«Sobald wir zurück sind», sagte er zum wiederholten Male, «musst du lernen, Auto zu fahren. Ich bin dazu zu müde.» Er lehnte sich kurz in den Sitz zurück und schloss die Augen. «Danke, Em», sagte er und tastete nach ihrer Hand.

«Jetzt bin ich eben an der Reihe», sagte Emma mit verächtlichem Schulterzucken. «Du bist doch nicht so robust, wie du dachtest, Jay Hammond.»

«War ich noch nie.» Er öffnete die Augen, lächelte sie an und drehte den Zündschlüssel. «Ich liebe dich, Em.» Er bog langsam auf die Straße. «Habe ich das eigentlich schon einmal erwähnt?»

Unvermittelt hatte Emma das törichte Bedürfnis, ihn zu beschützen, und musste gegen die sentimentale Aufwallung von Zuneigung angehen, die sie zu überschwemmen drohte.

Während sie sein ausgelaugtes, erschöpftes Gesicht betrachtete, dämmerte ihr: Das war noch nicht das Ende, sie war noch nicht frei. Wie hatte sie je annehmen könnte, dass es so einfach wäre?

Auf dieser Rückfahrt nach London, stellte Emma auf dem Dachboden fest, während sie Moragse Brosche vorsichtshalber zum «Behalten»-Stapel brachte, auf dieser Fahrt hatte sie gemerkt, wie blind sie anfangs war, wie fehlgeleitet ihre Instinkte waren. Sie hatte Jay falsch beurteilt, Rick ebenfalls, beide vollkommen missverstanden, bis zu dieser qualvollen Reise nach Yorkshire.

In den beiden Tagen und Nächten in Harrogate begriff sie allmählich, warum Jay ihr hatte helfen können, als sie zusammengebrochen war. Er wusste, wie es ist, wenn man zu ertrinken droht, wusste, wann man ihr die Rettungsleine zuwerfen, wann man sie aus eigener Kraft zur Küste paddeln lassen musste. Aber schließlich hatte sie nicht zugelassen, dass ihre Dankbarkeit ihm gegenüber den Ausschlag gab. Letztendlich hatte sie ihre Wahl aus reinem, primitivem Instinkt getroffen ... Und diese Entscheidung hatte ihr fast das Herz gebrochen.

22

Beim Abendessen trank Emma zu viel Wein, trank sich Mut an und schlüpfte dann hinaus, um eine Telefonzelle zu suchen. «Ich brauche ein bisschen frische Luft», erklärte sie, als Jay wissen wollte, wohin sie wollte. «Es ist so stickig hier.» Dann nahm sie zwei Stufen auf einmal hinunter zur Straße, um den Anruf jetzt, da sie zu einem Entschluss gekommen war, schnell hinter sich zu bringen.

«Ich muss dich sehen, Ricky», platzte sie heraus, während sie mit zitternder Hand Münzen in den Schlitz schob, gleich, bald, morgen, bevor ich schwach werde. «Wir müssen reden.»

Reden war das, was Jay nicht konnte. Kaum hatten sie das anonyme Lokal, das als Beichtstuhl gedient hatte, verlassen, verschloss er sich wieder. Nach ihrer Ankunft zu Hause war er erschöpft zusammengebrochen, hatte drei Stunden geschlafen, lag jetzt ausgestreckt auf dem Sofa, den Kopf auf einem Kissen, die Augen geschlossen, und wartete darauf, dass sie mit ihm zu Bett ging. Seit dem Mittagessen hatte sie gewusst, dass sie ihn nicht verlassen durfte.

Um zehn Uhr folgte sie ihm durch den Flur in der Absicht, ihn zu verführen, weil ihm das helfen würde, rechtfertigte sie sich stumm vor Ricks anklagender Frage. Obwohl er ihre körperliche Nähe brauchte – er weigerte sich, ohne sie zu Bett zu gehen, als hätte er Angst, allein einzuschlafen –, wollte er sie, als sie dann unter die Decken schlüpften, nur im Arm halten, um seinen Schmerz mit ihrer Wärme zu lindern, und nutzte ihren willigen Appetit nicht aus. Alle ihre freundlichen Ermutigungen, ihre hoffnungsvollen Anläufe wurden dieses Mal zurückgewiesen.

Rick war verwundert, verletzt, außerdem hatte er ihre Erklärung schon einmal gehört.

«Ich habe das mit Ali falsch gemacht. Ich habe sie allein gelassen, als es ihr nicht gut ging, als sie sich auf mich verlassen hat. Jeden Tag, jedes Mal, wenn ich an sie denke, denke ich, wenn ich da gewesen wäre, wenn ich bei ihr geblieben wäre, als sie mich brauchte, etwas weniger selbstsüchtig gewesen wäre, wäre sie vielleicht noch am Leben. Ich traue mich nicht, den gleichen Fehler noch einmal zu machen.» Flehend beugte sich Emma über die leeren Kaffeetassen, denn ihr war bewusst, dass sie sich wiederholte, dass sie Ali erneut benutzte, um ihre eigenen zweifelhaften Motive zu rechtfertigen. «Ich kann es nicht erklären. Ich muss einfach da sein, das ist alles. Du kannst dir nicht vorstellen, wie schrecklich, wie *widerlich* das alles war. Und jetzt ist er wie ein verwundetes Tier, das sich in seiner Höhle verkrochen hat, um seine Wunden zu lecken, und wenn ich ihn jetzt verlasse, wird er *sterben.*» Ihre Augen füllten sich mit Tränen. Rick, der in ihr blasses Gesicht starrte und wusste, dass nichts, was er hätte sagen können, ihre Entscheidung in irgendeiner Weise beeinflussen würde, war ganz und gar hilflos, weil er nur zu gut begriff. Er hatte in den letzten achtundvierzig Stunden reichlich Gelegenheit gehabt, über das nachzudenken, was sie gesagt hatte, und er konnte ihr keinen Vorwurf machen, denn er hatte sie verlassen, als sie ihn brauchte, und jetzt wurde er zum zweiten Mal zur Kasse gebeten. Aber dadurch wurde es nicht leichter.

«Damit willst du mich immer noch bestrafen, nicht wahr? Meinst du nicht, dass ich in den letzten Tagen schon gestraft genug war, weil ich wusste, dass du mit ihm zusammen bist?»

«Nein! Ich meine, nein, darum geht es nicht, es geht nicht darum, dich zu bestrafen. Ich wollte nicht ...», Emma zog an seiner Hand, spürte seinen Widerstand. «Ich wollte nicht, dass das passiert, ich wollte – ach, Ricky, ich will, dass wir zusammen sind.» Die Tränen quollen über, liefen ihr über die Wangen, und sie begann erneut zu betteln. «Ich kann nichts dafür. Du musst das verstehen. Ich brauche einfach Zeit, das ist alles, bis Jay wieder allein zurechtkommt. Warum kannst du nicht ...» Sie wischte sich das Gesicht mit dem Handrücken ab und schniefte laut. «Warum können wir nicht einfach jetzt schon Pläne machen, damit wir, wenn ich ... wenn es ihm wieder gut geht, sofort zusammen sein können?»

Rick schüttelte den Kopf. «Warum gibst du mir nicht einfach Bescheid», sagte er unfreundlich, «wenn du so weit bist. In der Zwischenzeit bin ich ein braver Junge und tue Buße. Ich warte auf dich.»

Er stand abrupt vom Tisch auf, sodass die Tassen auf ihren Untertassen klapperten und die Zuckerwürfel in ihrer Porzellanschale wackelten. Dann beugte er sich über den Tisch und rieb mit rauen, braunen Fingern ihre Tränen fort. «Du weißt ja, wo ich bin», sagte er und schützte ein Selbstvertrauen vor, dass er ganz und gar nicht besaß. «Und früher oder später wirst du zu mir zurückkommen. In der Zwischenzeit werde ich nicht herumsitzen und auf das warten, was ein anderer mir überlässt. Ich will dich ganz, nicht nur das, was du erübrigen kannst, solange du dein verwundetes Tier pflegst.» Er zögerte, während seine Finger immer noch ihre Wange berührten, beugte sich über sie und fügte leidenschaftlich hinzu: «Ruf mich nur hin und wieder an, ja? Damit ich weiß, dass es dir gut geht.» Dann richtete er sich auf und ging davon.

Erst als sie beim Hinausgehen aufgehalten wurde, stellte Emma fest, dass er die Rechnung nicht bezahlt hatte. «Na prima!», schnaubte sie den verblüfften Mann an der Kasse an, während sie in ihrer Tasche nach Geld kramte. «Das hat mir gerade noch gefehlt!»

Jays Genesung verlief langsam und mühselig, fast so, wie Emma in ihren düstersten Momenten dachte, als wüsste er, was geschehen würde, sobald es ihm besser ginge. Auf dem morgendlichen Weg zur Arbeit hatte sie ständig sein Gesicht vor sich, und sie fuhr mit der U-Bahn nach Hause, um schneller wieder bei ihm zu sein. Wenn er in den Flur kam, um sie begrüßen, war er grau vor Erschöpfung, und an nächtliche Leidenschaft war weiterhin nicht zu denken. Ironischerweise war es sein vollkommener Mangel an Interesse für ihre körperlichen Vorzüge, der sie davon überzeugte, dass sie richtig handelte. Dass sie gar nicht anders handeln durfte.

23

Bis Ende September verkauften sich Emmas Kostüme wie am Schnürchen, und Solly belohnte sie mit einer kleinen Gehaltserhöhung. Sie fuhr jeden Mittwoch, Donnerstag und Freitag mit der U-Bahn in die Stadt, denn ihre Klaustrophobie war fast vollständig verschwunden, und sie hatte angefangen, an einer neuen Frühjahrskollektion zu arbeiten. Ihr Gehalt reichte sogar für mehr als für ihren bloßen Lebensunterhalt, und außerdem verkaufte sie Stoffmuster an Heals in der Tottenham Court Road. Noch nie war ihr Berufsleben interessanter gewesen.

Ihr Privatleben war noch nie konfuser gewesen. Als Jay sie an einem besonders schwierigen Abend bat, doch endgültig zu ihm zu ziehen, nahm sie ein Taxi und holte ihre restlichen Habseligkeiten, nur um ihn zu beruhigen. Das strahlende Lächeln, mit dem er ihre Rückkehr begrüßte, war Lohn genug, deshalb erzählte sie ihm nicht, dass sie den Schlüssel behalten hatte. Doch das war ganz vernünftig, rechtfertigte sie sich vor sich selbst, sie könnte ihn noch brauchen, wenn sie weiter arbeiten wollte, nachdem …

Sie erzählte nun auch Josie, dass sie nicht mehr aufs College ging, war allerdings zu feige, das von Angesicht zu Angesicht zu tun oder ihr zu sagen, dass sie sich schon vor Monaten dazu entschlossen hatte, bereits vor den Osterferien. Sie schickte ihr zwei Schecks, um ihr die Unterstützung während des Studiums zurückzuzahlen, und fand sich für kurze Zeit ungemein brav, bekam dann aber gleich wieder Schuldgefühle, dass sie ihre Mutter im Stich gelassen hatte. Als Josie drohte, sie zu besuchen, erzählte sie ihr schließlich, dass sie umgezogen war, aber nicht, wohin, denn sie wohnte ja nur vorübergehend bei Jay. Das brauchte Josie nicht zu wissen, entschuldigte Emma sich vor sich selbst, das ging sie nun gar nichts an.

Sie war nicht nur ihrer Mutter gegenüber feige. Wie ihr die Wochen entglitten, so glitt ihr auch Rick wieder aus den schwachen Händen. Sie spürte das, schaffte es aber einfach nicht, Jay zu verlassen, um zu Rick zu gehen, noch nicht. Sie hatte sich an Jay *gewöhnt*, und mit jedem Tag fürchtete sie sich mehr bei dem Gedanken daran, ihn für die ungewissen Aussichten eines Lebens mit Rick im finstersten Norfolk aufzugeben. Sie fürchtete sich, gestand sie sich in ihren klareren Augenblicken ein, fürchtete sich vor dem Unbekannten, misstraute ihren Instinkten.

Jay arbeitete wieder, kaufte und verkaufte seine Bilder und nahm neue Aufträge an. Er bezahlte ihr Fahrstunden und fragte sie sogar, ob sie ihn heiraten wolle, doch sie traute dem Frieden noch nicht. Oberflächlich war er fast wieder sein normales sardonisches Selbst, aber seine rigorose Weigerung, über ihre Fahrt nach Yorkshire zu reden, und, was noch bedeutsamer war, ihr immer noch nicht vorhandenes Sexualleben, zeigten Emma, dass eben nicht alles in Ordnung war. Irgendwie waren diese letzten beiden Hürden offenbar zu hoch für ihn, und sie wusste nicht, wie sie ihm darüber hinweghelfen sollte. Wenn sie ehrlich war, war sie froh über sein fortgesetztes Bedürfnis nach Unterstützung, weil es ihr die Entschuldigung lieferte, sich noch ein bisschen vor der Entscheidung zu drücken.

Da Jays Macht über sie anfangs fast völlig auf körperlicher Lust beruht hatte, war es äußerst merkwürdig, dass sein nicht existenter sexueller Appetit sie in vielerlei Hinsicht einander sogar näher brachte. Natürlich war es hauptsächlich Mitleid, das wusste Emma, aber wenn sie ihn beobachtete, wie er stirnrunzelnd über einer Skizze saß oder bei einer fertigen Zeichnung eine winzige Einzelheit penibel kolorierte, wie er lachte, wenn sie von Solly Cohens Marotten erzählte, oder sich auf dem Sofa lümmelte und seine geliebte Musik hörte, empfand sie ein so starkes, so überwältigendes Gefühl, dass sie ihre Zuneigung leicht für wahre Liebe hätte halten können, wenn sie noch nie geliebt hätte. Mit Rick hatte sie seit ihrer letzten Trennung erst ein einziges Mal wieder gesprochen. Er hat mir versprochen zu warten, beruhigte sie sich, wenn sie von wehmütiger Sehnsucht und Angst, ihn zu verlieren, überwältigt wurde, und bis sie ihm etwas Endgültiges sagen konnte, war es nicht fair, ihm Hoffnungen zu machen.

24

Nach ihrer Fahrprüfung saß Emma neben dem Fahrlehrer in seinem grünen Austin A 40, umklammerte den Führerschein und platzte fast vor Ungeduld, während er langsam wie mit einem Leichenwagen nach Putney zurückfuhr. Sie konnte es nicht abwarten, Jay davon zu erzählen, doch der hatte einen Termin im Westend, und wenn ihr nervtötender Chauffeur sich nicht endlich beeilte, war Jay bestimmt schon unterwegs, wenn sie nach Hause kam.

Als sie den Jensen vor dem Mietshaus entdeckte, war sie so froh, dass sie grußlos aus dem Wagen sprang und in die Eingangshalle sprintete, womit sich der Fahrlehrer in seiner

Ansicht bestätigt sah, dass die jungen Leute heutzutage keinerlei Benehmen mehr hätten. Dann nahm sie, fast ohne nachzudenken, den Lift und hielt die Enge problemlos aus. Auf dem Treppenabsatz kramte sie ungeschickt nach ihrem Schlüssel, voller Ungeduld, in die Wohnung zu kommen, gespannt auf Jays Gesicht und besorgt, er könnte die Treppe genommen haben.

Er wartete im Flur auf sie, lehnte mit verschränkten Armen lächelnd an der Wand, und durch die offene Studiotür schwebte Beethovens Klavierkonzert in Es-Dur. «Na?», fragte er. «Hast du bestanden?»

«Was machst du denn hier? Du solltest doch schon seit zwanzig Minuten weg sein?»

«Weiß ich.» Er stieß sich von der Wand ab und kam durch den Flur auf sie zu. «Ich geh ja schon. Hast du bestanden?»

«Hast du auf mich gewartet?»

«Mein ganzes Leben.» Als er bei ihr war, nahm er ihre Hand und legte sie selbstironisch über dem Herzen auf seine Brust und bedeckte sie dann mit seinen beiden. «Hast du bestanden?»

«Ja, natürlich», sagte Emma und überging die Provokation, hüpfte dann auf und ab, außerstande, sich noch länger zurückzuhalten, und quiekte: «Ich habe bestanden! Ich habe bestanden! Und außerdem bist du ein *Lügner*!»

«Was?»

Triumphierend, weil sie ihm auf die Schliche gekommen war, holte sie tief Luft: «Du hast gerade gelogen. Du hast mir doch selbst erzählt, dass es vor mir schon eine andere gegeben hat. Du hättest sie nicht herumkriegen können, hast du gesagt.»

«Ach so.» Er drückte fester zu und das Lächeln schwand aus seinem Gesicht. Er sah plötzlich beunruhigt und wieder verwundbar aus. «Das warst doch du», sagte er reumütig. «Ich habe immer nur von dir geredet.»

«Hast du nicht.» Emma war seltsam erfreut, dann aber empört. Warum musste er ihr das antun? Das war nicht fair, absichtlich ihren Widerstand zu schwächen, besonders, da er nicht mir ihr ins Bett konnte oder wollte und sie ihn nicht verlassen durfte. «Wir wären uns ähnlich, hast du gesagt, wir wären beide Eigenbrötler, weißt du noch? Und dann hast du gesagt ...»

«Ich freue mich, dass du bestanden hast.» Jay sah den entrüsteten Ausdruck in Emmas Gesicht und dachte, es wäre besser gewesen, das nicht zu sagen. Er hätte sie in dem Glauben lassen sollen, sie wäre nicht seine einzige Liebe, aber nun war es zu spät. Als er mit fast unwilliger Überraschung feststellte, dass sich seit Wochen zum ersten Mal wieder ein Begehren in ihm regte, ließ er sie los und wandte sich ab. «Ich muss gehen, ich komme sonst zu spät.» Er holte seine Mappe vom Tisch im Flur, nahm seine Schlüssel und bückte sich im Vorbeigehen, um sie zu küssen. «Bis heute Abend.» Er grinste und neckte sie, um sie aufzuheitern. «Meinst du, wir sollten eine Anzeige in die Zeitung setzen?»

«Eine Anzeige? Warum das denn?»

«Um die anderen Londoner zu warnen, dass man dich mit einer tödlichen Waffe auf sie losgelassen hast.»

«Du Schwein.» Emma lächelte unwillkürlich und vergaß ihren Ärger. «Raus hier, bevor ich dir eins überziehe ... Jay?»

«Ja, was ist? Ich bin spät dran.»

«Gib mir einen Abschiedskuss ... Hmm ... Jay?»

«Küss mich nochmal.» Gott, sie war ein hoffnungsloser Fall. «Du hast mir auch noch gar nicht richtig gratuliert.»

«Doch, habe ich, ich ... Emma, ich komm zu spät.»

«Wie viel zu spät? Kannst du nicht anrufen und sagen, dass du zusammengebrochen bist?»

«Nein, natürlich ... Emma ... Ach, Emma, Emma ...»

«Jay, du kommst zu spät.»

«Hmm. Viel zu spät.»

Den Rest des Tages verbrachten sie im Bett, und zwischendurch beim Essen setzte ihm Emma mit einer Unzahl von Fragen zu, die sich bei ihr seit ihrer Rückkehr aus Harrogate angestaut hatten und die sie unbedingt loswerden musste.

«Warum hat dich deine Mutter so verabscheut? Sie wollte doch ein Kind haben.»

«Nein.» Jay saß in seine Kissen gelehnt, zum ersten Mal seit Wochen wieder entspannt, und trank Tee. «Ich wurde vor dem Krieg gezeugt, 1937, und sie konnte mich nicht abtreiben lassen. Sonst hätte sie mich beseitigen lassen. Hat sie mir erzählt.»

«Du meinst, du solltest nie geboren werden?» Emma war schockiert, und ihr wurde zum ersten Mal klar, was der Ausdruck «Abtreibung» wirklich bedeutete. Ihr wurde bewusst, dass Alison für die Beseitigung nicht nur eines, sondern zweier ungeborener menschlicher Wesen verantwortlich war, wobei sie das zweite mitnahm, als sie selbst aus dem Leben schied. Emma verspürte plötzlich ein überwältigendes Mitleid, für Alisons verlorene Babys, für Jay, und wechselte das Thema.

«Und bist du nach Hause gegangen, als du erfahren hast, dass dein Vater im Sterben liegt?»

«Nein, ich habe dir doch erzählt, dass ich ihn im Krankenhaus besucht habe, aber im Haus bin ich nie wieder gewesen.» Jay lehnte sich in seine Kissen und schloss die Augen. «Mutter kam ihn besuchen, als ich gerade gehen wollte ... Nein, das stimmt nicht, ich bin gegangen, als sie gekommen ist, weil er mich nicht mehr brauchte, sobald sie bei ihm war. Sie ist mir auf den Flur nachgegangen, damit sie mir erzählen konnte, wie er in diesen Zustand geraten ist. Sie musste mir doch unbedingt klar machen, dass das alles meine Schuld war. Sie sagte, sie wollte mein widerliches Gesicht nie mehr sehen. Also ging ich wieder an meine Arbeit im Hotel.» Er hob den Kopf, öffnete die Augen und verzog kurz das Gesicht, als er Emmas schockierten Ausdruck sah. «Das war schon in Ordnung», beruhigte er sie. «Es hätte dir gefallen: ein warmes Bett und Tag und Nacht Reste essen, so viel man konnte.»

Emma schluckte heftig und griff nach einem Plätzchen. «Und was dann?»

«Ich habe von seinem Tod aus der Zeitung erfahren. Er war noch viel zu jung, um an einem Herzanfall zu sterben, erst zweiundfünfzig, deshalb musste eine ...»

«Eine Leichenschau stattfinden?»

«Eine Leichenschau. Todesursache: Lungenentzündung, verursacht durch einen ‹Lungeninfarkt›, was auch immer das sein mag. Ich ging zur Verhandlung, aber niemand hat mich gefragt, was passiert war. Mutter hat ihnen nicht einmal erzählt, dass ich da war, und ich hatte Angst, man würde mir die Schuld geben, wenn ich etwas sagte. So erkannte man auf Unfall. Er habe oft spätabends noch einen Spaziergang gemacht, sagte meine Mutter, es sei einfach furchtbares Pech gewesen. Als sie auf seine seelische Verfassung zu sprechen kamen ... Weißt du noch, Emma, ‹seelische Verfassung›?» Emma nickte stumm, verschluckte sich fast an ihrem Tee und stellte ihn dann zum Abkühlen neben sich. «Sie erklärte, es sei ihm gut gegangen. Sie hätten gemeinsame Ferien geplant, sagte sie, im nächsten Frühjahr. Es gab keinen Anlass, an ihren Worten zu zweifeln.» Emma erinnerte sich an Alisons Verhandlung, die Lügen, die Harry

Passmore erzählt hatte, und fragte sich, ob man ihm nicht auch geglaubt hätte, wenn sie nicht als Zeugin ausgesagt hätte. «Hinterher bin ich mit ein paar anderen aus dem Hotel weggegangen und habe mich zum ersten Mal in meinem Leben betrunken.»

«Und wussten die, wer du bist, wo du an dem Tag gewesen warst, dass du sein Sohn warst?»

Er schüttelte den Kopf. «Nein, natürlich nicht. Ich war nur einer von diesen ungelernten Rumtreibern, der sich seine Brötchen verdienen will.» Er beugte sich zu Emma, strich ihr eine Strähne roten Haares hinters Ohr und lächelte sie an. «In dieser Nacht habe ich meine Unschuld verloren, mit einer der Kellnerinnen. Sie war fünfunddreißig, und sie hat mir erklärt, ich wäre der unfähigste Liebhaber, den sie je gehabt hätte.» Er kicherte. «Und ich wusste man nächsten Morgen nichts mehr davon, deshalb sah ich mich gezwungen, es noch einmal zu tun, um zu sehen, ob ich es gut fand.»

«Haha. Ungeheuer komisch.» Emma bewegte verärgert die Schultern und griff wieder nach den Plätzchen. «Die unappetitlichen Einzelheiten kannst du dir sparen.»

«Danke.» Jay wischte ihr die Krümel vom Mund, dann beugte er sich zu ihr und küsste sie zärtlich.

«Wofür?»

«Für deine Eifersucht. Ich liebe dich.»

«Ach ... ich bin nicht eifersüchtig! Ich ...»

«Weiter ...» Jay wartete einen Augenblick, seufzte dann, legte sich wieder zurück und trank seinen Tee aus, bevor er die Tasse sorgsam auf den Nachttisch stellte. «Eine Frage hast du jetzt noch», sagte er. «Es wird allmählich anstrengend, Em.»

Emma legte den angebissenen Keks weg, trank ihren Tee aus und stellte die Tasse hin. «Wie bist du eigentlich aufs

College gekommen», fragte sie, hatte Erbarmen mit ihm, «ohne Abgangszeugnis?»

Jay kicherte. «Das ist wirklich eine Frage von welterschütternder Bedeutung.» Sie konnte die Erleichterung in seiner Stimme hören. «Ich habe sie bequatscht. Ich habe ihnen erzählt, ich hätte ein prima Zeugnis, könnte es aber leider nicht vorlegen.» Er rollte herüber und zog sie unter die Decke. «Und weil ich ein Genie bin, hat man Regeln Regeln sein lassen. Außerdem habe ich noch ein Stipendium bekommen, als älterer Student.»

«Aber ...»

«Em, selbst Genies brauchen hin und wieder Ruhe, besonders, wenn sie gerade genug Sex für einen Monat gehabt haben. Jetzt tu mir einen Gefallen – bitte, hör auf, Fragen zu stellen, sei still und lass mich schlafen.»

«Tut mir Leid, gut ... Jay ...»

«Hmm?»

«Nichts.»

Ich bin nur gerührt, als wäre es ganz allein mein Verdienst, dass es dir wieder gut geht. «Träum schön!»

Sie hatte Rick schon seit Wochen nicht mehr angerufen, hatte an diesem Tag noch nicht an ihn gedacht, aber nichts, stellte sie fest, bevor ihre Augen sich schlossen, sollte sie daran hindern, ihn jetzt anzurufen. Tastend streckte sie ihre Hand aus und berührte Jay an der Schulter, woraufhin er sich bewegte, murmelte, seufzte, aber schließlich wieder einschlief. Oder vielleicht könnte sie es auch sein lassen, nur für ein paar Tage, bis sie sicher war, dass Jay stark genug war, ohne sie zurechtzukommen.

Es war schon spät am Nachmittag, als sie es entdeckte. Die Sonne stand schräg vor dem staubigen Dachbodenfenster, warf lange, schwarze Schatten unter den Bäumen und ließ den Haufen neben der Tür verschwimmen, ein Haufen Erinnerungen, der weggeworfen oder verbrannt werden sollte.

«Ach!», rief sie aus, während alles wieder auf sie einstürmte, und sie setzte sich rasch auf eine leere Teekiste. Es war Georges Hochzeitsalbum.

«Hier.» Jay beugte sich über den Frühstückstisch und ließ einen Brief auf ihren Teller fallen. «Den kannst du aufmachen, der ist für uns beide.»

Der Umschlag war an «Jay und Emma Hammond» adressiert, und Emma war über die Störung, über die Konsequenzen verärgert. Denn sie war fast fertig, um zur Arbeit zu gehen, Rick anzurufen und ihm die gute Nachricht zu übermitteln, dass ihr langes Warten bald vorbei war. Sie runzelte die Stirn bei Jays Ausdruck, bei der stummen Herausforderung, die sie aus dem Grinsen herauslas, das sich über sein Gesicht ausbreitete.

Der Brief kam von George. Sie waren nach Norfolk eingeladen, zu seiner und Jillys Hochzeit. Jillys Leute, erklärte George in dem Begleitbrief, stammten aus Northumberland. *Eine viel zu weite Reise für all unsere Freunde, und Mum und Dad haben genau das richtige Haus für einen Empfang hier zu Hause.*

Ihr müsst kommen, schrieb er. *Wir machen es auf schottische Art, abends mit einem Ceilidh. Bill kommt auch, und all die anderen alten Gesichter von damals am Earl's Court, aber ihr beiden gehört unbedingt dazu.* Er habe, fuhr er fort, eine Liste der Hotels in der Gegend beigelegt, falls sie über Nacht bleiben wollten, und eine Landkarte, damit sie das Haus fänden. Das Fest war auf Freitag in drei Wochen angesetzt, und Emma war erleichtert. In drei Wochen würde sie nicht mehr da sein, wenn auch jetzt nicht der richtige

Augenblick war, Jay das mitzuteilen; Freitag war ein Arbeitstag, deshalb konnte sie ihm mit reinem Gewissen sagen, dass sie nicht mitkönnte, ohne ihm Hoffnung auf eine Zukunft zu machen, die es nie geben würde.

Bis sie sich überlegt hatte, was sie sagen wollte, war er in seine eigene Korrespondenz vertieft, und sie hatte Mühe, seine Aufmerksamkeit auf sich zu lenken. «Wann ist es?», fragte er ungeduldig, als er schließlich die Augen von dem dicken Bündel Papiere in seiner Hand gelöst hatte, und als sie ihm das Datum nannte, überraschte er sie, indem er den Kopf schüttelte und knapp sagte: «Da können wir nicht.»

Sie war von seiner Heftigkeit so vor den Kopf gestoßen, dass sie die Geschichte vergaß, zu der sie sich entschlossen hatte, und indigniert wissen wollte: «Und warum nicht? So dringend kann doch sicher nichts sein ...»

«Wir können eben nicht. Wir werden woanders sein.»

«Sei nicht albern, wo sollten wir denn sein, dass wir nicht ...?» Die Unterhaltung verlief ganz und gar nicht so, wie sie sich das vorgestellt hatte.

«Wir werden weg sein.» Er hob das Deckblatt von dem Stapel vor ihm und ließ es auf ihren Teller fallen, als er vorbeiging, um in einer der Küchenschubladen zu kramen. «Lies das!», sagte er knapp.

Emma, die immer noch Georges Einladung in der Hand hielt, verfolgte seine Bewegung in stummer Verwunderung. Was war mit ihm los? Er sollte doch eigentlich wieder in Ordnung sein?

Er kam mit einem großen, unbenutzten Umschlag wieder an den Tisch, ließ sich auf seinen Stuhl fallen und entfernte sorgfältig die Heftklammern, die die anderen Blätter zusammenhielten. Dann begann er die Seiten systematisch in winzige Fetzen zu zerreißen, halbierte und viertelte jede wieder und wieder, bis er einen wachsenden Berg Schnipsel vor sich hatte. Emma saß ganz still und beobachtete ihn, bis er aufsah und auf das Blatt wies, das immer noch unberührt vor ihr lag. «Lies das!», wiederholte er. Seine Stimme klang merkwürdig, rau, und sein Gesicht war ausdruckslos.

Das Schreiben stammte von einer Anwaltskanzlei in Harrogate. Es war pompös, weitschweifig und voll unnötig langer Wörter, aber völlig eindeutig. Jays Mutter war tot und er wurde aufgefordert, die beiliegenden Dokumente zu unterzeichnen, in denen er zusagte, keinerlei Einzelheiten über die Privatangelegenheiten der Familie zu verbreiten, bevor das Testament in Kraft träte und er sein Erbe antreten könnte. Das war eine glasklare Bestechung, bei der es um eine beeindruckende Geldsumme ging.

«Oh», sagte Emma und saß erneut in der Falle.

Jay fuhr stur damit fort, jedes einzelne Dokument, das vor ihm lag, zu vernichten, und erst als sie die Schlusszeile las, ging Emma auf, was er vorhatte.

«Nein», sagte sie. «Ich werde nicht mitkommen.»

Sie verblüffte ihn, mit solch einer kategorischen Weigerung hatte er nicht gerechnet. «Du musst», forderte er. «Ich kann das nicht allein.»

«Das weiß ich. Du wirst also stattdessen mit zu Georges Hochzeit müssen, oder?» Ich kann doch noch nicht weg, es gibt immer neue Hürden zu bewältigen.

Jay war mit seiner Aufmerksamkeit immer noch Hunderte von Meilen entfernt, in Yorkshire. «Aber ich habe einen Anspruch darauf», sagte er stur. «Bitte, Em, du weißt, dass ich es ohne dich nicht schaffe.» Die Maske verrutschte, ließ den Schmerz darunter sehen, und er verzog flehend das Gesicht.

Emma erhob sich langsam vom Tisch, stellte sich hinter ihn und schlang die Arme um seinen Hals. «Wenn du nach Yorkshire willst», sagte sie, vergaß ihre eigene missliche

Lage und war nur darauf bedacht, ihn zur Einsicht zu bringen, «um bei ihrem Begräbnisgottesdienst auf die Kanzel zu steigen, dann los. Ich kann dich nicht hindern ...» Sie reckte sich und stellte sich so hin, dass sie sein zunehmend bewegtes Gesicht sehen konnte. Er war neuerdings nicht mehr so gut darin, sich vor ihr zu verschließen. «Aber ich werde nicht mitkommen. Ich werde nicht in der Kirche sitzen und zusehen, wie du an der Verstorbenen Rache nimmst. Hast du verstanden?»

«Emma ...»

«Nein», sagte sie und fügte sich ins Unvermeidliche. «Ich werde George schreiben und ihm mitteilen, dass wir kommen, soll ich?»

Jay senkte den Kopf, fuhr mit den Händen durch den Haufen Makulatur vor ihm, ließ die Schnipsel durch die Finger rinnen, sammelte sie dann alle auf und schob sie in den Umschlag, den er gefunden hatte, bis nichts mehr auf dem Tisch lag. Dann drehte er sich um und umarmte sie, zog sie fest an sich und vergrub sein Gesicht an ihrem Hemd. Woher wusstest du, rätselte er, dass ich dich brauchte, um mich aufzuhalten?

«Ich liebe dich, Em», murmelte er und drückte sie fester.

«Ich weiß.» Emma seufzte und fuhr ihm übers Haar. «Morgen gehe ich zu Solly und lasse mir freigeben.» Wieder glitt ihr alles aus den schwachen Händen.

Sie rief Rick trotzdem an, damit sie nicht vergaß, dass es ihn wirklich gab.

«Es dauert nicht mehr lange», sagte sie aufmunternd. «Gleich nach Georges Hochzeit.» Als Antwort bekam sie ein ungläubiges Schnauben.

«Ich frage mich allmählich, ob du ihn überhaupt wirklich verlassen willst», sagte er unfreundlich.

«Natürlich will ich. Ich hab dir doch eben gesagt …»

«Was denn? Was hast du mir eben gesagt, Em? Dass es nicht mehr lange dauert. Das hast du mir schon vor zwei, fast drei Monaten erzählt. Wie lang ist denn lang? Wenn er immer noch so ein Krüppel ist, dass er ohne dich nicht klarkommt, sollte er in ein Pflegeheim.»

«Hör auf!», flehte sie. «Bitte, hör auf. Es ist auch so schon schlimm genug, mach es nicht noch schlimmer.»

«Und warum nicht? Ich würde es gern unmöglich machen. Ich liebe dich, Em.»

«Ich liebe dich auch.»

25

Jay hatte eine Überraschung für sie, bevor sie abfuhren: einen rubinroten MG Magnette mit vier Türen und einem Armaturenbrett aus Walnussholz – ein Geschenk. Der MG war groß und solide, und als Jay ihn aufschloss, um ihr zu zeigen, wie der Wagen von innen aussah, roch es gut nach warmem, leicht modrigem, altem Leder. Er hatte Winker, kleine orangefarbene Zeiger, die beim Umlegen des Schalters aus der mittleren Türstrebe flogen. Das Lenkrad war riesig, mit Chromspeichen und einer schimmernden Kuppel in der Mitte, er hatte einen Startknopf und über der Windschutzscheibe sogar eine achteckige Uhr in Form des MG-Logos. Es sei die Belohnung, sagte Jay, für die bestandene Fahrprüfung.

«Ich kann nicht», beharrte Emma, entsetzt über Jays Großzügigkeit und von Schuldgefühlen geschüttelt. «Den kann ich unmöglich annehmen.» Und nicht zuletzt deshalb, dachte sie, während sie sich an den abgenutzten, beigefarbenen Bezug des Fahrersitzes lehnte und mit den Händen über das riesige Lenkrad fuhr, weil es das großartigste Geschenk ist, das man mir je gemacht hat, bis auf Rickys Brosche natürlich, und es wäre nicht anständig, es anzunehmen, da ich nicht die Absicht habe, dir irgendetwas dafür wiederzugeben.

Ihre Heftigkeit fiel Jay nicht auf, er ließ sich von ihrer entschlossenen Zurückweisung seines Geschenks nicht stören. «Er läuft auf deinen Namen», sagte er lässig, «du kannst also nichts dagegen tun. Und außerdem habe ich den Jensen für die Zeit, in der wir weg sind, zur Werkstatt gebracht, das ist also im Augenblick unser einziges Transportmittel.» Emma fügte sich, saß wieder in der Falle.

Erster und zweiter Gang waren nicht synchronisiert, deshalb musste man mit Zwischengas fahren, und weil der Motor zum Überhitzen neigte, musste Jay auf der Fahrt durch London zweimal anhalten, doch als sie erst auf freier Strecke waren, benahm sich der große Wagen gut. Von Thetford an ließ Jay Emma fahren, den ganzen Weg durch Norwich, wies sie ein, und als sie an ihrem Ziel ankamen, war sie blass und nass geschwitzt vor Nervosität und hatte einen Drink nötig.

Das Hotel, das Jay ausgesucht hatte, war klein, versammelte nur sieben Gästezimmer unter seinem Dach. Sie zogen kurz nach eins im mittäglichen Getümmel ein. Als Emma sich in die Gästeliste eintrug, behielt sie die Handschuhe an, schob die Kälte vor, damit sie sich ein Zimmer mit Jay teilen konnte. Ihr Gewissen meldete sich nur flüchtig. Schließlich, überlegte sie, während sie vorsichtig durch die winzigen, verstreuten Dörfer Norfolks fuhr, hatten sie nur noch so wenig Zeit übrig. Angesichts dessen, was sie ihm bald antun musste, schien es ihr für all seine Liebe und Sorge eine recht kleine Gunst zu sein.

Jay sagte nichts, doch als es ihm gelang, unanständig erfreut auszusehen, wünschte sie sich, sie hätte auf getrennten Zimmern bestanden. Und was, fragte sie sich schuldbewusst, während sie ihm die knarrende Treppe hinauf folgte, wenn sie es ihm damit auf die Dauer nur noch schwerer machte?

Zum Mittagessen gab es Eintopf, aus einem gusseisernen Suppenkessel, der am Ende der nikotinbraunen Bar über einem elektrischen Ring vor sich hin köchelte, mit reichlich Rindfleisch und Karotten und so heiß und gehaltvoll, dass Emmas bleiche Wangen sich röteten, während sie das Essen hinunterschlang. Jay amüsierte sich wie immer über ihren gierigen Appetit.

«Sei still», schimpfte sie. «Kann ich dein Brot haben, wenn du es nicht möchtest?»

Bis sie bei ihrem zweiten Gang waren, einer kräftigen Hausmacherpastete, zu der man heißen, buttertriefenden Toast servierte, füllte sich der Raum allmählich mit Einheimischen: Leuten vom Land mit lauten, dröhnenden Stimmen und herzhaftem Lachen, die sich offenbar alle untereinander kannten und lieber an der Bar standen, als die zusammengewürfelten Tische und Stühle zu benutzen. Jay und Emma saßen in einer dunklen Ecke neben einem qualmenden Kaminfeuer, abgeschirmt von der Bar und dem Gastwirt.

«Hier», sagte Jay lässig, als Lärm und Getümmel laut genug waren, um jeden möglichen Einspruch Emmas zu übertönen, und warf ihr ein Holzdöschen mit Scharnier in den Schoß.

Er hatte weniger als ein halbes Glas Bier getrunken, während Emma schon bei ihrem zweiten war, um sich auf diese simple Weise zu beruhigen. Sie hatte es geschafft, jeden Gedanken an die Zukunft weit von sich zu schieben, und war warm, satt und müde. Sie nahm die Schachtel und starrte sie ohne besonderes Interesse an. «Was ist das?»

«Mach auf und sieh nach.»

In der Dose lag ein silbernes Häufchen auf einem Bett aus Watte. Sie benötigte einen Augenblick, um zu erkennen, dass sie auf ein Trio aus Ringen blickte, und Jay erwischte sie zum zweiten Mal an diesem Tag in einem schwachen Moment. Sie legte die ineinander verschlungenen Reifen auf ihre Handfläche und musterte sie, versuchte die Einzelheiten zu erkennen, doch sie war keineswegs bestürzt – es war ja nicht so, als hätte er ihr einen Verlobungsdiamanten geschenkt –, nur ein bisschen neugierig. Der, den sie aufgenommen hatte, war schlicht bis auf eine winzige Hand, die mit der Handfläche nach unten am schmalen Reifen ausgestreckt war, als wollte sie eine zweite schütteln.

«Sieh mal!» Jay griff ungeduldig nach dem zweiten Ring auf ihrer Handfläche, um es ihr zu zeigen. Wie der erste war er schlicht bis auf eine, diesmal aufwärts gerichtete, Hand. Erst als Jay den dritten Ring aufnahm, bemerkte sie das winzige silberne Herz am Rand, biss sich auf die Lippen, weil ihr Ricks Brosche am Boden ihrer Handtasche einfiel, und wurde plötzlich misstrauisch. Jay achtete nicht darauf, er konzentrierte sich auf seine Aufgabe und fügte die zwei Ringe so zusammen, dass die Hand das Herz festhielt.

«Gib mir den anderen», sagte er, immer noch, ohne sie anzusehen. Gehorsam hielt sie den Reifen, sodass er ihn mit den anderen zusammenfügen konnte, und dann sah sie es: zwei Hände, die ein Herz umschlossen.

«Oh», sagte sie bestürzt. «Wie … raffiniert.» Worauf wollte er hinaus?

«Den hat mein Vater gekauft.» Seine Stimme war flach, ohne jedes Gefühl, aber als sie ihm ins Gesicht sah, war sein

Mund zu einem ironischen Grinsen verzerrt, und er hob den Kopf, um ihr schief zuzulächeln. «Er hat ihn vor Jahren meiner Mutter geschenkt, als ich noch ganz klein war. Er hat ihn in einem Antiquitätengeschäft entdeckt und mochte ihn, er fand ihn romantisch.» Er nahm ihre Hand, drehte die Handfläche nach oben und legte die drei Reifen, nun fest zusammengefügt, in die Höhlung in der Mitte. «So etwas nennt man Gliederring. Dieser hier ist sehr alt, sechzehntes Jahrhundert, glaube ich.» Er fuhr mit dem Finger darüber, sodass es auf ihrer Haut kitzelte. «Mutter wollte ihn nicht. Sie nannte Vater knickrig, erklärte ihm, wenn er sie mit seiner Großzügigkeit beeindrucken wollte, müsste er sich schon ein bisschen mehr anstrengen, deshalb nahm er ihn zurück und sagte, er würde ihn für mich aufheben, wenn ich erwachsen wäre. Er war nicht ärgerlich, neckte sie nur, meinte: ‹Du hast kein Herz›, und sie lachten beide.»

«Jay …»

Unvermittelt ergriff er ihre Finger, bog sie um und hielt sie so fest, dass Emma spürte, wie sich die winzigen Hände von innen in ihr Fleisch bohrten. «Das war es, was sie mir gegeben hat, als wir sie besucht haben», sagte er. «Glaubst du, dass sie schon in der Hölle schmort?»

Emma, die ihm gerade seinen Schatz zurückgeben wollte, ihm sagen wollte, dass er seine Zeit verschwendete, erstarrte, als ihr wieder einfiel, was heute in Yorkshire geschah. Sie war so mit ihren eigenen Problemen beschäftigt gewesen, dass sie sich um Jays überhaupt nicht mehr gekümmert hatte.

«Früher wurden sie als Zeichen der Liebe und Treue verschenkt.» Er hielt ihre Finger geschlossen, verstärkte seinen Griff, als er merkte, dass sie sich bewegte, doch als Emma aufsah, war sein Gesicht bemüht undurchdringlich. «Ich bitte dich nicht, irgendetwas anzunehmen», sagte er, «nur meine Liebe. Was du damit machst, liegt bei dir.» Dann ließ er sie los und lehnte sich zurück, nahm einen Schluck Bier und beobachtete die dichte Menschenwand, die sich vor ihnen an der Bar vorbeischob, als wäre nichts geschehen. Nach einer Weile, als Emma immer noch dasaß und ihn hilflos ansah, während der Gliederring ihr ein Loch in die Hand brannte, stellte er sein Bier hin, bog ihre Finger einzeln auseinander und nahm ihn auf. Dann schob er ihn behutsam, fast verstohlen, auf den dritten Finger ihrer linken Hand, berührte ihn leicht, lächelte und sagte mit einer Stimme, die nur ganz wenig zitterte: «Jetzt brauchst du deine Hand nicht mehr in der Tasche zu halten.» Ohne sie anzusehen, griff er wieder nach seinem Glas. Emma ließ ihm das durchgehen, wollte gar nicht wissen, warum, saß da mit einem Tonnengewicht am Finger und sagte nichts, tat nichts, weil sie es einfach nicht fertig brachte, ihm den Ring wieder hinzuwerfen. Es dauerte zehn Minuten, bis Jay wagte, ihr wieder in die Augen zu sehen.

«Du kommst dir wohl recht schlau vor», sagte sie. Sie wäre am liebsten auf ihn losgegangen, aufgestanden und weggelaufen, nur weg, egal wohin, nur weit weg von Jay und der Falle, die er ihr gestellt hatte. «Verdammter Mistkerl», sagte sie stattdessen. «Ich brauche noch was zu trinken.»

Als er mit einem Glas Bier und einem Brandy wiederkam, saß sie da und starrte auf ihre linke Hand. Sie war zu einer festen Faust geballt und der Ring prangte auf der Haut direkt unter ihrem weißen Knöchel. Na, verhöhnte sie sich selbst, und was machst du jetzt, Frau Schlaumeier?

«Ich habe Nachtisch für dich bestellt», sagte Jay. «Zitronenbaiser.»

«Mit einer Extraportion Sahne?»

«Natürlich.»

Sie nahm ihm ohne ein weiteres Wort das Bier aus der Hand und hatte es fast zur Hälfte ausgetrunken, als der Nachtisch kam. Dann senkte sie den Kopf und begann stur, ihren Kuchen zu vertilgen, während Jay an seinem Brandy nippte und ihren Blick mied. Als sie fertig war, trank sie ihr Glas auf einen Zug leer, schob den Teller fort und stand vom Tisch auf. «Zeit zum Umziehen», sagte sie ruhig. Wenn sie so tat, als wäre es nicht passiert, würde sich das Problem vielleicht von selbst lösen. Sie verpassten die Hochzeit. Während George und Jilly die Ringe tauschten, war Emma, vom Bier angesäuselt, in einen unruhigen Schlaf gefallen. Jay wollte sie nicht stören und ließ sie, solange es ging, in Ruhe.

Bei der Fahrt war der Himmel klar, ein fast voller Mond stieg auf und beleuchtete das ungewohnte Flickwerk aus Feldern und Wäldern. Für Ende Oktober war es bitterkalt, die Straße begann zu vereisen, und es wurde glatt unter den großen Reifen des Magnette. Jay fuhr den Weg zurück, den sie hergekommen waren, über eine gewölbte Brücke bis zu einem kleinen Marktflecken, den sie auf dem Hinweg passiert hatten, bog dann auf einen schmalen Feldweg ab, über den schüttere Herbstbäume ragten, die sich klar vom Nachthimmel abhoben. Eine Meile weiter begann die Mauer, bröcklige Ziegel, acht Fuß hoch, in Abständen von schweren keilförmigen Pfeilern gestützt, dann kam ein hohes schmiedeeisernes Tor, weit geöffnet, vor einer rasengesäumten Kieszufahrt, die sich links an einer niedrig geschnittenen Buchsbaumhecke vorbeischlängelte. Vor ihnen, hinter der Hecke auf der rechten Seite, konnten sie die schwachen Umrisse eines formal gestalteten Gartens erkennen, Rabatten und Hecken vor höheren Bäumen, und als sie sich dem Haus näherten, weitete sich die Zufahrt zu einem großen Wendekreis, der mit Autos vollgestellt war, die vor der hell erleuchteten Fassade parkten. Jay stellte den Motor aus und sie schauten nur.

Das Haus war sehr alt: freundliche, mattrote Ziegelmauern unter steil abfallenden Dachziegeln. An den Seiten überragten elegant geschwungene holländische Giebel das Dach, und die Schornsteine schraubten sich wie Zuckerstangen in den Himmel. Die Front war von den dicken grauen Ästen einer alten Glyzinie überzogen, die sich über die Ziegel reckten, als hielten riesige Finger das Material zusammen. Die Schiebefenster waren hoch und vielscheibig, wobei nur die links im Erdgeschoss erleuchtet waren, und das Ganze strahlte eine solche Atmosphäre wohltuender Verlässlichkeit aus, dass Emma bei dem Anblick unwillkürlich lächelte. Sie war immer noch benommen und schob den Gedanken an Rick von sich. Morgen, wenn das Ganze hier vorbei war, so hatte sie bei der Abfahrt vom Hotel beschlossen, dann würde sie an Rick denken, aber heute nicht. Sie folgten der Zufahrt an der Giebelseite entlang, wieder durch goldenes Licht, das sich aus demselben Zimmer im Erdgeschoss ergoss, dann zwischen einer hohen Mauer zu ihrer Rechten und einer weiten Wiese zur Linken her, farblos im Mondlicht und mit Bäumen gesprenkelt, die lange, schwarze Schatten über den Boden warfen.

«Oh …», sagte Emma in benommener Verzückung. «Warum hat George uns nie erzählt, wie wunderschön sein Zuhause ist?»

«Vielleicht ist es ihm nie aufgefallen.» Jay fuhr wieder weiter, schlich im ersten Gang um die Ecke und hinter dem Haus entlang, das gerade noch über den ummauerten Garten hinweg sichtbar war, eine Ansammlung aus Giebeln, steilen Schächten und winzigen Dachfenstern unter den

Traufen. Zu ihrer Linken führte die Wiese bis in den Schatten unter weiteren Bäumen, bevor sie zu einem schimmernden Gewässer hin abfiel. Als sie der Krümmung des Weges folgten, schlängelte sich der Bach in einem steilen Bett näher heran, um dann abzuschwenken, als vor ihnen ein weiträumiger Platz lag, auf dem vor einer strohgedeckten Scheune mit einer Fassade aus Feuersteinen weitere Autos in unordentlichen Reihen parkten. Sogar in ihrem Wagen konnten sie die laute Musik stampfen hören. Jay wendete den Wagen am Rand, stellte den Motor ab, blieb sitzen und schaute, nicht auf des gelbe Licht, das aus den großen Doppeltüren der Scheune strömte, sondern auf den Eingang des ummauerten Gartens, der mit einem Eisentor verschlossen war. Das ist es, dachte er. Das wünsche ich mir für uns beide. «Em», begann er. «Wie fändest du es, so zu wohnen?»

Emma starrte ihn nur an, als hätte sie ihn nicht gehört, und stieg aus dem Wagen. Stell nicht solche Fragen, dachte sie. Führe mich nicht in Versuchung.

«Elegante Garderobe», hatte Jilly gesagt, und Emma hatte sie beim Wort genommen. Sie trug ein langärmeliges Samtkleid, nachtblau mit einem runden Ausschnitt und einem großen, mit lebhaft fuchsienroter Seide gefütterten Überwurf um die Schultern. Das Pink biss sich heftig mit ihrem Haar, das sie bis auf ein paar Strähnen, die sich um ihr Gesicht ringelten, zu einem geflochtenen roten Knoten auf dem Kopf gewunden hatte. Das Kleid ging ihr fast bis zu den Knöcheln, lag vom Hals bis zu den Hüften eng an und schwang von den Knien an aus, doch wurde der vampartige Eindruck gemildert durch bonbonrosa Ballerinas von Annelo und Davide mit runden Kappen und bescheiden geknöpften Riemchen.

Die Scheune war voll gestopft mit Strohballen, die man treppenförmig gestapelt hatte, sodass sie ein ländliches Amphitheater bildeten, mit Scheinwerfern von oben, die Inseln aus sanftem Licht schufen, in denen die auf den steilen Treppen lagernde bacchanalische Menge trank, lachte, gestikulierte und den Feiernden auf dem Tanzboden zusah. Ali hätte es nicht gefallen, denn an der Tür hing ein großes rotes Schild, auf dem es hieß: RAUCHEN VERBOTEN.

«Wo, zum Teufel, habt ihr euch rumgetrieben?», überschrie George die Musik. «Wir haben euch an der Kirche erwartet.»

«Tut mir Leid.» Jay löste den Blick widerwillig von der kalten Nacht draußen. «Autopanne.» Er strich Emmas Umhang glatt, arrangierte ihn über ihren Schultern, legte ihr dann die Hand in den Nacken und fuhr mit den Fingern besitzergreifend über ihre kalte Haut. «Wie war's?»

«Verdammt kalt!» George grinste. «Geschieht Jilly recht. Sie war davon überzeugt, dass es in dieser Jahreszeit noch warm wäre, und jetzt befinden wir uns hier mitten in einer zweiten Eiszeit. Immerhin ist es mir gelungen, eine Weste unter meinen Affenanzug zu kriegen.» Er trug einen grauen Frack mit gestreifter Hose, sogar eine Krawatte, wirkte plump, überheblich und unbeschreiblich selbstgefällig. Emma spürte wieder, wie Jays Finger ihr über den Nacken fuhren, und zog ihm ein Gesicht, während sie George folgten.

«Hör auf!», schimpfte sie unvermittelt. «Benimm dich!» Er grinste, nahm aber seine Hand nicht von ihrem Nacken.

Sie waren alle da, zwanzig, dreißig vertraute Gesichter, die begrüßt werden wollten, Leute, die Emma seit den letzten, misslungenen Collegebesuchen nach Alisons Tod nicht mehr gesehen hatte, sogar Adrian mit seiner neuesten Freundin.

«Val», überschrie er den Lärm, «das ist Em, von der ich dir erzählt habe.» Er zögerte und runzelte die Stirn, war offenbar immer noch nicht über sie hinweg. «Und Jay.» Der sie mir weggenommen hat, der Mistkerl.

Jays und Adrians Blicke trafen sich, und Jay beschloss, den Jungen doch nicht umzubringen, und als er Bill entdeckte, ging er ihm mit sichtlicher Freude, ihn zu sehen, entgegen. Emma nickte bei dem Lärm nur mit einem Lächeln und war ganz überrascht, als die hübsche, dunkelhaarige Val sie nur kühl ansah und stumm artikulierte: Ich weiß über dich Bescheid. Schutz suchend lief sie hinter Jay her.

«Em!» Bill breitete grüßend die Arme aus. «Wie geht's meinem Lieblingsmädchen?»

«Seit du da bist, noch besser. Ist Mabel auch hier?»

Bill nickte, hakte sich dann bei ihr unter und führte sie tiefer ins Getümmel. «Als ich sie das letzte Mal gesehen habe, schwang sie irgendwo da oben große Reden.» Er wies mit der Hand auf die Stufen aus Stroh, die bis unter die alten Dachbalken anstiegen, wandte sich dann um und brüllte: «Jay, ich entführe dir deine Kleine, okay?»

«Mach nur.» Jay hatte den Kopf zur Tür gewandt, weg von Lärm und Hitze. Er wirkte leicht abwesend und nachgerade zufrieden.

«Was zum Teufel hast du mit dem Mann angestellt?», fragte Bill. «Das ist ja gar nicht mehr der finstere Heathcliff, den ich kenne.»

«Mir ist er schon ein bisschen zu selbstgefällig und eingebildet», sagte Emma und wurde ein wenig munterer, leicht verärgert über die Anspielung, die in Bills Äußerung steckte. Streng genommen hatte Jay sich furchtbar schnell von der Übergabe seines Geschenks erholt, und außerdem fand sie es im Nachhinein einfach hinterhältig, wie er sie dazu gebracht hatte, es anzunehmen. «Er ist nicht der einzige Mann auf der Welt, auch wenn er sich das einbilden sollte. Ich werde ihn bald ein bisschen zurechtstutzen müssen.»

Bill zog sie auf. «Ach ja? Und wie willst du das anstellen, du siehst doch fast genauso selbstgefällig und zufrieden aus wie er!» Emma war erstaunt, verärgert, und wurde noch etwas wacher.

«Das stimmt nicht!»

«Doch, doch. Komm, wir suchen Tante Mabel.»

Jay sah hinter ihnen her, lächelte nachsichtig, drehte sich dann um und verschwand in die Nacht.

Es war so schön, all die alten Freunde wiederzusehen! Alisons Schatten lag nicht mehr auf den Ereignissen, Zeit und Abstand hatten ihr Werk getan, und es gab so viel Neues zu berichten, dass ihr Tod ganz nebensächlich wurde, ja fast in Vergessenheit geriet. Emma fühlte sich in alte Zeiten zurückversetzt, in der sie ihren ungetrübten Spaß hatten, wie ganz zu Anfang, bevor sie den Ernst des Lebens kennen lernten …

Sie bewunderten pflichtschuldigst Jilly und ihr Kleid, äußerten sich in angemessener Begeisterung über die Geschenke und setzten sich dann zu Tante Mabel, die sich für den Abend prächtig mit rotbraunem Lurex herausgeputzt hatte, gerüscht, protzig, seit zwanzig Jahren unmodern, und, den Rest eines großen, trockenen Sherrys in der Hand, vor einem bewundernden Publikum aus derzeitigen und ehemaligen Mietern Hof hielt. Bill wurde mit einer herablassenden Geste fortgeschickt, ihr Glas nachzufüllen.

«In Ihrer Gesellschaft habe ich die letzten sieben Stunden verbracht, William, jetzt würde ich mich gern mit Emma unterhalten», sagte sie, kreuzte die Arme über ihrem glitzernden Busen und lehnte sich zurück, um ihre Nichte zu mustern. «Na, wo ist denn dein Teuerster, Schätzchen? Du bist ihn doch nicht schon wieder los?»

«Nein, der läuft hier irgendwo herum.» Emma spähte

hinunter in die Scheune, überflog die angestrahlte Menge, konnte Jay jedoch nicht entdecken. Eigentlich ein Glück, wie sie mit weingeborener Einsicht feststellte.

Mabel zog die Nase kraus und zupfte den schimmernden Stoff über ihrem Busen zurecht. «Na», sagte sie zufrieden und musterte ihre Nichte gründlich, «du siehst jedenfalls ganz munter aus. Sorgt offenbar ganz gut für dich, dein komischer Kauz.»

«Mein was?» Emma richtete sich auf und sah Mabel an, die mit geröteten Wangen eine Atmosphäre aufgekratzter Schlampigkeit verbreitete. Mabel kicherte vergnügt. «Komischer Kauz. Dein Teuerster, wie heißt er noch?» Sie wartete, und als keine Antwort erfolgte, erkundigte sie sich schalkhaft: «Was ist mit dir los, Schätzchen? Hast du deinen Mund im Bett gelassen?»

«Tante Mabel, du bist ja beschwipst!», sagte Emma vorwurfsvoll, und der Schock holte sie endgültig in die Gegenwart.

Mabel strahlte. «Total besäuselt, wenn du es genau wissen willst. Also, du wolltest mir gerade etwas von deinem Freund erzählen ...»

«Da gibt es nichts zu erzählen. Der ist hier irgendwo. Ich habe ihn seit unserer Ankunft nicht mehr gesehen. Wo übernachtest du eigentlich, Tante Mabel? Du wirst doch bestimmt nicht mehr nach Hause fahren ...?»

«Sei nicht albern, Schätzchen, natürlich nicht. Ich übernachte hier.» Mabel beugte sich vor und warf ihrer ausdruckslosen Nichte einen schiefen Blick zu.

«Richtig nette Leute, Doug und Morag, sie wollten nichts davon hören, dass ich im Hotel untergebracht würde, nicht, nachdem ich George zwei Jahre bei mir ertragen hätte. Wahre schottische Gastfreundschaft.» Sie seufzte tief und fügte dann kopfschüttelnd hinzu: «Das ist nämlich das letzte Mal, dass wir alle zusammen sind. Der arme Adrian ist schon weg, und Bill zieht nach Weihnachten aus.»

«Was? Das hat er mir ja gar nicht erzählt! Warum eigentlich nicht?» Emma war leicht gekränkt, obwohl dies das erste Mal war, dass sie Bill seit der Verhandlung wiedergesehen hatte, und sie in den letzten acht, neun Monaten kaum ein Dutzend Mal mit ihm telefoniert hatte. Aber er hätte es ihr trotzdem erzählen können.

Mabel wartete auf ihren Moment. «Hübscher Ring, Schätzchen. Bestimmt ein Geschenk.» Keine Reaktion. «Dann ist es wohl ernst?» Nichts. Emma starrte ausdruckslos in die Gegend, hatte abgeschaltet und hörte nicht mehr zu.

«Und was macht dein Liebesleben, Bill?»

«Das reinste Chaos, wenn du's wissen willst.»

«Bist du deshalb nicht mehr so lustig?»

«Mache ich den Eindruck?» Bill beugte sich zu Emma, nahm ihr einen Strohhalm aus dem Haar und seufzte tief. «Ich komme einfach nicht klar. In meiner Schulzeit war ich ständig durcheinander. Und dann dieses erste Jahr im College. Da habe ich mir eingebildet, ich wüsste endlich Bescheid. Aber als ich dann Schluss gemacht habe, war es förmlich eine Erlösung ...»

«Schluss gemacht womit?»

«Mit den Frauengeschichten.» Bill kicherte und trank noch einen Schluck von seinem Wein. «Weißt du noch, wie Griggsy mir gesagt hat, ich sollte mich am Riemen reißen? Damals habe ich aufgehört. Und dann habe ich gemerkt, also, ich bin in diese Clique geraten und es ist einfach ... und ...» Er seufzte, rollte auf den Bauch und begann am Ballen unter seinen Fingern zu zupfen.

«Schon in Ordnung, Bill.» Emma wusste mittlerweile über Schwule Bescheid, es war ihr nicht mehr peinlich. «Du brauchst es nicht unangenehm zu finden ...»

«Ach, das tu ich auch nicht. Das ist es nicht, damit bin ich schon vor Jahren ins Reine gekommen. Ich fühle mich nur manchmal so ... verlottert. Sie treiben es alle so wild durcheinander. Und es ist erst ein paar Monate her, da habe ich gemerkt ...» Er kicherte und stemmte sich in seinem glänzenden Anzug, der von Stroh und Spreu ganz staubig war, zum Sitzen hoch. «Sie würden dir gefallen, Em. Ich habe Ted übers College kennen gelernt. Er ist Chefdekorateur bei einem der großen Kaufhäuser im Westend. Bei den Schaufenstergestalten gibt es viele Tunten, offenbar zieht diese Tätigkeit Leute wie uns an. Wie auch immer, er hielt eine Vorlesung über seine Arbeit, Schaufensterdekoration, Auslagen im Laden und so, und wir kamen ins Gespräch. Er nahm mich mit zu sich nach Hause ...» Emma rückte unbehaglich hin und her. Mit Homosexuellen entspannt umzugehen war das eine, aber ein ausführlicher Bericht über eine Verführung unter Männern war etwas ganz anderes. «Nein, nein, keine Sorge. Er hat mich mitgenommen, weil ich seine bessere Hälfte, Gordon, kennen lernen sollte.» Bill kicherte. «Weißt du, es war das erste Mal, dass ich zwei Männern begegnet bin, die ... na, die wirklich *zusammengehören*, wenn du verstehst, was ich meine, wie George und Jilly, du und Jay.» Emma öffnete den Mund, um dagegen zu protestieren, so in einem Atemzug mit Jay genannt zu werden, und schloss ihn dann wieder. «Tel geht in seiner Freizeit als Transvestit und näht sich seine Kleider selbst. Wir saßen da, tranken Port mit Zitrone, und Tel nähte dabei Pailletten auf eins seiner Kostüme, während Gordon, der leicht schwerhörig ist, vor dem laut gestellten Fernseher hockte, und sie unterhielten sich über ihren Tag, genau wie meine Eltern das jeden Abend machen. Sie leben seit fünfzehn Jahren zusammen, und komischerweise überlegen sie, ob sie nach Norwich ziehen sollen, offensichtlich ist man da Leuten wie uns gegenüber toleranter. Es war ganz wie bei einem normalen Ehepaar, nur mit zwei Männern.» Er seufzte und streckte den Arm aus, um Emma mit einem Halm an der Wange zu kitzeln. «Das Problem ist, ich bin einfach ein gefühlsduseliger, alter Romantiker. Ich möchte, dass jemand kommt und mir den Kopf verdreht, weißt du, das ganze Theater, Herzen und Blumen und der Himmel voller Geigen. Das ganze sentimentale Zeug. Aber so etwas ist offenbar seltener als Schnee im Sommer. Weißt du, was ich meine?»

Emma, die auf das Hin und Her der Leute unter ihnen gestarrt hatte, wurde plötzlich lebhaft an Rick erinnert, der irgendwo im Dunkel da draußen auf sie wartete, und erneut von dem Gefühl, der blitzartigen Erkenntnis überwältigt, dass er der eine war, auf den sie ihr Leben lang gewartet hatte. «Ja», sagte sie nachdrücklich. «Ja, ich weiß, was du meinst.» Sie wechselte hastig das Thema. «Und warum ziehst du um?»

«Ich habe mir eine Wohnung gesucht. Ich brauche mehr Platz, Em, und es wird Zeit, dass ich etwas mehr Privatleben habe. Außerdem», wieder ein Seufzer, «ohne dich und Ali oben ist es auch nicht mehr dasselbe, nicht wie in alten Zeiten. Hat Tante Mabel dir erzählt, dass George und Jilly vom nächsten Semester an das ganze Untergeschoss mieten wollen? Adrian ist weg ...»

«Das hat Mabel mir schon erzählt. Warum ist er ausgezogen?»

«Deinetwegen, glaube ich. Du hast ihm fast das Herz gebrochen, fürchte ich, mein teures Kind.»

«Ach! Aber ich dachte ...»

«Na, da hast du falsch gedacht. Er ist viel zu höflich, um es zu zeigen, aber er war schrecklich getroffen, als du dich mit Jay davongemacht hast. Egal, wo war ich stehen geblieben?»

«Bei George und Jilly.»

«Aha. Jilly arbeitet mittlerweile, bei Coleman, Prentice und Varley, als Plakatmalerin. Sie hat ein ganz gutes Examen gemacht, in diesem Sommer, und sie verdient ganz nett, deshalb können sie sich zusammen die Miete leisten, und Mabel hat die Miete etwas gesenkt, weil sie sich erboten haben zu renovieren. Aber stell dir vor», er kicherte anzüglich, «Jilly hat von vornherein klargestellt, dass sie nur so lange arbeiten wird, bis George imstande ist, für ihren Unterhalt zu sorgen ...»

«Und zwar auf dem Standard, den sie sich vorstellt.»

«Und sobald er sein erstes Geld verdient, will sie aufhören.»

Emma kicherte, nun wieder entspannt. «Vermutlich, damit sie mehr Zeit hat, das Zeug wieder auszugeben.»

«Genau, mein Schatz. Komm, darauf trinken wir.»

Nach mehr als einer Stunde wurde Jay erwischt.

Er hatte mittlerweile den ganzen ersten Stock erforscht, hatte schweigend in Türen gestanden, aus Schlafzimmerfenstern in den mondbeschienenen Garten hinuntergesehen, war mit der Hand über helle Eichentüren mit abgenutzten Messingknäufen gefahren, über das fein geschnitzte Treppengeländer oben im geräumigen Treppenhaus, und hatte bereits den größten Teil des Erdgeschosses durchstreift. Er hatte ins Arbeitszimmer gespäht, vor dem großen Kamin im kleinen Wohnzimmer gestanden, seine Hände gegen die Umrandung gelegt und mit geneigtem Kopf den typischen Asche- und Teergeruch eingeatmet. Er war durchs Esszimmer mit den tiefen Fenstern gewandert, die auf den beleuchteten Garten vor dem Haus hinaussahen, und hatte in eine anheimelnde Werkstatt geschaut. Nur das Zimmer gegenüber vom Esszimmer hatte er gemieden, weil er aufgrund des Lichtspalts unter der Tür und wegen des Stimmengemurmels annahm, dass dort Mitglieder des engeren Familienkreises zusammensaßen, die dem Lärm aus der Scheune entgehen wollten. Das Stampfen des Basses war selbst im Haus noch zu hören, dumpf und regelmäßig, mit gelegentlichen Pausen, es dröhnte durchs Mauerwerk und vibrierte unter seinen Schuhsohlen.

Jay war durch den ummauerten Garten eingedrungen, wo das gefrorene Gras unter seinen Füßen geknirscht hatte, zwischen dem Gemüsegarten mit seinen – im grauen Licht ganz surreal wirkenden – späten Kohlköpfen und frühen Rosenkohlpflanzen zur Rechten und den gespenstisch weiß bereiften Sträuchern und Bäumen zur Linken hindurch. Er hatte eine unverschlossene Tür entdeckt und eine gepflasterte Passage und war dann weitergegangen, ziellos und ohne rechte Entschuldigung, wenn – falls er erwischt würde. Als er in der Küche mit den dicken Balken angekommen war, die von einem altmodischen Ofen erwärmt und wie der Rest des Hauses nur vom Vollmond draußen erhellt wurde, war er übermütig geworden. Er könnte ja unbemerkt den gleichen Weg zurückschleichen.

«Und wer sind Sie, bitte schön, junger Mann?» Als Morag Campbell sah, wie der lange Junge am Fenster schuldbewusst zusammenzuckte, unterdrückte sie ein Lächeln. Dann wartete sie mit verschränkten Armen im Schatten an der Tür auf eine Antwort.

«Jay. Jay Hammond.» Jay zog den Kopf ein, war merkwürdig sprachlos und starrte weiter hinaus aufs graue Gras und die frostgesprenkelten Bäume auf der Wiese und auf das Wasser, das gerade noch durch die nackten Stämme des kleinen Gehölzes dahinter schimmerte.

«Sie wollten doch nicht das Familiensilber stehlen, Jay Hammond?»

Die sanfte schottische Stimme hatte einen amüsierten Unterton. Ob sie auch so amüsiert gewesen wäre, wenn sie ihn in einem der Schlafzimmer erwischt hätte, überlegte er.

«Nein!» Er schüttelte heftig den Kopf, und sie kam durchs Zimmer, in ihren flachen Schuhen fast geräuschlos auf dem Steinboden.

«Renekloden», sagte sie, als sie neben ihm auftauchte, «links neben der Scheune, dann steht da eine gelbe Pflaume und ein Apfelbaum, ein Rötling. Die anderen sind Cox und dahinten ...», sie zeigte darauf, «ein Bramley. Das ist alles, was vom alten Obstgarten übrig geblieben ist.» Sie wartete, erkannte die Zeichen, den träumerischen Blick in den Augen des Jungen ... Nein, kein Junge, jetzt, da sie sein Gesicht sehen konnte, ein Mann. Älter als die Kinder in der Scheune und argwöhnisch, hatte gewissermaßen alle Stacheln ausgefahren.

«Ich habe nichts angerührt. Ich habe nicht einmal Licht gemacht. Ich habe nichts kaputt gemacht ...»

«Morag. Ich bin die Mutter von George.» Sie hielt ihm eine kühle, trockene Hand hin, und Jay nahm sie, immer noch völlig hilflos. «Nein, da bin ich mir sicher, Jay ... Sie sind der Begabte, nicht wahr? Der mit der jungen Emma?» Endlich lächelte der Mann, der Name des Mädchens löste eine automatische Reaktion aus. Wie viel netter du aussiehst, wenn du lächelst, dachte Morag.

«Ja, ich bin der Begabte ... der mit Emma. Und ich bin einfach eingedrungen. Aber ich kann den Krach nicht ausstehen, und ich ...» Er stockte, senkte den Kopf, unfähig, sich zu entschuldigen, aber ausnahmsweise beschämt über diese Unfähigkeit. «Ich wollte nur sehen … hören, wie das Haus atmet …»

«Aha.» Morag nickte, erlaubte ihm, sich von seinem Schreck zu erholen, während sie zu einem dunklen Schrank ging und sich bückte, um nach einer Schüssel zu suchen. «Es hat Sie gepackt, nicht wahr?»

«Gepackt?»

«Das Haus. Wir wohnen fast fünfundzwanzig Jahre hier, Doug und ich, und all unsere Kinder sind hier geboren, unsere Norfolk-Küken. Es hat uns auch gepackt, auf den ersten Blick.» Sie drückte eine Klinke, verschwand kurz in etwas, was Jay für eine große Spülküche hielt, immer noch ohne Licht, und tauchte mit einer Hand voll raschelnder Packungen auf, aus denen sie Erdnüsse und Chips, Salzstangen und winzige Kekse ausschüttete. «Zur Strafe für Ihr Eindringen können Sie sich nützlich machen.» Sie hielt ihm ein paar Schüsseln hin. «Eintritt, für die Besichtigungstour ohne Führung.»

Jay nahm sie folgsam entgegen und lächelte wieder. «Danke», sagte er.

«Wofür, mein Lieber?»

«Dass Sie sich nicht aufregen.»

«Sie sind nicht der erste.» Morag lachte. «Na, kommen Sie, das Beste haben Sie ja noch gar nicht gesehen.»

«Würden Sie irgendwann verkaufen wollen?»

«Sind Sie immer so direkt, junger Mann?»

«Nein – ja. Manchmal. Ich möchte …»

«Aha. So schlimm also?» Morag blieb in der Küchentür stehen, ihr hübsches Gesicht heiter im Mondlicht. «Ich glaube, ich muss Sie warnen, Doug und ich werden dieses Haus nur mit den Füßen voran verlassen. Es gibt ja auch noch andere Häuser …»

«Nicht so eines wie das hier.» Warum verliebe ich mich

immer so heftig, fragte er sich, so wie bei Emma, dass ich es kaum ertragen kann. Und jetzt in ein Haus. Bin ich verrückt? Bin ich besessen?

«Ich muss Sie außerdem informieren, junger Mann, dass Sie nicht der erste Anwärter sind.» Morag führte ihn über den Gang und durch die große Halle zur Wohnzimmertür. «Es gibt schon einen anderen Burschen, der seine Pennys zusammenspart, um uns ein Angebot zu machen, das wir nicht ablehnen können.» Sie blieb stehen und wartete, bis er sie eingeholt hatte. «Er hat vor, seine Frau hierher zu bringen, sobald er sie gefunden hat.»

«Wenn er sie gefunden hat?»

«Hmm. Er war Ende letzten Jahres hier. Er hätte sie vorübergehend verloren, hat er mir erzählt, aber er zweifelt nicht daran, dass er sie wiederfinden wird, falls er sie nicht schon gefunden hat. Er kam mir sehr entschlossen vor.» Sie war nicht versucht, über Jays spürbares Unbehagen zu lachen. «Und wenn er sie gefunden hat, wird er sie hierher bringen, hat er jedenfalls gesagt.»

Und wen würde ich nehmen, überlegte sie, wenn ich das alte Haus einem dieser entschlossenen jungen Männer anvertrauen müsste? Würde ich es dem ernsthaften, blonden Jungen geben, mit seinen schwarzen Augen und großen Plänen und der festen Überzeugung, dass er alles bekommt, was er will ... oder würde ich es dieser gequälten Seele überlassen, mit dem grüblerischen Gesicht und den gebeugten Schultern, der an sich und der Welt zweifelt? Und wer von beiden ist bereit, zwanzig oder dreißig Jahre darauf zu warten, bis Doug und ich aus diesem Haus getragen werden?

Die Identität der Braut Rick Browns enthüllte sie nicht, aber sie erwähnte ja auch Rick Brown nicht mit Namen. Morag Campbell kannte den ganzen Klatsch von George, war allerdings etwas taktvoller als ihr ältester Sohn.

Sie trat zur Seite, um Jay vorbeizulassen, blieb hinter ihm stehen, während er von Bess, dem alten Retriever der Familie, gründlich beschnuppert wurde, und wartete auf seine Reaktion.

Er blieb wie angewurzelt stehen und lehnte sich gegen den Türpfosten, um sich alles anzusehen. Als er den Kopf wandte, lächelte er. «Würden Sie mich auf die Warteliste setzen?», sagte er. «Bitte?»

Es wurde allmählich spät, und die Partygäste wurden spärlicher: Mabel hatte sich zu Bett begeben, Jilly war verschwunden, um ihr staubiges Hochzeitskleid auszuziehen, und George stand herum und wartete darauf, sie für die erste Nacht ihrer nun auch gesetzlich abgesegneten Leidenschaft in ein sorgfältig ausgewähltes Hotel in Cromer zu entführen. «Kommt und lernt unsere Leute kennen», sagte er, und Bill und Emma folgten ihm gehorsam aus der Scheune in die Kälte, dann über die Zufahrt durchs Eisentor in den ummauerten Garten und das Haus dahinter.

Emma war entzückt. Georges Familiensitz war von innen genau so schön wie von außen, und sie ließ sich Zeit, um sich alles anzusehen. Bis sie an der offenen Tür des großen Wohnraums ankam, hatten sich Bill und George schon unter die Leute gemischt. Es war voll: beide Familien, Georges und Jillys, Tanten, Onkel, Cousins und Cousinen, beide Elternpaare. Sie sah ihnen zu, bewunderte den großen Raum mit den dicken Balken, den tiefen Fensternischen, der leicht verwohnten Gemütlichkeit, den verblichenen Chintzsofas, dem hellen Eichenmobiliar, dem sanften Licht und dem Geruch nach Apfelbaumholz, der vom großen Kamin herüberzog, in dem glimmende Scheite graue Asche auf die Ziegel rieseln ließen. Ach, dachte sie träumerisch, in so einem Haus könnte ich glücklich sein.

Jay war schon da, lehnte an der Wand und unterhielt sich mit Georges Mutter. Sie wusste nicht, wann er je so friedlich ausgesehen hätte. Fast so, der Gedanke kam ihr unwillkürlich, als wäre er endlich zu Hause.

Als sie durch den Raum auf ihn zuging, entdeckte er sie und lächelte. Sie begrüßte Morag, die sich entspannt über Hunde unterhielt und den alten Retriever tätschelte, der sich zutraulich an Jays Bein lehnte. Und dann kam George, der liebe, eingebildete, taktlose George herangeschlendert, küsste seine Mutter auf die Wange und bemerkte laut, sodass Jay jedes Wort mitbekam: «Ach, übrigens, Em, was ich dir den ganzen Abend schon sagen wollte ...»

Er erzählte von Rick, dass der vor kurzem am Earl's Court gewesen sei, sagte, dass Rick sich nach Emmas neuer Adresse erkundigt habe, und wie diplomatisch er ihretwegen gewesen sei. «Natürlich hab ich ihm nicht gesagt, wo du dich aufhältst, obwohl er ziemlich hartnäckig war. Ich glaube nicht, dass Jay mir dankbar wäre, wenn der Lump an deiner Tür aufgetaucht wäre, um dich zu holen.» Er lachte und sah weder, wie Emma unvermittelt blass wurde, noch wie Jay sich verhielt, wie er plötzlich erstarrte und sich von der Wand abstieß, als er ihre Reaktion bemerkte. Morag jedoch sah es.

«Mein lieber George», sagte sie hastig. «Es wird allmählich Zeit, dass du deine junge Ehefrau abholst und losfährst, meinst du nicht?» Manchmal fand sie ihren heiß geliebten Sohn zum Verzweifeln. «Wenn du dich nicht bald auf die Socken machst, dann stehst du noch vor verschlossener Tür, und du willst doch deine Hochzeitsnacht bestimmt nicht im Auto verbringen?»

George zögerte, wartete darauf, dass Emma ihm erklärte, er hätte sich richtig verhalten, und dass Jay über seinen kleinen Scherz lachte. «Ich war allerdings überrascht, dass er Mabel nicht löcherte», fügte er dickfellig hinzu. «Er war ganz schön wütend, als ich mit ihm fertig war, seid also gewarnt …»

«Na los!» Morag versetzte ihm einen kräftigen Stoß, damit er sich endlich auf den Weg machte, schob dann resolut die Hand unter Jays Ellbogen und drehte ihn um, sodass er vor einem hübsch gerahmten Bild an der Wand hinter ihm stand. Riskant, dachte sie, blickte über die Schulter, um sich zu vergewissern, dass George endgültig auf dem Weg war, riskant, ausgerechnet dieses Bild auszuwählen, aber notgedrungen … «Wie George sagt, sind Sie Experte auf diesem Gebiet.» Sie hatte seine Aufmerksamkeit gewonnen, gut. «Dann sagen Sie mir doch, was Sie davon halten.»

Sie redete munter über den Stil, die Einzelheiten, allerdings ohne den Künstler zu erwähnen, konnte Jays Aufmerksamkeit jedoch nicht lange fesseln und sah, wie sein Blick zu Emma wanderte, die bleich und stumm hinter ihnen stand. «Ich habe mich sehr gefreut, Sie kennen zu lernen», sagte sie schließlich resigniert. «Vielleicht kommen Sie einmal wieder, um sich das alte Haus anzusehen.» Sie schaute von Jays abwesendem Gesicht zu Emmas und spürte die Spannung. «Sie auch, meine Liebe», fügte sie hinzu und schloss Emma in ihr warmes Lächeln ein. Aber, fragte sie sich, während das Kind höflich zurücklächelte mit allem, außer den tief erschrockenen braunen Augen, wenn du wiederkommst, mein hübsches Kind, wer wird dann bei dir sein? Arme Kinder, schließlich konnte es nur einen Gewinner geben.

Sie fuhren langsam zum Hotel zurück, denn die Straße war vereist. Als Jay ihren Schlüssel an der Rezeption in Empfang nahm, sagte er ruhig zum Nachtportier: «Wir bleiben leider doch nicht. Wenn Sie die Rechnung fertig machen könnten, während wir packen?», und ging dann ohne weiteres Wort zur Treppe und in ihr Zimmer.

«Jay ...», begann Emma und lief hinter ihm her, aber er sah sie nur kopfschüttelnd an und beschleunigte seinen Schritt.

«Lass uns nach Hause fahren», sagte er. «Bitte, Em, ich muss nachdenken, bevor wir reden.»

Auf der langen Fahrt über vereiste Straßen stellte er nur zwei Fragen, die erste, als sie durch ein Dorf namens Stratton Strawless nördlich von Norwich kamen. «Habt ihr euch getroffen?»

«Ja.»

Die zweite Frage kam hinter Newmarket, als sie über die lange, gerade Strecke östlich von Babraham fuhren, und sie war nur eine Fortsetzung der ersten. «Bist du deshalb weggegangen?»

«Ja.»

Den Rest der Fahrt verbrachten sie schweigend, Hunderte von Meilen voneinander getrennt. Jay, der so lange andere Dinge im Kopf gehabt hatte, der dummerweise gewagt hatte zu glauben, er könnte diesen langen Kampf gewinnen, zählte zwei und zwei zusammen, entsann sich wieder der Zeit vor ihrer Fahrt nach Yorkshire, der Woche davor, des frostigen Schweigens, Emmas plötzlicher, unerklärlicher Weigerung, mit ihm zu schlafen, der entschlossenen Ankündigung, dass sie auszöge, Vorfälle, die er damals nicht zur Kenntnis genommen hatte, die ihn aber hätten ins Bild setzen, ihn hätten warnen müssen. Wie hatte er nur so unaufmerksam sein können!

Der Teil ihrer Persönlichkeit, den Emma ihm immer vorenthalten hatte, war ohne sein Wissen gewachsen, war ihm vor der Nase von einem Rivalen weggeschnappt worden, den er auf ganzer Linie unterschätzt hatte. Und jetzt musste er für seine Dummheit bezahlen.

26

Es war ein Uhr durch, als sie auf den Parkplatz hinter dem Mietshaus einbogen. Jay sprang aus dem Magnette, als wäre der Teufel hinter ihm her, holte die Taschen aus dem Kofferraum und lief, ohne sich umzusehen, zum Eingang. Emma kam hinterher, mit furchtsam klopfendem Herzen, und sagte sich immer wieder, dass sie nichts getan hatte, dessen sie sich schämen müsste, dass sie sich keinen Vorwurf machen müsste.

Vielleicht war es besser so. Sie hätte es ihm ohnehin früher oder später sagen müssen, irgendwann hätte er doch der Wahrheit ins Gesicht sehen müssen, oder? Sie lauschte auf seine Schritte auf der Treppe eine halbe Etage über ihr und musste wieder an sein Gesicht denken, während George weiterschwafelte und ihm die Wahrheit zu dämmern begann. Nein, nicht auf diese Weise, dachte sie und verfluchte Georges große Klappe, so hatte er es nicht erfahren sollen.

Als sie schnaufend vor der Wohnung ankam, war er schon drin, und die Taschen lagen da, wo er sie im Flur hatte fallen lassen. Er stand, die Hände in den Taschen, mit gesenktem Kopf am Wohnzimmerfenster und starrte hinaus ins Dunkel.

«Erzähl es mir!», sagte er.

«Was erzählen?»

Lange Pause. «Erzähl mir, warum du zu mir zurückgekommen bist.»

«Weil du mich gebraucht hast.»

«Aus keinem anderen Grund?»

Wieder eine lange Pause. «Weil ich dir etwas schuldig war.»

«Aha. Und wie lange wolltest du bleiben?»

«So lange wie nötig.»

«Nötig, bis ich mich wieder erholt hätte, oder nötig, bis du deine Schuld beglichen hättest?»

«Weder, noch.» Emma ging durchs Zimmer und stellte sich neben ihm. «So lange, wie du mich gebraucht hättest.»

Er senkte den Kopf und sah sie ausdruckslos an. «Aber ich brauche dich für immer», entgegnete er.

«Nein.» Sie sah ihm offen in die Augen. «Ich habe dir von Anfang an gesagt, wie es steht. Du wusstest, was ich tun würde, wenn ich die Wahl hätte. Jetzt hast du die Wahl. Wenn du mich bittest zu bleiben, wenn du mich immer noch brauchst, dann bleibe ich.» Sie hob trotzig das Kinn. «Aber ich werde dir nichts versprechen. Und das habe ich auch nie. Und wenn es dir besser geht, dann gehe ich. Ich habe dich nie angelogen ...» Betreten wandte er das Gesicht ab, und sie legte ihre Hand auf seinen Arm und zupfte ihn bittend am Ärmel. «Ich habe dir nur nichts erzählt, weil – wie hätte ich es dir erzählen können? Als du vor meiner Tür aufgetaucht bist, hast du ausgesehen wie eine Erscheinung aus einem Horrorfilm. Ich habe das Einzige getan, was ich unter den Umständen tun konnte. Du hättest für mich das Gleiche getan.»

«Na schön.» Er drehte sich wieder zu ihr um, starrte mit undurchdringlichen blauen Augen auf sie herunter und beendete abrupt die Unterhaltung. «Zeit fürs Bett. Zum letzten Mal, Em.» Wie typisch für Jay, jeder Auseinandersetzung aus dem Weg zu gehen.

Er schlief mit ihr, zum letzten Mal. Emma wehrte sich, denn irgendwie kam es ihr jetzt auf eine Weise falsch vor, wie vorher nicht, aber er ließ es nicht gelten. «Ich habe das Recht dazu», sagte er, als sie protestierte, und sie gab ihm nach, denn, wenn sie ehrlich war, wollte sie es auch. Hinterher, als sie in seinen Armen lag, dachte sie, er sollte es wissen.

«Ich habe nicht ...», sagte sie. «Ich schwör's. Ich meine, ich habe nicht ...»

«Ich weiß.» Jay umarmte sie fester, sodass sie sich, Haut an Haut, von Kopf bis Fuß berührten. «Meinst du nicht, dass ich das gemerkt hätte?» Oder doch nicht? Ich habe alle anderen Hinweise übersehen. Ich war so damit beschäftigt, mich durch meinen eigenen persönlichen Albtraum zu kämpfen, dass mir überhaupt nichts aufgefallen ist. Sogar, als du gegangen bist, habe ich mich nicht gefragt, warum, ich bin nur hinter dir hergestolpert, um dich nach Hause zu holen, weil ich dich gebraucht habe. «Jetzt schlaf», sagte er. «Du hast morgen früh viel zu tun.»

«Und was machst du?», fragte sie. «Wenn ich weg bin?»

«Ich mache mir eine Tasse Kaffee und arbeite an meinem Auftrag weiter, der mittlerweile überfällig ist. Dann gehe ich spazieren und esse im Pub zu Mittag. Ich werde wohl keine Lust zum Kochen haben.»

«Nein, was machst du hinterher, wenn ...?»

Sie spürte, wie er den Kopf abwandte und sich die Wärme seiner Wange aus ihrem Haar entfernte. «Wenn ich allein bin? Vermutlich dasselbe wie vorher. Es gibt viele Mädchen, die ich anrufen kann, damit sie mir mein Bett wärmen.»

«Unser ...» Emma stockte. Unser Bett, hatte sie sagen wollen, aber dazu hatte sie kein Recht mehr. Sie rutschte näher und hätte zu ihrer Beruhigung so gern gehört, dass sie ihn nicht endgültig verlor. «Wir bleiben doch Freunde?», fragte sie, und ihre Stimme fiel piepsig in die Stille, die sie anscheinend bewirkt hatte.

«Nein», sagte Jay. Er klang weder ärgerlich noch traurig

oder vorwurfsvoll, er sagte es einfach. Und als er hinzufügte: «Wir werden uns nicht mehr sehen», war es, als teilte er ihr die Uhrzeit mit oder redete übers Wetter. «Jetzt schlaf», wiederholte er. «Du hast morgen früh viel zu tun.»

Sie war zu müde, um sich zu streiten. Sie schlief gehorsam in seinen Armen, überwältigt von Alkohol, Sex und den Schrecken einer unbekannten Zukunft, in die sie sich so unerwartet geworfen sah. Jay lag hellwach da, starrte die Decke an, bis ihm die Augen brannten, dachte über eine Zukunft ohne sie nach, und fragte sich, wie er so dumm gewesen sein konnte. Warum hatte er das nicht kommen sehen? Er hätte vielleicht eine Chance gehabt, wenn er es hätte kommen sehen.

Emma war früh auf, nach einer Nacht voll wirrer, beunruhigender Träume. Sie wollte eigentlich ein Taxi zum Baron's Court nehmen und ihre Sachen erst einmal dort lassen, aber Jay erklärte ihr ruhig, sie solle nicht albern sein. Er war offenbar nicht überrascht, dass sie immer noch den Schlüssel zu ihrer Wohnung hatte.

«Ich habe den verdammten Wagen für dich gekauft», sagte er. «Ich will ihn nicht und ich will auch nicht das Theater mit dem Weiterverkaufen, also nimm ihn mit.»

Zu den Klängen von Beethovens Pastorale lud sie ihre gesamte Habe gehorsam in den Magnette. Weder half ihr Jay noch behinderte er sie, er war einfach da. Als sie abfahrbereit war, Bücher und Koffer die Sicht durch das Rückfenster behinderten, Plastiksäcke voller Kleider sich auf dem Beifahrersitz türmten, Mappen, Hefter, Tusche und Pappkartons sorgfältig im Kofferraum untergebracht waren, ging sie zum letzten Mal langsam die Treppe hinauf.

«Du solltest lieber anrufen», sagte Jay, «und ihm Bescheid sagen, dass du unterwegs bist.»

Sie griff zum Telefon im Flur, aber sie wählte zögernd, mit zitternder Hand, weil er stur hinter ihr stehen blieb und nicht weggehen wollte.

«Ja, bitte?» Rick klang verschlafen. Es war Samstag: Er hatte wohl noch im Bett gelegen.

«Ich ...»

«Em?»

«Ja.»

«Kommst du endlich?»

«Ja.»

«Ist er da?»

«Ja.» Ich spüre seine Augen in meinem Rücken, und meine Hände schwitzen.

«Armer Teufel», sagte Rick. «Du brauchst meine Adresse.» Als sie die Begeisterung in seiner Stimme hörte, ging es Emma wieder etwas besser.

«Ja. Bleib dran.» Sie nahm einen Bleistift vom Tisch und begann zu notieren.

Er beschrieb ihr den Weg in allen Einzelheiten, damit sie sich auf keinen Fall verfuhr, und gab ihr eine genaue Beschreibung seines Wohnorts. «Wie lange noch?», erkundigte er sich eifrig. «Wie lange noch, Em?»

Das Schweigen kam ihr endlos vor. Wie lange noch? Wie lange war sie mit Jay zusammen gewesen? Wie lange war sie ohne Rick gewesen? Wie lange braucht es, um mein Leben völlig umzukrempeln? Wie lange werde ich brauchen, um meinen Rettungsanker hinter mir zu lassen und bei meinem Herzallerliebsten anzukommen?

«Ich weiß nicht.» Sie spürte Jay hinter sich, sah über die Schulter zu ihm hoch. Er las ihre zittrige Handschrift.

«Etwa drei Stunden», sagte er, und sie zuckte zusammen.

«Etwa drei Stunden», wiederholte sie folgsam. Dann bin ich bei meinem Herzallerliebsten.

«Verstanden», sagte Rick und hob absichtlich die Stimme, damit Jay es auch mitbekam. «Ich liebe dich, Em.»
«Ja», sagte Emma und legte auf.

Er stand immer noch hinter ihr, und sie wusste, dass er litt, denn sein Gesicht war vollkommen ausdruckslos. Sie ging an ihm vorbei zur Tür, schon Meilen von ihm entfernt, und drehte sich dann um, um ihn ein letztes Mal anzusehen. Sie starrten einander an.

«Pass auf dich auf», sagte er schließlich.

«Mach ich. Und du auch. Ich ruf dich an, nur um zu hören, ob es dir …»

«Nein. Nein, es ist hier zu Ende, Em. Du darfst dir keine Ausflüchte erlauben. Das ist nicht fair mir gegenüber und es ist nicht fair … ihm gegenüber.»

In der ganzen Zeit, in der sie zusammen gewesen waren, hatte er auch nicht einmal Ricks Namen genannt. Warum war ihr das noch nie aufgefallen? «Du gehst jetzt lieber. Du möchtest ihn doch nicht warten lassen.»

«Stimmt.» Sie machte einen zögernden Schritt auf ihn zu. Er trat zurück, von ihr weg. Sie blieb stehen. «Ich … ich … ich geh dann jetzt.»

«Gut.»

«Jay, du weißt, ich …»

«Ja», sagte er. «Ich weiß. Aber dazu ist es jetzt zu spät.» Er fuhr sich mit den Fingern durchs Haar und zeigte den Anflug eines Lächelns. «Bis zum Schluss hin und her gerissen, Em.»

Die Musik hörte auf, und sie standen stumm da. Es kam ihr wie eine Ewigkeit vor, bis er brüsk sagte: «Dann tschüs. Fahr vorsichtig», und in seinem Studio verschwand. Sie blieb in der offenen Tür stehen und wartete auf das Wiedereinsetzen der Musik, aber vergebens. Sie wartete, doch nichts geschah. Als sie sich zum Gehen wandte, fiel ihr der Gliederring ein. *Ich bitte dich nicht, irgendetwas anzunehmen, nur meine Liebe. Was du damit machst, liegt bei dir.*

Sie legte ihn behutsam auf den Tisch im Flur, neben seine Schlüssel, damit er ihn auch sah. Dann wandte sie sich um. Ging langsam wieder zur Tür und die vertrauten Treppen hinab bis zur Eingangshalle und hinaus auf den Parkplatz in die kalte Herbstluft.

Sie sah hoch, als sie wegfuhr, aber er stand nicht am Fenster. Sie sah sich um, bevor sie auf die Brücke bog, aber er war immer noch nicht am Fenster. Dann fasste sie das Steuer fester und konzentrierte sich aufs Fahren. Das war es also, das Ende, eigentlich einfach.

Sie versuchte gar nicht erst, die Tränen abzuwischen, sie strömten zu reichlich und rannen zu schnell, um mitzuhalten, deshalb war es einfacher, sie einfach fließen zu lassen.

27

Sie weinte auf dem ganzen Weg durch London, und als sie schließlich auf der A 11 fuhr, begann es zu regnen, ein schweres, düsteres Rieseln, ein Wetter, das zu ihrer Stimmung passte. Erst als sie durch Attenborough fuhr und sich Wymondham näherte, brach die Sonne durch.

In der Schlange vor der Ampel auf St. Stephen's mitten in Norwich fühlte sie sich schließlich besser. Fast schon da, noch zehn, fünfzehn Meilen, und sie und Rick wären endlich zusammen, diesmal für immer. Als der Wagen vor ihr anfuhr, lächelte Emma, ließ ungeschickt die Kupplung los, machte einen Satz nach vorn, versuchte es noch einmal, zweimal, und schaltete mit Zwischengas in den zweiten Gang, wie Jay es ihr beigebracht hatte. Wann war das gewesen, wirklich erst gestern? Behutsamer schaltete sie in den dritten, dann in den höchsten und war mit sich zufrieden. Mabel würde es als erste erfahren, sie würde noch heute Abend bei ihr anrufen. «Und er ist jetzt ganz fürchterlich erfolgreich, Tante Mabel, du hast dich so in ihm getäuscht ...» Sie würde ihren Triumph auskosten, und Mabel würde das verstehen, sie würde sich für sie freuen. Sie könnte ihn auch mit nach Hause bringen zu Ma, jetzt, da er sprechen konnte. Josie fände ihn bestimmt toll, sie würde ihn mögen. Sie hob ihr Gesicht zum Himmel und wandte sich an Alison, als säße ihre Freundin irgendwo da oben auf einer bequemen Wolke und wartete darauf, die Neuigkeit zu erfahren. «Ich habe es doch richtig gemacht, nicht wahr?», fragte sie und wollte beruhigt werden, dann verzog sie das Gesicht und schüttelte den Kopf über ihre Anwandlung, als Ali, die Zigarette in der Hand, ihr spitz ins Ohr sagte: «Natürlich nicht, du dummes Stück.» Das war wohl ironisch, aber welchen Rat Ali auch geben mochte, er war ohnehin mit Vorsicht zu genießen.

Als sie Norwich auf der Straße nach Yarmouth verließ, an Postwick und Blofield vorbei nach Acle, kurz vor dem Ziel ihrer Reise, holte der Kummer sie wieder ein und verdrängte die himmlische Vorfreude, die sich eingestellt hatte, als der Regen vorbei war. Ihr Magen begann sich zu verknoten. «Es wird schon gut gehen», erklärte sie Ali laut, als sie Brundall hinter sich ließ. «Nein, es wird nicht nur gut, es wird großartig.» Die Wörter hallten im Wagen wider, erzielten die gewünschte Wirkung, eine Woge wilder Euphorie. «*Großartig!*», brüllte sie und drehte das Fenster herunter, um ihr Gesicht zu kühlen und als wollte sie nicht nur sich, sondern die ganze Welt davon überzeugen. «Es wird toll, fabelhaft, wunderbar, sensationell, es wird *großartig*!»

Bei Acle verließ sie die A 47 und folgte der Straße durch

ein winziges Dorf, dann bog sie ab und fuhr weiter auf ein paar einzelne Häuser zu, die sich an einem Südhang unter Bäumen duckten. Es hatte auch dort geregnet, die Dächer und Fenster glitzerten beim Trocknen in der Sonne. Was Jay wohl gerade macht? fragte sie sich. Sie sah auf die Uhr. Er dürfte mittlerweile zum Essen unterwegs sein. «Ich werde wohl keine Lust zum Kochen haben», hatte er gesagt. In welchen Pub würde er wohl gehen? Würde er irgendwo allein sitzen und sie vermissen? Sie blinzelte in den allzu hellen Sonnenschein, der ihr Tränen in die Augen trieb, dann wurde sie langsamer, um noch einmal einen Blick auf Ricks Wegbeschreibung zu werfen, und wischte sich mit dem Handrücken über die Wange.

Sie kam auf offenes Land, auf den breiten Streifen Marschland, der von der Mündung des Yare bei Great Yarmouth landeinwärts verläuft, Schilf und üppige grüne Wiesen, die von schmalen Wasserstraßen durchkreuzt waren, erkennbar am rauen Gras und den Binsen, die im trocknenden Wind schwankten und raschelten. Alles glitzerte, die Straße, die sich, den Konturen der wilden, offenen Landschaft folgend, sanft wellte, die dürftigen, mit funkelnden Spinnweben behängten Hecken, die spärlichen, verkrüppelten Bäume am Rand, die beim Trocknen Wassertropfen regneten.

Dort abbiegen, hieß es in der Wegbeschreibung, *dann eine Kuhle in der Straße, ein Meilenstein: Great Yarmouth 7 Meilen, ein Wirtschaftsweg und eine Baumgruppe. Das Haus ist hinter den Bäumen versteckt, nach Süden hin.*

Emma bremste leicht, lenkte den Wagen auf den buckligen Schotterweg und holperte weiter, doch auf halber Strecke musste sie anhalten, weil sie von der Mischung aus Angst und Begeisterung, die aus ihrer Magengrube aufstieg, Atemnot bekam, und während sie darauf wartete, dass ihr

Herzschlag sich wieder beruhigte, umklammerte sie das Lenkrad, als wäre es der letzte feste Gegenstand im Universum. Das Dorf, das sie gerade hinter sich gelassen hatte, wurde von Bäumen verdeckt, einzig der eckige Kirchturm mit der Feuersteinfassade war über den herbstlichen Gelb- und Rottönen zu sehen. Nur noch eine dicke Hecke aus Schlehen und Weißdorn trennte sie von Rick. Dahinter erstreckte sich eine weite Fläche einsamen Marschlandes bis zum Horizont, dessen gerade Linie nur von einigen langsam wandernden Kühen und einer fernen, seit langem verfallenden Windmühle unterbrochen wurde. Einsiedler, dachte sie, und musste wieder an Jay denken, er würde das hier mögen, dann riss sie sich zusammen und fuhr langsam weiter. Jetzt war kaum der richtige Augenblick, um an Jay zu denken. Die Sonne verschwand hinter einer Wolke, und Emma fror plötzlich.

Als sie um die Ecke auf einen gekiesten Wendekreis bog, tauchte das Haus auf. Es war aus rotem Ziegel, viereckig, wie eine Kinderzeichnung, ein Haus mit einer Tür in der Mitte, je einem Fenster daneben und dreien darüber, einem Schornstein an jeder Ecke und einem ordentlichen Jägerzaun, der den kleinen Gemüsegarten zur Linken umgab. An der Seite war ein Anbau aus Holz, der ein Fenster im rückwärtigen Teil besaß, wie sie durch die offenen Türen erkennen konnte. Im Anbau konnte sie ein großes Motorrad mit schimmernden Auspuffrohren und einer blauen Verschalung vorn erkennen. Ricks? Wie hatte er die Fahrprüfung für ein Motorrad dieser Größe bestehen können? Außerdem war an der Wand entlang Feuerholz gestapelt, und sie konnte es ist der Luft riechen, den Rauch aus einem der Schornsteine aufsteigen sehen. Zu beiden Seiten der weiß gestrichenen Haustür stand ein Paar alter Weißdornbüsche Wache, zum nassen Boden gebeugt wie alte Männer, niedergedrückt vom Alter und vom Regenwasser. Und während Emma dasaß, das Lenkrad umklammerte und starrte, ließ ein plötzlicher Sonnenstrahl alles erstrahlen, die frisch gestrichenen Fensterbänke, die ordentliche Dachrinne, die unter der Traufe hing, das steile ziegelgedeckte Dach, er fing sich in einem Dutzend Glasziegel und verwandelte das Herbstkleid der Weißdornbüsche in feuriges Gold. Ihr neues Heim. Voller Panik umklammerte sie das Lenkrad fester, und als Rick unerwartet auftauchte, sich hinter dem Motorrad aufrichtete und den Schraubenschlüssel, den er in der Hand hielt, mit lautem Klirren fallen ließ, zuckte sie zusammen und begann vor Angst zu zittern.

Er trat in den Sonnenschein und wischte sich die Hände an einem Lumpen ab. Er öffnete ihr die Tür, als wäre er ihr Chauffeur, streckte ihr die Hand entgegen, um ihr aus dem Sitz zu helfen, und verbeugte sich.

«Du bist ja schmutzig», sagte sie und blickte finster auf seine ölverschmierten Finger.

Rick lachte, völlig entspannt. «Ich habe den ganzen Morgen an meinem Motorrad herumgebastelt. Ich musste irgendetwas tun, sonst wäre ich durchgedreht.» Er bückte sich, spähte ins dämmrige Innere des Magnette und grinste. «Wie ich sehe, hast du alles mitgenommen.»

«Ja», sagte sie. Bis auf Jays Ring, der liegt auf dem Tisch im Flur, er wird ihn finden, wenn er zum Mittagessen geht.

«Na, dann komm.» Rick war ungeduldig, wollte sie ansehen, in den Arm nehmen, sich versichern, dass das alles kein Traum war. Er griff an ihr vorbei, nahm ihre große Tasche und schwenkte sie auffordernd vor ihr hin und her. Langsam und steifbeinig stieg Emma aus dem Wagen. Rick strahlte begeistert. «Willkommen zu Hause, mein Schatz», sagte er.

Aus irgendeinem unklaren Grund fand Emma seine Unbekümmertheit unerträglich bedrückend. Er hatte die Situation so mühelos im Griff. Sie war auf seinem Territorium, und das Bewusstsein, dass sie nicht Herr der Lage war, erboste sie unglaublich.

Rick trat zurück und winkte sie über die Schwelle. Ihr Groll war fast zu greifen, und er widerstand der Versuchung, die Aufforderung zu wiederholen, zu übertreiben. Sie war so schön, sein Schatz.

Emma hob abrupt den Kopf, als sie an ihm vorbeiging. Lachte er sie aus? Er lächelte, ach ... *Alison*, und als er die Hand ausstreckte, um an ihrem Zopf zu zupfen, flossen zwei seltsame Gefühle ineinander, die Erinnerung an seine Schwester und an Jays zärtliche Angewohnheit, und sie musste bei dieser Vorstellung irritiert blinzeln. Warum solltest du mich jetzt plötzlich an Ali erinnern?, fragte sie sich. Und nur nicht über Jay nachdenken! Das hier ist zu wichtig, verdirb es nicht, mach es selbst nicht noch komplizierter!

«Wo möchtest du anfangen?» Ricky ließ ihre Tasche auf einen Stuhl neben der Tür fallen, wischte sich dann noch einmal die Hände ab, schleuderte den Lumpen nach draußen und bot ihr eine Führung an. Emma sah sich mit leerem Blick um.

«Ist das alles dein Werk?»

«Jedes kleine bisschen.» Lebhaft wies er auf den Raum mit den dicken Balken, der am entfernten Ende von Pfeilern unterteilt war, hinter denen Emma einen runden Esstisch und vier Stühle mit runden Lehnen erkennen konnte. Ein großer Eckkamin beherrschte den Platz, wo sie gerade standen, der Boden war mit Terrakottafliesen bedeckt, ein leuchtend bunter Teppich lag vor dem Herd und ein anderer zwischen der Sitz- und der Essecke. Eine steile Treppe führte an einer Wand entlang in den ersten Stock. Es war eng, aber gemütlich, gepflegt, ja chic.

Rick deutete auf die Kaminverkleidung. «Das habe ich mit Hammer und Meißel herausgearbeitet, Zentimeter für Zentimeter. Ich musste ganz behutsam vorgehen.» Er fuhr mit zärtlichen Fingern über das Mauerwerk. «Das sind traditionell hergestellte Steine aus Norfolk, butterweich, die zerbröckeln schon, wenn man sie nur scharf ansieht. Und die Balken habe ich auch eingefügt. Ich musste sie mit der Hand abschmirgeln, weil ich mir keine Maschine leisten konnte, und diese Eiche ist hart wie Eisen. Außen war es fast noch schlimmer als innen, Berge von Schutt und Müll mussten weggeräumt werden.» Er grinste. «Deshalb bin ich so kräftig geworden.»

«Hast du schon erzählt. Mr. Universum, stimmt's?» Rick war von der scharfen Entgegnung irritiert. Warum war sie immer noch so zornig? «Es ist sehr hübsch», fügte Emma grollend hinzu und ließ ihn stehen, musterte die Kleinigkeiten, die hübschen Chintzvorhänge an den Fenstern, den Tisch in der Ecke mit dem Sommerblumenstrauß, von dem die Blütenblätter rieselten, den blau-weißen Krug mit den getrockneten Gräsern im Kamin ... Rosies Werk? Sie drehte sich um und sah ihn kampflustig an. «Ist sie immer noch hier?»

«Was?», fragte er verblüfft. «Wer?»

«Rosie. Deine Freundin Rosie, die, die ...»

«Nein! Und wie oft muss ich dir noch sagen, dass sie mir nichts bedeutet. Sie hat mich nur unterrichtet ...»

«Aber sicher!»

«Emma, lässt du das jetzt, bitte? Das kann ich ganz und gar nicht gebrauchen.»

Emma biss sich auf die Lippe. Was war nur mit ihr los? «Tut mir Leid», murmelte sie. «Ich bin nur ... Zeig mir den Rest.»

Rick stieß die Luft aus, die er angehalten hatte. «Ich habe

dir doch schon gesagt», erwiderte er beschwichtigend, «sie ist unwichtig, unerheblich. Nur wir beide sind wichtig, du und ich. Wir sind die Einzigen, die zählen. Alles andere, alle anderen, sind jetzt gestrichen.»

Sein Selbstvertrauen war erstaunlich. Emma lief vor unterdrücktem Zorn rot an und hätte am liebsten geschrien: Jay gestrichen? Und Solly, und Francis, und meine Arbeit, meine Freundin, mein ganzes Leben?, doch sie tat es nicht. Sie ließ sich aufs Sofa fallen, starrte auf Ricks entschlossene Züge, so viel ausgeprägter als damals, so voller Überzeugung, dass er im Recht wäre, dass er nur mit dem Zauberstab winken müsste und alles wäre vollkommen, und sagte nichts.

Er zog sie in seine Vision der Zukunft, betäubte ihre Zweifel mit seinem unerschütterlichen Glauben an das unzerstörbare Band zwischen ihnen. Er hatte Recht, ermahnte sie sich, denn er war der erste, der Einzige, den sie je geliebt hatte. Und die Zuversicht, die beim ersten Mal gefehlt hatte, war nun vorhanden: Sie konnte sie von seinem Gesicht ablesen, sie an der zielbewussten Kraft erkennen, die er ausstrahlte.

«Führ mich herum», sagte sie schließlich. «Zeig mir alles. Zeig mir, wo du deine Rosie vögelst.» Guter Gott, das hatte sie überhaupt nicht sagen wollen!

Vollkommen durcheinander stand sie auf und ging steifbeinig hinter ihm her durchs Erdgeschoss. Sie heuchelte Interesse für die Küche mit den selbst geschreinerten Schränken zwischen gemauerten Pfeilern, dem von Rick selbst verlegten Steinboden und einem weiten Blick über die Marschen in Richtung Küste. Blind starrte sie auf das selbst gebaute Bücherregal, das mit Büchern beladen war, die der Frau gehörten, die nicht hier wohnte, die Rick das Lesen beigebracht hatte, sah blinzelnd auf den Stapel Rechnungen, die darauf warteten, abgeschickt zu werden und eindeutig von einer Frauenhand stammten, und staunte über die juwelengleichen Miniaturen an den Wänden, wie die, die sie erst am Abend zuvor gesehen hatte, von Rick gemalt und mit einer extrovertierten Auffälligkeit präsentiert, wie Jay das nie gekonnt hätte.

Rick führte sie durch die Spülküche, um ihr die hintere Hälfte des Holzanbaus zu zeigen, der zur Werkstatt umgebaut war: Werkzeuge, die ordentlich an eingebauten Borden hingen, Haufen ungeschliffener Halbedelsteine, eine Poliermaschine, ein Vergrößerungsglas auf einem Stativ für die Feinarbeit und eine starke Lampe auf einem Ständer, der an die Werkbank geschraubt war.

«Ich soll neben dem Laden in London noch zwei Läden in Norwich beliefern. Und in Bridewell Alley wird in der Nähe des Zentrums bald ein weiterer eröffnet. Da will man mir so viel abnehmen, wie ich produzieren kann. Zum Malen komme ich nicht mehr, keine Zeit. Du weißt gar nicht, wie wunderbar das ist, Em, etwas zu tun, was man gern tut, und dafür auch noch bezahlt zu werden.»

Oh doch, dachte Emma in Erinnerung an Mirico, und ihr Zorn flammte erneut auf.

«Hast du noch die Brosche, die ich für dich gemacht habe?»

«Natürlich hab ich die noch, du blöder Kerl!»

«Schon gut, du brauchst mir doch nicht gleich den Kopf abzureißen!»

Sie standen mitten in seinem Werkstattdurcheinander und starrten sich an, mittlerweile beide wütend, bis Rick, der sich nicht streiten wollte, mit dem plötzlichen Aufblitzen eines strahlenden Lächelns einlenkte. Aha, jetzt kann er das auch, ganz wie Alison, dachte Emma zornig, kein Wunder, dass er eine passende Frau gefunden hat, die sein Heim schmückt, sein Bett teilt und ihm Lesen und Schreiben beibringt. Warum musste es ausgerechnet sie sein? Empörung wallte in ihr auf. Warum musste es jemand anders sein, jemand «Unwichtiges»?

«Himmel, ich liebe dich so!», sagte er.

«Verzieh dich!», sagte sie bissig und drängte sich an ihm vorbei zurück durch die Spülküche und die Küche ins Wohnzimmer.

Rick folgte ihr, völlig verstört von ihrer feindseligen Weigerung, die romantische Heldin zu spielen, und sein Lächeln erlosch.

«Was möchtest du jetzt sehen?»

«Wie es oben aussieht.» Emma verzog höhnisch die Lippen. «Ich möchte sehen, wo du dein Flittchen bumst.»

«Sie ist kein Flittchen!» Er packte sie am Arm, drehte sie herum, sodass sie ihn ansehen musste, und brüllte: «Und du solltest lieber nicht von herumbumsen reden, ich habe hier nämlich in den letzten drei Monaten gesessen und Nacht für Nacht auf dich gewartet, während du mit jemandem herumgebumst hast.»

«Ich ... ich ...»

«Ja?»

«Himmel», jammerte sie, «was ist nur mit mir los?», und sie ließ sich schwer auf die Treppe fallen, legte den Kopf in die Hände und rieb sich das Gesicht, als könnte sie ihre schlechte Laune abscheuern. «*Warum* bin ich nur so?»

Sie spürte, wie er sich neben sie setzte, sie berührte wie früher, von oben bis unten. «Das ist jetzt der Ernst des Lebens», sagte er freundlich und nahm ihre Hände in seine. «Wir sind keine Kinder mehr, wir spielen nicht mehr Liebespaar. Jetzt wird's ernst, Em. Wir sind beide erwachsen geworden, haben uns verändert und müssen noch einmal ganz von vorn anfangen. Das ist eben beängstigend.

Aber wir schaffen es, solange wir nur den Willen dazu haben.»

«Ich kann meine Arbeit nicht aufgeben», platzte sie heraus, hob den Kopf und starrte ihn trotzig an. «Ich *will* meine Arbeit auch nicht aufgeben.»

«Musst du auch nicht. Ich habe ein Haus gefunden.»

«Was?»

«Als du mich angerufen und ‹bald› gesagt hast, bin ich losgezogen und habe gesucht. Ich habe ein Haus gefunden, in Essex, in einem kleinen Dorf bei Nazeing. Ich habe über das nachgedacht, was du gesagt hast ...»

«Was ich gesagt habe?»

«Du hast mich gefragt, ob ich meine Arbeit als Silberschmied für dich aufgeben würde, erinnerst du dich? Und ich musste über die Antwort nachdenken.»

«Du meinst, du willst umziehen, nur meinetwegen?»

Er lächelte, neigte den Kopf, um ihr in die Augen zu sehen, und lehnte sich gegen ihren Arm. «Du hast es doch auch getan», sagte er sanft. «Du hast alles hinter dir gelassen, hast alles zusammengepackt und bist meinetwegen ins kalte Wasser gesprungen ...»

Emma sah starr auf ihre Hände, die mit Ricks verschlungen waren, auf ihren Finger, der nicht mehr mit einem silbernen Ring geschmückt war. Bin ich wirklich gesprungen, fragte sie sich, von einer Woge der Traurigkeit überschwemmt, oder hat man mich gestoßen?

«Es ist nah genug, dass du nach London fahren kannst, aber still genug, dass ich arbeiten kann. Ich brauche Raum zum Atmen, Em. Ich könnte heute nicht mehr in London leben, ich würde ersticken.» Sie spürte, wie er neben ihr erschauerte, und ihr fiel Alisons Warnung wieder ein: Du musst dir darüber klar sein, Em, er ist ein Einsiedler. «Ich habe eine Kaution hinterlegt, und sie halten mir das

Haus noch vierzehn Tage frei, du kannst es dir also ansehen, bevor wir uns festlegen. Wir können jederzeit umziehen, nächste Woche, wenn du willst. Ich habe auch das Vorkaufsrecht, wenn wir das für eine gute Idee halten sollten, und dann könnten wir wirklich etwas Arbeit investieren. Es steckt eine Menge drin, ich habe schon alles ausgearbeitet. Wir fangen ganz unten an, mit etwas Kleinem, bringen es in Ordnung, ziehen in ein größeres um, renovieren das …»

«Und wozu?»

«Um Geld zu verdienen. Die meisten Leute haben keine Phantasie.» Rick war aufgeregt, begeistert, und er steckte sie mit seinem Ehrgeiz an. «Sie sehen das Potenzial, die Möglichkeiten nicht. Dein Zimmer in Earl's Court, du hast es verändert, es schicker gemacht. Wir können dasselbe mit Häusern machen, die Leute werden einen Spitzenpreis für ein schickes Haus zahlen, und jedes Mal, wenn wir umziehen, können wir uns etwas Größeres leisten, dann renovieren wir das und ziehen wieder um, bis …» Nein, erzähl's ihr noch nicht, erschrecke sie nicht mit deinen Plänen für die nächsten zwanzig Jahre. Immer eins nach dem anderen. Er stand auf und lief durchs Zimmer, um seiner Aufregung Herr zu werden, und wies mit der Hand um sich, um sein Anliegen zu illustrieren. «Nimm dieses Haus. Du hättest es zu Anfang sehen sollen. Es war ein Schutthaufen, und schau es dir jetzt an. Aber es ist nicht meins, es gehört mir nicht. In meiner Lehrzeit als Silberschmied habe ich Häuser gemalt, um etwas dazuzuverdienen …»

«Ich weiß. George hat es mir erzählt.» Und gestern Abend habe ich eins deiner Gemälde gesehen, es war der Gipfel an Ironie. Morag wollte Jay damit ablenken, weil ihr dämlicher Sohn ihm gerade von uns erzählt hatte.

Rick war noch nicht fertig. «Georges Haus», sagte er.

«Das hat mich auf die Idee gebracht. Es würde dir gefallen, Em, es ist das großartigste ...»

«Ich kenne es. Ich war gestern auf seiner Hochzeit, erinnerst du dich?» Nein, war ich nicht, ich habe die Hochzeit verpasst, ich lag schlafend im Bett, als er den Bund fürs Leben schloss. Ich war mit Jay zusammen. Wie es ihm wohl geht?

«Dann weißt du ja, was ich meine. Aber wenn wir nicht jetzt anfangen, ganz von unten, werden wir uns so etwas nie leisten können.» Er grinste sie an und setzte sich wieder neben sie. «Das war das letzte Haus, das ich gemalt habe», sagte er, «und das schönste. Ich habe gemerkt, dass ich irgendwann einmal so wohnen will. Aber ohne dich geht das nicht.»

Er stand wieder auf und ging durchs Zimmer zu einer schweren Eichentruhe unterm Fenster, während Emma ihm von den Stufen aus zusah. Er kam mit einem Block und einem Bleistift zurück und streckte wieder die Beine neben ihr aus.

«Sieh mal», sagte er.

Er schrieb langsam und umständlich mit der linken Hand. Als er erzählt hatte, Rosie bringe ihm Lesen und Schreiben bei, hatte Emma sich eine gewisse Fertigkeit vorgestellt, aber seine Schrift war gerade soeben lesbar. Er runzelte die Stirn, während der Stift zögernd über das Papier wanderte, und klemmte konzentriert die Zunge zwischen die Zähne.

«Da!», sagte er stolz und reichte ihr das Blatt.

Ich liebe dich. Die Buchstaben waren grob und ungestalt, aber sie waren korrekt. Sie waren eine ungebetene Erinnerung an die beiden Botschaften in ihrer Tasche, die jemand anders geschrieben hatte. *Komm zu mir, lebe mit mir zusammen und sei mein Schatz* und ein Bekenntnis auf einer Serviette Jays, mit großem schwungvollem Schnörkel unterzeichnet ... *Zu meiner Verteidigung kann ich nur vorbrin-*

gen, dass ich dich liebe. Deshalb kann ich nicht klar denken. Sie schob den Gedanken zur Seite.

«Wie hast du die Fahrprüfung bestanden?»

«Ich habe die Verkehrsregeln auswendig gelernt, sodass ich sie wie ein Papagei ausspucken konnte. Ich habe die Prüfung erst vor ein paar Monaten gemacht: So lange habe ich gebraucht, bis ich das Alphabet so weit begriffen hatte, dass ich die Nummernschilder lesen konnte.» Also kein Wunder: Er bewältigte nicht Shakespeares gesammelte Werke, er kam gerade so durch. Schäbigerweise fühlte sich Emma jetzt besser, was die eben erst verschwundene Rosie anging. Sie stand ebenfalls auf, um ihre Handtasche zu holen, setzte sich wieder neben ihn und wühlte darin herum, wobei sie die Serviette, die ihr zwischen die Finger geriet, ignorierte. Schließlich hatte sie die Brosche gefunden.

«Weißt du noch?»

Er nahm sie ihr ab, legte sie auf seine Handfläche und drehte sein Werkstück prüfend hin und her.

«Das R ist falsch herum», sagte er. «Ich mach dir eine andere, eine bessere … Em …»

«Was ist?»

Er legte ihr die Hand an die Wange und drehte ihr Gesicht zu ihm. «Ich liebe dich», sagte er. «Vom ersten Augenblick an habe ich nie aufgehört, dich zu lieben.»

«Ich weiß», sagte Emma. Sie hob ebenfalls die Hand, um ihn zu berühren, dann überbrückte sie den schmalen Abstand zwischen ihnen und küsste ihn.

Es war wie der Kuss in ihrem Traum, vor Äonen, der, der sie davon überzeugt hatte, dass es Rick war, den sie wirklich wollte. Nur dass jetzt kein Adrian da war, der sie von ihrem Herzallerliebsten fortzog, kein Jay, der wie ein Löwe brüllte, nur sie beide, und sie hatten noch ihr ganzes Leben vor sich für das, was damals angefangen hatte. Als Rick seinen

Mund von ihrem nahm und ihren Namen murmelte, lächelte sie ihn an, und als er sanft sagte: «Komm, wir gehen ins Bett!», lächelte sie wieder.

«Hmm …», sagte sie. «Ja, gern.»

28

«Bist du bald fertig?» Er stand in der Tür und sah ihr zu, ein langstieliges Weinglas in jeder Hand, und als sie den Kopf hob, lächelte er sie strahlend an.

«Gerade fertig geworden. Ich bin ja so auf die beiden gespannt.»

«Ich habe mir schon einen Schluck ohne sie gegönnt, und ich gehe mit den Hunden raus, solange es noch hell ist. Kommst du mit?»

Sie nahm ihr Glas und probierte, dann ging sie mit ihm nach unten, durch den Flur und die Küche nach draußen, und sie schlenderten durch den Hain zur Wiese hinter der großen Scheune, wo das Gerümpel vom Dachboden aufgetürmt war, weit genug vom Strohdach entfernt, und darauf wartete, verbrannt zu werden. Die Luft war schwer von Pollen, duftete nach Apfelblüten, und die Hunde niesten und schnüffelten, während sie die Gerüche prüften. Flotman war kampflustig, rempelte Newton mit der Schulter an, sprang ihn aggressiv an und zog ihm, tief in der Kehle knurrend, an den Ohren.

«Lass das!», ermahnte der Einsiedler seinen Liebling und lachte über seine Possen. «Das Tier ist ein richtiger Rüpel.»

«Das ist deine Schuld. Du bist zu weichherzig.»

«Nein, bin ich nicht. Ich bin ein echt harter Knochen.»

Emma lachte ihn aus. «Den Rest der Welt kannst du ja vielleicht täuschen, aber mich führst du nicht an der

Nase herum. Du bist der sentimentalste Mensch, den ich kenne.»

«Deshalb bin ich noch lange nicht weichherzig. Selbst die Kray-Brüder haben ihre Mutter geliebt. Und vielleicht bei *The Sound of Music* geweint.»

Emma nippte im Gehen an ihrem Wein. «Okay, harter Knochen. Wann zünden wir unseren Scheiterhaufen an?»

Er sah blinzelnd zu den weißen Wattewölkchen auf, die über den Himmel zogen und dort, wo sie von Westen her die Strahlen der untergehenden Sonne einfingen, rosafarben überhaucht waren.

«Besser wir warten noch, bis der Wind sich dreht. Wir wollen ja nicht, dass die Scheune in Rauch aufgeht.» Er wanderte um den Berg aus zerbrochenen Stühlen, Tennisschlägern und dreibeinigen Tischen, den Überbleibseln aus fünfzig Jahren, die alle kunterbunt zu einem unordentlichen Haufen aufgetürmt waren.

«Mir sind schon fachmännischere Scheiterhaufen untergekommen», bemerkte er trocken. «Und wir brauchen unten mehr Zunder, sonst fängt er nie Feuer. Wir warten bis Sonntagabend, wenn alle wieder weg sind, und sehen dann, was der Wind macht. Außerdem weißt du ja, wie Silly Jilly ist. Wenn sie das hier alles entdeckt, will sie es womöglich behalten, weil sich eventuell herausstellen könnte, dass es ein Vermögen wert ist.»

Emma hakte sich bei ihm unter, als sie wieder zum Haus zurückgingen. «Dann behaupten wir einfach, es wäre schon verbrannt? Sie werden sich wohl kaum so weit vom Haus weg wagen, um nachzusehen, du weißt ja, wie sie sind. Allzu viel frische Luft bekäme ihm nicht, sagt George immer, verdünnt die Wodkadämpfe, und Jilly mit ihren Schuhen wird sowieso nicht …»

«Im Haus soll sie sie aber ausziehen», sagte er und ließ

kurz seine Antipathie gegen George und sein habgieriges Weib aufblitzen. «Sonst ruiniert sie uns mit den verdammten Dingern noch die Bodendielen.»

«Bill!» Emma schlang die Arme um seinen Hals und drückte ihn begeistert. «Das war wirklich eine ganz tolle Idee!»

Bill erwiderte die Umarmung mit Freude. «Nicht wahr? Wir hätten dir Zeit lassen sollen, bis alles fertig ist, aber du kennst ja das gute alte Mädchen.» Er kräuselte die Lippen, sah seinen Gefährten der letzten fünfundzwanzig Jahre an und äffte ihn nach. «‹Jetzt oder nie, William. Lass uns lieber nachsehen, ob die Kinder auch zurechtkommen.›»

«Na, du kennst ja den Spruch, meine Liebe …» Francis warf Bill mit wohl manikürten Händen eine Kusshand zu und strahlte Emma glücklich an, sodass seine schokoladenbraunen Knopfaugen in unzähligen Falten verschwanden. «‹Die Liebe wächst mit der Entfernung› oder so.»

Bill war in all den Jahren kaum gealtert. Sein Gesicht war immer noch rund und faltenlos und leuchtete vor Begeisterung. George hatte schon mehrmals laut geäußert, dass Bill ein Bildnis auf dem Dachboden haben müsste, einen Dorian Gray. Das wäre jedenfalls bei Bills chaotischer Lebensweise die einzige Erklärung. Francis andererseits sah jedes Jahr mehr wie eine freundliche Backpflaume aus, und sein wunderbar frisiertes Haar war mittlerweile schneeweiß.

Der Einsiedler schüttelte die angebotene Hand und gluckste mit freundlicher Zuneigung. «Immer noch einen dummen Spruch für jede Gelegenheit, Francis? Man kann sich wirklich auf dich verlassen.»

«Jay, und wie geht's dir, mein Lieber?»

«Ich freue mich, euch beide zu sehen.» Jay begrüßte Bill, dann führte er sie über die Steinfliesen der Halle ins große Wohnzimmer und an das einladende Feuer, das er vorher angezündet hatte. «Dann kommt und trinkt einen Schluck. Wir haben schon ohne euch angefangen, und Em hat mir erzählt, dass wir Francis an diesem Wochenende aufheitern müssen.» Er kniff die Augen zusammen und sah den kleinen Mann prüfend an. «Obwohl, Boncœur, von hier aus siehst du offen gestanden nicht sehr nach Selbstmord aus.»

«Ach so.» Bill trat verlegen von einem Fuß auf den anderen. «Das war ein bisschen übertrieben. Wisst ihr, wir dachten …»

«Wenn wir uns einfach über Nacht eingeladen hätten, hättet ihr uns wahrscheinlich verflucht, weil ihr doch gerade umgezogen seid und alles, deshalb haben wir …»

«Uns etwas ausgedacht.» Bill kicherte unverschämt. «Wir wollten an euer Mitgefühl appellieren, damit ihr besonders nett zu uns seid …»

«Außerdem sind wir ja so dankbare Objekte, zwei einsame Schwuchteln …»

«Idioten», sagte Emma.

«Ihr beiden Halunken.» Jay schenkte Wein und Whisky ein. «Emma steckt bis über die Ohren in Müllsäcken, reißt mit einer Hand Tapeten von den Wänden und verlegt Teppiche mit der anderen, und ihr beiden faulen Tunten beschließt, uns zu überfallen und ihr das Leben noch schwerer zu machen. Seht sie euch an, total ausgelaugt, das arme Ding. Schämt ihr euch denn gar nicht?»

«Zu Tode.» Francis sah in Emmas strahlendes Gesicht und zwinkerte. «Ich sehe ein, es war ein großer Fehler, herzukommen, mein guter Junge, und wir werden uns bemühen, das unverzüglich wieder gutzumachen. Komm, William, wir gehen. Man soll nicht von uns sagen, wir blieben, wenn wir unerwünscht sind.» Er stand auf und trippelte geziert zur Tür, und als er an Jay vorbeikam, hielt der ihm ein großes Glas voll goldener Flüssigkeit hin.

«Probier den, Francis», sagte er, ungerührt von der drohenden Abreise seines Gastes. «Das ist ein Isly Malt, den ich extra für dich besorgt habe. Lagavulin.» Bill rührte sich nicht aus dem Ohrensessel am Kamin, in den er sich mit einem Seufzer der Zufriedenheit hatte fallen lassen.

«Ah ...» Er streckte die Beine vor den Apfelbaumscheiten aus, die auf dem Rost glühten. «Genau das, was der Arzt empfohlen hat.»

«Also dann, meine Liebe.» Francis nahm sein Glas und ging durchs Zimmer, dorthin, wo Emma auf der breiten Fensterbank saß, ließ sich geziert neben ihr nieder und ließ die kurzen Beine baumeln. «Solly lässt allerherzlichste Glückwünsche ausrichten und eine Botschaft.» Er steckte den Daumen in seine Westentasche, schob den Bauch vor und setzte sich gerade hin, im Bemühen, ihrem beiderseitigen Ex-Arbeitgeber nachzueifern. «Sag der dummen Pute, wenn sie jetzt das Landei gegeben hat, kann sie aufhören, mir Ärger zu machen und wieder zur Arbeit kommen.» Er machte eine Pause, genoss Emmas Gelächter und rückte seine Krawatte zurecht. «Er vermisst dich schrecklich, mein Mädchen, selbst nach fast einem Jahr ist er immer noch nicht über deine Abtrünnigkeit, wie er es hartnäckig nennt, hinweg. Jetzt, da Cyril und ich beide weg sind, droht er, den ganzen Kram hinzuschmeißen und seinem Sohn den Laden zu überlassen.»

«Wie alt ist Solly jetzt?»

«Wird bald siebzig und hat keinen mehr, den er beschimpfen kann, und das ist herzzerreißend anzusehen, Liebes, tragisch. Er hat endlich einen Designer gefunden, mit dem er zurechtkommt, brillantes Kind, gerade vom Royal College, aber der arme Kerl ist ein bisschen ... Ach, wie hat Solly es ausgedrückt?» Francis kicherte boshaft, nahm dann einen tiefen, anerkennenden Schluck von seinem Whisky und ließ ihn über die Zunge rollen, bevor er weitersprach. «Eine welkende Petunie, so hat er ihn, glaube ich ...»

«Ach, Francis!» Emma klatschte entzückt in die Hände. «Genauso hat er mich genannt, als ich mich bei ihm vorgestellt habe. ‹Sind Sie zäh›, hat er mich angebrüllt, ‹oder eine welkende Petunie?› und hat sich in diesem albernen Stuhl herumgeschwungen ...»

«Der ist weg. Sein Orthopäde hat ihm erklärt, dass das Gekreisel seine Rückenprobleme noch verschlimmert hätte. Ihr könnt euch die Reaktion unseres lieben Solomon vorstellen.»

«Tapferer Bursche, dieser Orthopäde», kommentierte Jay trocken.

«Höchstwahrscheinlich, mein lieber Junge, denkt der Mann insgeheim an Selbstmord ... Jay, dieser Whisky ist göttlich ... Stellt euch vor, er hat Solly vorgeschlagen, das Autofahren aufzugeben und einen Chauffeur einzustellen, damit er im Rolls die Füße hochlegen kann.»

«Und wie hat er das geschluckt?»

Francis lehnte sich nach hinten ans Fenster und kicherte, amüsierte sich von neuem über den Scherz. «Komischerweise ganz gut. So hat er nämlich häufiger Gelegenheit, die Damen zu beschimpfen. Das macht ihm so viel Spaß, dass es ihn fast für den Drehstuhl entschädigt. Charles, das ist sein neuer Fahrer, hat mir neulich von einem Vorfall erzählt. Der Arme war völlig fassungslos: Da wollte er Solly gerade sagen, es täte ihm furchtbar Leid, aber er wäre wohl auf die falsche Fahrspur gekommen, als eine ältere Dame in einem Metro neben sie fuhr, auf der Fahrspur, auf der sie hätten sein sollen. Sie muss achtzig gewesen sein, sagte Charles, mindestens. Na, bevor man auch nur hoppla sagen kann, hatte Solly seinen Fensterknopf gedrückt und stauchte das alte Mädchen zusammen, beschuldigte sie, wie eine wilde

Sau zu fahren, als wäre das alles ihr Fehler. Und wie Solly nun mal ist, wenn er einmal Spaß daran gefunden hat, kann er nicht aufhören ...» Das Kichern wurde stärker, und seine Heiterkeit steckte Emma an. «Offenbar war die Arme so verblüfft, dass sie beim Anfahren den Motor abwürgte. Während sie dann warteten, dass sie wieder losfuhr, redete Solly sich in Rage, nannte sie eine senile alte Schachtel, deutete nebenbei an, ihre Mutter hätte wohl ein illegitimes Verhältnis mit einem Esel gehabt, um so was wie sie überhaupt hervorzubringen, und das Ganze gipfelte dann darin ...», er prustete vor Lachen über die Unangemessenheit von Sollys Beschimpfungen, «dass er sie beschuldigte, sie hätte ihren Führerschein bestimmt nur bekommen, weil sie mit dem Prüfer geschlafen hätte!»

Er verging vor hilflosem Gelächter, krümmte sich über diesen Beweis für die geistige Unzurechnungsfähigkeit seines ehemaligen Arbeitgebers, und die anderen fielen ein, weniger, weil sie es komisch fanden, als wegen des kindlichen Vergnügens, das der kleine Mann daran hatte.

«Ach, Francis!», japste Emma, als sie wieder sprechen konnte. «Und wie, um alles in der Welt, kommt die welkende Petunie damit klar?»

Francis wischte sich die tränenden Augen. «Der weint viel ...», brachte er heraus, bevor er wieder von hilflosen Lachanfällen geschüttelt wurde.

Sie unterhielten sich, während die Schatten in den Ecken des Raumes dunkler wurden, tauschten Geschichten und Klatsch aus, informierten sich gegenseitig über gemeinsame Bekannte, die Emma seit fast einem Jahr nicht mehr gesehen hatte, wozu auch Bill seinen Teil beitrug, falls er ein Wort dazwischenbekam. Jay saß in seinem Lieblingssessel am Westfenster im hinteren Ende des Zimmers und hörte nur mit halbem Ohr zu. Gelegentlich stand er auf, um nach dem

Abendessen zu sehen oder die Gläser nachzufüllen, und hin und wieder, wenn seine Blicke sich mit Emmas trafen, lächelte er, damit sie wusste, dass es ihm gut ging. Er schaute gern zu, wenn sie mit Bill und Francis zusammen war, lachte über ihre schrillen Geschichten und genoss ihre Gesellschaft. Allerdings fragte er sich manchmal, ob er diese Gäste nicht aus völlig selbstsüchtigen Gründen mochte. Waren sie ihm deshalb so sympathisch, weil bei ihnen nicht die Gefahr bestand, dass sie ihm Emma wegnahmen?

Emma hatte nach mehr als fünfundzwanzig Jahren bei Mirico gekündigt, als sie und Jay zum zehnten Mal umzogen, in ein zugiges viktorianisches Pfarrhaus zehn Meilen südlich von Norwich. Die Wohnung in Putney war mittlerweile Vergangenheit, und das Pendeln wurde allmählich zu Zeit raubend. Ihre neue Wohnung erforderte wie jedes andere Haus, das sie gekauft hatten, mehr Arbeit als ursprünglich angenommen, und sie war müde.

«Schön», sagte Jay fest, als sie ihm das erzählte. «Wenn du nicht mehr an diesen irren Solly gebunden bist, kannst du ja mitkommen, wenn ich unterwegs bin. Dann können wir immer zusammen sein.»

Überraschenderweise hatte sie Sollys Schrullen trotz allem sehr vermisst und sich mit regelmäßigen Fahrten nach London auf dem Laufenden gehalten, wo sie Bill oder Francis oder beide zu ausgiebigem Tafeln und Klatschen besucht hatte, bis Jay dann erfuhr, dass Georges Vater unheilbar an Krebs erkrankt war. Jay hatte all die Jahre hindurch mit Georges Eltern in Verbindung gestanden, ja, sie sogar gelegentlich besucht. Von dem Augenblick an, an dem er das erfuhr, wurde es irgendwie wahnsinnig wichtig, dass das Pfarrhaus, das zwar stetige, aber langsame Fortschritte machte, so schnell wie möglich fertig wurde. Er lehnte sogar

Aufträge ab, um ganztägig daran arbeiten zu können. Angesichts dieser fast aberwitzigen Eile konnte Emma nicht mehr ohne weiteres nach London, nur um Bill und Francis zu besuchen.

Noch bevor das Haus fertig war, bot Jay es zum Verkauf an. «Zeit, dass wir weiterziehen», sagte er, als Emma wissen wollte, warum das Ganze so dringend wäre, aber er mied ihren Blick.

Er hatte nie seine Unterhaltung mit Morag am Tag von Georges Hochzeit vergessen. Als er sie in jener Nacht in der dunklen Küche hatte reden hören und später, als er sie mit Doug sah, hatte er eine verwandte Seele erkannt. Er vermutete insgeheim, dass Morag ihren Mann nicht lange überleben würde, und er hatte Recht. Innerhalb von drei Monaten, im lächerlichen, fast verboten frühen Alter von neunundsechzig Jahren, begann sie dahinzusiechen, und auf den Tag genau fünf Monate nach Dougs Tod wurde Morag Campbell neben ihm in dem Doppelgrab beerdigt, dass sie seit fast fünfzig Jahren für sich vorgesehen hatten.

«Man hatte den Eindruck», sagte George traurig, als er Emma anrief, um sie über die Beerdigung zu informieren, «als der Alte Herr nicht mehr da war, wollte sie einfach nicht mehr.»

Jay war überrascht, als er feststellte, dass er ehrliche Trauer um sie empfand, aber das hielt ihn nicht davon ab, Zukunftspläne zu schmieden. Morag hätte gewünscht, dass das Haus an jemanden ging, der es ebenso liebte wie sie, rechtfertigte er sich vor sich selbst, und zwei Monate nach ihrem Tod machte er George ein Angebot, das dieser nicht ausschlagen konnte.

Eine von Georges Schwestern befand sich gerade in einer unerfreulichen Scheidung, die andere erwartete ihr viertes Kind, und beide wollten so schnell wie möglich ihren Anteil am Familienerbe ausgezahlt bekommen. So kam der Handel in fast unanständiger Eile zum Abschluss.

Sie aßen bei Kerzenschein, von Wein und Whisky in eine Stimmung heiterer Nostalgie versetzt, arbeiteten sich immer weiter in die Vergangenheit zurück und tauschten Erinnerungen aus.

«Was haben wir eigentlich damals getrieben?», erkundigte sich Bill gegen Ende des Essens bei Emma, lehnte sich in seinem Stuhl zurück und tätschelte seinen wohl gefüllten Magen. «Ich erinnere mich noch an Kennedy 63, aber das war noch vorm College. Da muss doch noch mehr los gewesen sein, während unserer Studienzeit. Da war Bob Kennedy, Martin Luther King – 68 haben die französischen Studenten eine Regierung gestürzt, du meine Güte, und ich weiß nur noch, dass ich mir Sorgen machte, ob ich meine Kollektion rechtzeitig zur Abschluss-Show fertig bekäme. Ich hätte genauso gut auf einem anderen Planeten leben können. Warum sind wir nicht in Aldermaston gegen die Aufrüstung mitmarschiert oder haben bei den Protesten am Grosvenor Square mitgemacht?»

«Wir waren zu beschäftigt.» Jay richtete den Blick auf das sommersprossige Gesicht seiner Frau. «Die Liebe und das Leben kennen zu lernen.»

«Die Liebe …», wiederholte Emma. Sie tastete unterm Tisch nach seiner Hand, fand sie und umklammerte sie fest. «Nur dass mancher von uns zu dumm war, um es zu merken.» Sie drückte seine Finger und lächelte. «Manche von uns waren wirklich sehr dumm.»

«Ich habe den lieben Jungen noch nie so zufrieden gesehen», sagte Francis und wechselte das Thema. «Was hast du mit ihm angestellt, Liebes?»

«Ach!» Emma prostete Jay zu, und ihr Lächeln wurde

breiter. «Das hat nichts mit mir zu tun, Francis. Das kommt daher, weil er jetzt da ist, wo er seit fünfundzwanzig Jahren hin will. Er sehnt sich nach diesem Haus, seit er es bei Georges Hochzeit zum ersten Mal gesehen hat.» Sie kicherte. «Wir haben es in winzigen, vorsichtigen Schritten geschafft, sind jedes Mal ein bisschen näher gezogen: Middlesex, Essex, Suffolk, sind immer weiter nördlich nach Norfolk hineingekrochen, jedes Haus einen Schritt näher als das vorige ...» Sie stand auf und ging langsam um den Tisch und beobachtete, wie Jays Gesicht sich veränderte, als ihm dämmerte, dass sie gewusst hatte, seit Jahren schon, was er vorgehabt hatte. «Jedes Haus sorgfältig ausgewählt, wie seine Bilder, damit wir billig einkaufen und teuer verkaufen konnten, daran verdienten ...», sie war, amüsiert über seine Verwirrung, bei ihm angekommen und hob erneut ihr Glas, «bis wir uns das hier leisten konnten.»

Sie verlor kein Wort über den anderen bedeutsamen Faktor, die Frage, die Jay seit fünfundzwanzig Jahren zu stellen vermied. Selbst nach all der Zeit hatte es ihn viel Mut gekostet, das Risiko einzugehen, sich mit seiner Beute so weit der letzten bekannten Adresse seines Rivalen zu nähern.

«Und jetzt bleiben wir hier, bis man uns mit den Füßen voran hinausträgt.»

Jay musste an Morag denken, an das, was sie vor vielen Jahren auch noch gesagt hatte. *Ich muss Sie außerdem informieren, junger Mann, dass Sie nicht der erste Anwärter sind*, und er fragte sich, nicht zum ersten Mal, wer der andere Mann war, der dieses Haus auch unbedingt hatte haben wollen? Warum war er nicht wiedergekommen, um seine Ansprüche anzumelden? Er hatte während der Verhandlungen eigentlich ständig erwartet, dass er auftauchen würde, aber als er George vor dem Austausch der Verträge gefragt hatte, ob sich noch jemand anderes für das Haus interessiert hätte, hatte George den Kopf geschüttelt, ihn von der Seite angesehen, als wäre er verrückt geworden, und das Thema gewechselt.

Vielleicht war er ja verrückt, ein Vierteljahrhundert hinter einem Haufen Ziegel und Mörtel her zu sein, aber er war ja auch hinter Emma her gewesen, und das war gut ausgegangen – nein, nicht gut. Es war bisher das Paradies auf Erden. Würde er später dafür zahlen müssen?, fragte er sich, als er nach ihrer Hand griff.

29

«Wir haben euch etwas mitgebracht», sagte George und küsste Emma auf die Wange, als er in die Halle kam. «Als Dankeschön für die ganze Arbeit auf dem Dachboden. Sie haben meiner Mutter gehört, und Jilly will sie nicht, und ich dachte, du würdest sie vielleicht mögen. Sie sind ziemlich wertvoll.»

Er überreichte ihr ein hübsch eingewickeltes Päckchen, lächelte geziert, während sie die Schichten abwickelte, und blies sich wichtig auf, als sie einen Stapel goldener Armreifen herausnahm. Emma wurde verlegen, weil George ihr so ein wertvolles Geschenk machen wollte, grübelte, wo sie so etwas schon einmal gesehen hatte, und fragte sich überrascht, warum die Goldreifen dieses vage Unbehagen in ihr auslösten. Sie waren doch schließlich sehr schön.

«Ach, George!», rief sie aus. «Das geht doch nicht. Sie sind viel zu wertvoll.» Sie schob sie ihm wieder hin. «Du solltest sie für die Mädchen aufheben.»

«Habe ich's nicht gesagt?», zischte Jilly ihrem Gatten hörbar zu. Sie hatte sowieso nicht kommen wollen, nur um mit ansehen zu müssen, wie Jay Hammond sich über sein Schnäppchen freute, aber was zählten schon ihre Wünsche?

George ignorierte sie. «Los, probier sie an, guck, wie sie aussehen.»

Erst als die Reifen an ihrem Handgelenk klingelten, fiel Emma wieder ein, wo sie dieses Geräusch zum letzten Mal gehört hatte. Sie war wieder in Missy Hammonds sonnenerfülltem Salon, sah wieder ihr von der Krankheit gezeichnetes Gesicht, hörte die Flüssigkeit in ihren Lungen gurgeln und die Armbänder an ihrem dünnen Handgelenk klappern. Lieber Gott, dachte sie und sah Jay an, während sie die Dinger mit unziemlicher Hast abnahm.

«Nein, George», sagte sie bestimmt. «Jilly hat Recht, das kann ich wirklich nicht annehmen. Die sollten Antonia und Sophie bekommen. Außerdem kennst du mich doch, ich würde sie bestimmt gleich beim ersten Tragen verlieren.» Sie tätschelte ihn freundlich und bemühte sich, ihre grobe Ablehnung scherzhaft wirken zu lassen. «Weißt du, ich glaube nicht, dass es mir in den letzten dreißig Jahren gelungen ist, auch nur ein einziges Schmuckstück zu behalten. Ganz gut, dass Jay mir nicht ständig Brillanten kauft.»

Jilly schnaubte. Das war wieder mal typisch für die beiden – sie hatte den halben Vormittag damit verbracht, sich schön zu machen, darauf bestanden, dass die Mädchen anständige Kleider anzogen, und weder Jay noch Emma hatten es für nötig gehalten, aus ihren Jeans zu steigen, um ihre Gäste zu begrüßen. «Das ist vielleicht das Problem», meinte sie beißend. «Wenn Jay dir ordentlichen Schmuck geschenkt hätte, hättest du vielleicht auch darauf aufgepasst. Der komische kleine Ring, den du bei unserer Hochzeit getragen hast, ist offenbar das Einzige, was du nicht verloren hast.» Voller Verachtung für Jays Knauserigkeit presste sie die Lippen zusammen. «Und ich würde schwören, er hat das Ding aus einem Kaugummiautomaten. Wenn du das verlegt hättest, hätte er dir vielleicht einen ordentlichen Verlobungsring gekauft.»

Emma sah zuerst auf den Gliederring an ihrer linken Hand und dann zu Jay hinüber. «Hmm», sagte sie und lächelte ihn an. «Aber andererseits, wann hätte ich einen anständigen Verlobungsring auch tragen sollen? Wir haben uns ja nie offiziell verlobt. Wir haben ja nur geheiratet und dann weitergemacht wie vorher.»

«Da hast du leider Recht.» George war über die Zurückweisung seines Geschenks gekränkt und schmollte. «So wie ihr beiden euch heimlich davongemacht und euer schmutziges Werk vollbracht habt, haben wir alle angenommen, Em wäre schwanger. Das nennt man Heimlichkeiten – ihr habt wohl gedacht, ihr hättet keine Freunde, die man einladen könnte.» Es hatte George immer gewurmt, dass Bill und Francis Trauzeugen waren und Mabel und Josie die einzigen weiteren Gäste bei der Zeremonie. Immerhin gehörte er zu den ursprünglichen Fünf, und das war mehr, als Francis von sich behaupten konnte. Manchmal fragte er sich, warum er sich überhaupt mit ihnen abgab … obwohl er sich wohl nicht beklagen konnte, Jay war bei dem Haus mehr als großzügig gewesen, und die ganzen Aufräumarbeiten, die Em erledigt hatte – Jilly wäre bei dem Ganzen *unausstehlich* gewesen, hätte jede Kleinigkeit behalten wollen …

«Was soll's, George!» Bills Stimme stichelte von hinten. «Du bist ja nur beleidigt, weil du nicht dabei warst. Du wärst ja sowieso nicht gekommen, wenn man dich eingeladen hätte, denn wir waren auch nicht andeutungsweise aufgedonnert genug für dich.»

«Blödsinn!» Emma verteidigte indigniert ihre Hochzeit. «Ich bin bestimmt die einzige Frau, die sich jemals für zehn Minuten im Standesamt in ein Modellkleid von William

Appleyard geworfen hat. Ich war die schickste Braut, die sie je gesehen hatten.»

«Ach, Emma!», sagte Jilly. «Und niemand da, um dich zu bewundern. Du armes Ding, wie schrecklich, und dabei hättest du doch eine kirchliche Trauung mit allem Brimborium haben können. Ich verstehe nicht, warum du dich damit begnügt hast. Ihr wart doch beide vorher noch nicht verheiratet. Jay, du solltest dich schämen. Ich glaube nicht, dass du auch nur den geringsten Funken Romantik besitzt.»

«Nein ...», sagte Jay zustimmend, während sein Blick von Jillys sanftem, hübschem Gesicht zu dem seiner Frau wanderte, und er betrachtete liebevoll die Krähenfüße unter ihren Augen, als sie in sein Lachen einstimmte. Die Strähnchen ihres ergrauenden roten Haares kringelten sich aus dem dicken Zopf. «Glaube ich auch nicht. Ich weiß nicht, wie du es mit mir aushältst, Em. Du musst die ganzen Jahre ein Hundeleben geführt haben.»

Francis tauchte hinter Bill auf, das Koboldgesicht in lächelnde Falten gelegt. «Ist es nicht Zeit für einen Schluck vor dem Essen?», wollte er wissen. «Und da wir gerade von Hunden reden, falls ich einmal wieder geboren werden sollte, werde ich beantragen, als einer von Jays Hunden wiederzukommen. Dieser unverschämte Flotman hat mir schon wieder den Sessel weggenommen.»

Sie nahmen zum Abendessen Platz an dem langen, glänzenden Refektorientisch, Sophie und Antonia auf beiden Seiten neben Jilly und die anderen nach Belieben, und man tauschte im Laufe der Mahlzeit die Plätze, um sich miteinander zu unterhalten.

Jilly war nervös und argwöhnisch. Jay war immer so herablassend, und außerdem bereiteten Bill und Francis ihr ein leichtes Unbehagen. Sie hatte den leisen Verdacht, obwohl es nie etwas gab, worauf sie den Finger hätte legen können, dass Bills runzliger kleiner Gnom von einem Freund sie ständig auslachte, und wenn Jilly etwas hasste, dann war es Lächerlichkeit.

Sie wäre heute gar nicht mitgekommen, wenn George nicht darauf bestanden hätte – der Dummkopf schien sich verpflichtet zu fühlen, nur weil Emma den Dachboden entrümpelt hatte. Sie sah zu Emma hin, die Bill mit diesen großen, braunen Augen anstrahlte und mit ihren aufgestützten Ellbogen den Mädchen ein schlechtes Beispiel gab. Sie hatte sie noch nie besonders leiden können, viel zu reserviert für ihre Verhältnisse, und heute wirkte sie noch distanzierter als sonst. Natürlich konnte sie einem Leid tun, keine Kinder, und dass ihr das angeblich nichts ausmachte, behauptete sie bestimmt nur aus Trotz – alle Frauen wollten Kinder, es war ein natürlicher biologischer Drang. Jay beobachtete sie, wie üblich, obwohl man meinen sollte, dass er es mittlerweile leid war, immer all das rote Haar anzustarren.

Gereizt faltete sie ihre Serviette auseinander und drapierte sie über ihren Chanelrock. Natürlich, dachte sie, während sie das Leinen über den Knien glatt strich, diese hellhäutigen Frauen halten sich nicht allzu gut, obwohl sie zugeben musste, dass Emma immer noch eine gute Figur hatte, genau genommen sogar eine bessere, weil sie ein bisschen zugenommen hatte. Nun ja, wenn man keine Kinder hat … Und als sie da auf dem Boden gekramt hatte, was mochte sie alles weggeworfen – oder wohl eher für sich behalten haben?

«Wisst ihr noch?» Emma tauschte wieder Erinnerungen mit Bill aus und bog sich plötzlich vor Lachen, als sie an ihre Hochzeit dachte. «Josie war zutiefst geschockt. Sie traute einfach ihren Augen nicht.»

Bill begann mitzukichern. «Und das liebe alte Tantchen Mabel fand das Ganze zum Kreischen komisch, saß da beschwipst mit ihrem albernen Hut, der ihr schief über einem Auge hing, und prustete die ganze Zeit wie ein Pferd.»

«Worum geht's?» George schmollte immer noch und fühlte sich schon wieder ausgeschlossen. «*Was* war zum Kreischen komisch?»

«Die beiden hier.» Jay stand grinsend vom Tisch auf, begann Wein nachzuschenken und wies im Vorbeigehen mit der Flasche auf Bill und Francis. «Sie hatten sich noch nie gesehen, und es war Liebe auf den ersten Blick, Leidenschaft vom ersten Augenblick an, wie im Film, passend zur Schmalzmusik, die im Hintergrund vom Band kam. Als Em sie einander vorstellte ...»

«Trafen sich unsere Augen ...»

«Unsere Hände berührten sich, und ...»

«Bingo!», sagte Bill triumphierend. «Die Erde erbebte ...»

«Die Geigen jubilierten ...»

«Ich spiele Geige», quiekte Sophie los, die sich zu wenig beachtet fühlte. «Mummy hat gesagt, wenn ich mehr üben würde, könnte aus mir ein zweiter Nigel Kennedy werden.» Einen Augenblick blieb es still, während fünf Mitglieder der Party sich heftig bemühten, die unziemlichen Lachstürme zu unterdrücken, die sie zu überwältigen drohten, dann schenkte Jay Jilly Wein nach und ging weiter.

«Himmel hilf», murmelte er, als er sich bückte, um Bills Glas nachzufüllen.

Bill musste wieder kichern, und Jilly war beleidigt und fand diesen leichtfertigen Umgang mit einem derartig gewagten Thema in Gegenwart der Mädchen empörend.

«Das reicht, Jay!», sagte sie. «Du solltest solche Dinge eigentlich nicht vor den Kindern ansprechen.»

«Ach, das ist schon in Ordnung, Mummy.» Antonia beugte sich zu ihrer Mutter und tätschelte ihr die Hand. «Sophie und ich wissen alles über Schwule, so was lernt man in Sexualerziehung.» Sie lächelte Francis gewinnend an. «Allerdings fände ich es ganz gut, wenn Onkel Francis mir erklären könnte, *wie* sie es eigentlich machen, denn als ich Schwester Mary Gregora gefragt habe, ist sie nur rot geworden und hat das Thema gewechselt.»

Das war zu viel. Der Tisch brach in brüllendes Gelächter aus, alle bis auf Sophie, die nicht die geringste Ahnung hatte, wovon die Erwachsenen eigentlich redeten, und Jilly, die wütend die Lippen zusammenpresste und vor Verlegenheit und Entrüstung rot anlief. Selbst Antonia schloss sich der allgemeinen Erheiterung an und sonnte sich im Erfolg ihres unfreiwilligen Scherzes, obwohl sie keine Ahnung hatte, was an ihrer Bemerkung besonders komisch gewesen war. George verschluckte sich fast an dem Bissen, an dem er gerade kaute, und Jay, der mit der Flasche vorbeikam, musste ihm auf den Rücken klopfen.

«Also, Jilly», ermahnte er seine Frau, als er endlich wieder Luft bekam, «hör doch um Himmels willen auf, so *prüde* zu sein.» Jilly schnaubte ärgerlich.

Sie rächte sich nach dem Essen, als sie bei Brandy und Kaffee saßen und George die Abreise hinauszögerte, nur um sie zu ärgern. Die Hunde lagen zufrieden als unordentlicher Haufen auf dem Teppich. Sophie und Antonia kicherten über Fotos, die ihren Vater im Alter von siebzehn Jahren zeigten, als Mod mit Plastikregenmantel und Topfhaarschnitt, und Francis döste im Ohrensessel am leeren Kamin. Bill arbeitete sich durch Georges und Jillys Hochzeitsalbum und kicherte über die alberne Kleidung aller Beteiligten.

Sie wartete ab, bis George und Emma eine Pause in ihrer

Unterhaltung machten, achtete darauf, dass sie auch hersahen, zog dann ein kleines, eckiges Paket hervor, dass sie morgens bei der Abfahrt sorgsam in ihrer Handtasche versteckt gehalten hatte, und hob die Stimme. «Ach, das hätte ich ja fast vergessen …»

Sie stand auf, und begleitet vom Klappern ihrer Bleistiftabsätze auf dem Fliesenboden, ging sie durchs Zimmer zu Jay, der sich wie üblich abgesondert hatte und nach Westen in die Nachmittagssonne schaute. «Das ist für dich, Jay. Ein Geschenk von uns beiden.»

«Was ist es denn?» Jay war irritiert. Jilly gab nicht mehr um ihn als er um sie, und Schenken war etwas Neues.

«Mach auf und schau nach!»

George stand misstrauisch vom Sofa auf. Jilly hatte ihm gegenüber nichts von einem zweiten Geschenk geäußert. Was hatte sie vor? Emma ging aus reiner Neugier hinterher.

Sie merkte nicht sofort, was Jay in Händen hielt, George allerdings wohl, gleich als er den hübsch geschnitzten Holzrahmen sah, der aus seiner braunen Papierverpackung hervorlugte.

«Oh!», rief er fassungslos vor Überraschung und Zorn. Jilly wusste, dass er das Ding gern hatte – es war eines seiner meistgeschätzten Besitztümer. Manchmal war seine Frau ein regelrechtes Miststück. «Also – ich meine – Jilly!»

«Was ist?» Jay löste die Augen von der Miniatur auf seinem Schoß, einer feinen, ungemein detaillierten Wiedergabe des Hauses, in dem sie versammelt waren. «Was ist los?»

«Nichts, gar nichts.» Jilly lächelte ihren Gatten triumphierend an. «George wollte mich nur daran erinnern, dass wir bald aufbrechen müssen. Es ist wohl richtig, dass du es bekommst, denn du bist ja der Kenner und jetzt außerdem der Besitzer des Hauses, das drauf ist …»

Emma starrte auf Jays lange Finger, die Ricks Bild umfassten. Sie erinnerte sich lebhaft, erinnerte sich, wie sie sich dank George Knall auf Fall entscheiden musste, an Jays abwesendes Gesicht. Wie seltsam, es nach all den Jahren wiederzusehen …

«Aber das ist doch Grannys Bild!» Sophie, die mitten unter ihnen auftauchte, um zu sehen, was los war, war empört. «Daddy hat gesagt, es wäre ein Erdstück …» Erbstück hatte er es genannt, als er es nach Grannys Beerdigung mitgebracht hatte, und jetzt hatte Mummy es verschenkt. Daddy fand das nicht erfreulich, das wusste Sophie, sein Gesicht lief ganz rot an. Und das hieß Krach auf dem Heimweg, so sicher wie das Amen in der Kirche.

«Sei still, Sophie, das geht dich nichts an.»

«Doch, tut es, Daddy hat gesagt …»

«Daddy freut sich ganz schrecklich, wenn Jay und Emma es bekommen, nicht wahr, George-Liebling?»

Den Ton kannte George. Er bedeutete Streik im Bett, wenn du nicht tust, was ich will. Er bedeutete kalte Mahlzeiten und eisige Missbilligung. Er bedeutete höhere Abbuchungen auf den Kreditkarten …

«Aber sicher», kapitulierte er. Gehässiges Weib. Glücklicherweise schien der gute alte Jay nicht die geringste Ahnung zu haben, was los war.

Dass die Stimmung plötzlich abgekühlt war, konnte Jay allerdings nicht entgehen. «Offenbar hat es da ein Missverständnis gegeben.» Er sah zweifelnd von einem Gesicht zum anderen. «Ich möchte es nicht, wenn es deshalb Ärger gibt.»

Er betrachtete noch einmal die feine Miniatur in seiner Hand. Schade, es war ein wunderschönes Stück, es hatte ihm damals auf den ersten Blick gefallen. Bei einem späteren Besuch, als er weniger abgelenkt war, hatte er sich sogar nach seiner Herkunft erkundigt. Doch Morag war ausgesprochen unzugänglich gewesen. «Ach, nur irgendein Wandermaler», hatte sie gesagt. «Ich weiß nicht mehr, wie er heißt. Kommen Sie, schauen Sie sich diese Landschaft an, die ich entdeckt habe, und sagen Sie mir, ob ich einen guten Fang gemacht habe ...» Er hatte den Eindruck, sie wollte nicht darüber reden, und fragte sich flüchtig, ob es von seinem Rivalen gemalt war und sie ihm das nicht sagen wollte. Aber welche Geschichte auch dahinter steckte, Jilly hatte es ihm offenbar nur geschenkt, um sich an George für eine angebliche Gemeinheit zu rächen.

Er hielt es ihr hin, aber Jilly wollte es nicht annehmen, und als er sich von seinem Stuhl erhob, von der allgemeinen Aufmerksamkeit bedrängt, bemerkte er, wie George und Emma viel sagende Blicke wechselten. Was, zum Teufel, ging hier vor?

«Hier!» Er hielt es ihr wieder hin, mittlerweile verärgert, aber Jilly schüttelte den Kopf.

«Wirklich», beharrte sie und wandte sich herausfordernd an George: «Wir wollen doch beide, dass du es bekommst, nicht wahr, George?»

«Natürlich», sagte George mit zusammengebissenen Zähnen und zuckte zusammen, als Jilly hämisch sagte: «Schließlich war Jay doch noch nie nachtragend, oder doch, Jay?»

«Nachtragend? Wovon redest du eigentlich?»

Emma konnte seinen ratlosen Gesichtsausdruck nicht ertragen. «Hör auf, Jilly!», sagte sie scharf. «Das ist nicht mehr lustig.»

«Sei doch nicht albern.» Jilly war ungemein zufrieden mit sich, diesmal hatte sie die Oberhand. «Nach all den Jahren macht das Jay doch nichts mehr aus. So kleinlich bist du doch nicht, oder doch, Jay?»

«Ich habe keine Ahnung, wovon du redest.»

Emma hörte, wie Jays Stimme allmählich schärfer wurde.

Was dachte sich Jilly dabei, dass sie ihm Ricks Bild schenkte? War das ihre Vorstellung von Spaß?

«Hör auf, Jilly!», sagte sie noch einmal.

«Ach komm, Emma. Spiel dich doch nicht zur Beschützerin auf.» Jilly verlor allmählich die Beherrschung. Warum mussten sie bei allem immer so melodramatisch sein? «Das alles ist doch fünfundzwanzig Jahre her. Warum sollte Jay sich aufregen?» Sie presste die Lippen zusammen und fragte sich, warum sie bei ihm so übertrieben fürsorglich waren. Jay war doch der Letzte, der vor irgendetwas geschützt werden musste, zäh wie Sohlenleder. «Und schließlich hat Jay doch gewonnen, oder?»

«Was ist vorbei? Was habe ich gewonnen? Würde mir jemand mal erklären, was los ist?»

«Nichts!», sagte George laut. «Antonia, Sophie, wir müssen uns allmählich auf den Weg machen!»

Francis erwachte mit einem Grunzen, und Bill hob den Kopf, überrascht vom plötzlichen Drängen in Georges Stimme.

«Los, Sophie! Em, es war wunderbar, wie in alten ...» Er stockte, drehte sich dann um, packte im Gehen Jillys Arm und drückte zu, bis sie in empörtem Protest quiekte. «Bill, Francis, kommt ihr und winkt zum Abschied?»

«Em, was zum Teufel geht hier vor?», wollte Jay wissen und starrte perplex hinter George her.

«Miststück!», zischte George seiner Frau ins Ohr, als er sie durch den Raum und hinaus in die Halle schob. «Was zum Teufel sollte das?»

«Ach, hör auf mit dem Theater, er weiß doch gar nicht, wer das blöde Ding gemalt hat.» Jilly war beleidigt. Irgendwie war ihr kleinlicher Hieb gegen George nach hinten losgegangen, aber sie wusste nicht genau, warum. «Für Jay ist das doch nur ein Bild von seinem Haus.»

Es dauerte fast eine Stunde, bis der Volvo beladen war und die Campbells schließlich über die Auffahrt davonfuhren. Ihr Aufbruch war für alle Beteiligten eine Erleichterung, und nachdem sie ihnen nachgewunken hatten, grinsten sich die vier schuldbewusst an.

«Vergeht die Zeit nicht wie im Flug, besonders wenn es nett ist?», bemerkte Francis, als er hinter Jay ins Haus zurückging.

Bill schob seinen Arm unter Emmas und hielt sie zurück,

«Was ist denn nun los, Schätzchen? Ich spüre eine leise Verstimmung. Erzähl Onkel Bill doch mal, was los ist.»

Emma seufzte. «Da ist nicht viel zu erzählen. Jay weiß nichts davon, aber Ricky hat das Bild gemalt, das Jilly ihm geschenkt hat. Morag hatte es damals in Auftrag geben, und du kennst ja Jay ...»

«Aha.» Bill tätschelte ihr beruhigend den Arm. «Dann stimme ich ausnahmsweise mal mit der reizenden Mrs. Campbell überein, es ist doch nichts Schlimmes passiert, oder? Nur weil man dem guten Jungen ein Bild geschenkt hat, springt der Schurke ja nicht wie der Räuber im Kasperletheater hinterm Rhododendron hervor und schleppt dich nach all den Jahren weg, oder?»

Emma lächelte bei der Vorstellung. Bill hatte wie immer Recht. «Ich glaube kaum. Aber es ist schon komisch, ich musste letzte Woche oft an Ricky denken, was wohl aus ihm geworden ist. Das liegt am Dachbodenaufräumen, du weißt ja, wie man dabei in Erinnerungen schwelgt. Ich musste denken, dass es schön wäre, wenn ich wüsste, dass es ihm, na ja, gut geht, wenn du mich verstehst.» Sie seufzte wieder und drückte freundschaftlich seinen Arm. «Ich hatte so ein Glück, Bill. Es wäre tröstlich zu wissen, dass Ricky genauso glücklich ist wie ich ...»

Erst als sie an den Wegweisern zum St. Faith's Crematorium am Stadtrand von Norwich vorbeikamen, klärte George Jilly über das Geheimnis auf.

«Na, woher sollte ich das denn wissen?», begehrte sie entschuldigend auf, schockiert von dem, was er ihr erzählt hatte. «Jedenfalls, wenn Emma sich immer noch darüber aufregen würde, hätte sie sich anders ...»

«Emma weiß nichts davon. Ich habe es ihr nicht erzählt.»

Einmal in seinem Leben hatte George auf seine Mutter gehört. «Untersteh dich!», hatte Morag heftig gesagt, als er sie gefragt hatte, wie er sich verhalten sollte. «Du sagst keiner Menschenseele etwas, denn sonst erfährt sie es bestimmt auch. Das arme Kind beginnt doch gerade aufzuleben. Wenn du es ihr erzählst, macht es das Geschehene nicht ungeschehen, es würde nur wehtun, was soll es also?»

«Na, wenn sie es nicht weiß, dann ist doch nichts Schlimmes passiert, oder?» Jilly war die ganze Angelegenheit leid, und sie spürte, dass sie wieder ihre Kopfschmerzen bekam. «Aber wenn du dir häufiger mal die Mühe machtest, mit mir zu reden, würde ich vielleicht nicht so oft ins Fettnäpfchen treten ...»

«Ha! Mich täuschst du auch nicht eine Sekunde. Du machst das absichtlich, nur um mich zu ärgern. Aber, du lieber Himmel, es ist ja schließlich Jahre her.» George sank vorübergehend in sich zusammen, dann fiel er wieder über sie her. «Ich kann einfach nicht glauben, dass du das Ding tatsächlich verschenkt hast, du wusstest doch, was es mir bedeutet, und dann auch noch an Jay. Das ist reine Bosheit, kleinliche, elende Rachsucht. Du bist nur eifersüchtig, dass wir alle schon so lange Freunde sind ...»

«Freunde?» Jilly schnaubte verächtlich. «Wem willst du eigentlich etwas vormachen, George Campbell? Jay Hammond ist die ganzen Jahre hindurch nur deshalb mit dir in

Kontakt geblieben, damit er das verdammte Haus deiner Eltern in seine dreckigen Pfoten kriegt, das man eigentlich für deine Kinder hätte halten sollen ...»

«Ach, sei still, du elendes Miststück!»

«Daddy», stieg Antonias durchdringende Stimme vom Rücksitz auf. «Ich muss mal. Du musst irgendwo halten, sonst platze ich ...»

Bill und Francis gingen früher als geplant. Zum ersten Mal konnte es Jay nicht erwarten, sie loszuwerden, und weil sie das spürten, kürzten sie das Ganze mit erfundenen Pflichten ab, die sie zu Hause erwarteten, die alle noch vor Montag erledigt werden mussten und keinesfalls delegiert werden konnten.

«Ruf bald an, Liebes», murmelte Francis, als er Emma zum Abschied küsste. «Nur damit wir wissen, dass alles in Ordnung ist.»

Emma lachte ihn aus. «Neugier ist der Katze Tod», neckte sie ihn, umarmte ihn fest, um ihn zu beruhigen. «Bill wird dir erklären, worum es ging. Nichts Wichtiges, ehrlich.»

«Und?», fragte Jay erschöpft und ließ sich schwer in den Lehnstuhl am Kamin fallen.

«Und was?»

«Verdammt nochmal, du weißt ganz genau, was. Das ganze Gerede von ‹nachtragend sein› und schließlich ‹gewonnen haben›.»

«Aha.»

«Aha.» Er schob zerstreut die Hunde weg, die mit den Pfoten auffordernd gegen seine Hosenbeine stießen. «Weg da, Flotman, ich gehe gleich mit euch raus.»

«Wir gehen jetzt, solange es noch hell ist.» Emma stand auf und ging zur Fensterbank, wo Jay die Miniatur liegen gelassen hatte. «Und ich erklär dir alles unterwegs.»

Es war das erste Mal seit fünfundzwanzig Jahren, stellte sie fest, als sie das hübsche Ding in die Hand nahm, dass sie etwas von Rick berührte.

30

Es war nicht der Sex. Der war fabelhaft, gelungen, zum Knieerweichen. Es war auch nicht Ricks klaustrophobisches Schlafzimmer, unter die Dachschräge geklemmt und nur durch eine Tür erreichbar, die einen halben Kopf niedriger war als Emma. Es war nicht einmal der Traum, das vertraute Abgleiten in ihre schwarze Höhle der Einsamkeit und Verzweiflung, aus dem sie schweißgebadet hochgeschreckt war. Schuld waren Ricks Worte, die ihr wieder in den Sinn kamen, als sie sich von ihrem Albtraum erholt hatte, die Worte, die ihr klar machten, dass sie sich am falschen Ort befand.

«Das ist jetzt der Ernst des Lebens», hörte sie ihn sagen, und seine Stimme hallte in ihrem Kopf. «Wir sind keine Kinder mehr, wir spielen nicht mehr Liebespaar. Jetzt wird's ernst, Em.» Von da an war es nur noch ein kleiner Schritt bis zu der Gewissheit, dass es Zeit war, nach Hause zu gehen.

Sie schrieb ihm einen Zettel, kritzelte in dem schwach erleuchteten Zimmer hastig ein knappes, banales *Auf Wiedersehen.* Obwohl sie nur mit Mühe ihre schuldbewusste Ungeduld zügelte, teilte sie ihm sogar mit, dass sie hoffe, er würde ohne sie glücklich, seine Rosie könnte ihn ja trösten. Während er neben ihr in seliger Unwissenheit weiterschlief, tastete sie nach ihrer Filigranbrosche, heftete damit den Brief ans Kopfkissen und floh, fuhr blindlings davon, bis sie zu erschöpft zum Weiterfahren war, saß dann in einer Parkbucht vor einem Dorf namens Six Mile Bottom und sah die Sonne durch einen Tränenschleier untergehen, während sie zum zweiten Mal weinte, um ihre verlorenen Illusionen.

Jay hockte zusammengesunken auf dem Boden, als sie ins Wohnzimmer kam, ans Sofa gelehnt, die langen Beine angezogen und die Arme um die Knie geschlungen. Er wirkte verhärmt, zerzaust, zerrüttet, und es lief keine Musik.

Sie war nicht einmal andeutungsweise zu einer Erklärung imstande und so müde, dass es sie fast ihre gesamte verbliebene Energie kostete, einfach durchs Zimmer zu gehen. Sie blieb vor ihm stehen, ließ ihre Tasche von der Schulter gleiten und kippte ihm den Inhalt in den Schoß. Dann ging sie ins Bett, hielt auf dem Weg nur kurz an, um den Gliederring zu nehmen, der immer noch da lag, wo sie ihn an jenem Morgen zurückgelassen hatte, und ihn wieder an ihren Finger zu stecken, wo er hingehörte.

Er hob jedes einzelne Teil auf, Füller, Bleistifte, Scheckbuch, alte Rezepte, Bonbonpapiere, gebrauchte Papiertaschentücher, loses Kleingeld, kroch dann auf dem Boden umher wie ein Tier, tastete überall mit den Händen herum, damit ihm auch ja nichts entging. Erst als er sicher war, dass die Brosche wirklich nicht mehr da war, kam er hinter ihr her.

Gegen Mitternacht, als das Bedürfnis, seine Ansprüche einzufordern, übermächtig wurde, schlief er mit ihr, während sie halb wach in seinen Armen lag. Sie reagierte angemessen. Erst als er sich zurückziehen wollte, öffnete sie weit die Augen, befahl gebieterisch: «Lass das!», und umschlang ihn fest mit den Beinen, um ihn in sich zu halten. Dann schlief sie. Sie brauchte jemanden, um die Leerstelle auszufüllen, und das konnte nur Jay. Als sie sich wieder sicher fühlte, seufzte sie, lächelte und schlief ein.

31

Sie spazierten durch den Hain, zur Wiese hinter der Scheune, wo in sicherem Abstand zum Strohdach der Haufen mit dem Gerümpel vom Dachboden lag und darauf wartete, verbrannt zu werden.

«Du siehst also, Jilly war einfach gemein.» Emma verlangsamte ihren Schritt, hob das Gesicht und lächelte ihn beruhigend an. «Wenn du es ins Feuer werfen willst, dann los. Mir ist es egal.»

«Wirklich?»

«Oh, du Kleingläubiger. Wie viel Jahrhunderte dauert es denn noch, bis du überzeugt bist?»

Jay verzog das Gesicht, fuhr dann mit der Hand über ihren Nacken und streichelte sie mit den Fingern. «Mindestens noch ein Jahrtausend. Ich glaube nicht, dass ich damit leben kann, Em. Es wäre eine ständige Mahnung daran, dass er irgendwo da draußen ist, dass er dich will … und dieses Haus. Warum habe ich den Zusammenhang nicht erkannt?» Er nahm ihre Hand und ging weiter, während die Hunde, die Nasen am Boden, im Zickzack vor ihnen herliefen. «Wir könnten es George wiedergeben …»

«Nein. Da wollte der arme Kerl einmal in seinem Leben taktvoll sein. Es wäre unfein, es ihm ins Gesicht zu werfen. Und es wäre ein weiterer Zankapfel zwischen ihm und Jilly.»

Sie erreichte den Feuerplatz, zögerte, streckte dann die Hand aus und platzierte die Miniatur entschlossen oben auf den Haufen. Sentimentalität war fehl am Platze.

«So ist es besser.» Sie wandte den Kopf, sah, wie sich Erleichterung in seinem Gesicht spiegelte, und genoss die vertraute Aufwallung von Zärtlichkeit. «Das ist der Schlussstrich.»

«Wir brauchen mehr Zunder.» Er musterte sie gründlich auf der Suche nach Spuren von Bedauern. «Ich hole ein paar Zeitungen. Em, bist du auch ganz …»

«Sicher. Manchmal, Jay Hammond», sie reckte sich, um ihn zu berühren, fuhr mit den Knöcheln über seine Wange, «kannst du schrecklich blöd sein.»

Sie sah hinter ihm her, wie Flotman ihm um die Füße sprang und von seinem Herrn gestreichelt werden wollte. Dem Sieger die Beute, aber diesmal hatte der Schwache über den Starken triumphieren dürfen. Irgendwo da draußen hatte Rick mit Sicherheit ohne sie überlebt. Das hätte Jay nicht, er wäre nicht dazu in der Lage gewesen. Der Gedanke erfüllte sie mit Wärme.

Er kam mit den Resten der Zeitungen wieder, die sie vom Boden gerettet hatte, und trockenem Reisig. Eine Schachtel Streichhölzer hatte er in der Tasche. «Der Wind steht richtig», sagte er und wich ihrem Blick aus. «Deshalb können wir es eigentlich gleich hinter uns bringen, solange du dir sicher bist.»

«Ja, ich bin mir sicher.» Verdammte Silly Jilly, warum konnte sie das nicht auf sich beruhen lassen? Emma nahm eine Zeitung vom Stapel, nahm die Bogen auseinander, rollte und drehte sie und griff dann nach der nächsten. Es war ein Lokalblättchen, die *Eastern Daily Press*.

«Oh!», rief sie aus, amüsiert über den Zufall. «Schau mal, die ist vom Tag unserer Hochzeit!»

«Welche?»

«Die hier.» Sie schlug sie auf, und schwenkte sie auffordernd, dankbar für die Ablenkung. «Ich möchte wissen, was in East Anglia los war, während wir uns ewige Treue schworen.»

Sie las ihm Absätze vor, während er weiteres Reisig unten um den Haufen legte: unbedeutende lokale Ereignisse, eine

Blumenausstellung, die Kritik einer lokalen Laienaufführung von *Oklahoma*, eine goldene Hochzeit, ein Buchstabierwettbewerb zu wohltätigen Zwecken an einer Grundschule in East Dereham. Erst als ihre Stimme erstarb, sah er auf und bemerkte ihr bleiches Gesicht.

Sie spürte, wie ihre Jeans sich im feuchten Gras voll sogen, als sie auf die Knie fiel. Oh, wie hatte sie sich nur so irren können? Wie hatte sie nur so dumm sein können?

Jay nahm ihr die Zeitung aus den schwachen Fingern. Er musste es zweimal lesen, und er spürte, wie sein Magen sich verkrampfte, als ihm langsam dämmerte, dass er sich jahrelang gewappnet hatte, einem Rivalen entgegenzutreten, der nie auftauchen würde.

Gestern in den frühen Morgenstunden forderte der berüchtigte Abschnitt auf der A 47 zwischen Acle und Grat Yarmouth, bekannt als die Acle-Gerade, ein neues Opfer, als ein junger Motorradfahrer eine Meile östlich von Stracey Arms von der Fahrbahn abkam. Die Leiche des nicht identifizierten Mannes wurde später vom örtlichen Rettungsdienst aus dem wasserführenden Graben geborgen.

Die Ursache für diesen jüngsten Unfall ist allerdings ein Rätsel. Der Straßenzustand war gut, und laut Angaben der Polizei war das Motorrad, das vermutlich schneller als achtzig Meilen pro Stunde gefahren ist, fast neu und in gutem Zustand, allerdings fehlten die Nummernschilder. Der Fahrer, der sofort tot war, scheint nicht gebremst zu haben, als die Maschine von der Fahrbahn abkam, und er trug auch keinen Sturzhelm. Andere Fahrzeuge waren offenbar nicht beteiligt.

Die Polizei sucht nach Unfallzeugen. Da der Tote keine Papiere bei sich hatte, hofft man dringend darauf, dass Verwandte oder Freunde ihn anhand folgender Beschreibung identifizieren können.

Der Verstorbene war Anfang zwanzig, etwa eins achtzig groß und kräftig, mit blonden Haaren und dunkelbraunen Augen. Er trug eine schwarze Lederjacke, blaue Jeans und ein einfaches weißes T-Shirt. Außerdem wurde am Unfallort eine silberne Brosche geborgen, mit einem Herzen, das von einem Pfeil durchbohrt wird, an dessen Enden sich die Initialen R und E befinden. Das R ist verkehrt herum.

Wer den Beschriebenen kennt, wird gebeten, sich bei der Polizei von Great Yarmouth zu melden unter der Nummer …

«Er oder ich», sagte Jay schließlich. «Wen hättest du gewählt, wenn du ein Gewehr hättest nehmen und abdrücken müssen? Hättest du mich oder ihn erschossen? Du hast dich entschieden, bei mir zu bleiben. War das ein Schwindel? Hast du mich all die Jahre angelogen?» Er ließ die Zeitung fallen, packte sie an den Armen und schüttelte sie heftig. «Wen hättest du erschossen, Em? Wenn du hättest wählen müssen, wen von uns beiden du umbringst?»

«Das weißt du genau.» Sie starrte ihn an, von Schuldgefühlen überschwemmt, von Kummer, Schrecken. Dass er stirbt, wollte ich nicht. Umbringen wollte ich ihn nicht.

Er hob die Hände und umfasste ihr Gesicht. «Er oder ich. Wenn du *ihn* nicht umgebracht hättest, hättest du *mich* umgebracht. Begreifst du das nicht?»

Sie nickte und begann zu weinen, die Tränen rannen ihr über die Wangen und tropften ihr vom Kinn. «Ich liebe dich, das weißt du auch, nur dich, sonst niemanden.» Nur Jay. Sonst niemanden. Aber was, wenn …? «Aber was wäre, wenn ich nicht …»

«Was? Mit ihm geschlafen hättest? Du Dummchen, du musstest mit ihm schlafen.»

Emma starrte ihn erstaunt an. «Aber das habe ich dir doch nie erzählt, du hast nie darüber gesprochen, nie gefragt ... Woher weißt du das?»

«Weil ich dich liebe. Natürlich wusste ich das. Er hatte überall an dir seine Spuren hinterlassen.» Und es war mir egal, ziemlich. Der arme Kerl hat mir sogar Leid getan. Es war das erste Mal, dass ich ihn nicht umbringen wollte. Welche Ironie, dass er das selbst erledigt hat.

«Aber wie konntest du denn ...? Ich habe angehalten. Ich habe am Hotel in Harlow angehalten, habe mich unter eine Wallace-Arnold-Reisegruppe gemischt und bin die Treppen hinaufgehuscht, während die sich an der Rezeption drängelten. Ich habe ein Badezimmer gefunden und ein Bad genommen. Ich habe ihn von mir heruntergescheuert.»

«Warum, damit ich nichts merke?»

«Nein, ich hätte es dir erzählt, wenn du gefragt hättest. Weil ich mich nicht sauber fühlte, weil er nicht du war.»

«Armer Teufel.»

«Armer Teufel.» Sie blieb an den Worten hängen. «Das hat er auch gesagt. Über dich. Er hatte Lesen gelernt, wusstest du das?» Sie kramte in ihrer Tasche nach einem Taschentuch und schnaubte sich die Nase.

Jay zögerte, dann beugte er sich vor, nahm die Miniatur von ihrem Platz auf dem Müllberg, der unvermittelt zum Scheiterhaufen für einen Toten geworden war, und legte sie behutsam auf den Boden, weit entfernt von jeder Möglichkeit, Schaden zu nehmen. Wie konnte er sie ihr jetzt wegnehmen?

Er hob eine der verstreuten Zeitungsseiten auf, rollte sie ein, verknotete sie und steckte sie umsichtig in eine Lücke am Boden des Haufens. Er schob eine weitere hinterher und noch eine, legte sorgsam Reisig nach und entzündete ein Streichholz. Dann knieten sie nebeneinander und sahen zu, wie die Flammen an den Rändern zu knabbern begannen und knisternd und kräuselnd um sich griffen.

«Du musstest dich entscheiden», sagte er noch einmal. «Entweder sein Leben oder meins.» Dann fasste er hinter ihren Rücken und begann ihren Zopf zu lösen.

«Jay …?» Sie nahm zögernd den Blick von den winzigen gelben Zungen, die am zusammengedrehten Papier zu lecken begannen. «Was machst du da? Nein … Nein, nicht hier, nicht jetzt. Ach, bitte, Jay – ahhh … *nein* …»

Sie wehrte sich, wand sich unter seinen Händen, schluchzend und flehend, aber er kümmerte sich nicht darum. Er wusste, was sie brauchte. Und er brauchte es auch.

Als das Feuer richtig brannte und mit der gewaltigen Kraft seiner Glut ihre nackte Haut rötete, schlief er mit ihr, hielt sie fest, bis sie nachgab, küsste ihr die nassen Wangen, wie damals, und hinterher klammerte sie sich an ihn, als würde sie ertrinken, lauschte auf das Feuer, das irgendwo hinter ihr knallte und knisterte, während es hoch in den dunkler werdenden Abendhimmel loderte. Als er schließlich widerstrebend zur Seite gerollt war und sie auf dem zertrampelten Boden kniete, streckte sie den Arm nach der Miniatur aus, die unversehrt neben ihr lag. Nun war sie an der Reihe.

Sie wartete, bis er hersah, bevor sie das Bild hineinwarf. Funken sprühend landete es tief im glühenden Herzen des Scheiterhaufens, und sie hockten auf den Fersen und sahen zu, wie die Flammen nach oben krochen, um den Rahmen züngelten, sich vom trockenen Holz nährten, sich dann nach innen fraßen und die Leinwand schmelzen ließen.

Sobald es einmal Feuer gefangen hatte, brannte es lichterloh. Emma spürte, wie die Hitze ihr Gesicht wärmte, aber die war nicht so warm wie die Glut in ihrem Bauch, wo Jay ein wenig von sich zurückgelassen hatte. Sie wandte den Kopf, um ihn anzusehen, wie er hinter ihr kniete mit vom Feuerschein golden übergossener Haut.

Ein Widerspruch in sich, murmelte eine leise, hinterhältige Stimme in ihrem Ohr, Glück und Alter.

«Morgen muss ich mit dem Esszimmer anfangen, sagte sie müde, «wenn wir bis Weihnachten fertig sein wollen.»

Rosamunde Pilcher

Millionen Leser sind süchtig nach ihr: **Rosamunde Pilcher** schreibt nachdenklich und unterhaltsam, mit Liebe zu den Menschen und all ihren Schwächen. .
Rosamunde Pilcher wurde 1924 in Lelant in Cornwall geboren. 1946 heiratete sie Graham Pilcher und zog nach Dundee / Schottland, wo sie seither lebt.

Wintersonne *Roman*
Deutsch von Ursula Grawe
768 Seiten. Gebunden.
Wunderlich
«Wintersonne» ist eine Liebeserklärung an das Leben, durchzogen von leiser Melancholie.

Heimkehr *Roman*
(rororo 22148)
Ein großer Roman um ein Frauenschicksal in den dreißiger und vierziger Jahren.

Wilder Thymian *Roman*
(rororo 12936)*

Die Muschelsucher *Roman*
(rororo 13180)*

September *Roman*
(rororo 13370)
«Den allerschönsten Familienroman habe ich gerade verschlungen und brauchte dafür zwei freie Tage inklusive einiger Nachtstunden. Er heißt «September», spielt in London und Schottland und ist einfach *hin-rei-ßend.*»
Brigitte

Blumen im Regen *Erzählungen*
rororo Band 13207

Ende eines Sommers *Roman*
(rororo 12971)*

3308/10

rororo Unterhaltung

Karussell des Lebens *Roman*
(rororo 12972)*

Lichterspiele *Roman*
(rororo 12973)*

Sommer am Meer *Roman*
(rororo 12962)*

Stürmische Begegnung *Roman*
(rororo 12960)*

Wechselspiel der Liebe *Roman*
(rororo 12999)*

Schneesturm im Frühling
Roman
(rororo 12998)*

Wolken am Horizont *Roman*
((rororo 12937)*

Die Welt der Rosamunde Pilcher
Herausgegeben von
Siv Bublitz
(rororo 13979)

* Auch in der Reihe **Großdruck** lieferbar.

Weitere Informationen in der **Rowohlt Revue,** kostenlos im Buchhandel, und im **Internet: www.rororo.de**